삼국지평화

삼국지 이전의
삼국지,
민간전래본

삼국지평화

김영문 옮김

교유서가

차례

유비

관우

장비

제갈량

조운

조조

하후돈

손권

주유

사마의

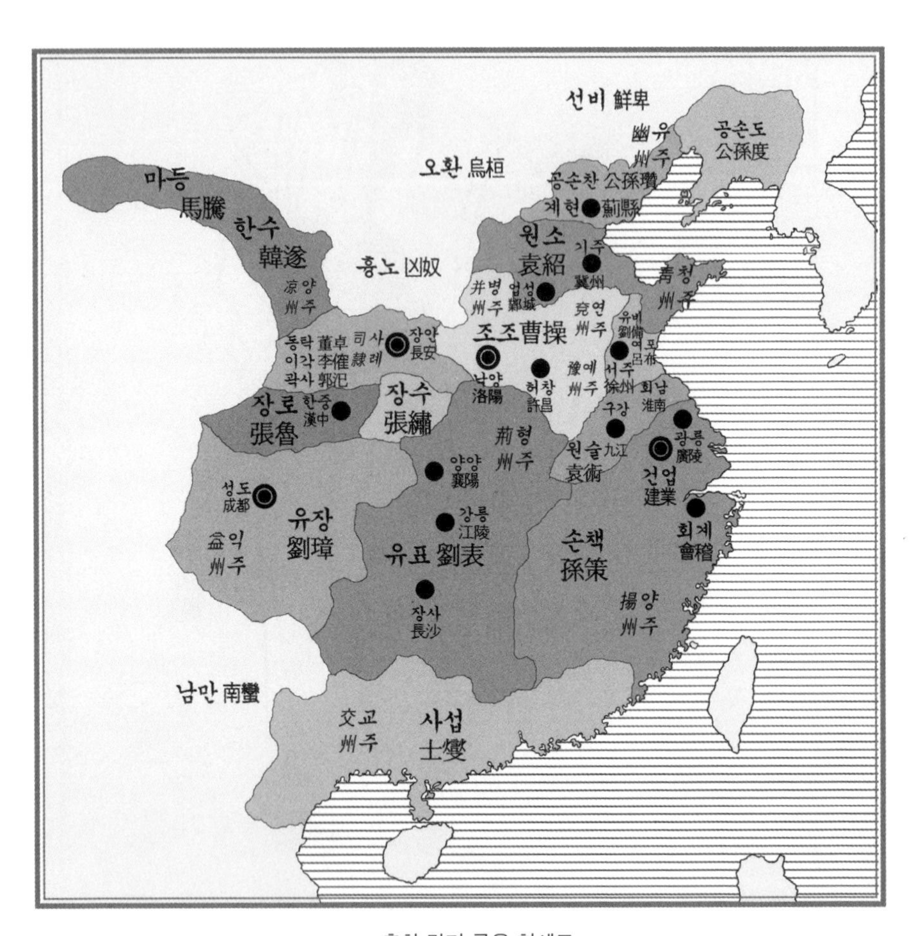

선비 鮮卑
유주 幽州
공손도 公孫度
오환 烏桓
공손찬 公孫瓚
계현 薊縣
마등 馬騰
한수 韓遂
원소 袁紹
기주 冀州
흉노 凶奴
양주 涼州
병주 并州
업성 鄴城
청주 青州
연주 兗州
유비 劉備
장안 長安
조조 曹操
사례 司隸
동탁 董卓
이각 李傕
곽사 郭汜
낙양 洛陽
허창 許昌
예주 豫州
서주 徐州
여포 呂布
회남 淮南
장로 張魯
한중 漢中
장수 張繡
형주 荊州
구강 九江
광릉 廣陵
원술 袁術
양양 襄陽
건업 建業
성도 成都
유장 劉璋
강릉 江陵
익주 益州
유표 劉表
손책 孫策
회계 會稽
장사 長沙
양주 揚州
남만 南蠻
교주 交州
사섭 士燮

후한 말기 군웅 형세도

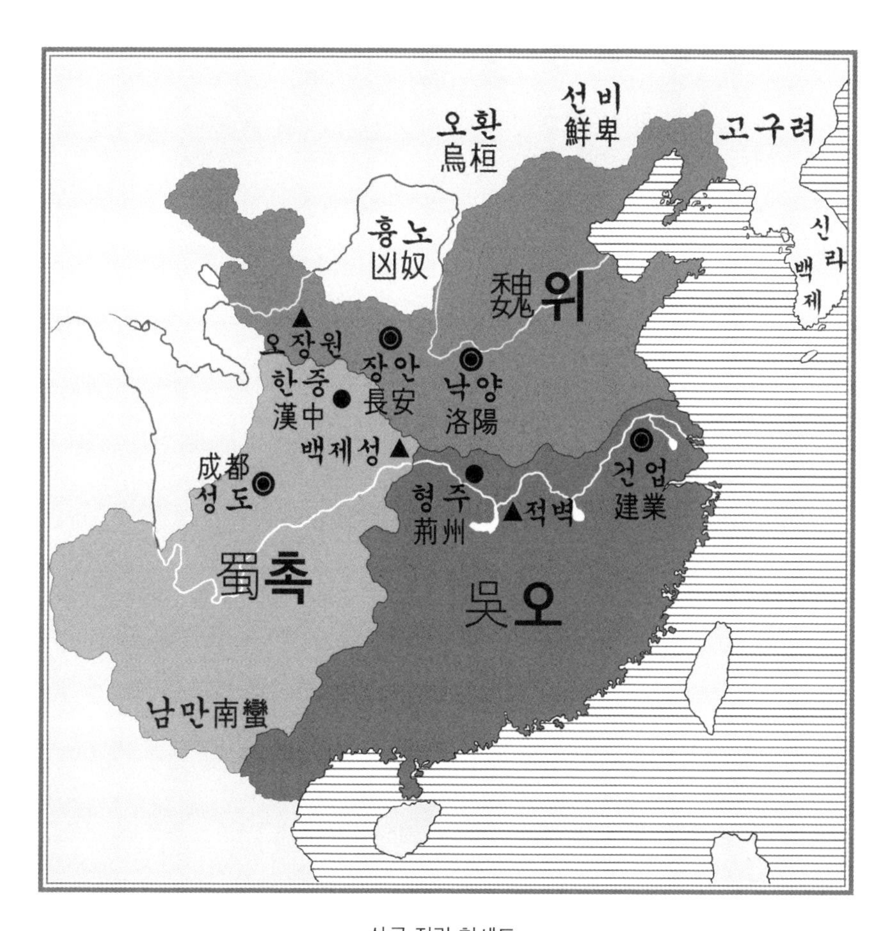

선비
鮮卑
오환
烏桓
고구려
흉노
凶奴
신라
백제
魏위
오장원
장안
長安
낙양
洛陽
한중
漢中
백제성
成都
성도
형주
荊州
적벽
건업
建業
蜀촉
吳오
남만南蠻

삼국 정립 형세도

촉한(蜀漢) 계보도

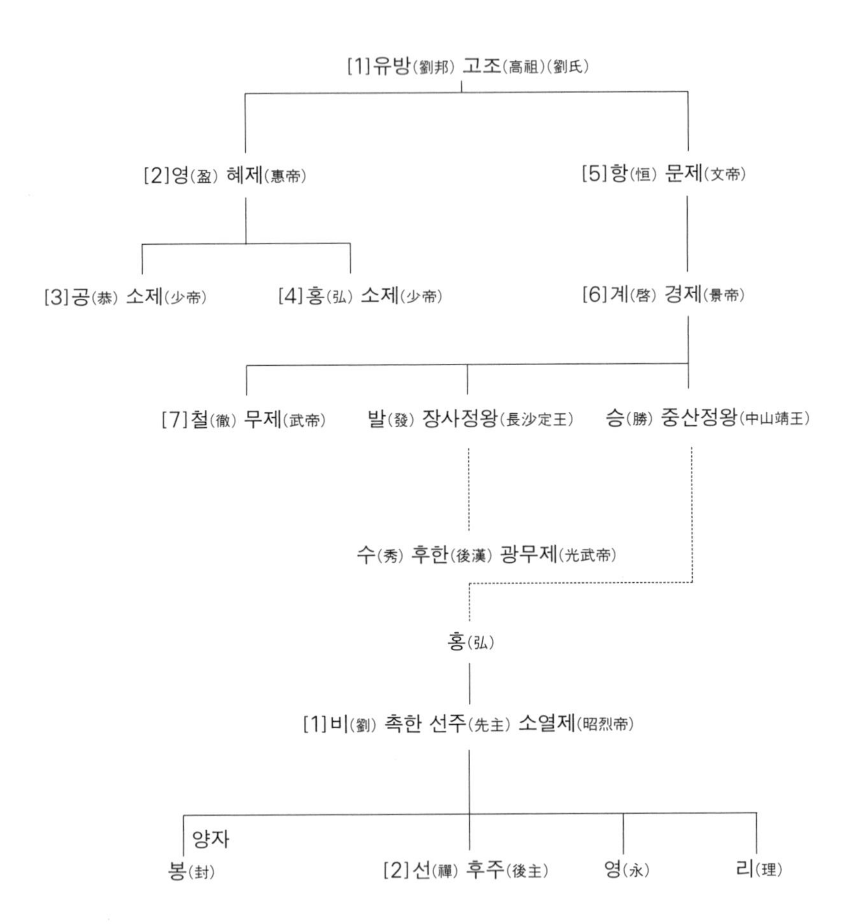

[1]유방(劉邦) 고조(高祖)(劉氏)
[2]영(盈) 혜제(惠帝)
[5]항(恒) 문제(文帝)
[3]공(恭) 소제(少帝)
[4]홍(弘) 소제(少帝)
[6]계(啓) 경제(景帝)
[7]철(徹) 무제(武帝)
발(發) 장사정왕(長沙定王)
승(勝) 중산정왕(中山靖王)
수(秀) 후한(後漢) 광무제(光武帝)
홍(弘)
[1]비(劉) 촉한 선주(先主) 소열제(昭烈帝)
양자
봉(封)
[2]선(禪) 후주(後主)
영(永)
리(理)

위(魏) 계보도

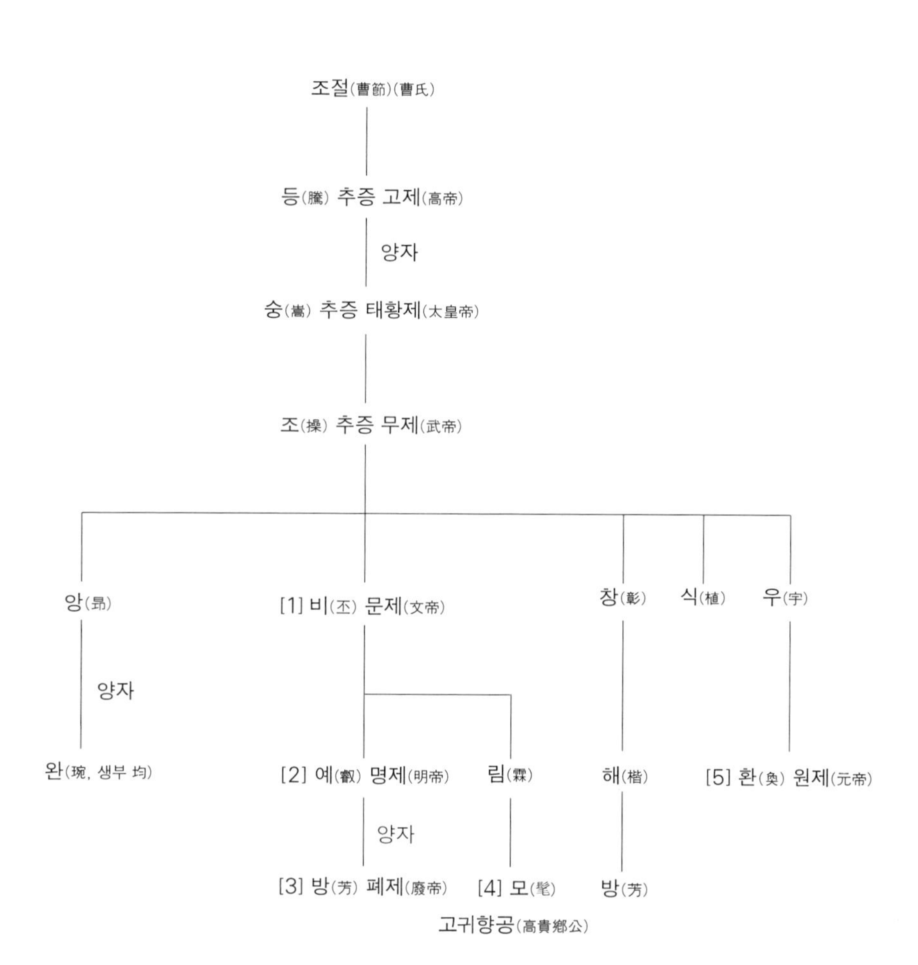

조절(曹節)(曹氏)
등(騰) 추증 고제(高帝)
양자
숭(嵩) 추증 태황제(太皇帝)
조(操) 추증 무제(武帝)
앙(昻)
[1] 비(丕) 문제(文帝)
창(彰)
식(植)
우(宇)
양자
완(琓, 생부 均)
[2] 예(叡) 명제(明帝)
림(霖)
해(楷)
[5] 환(奐) 원제(元帝)
양자
[3] 방(芳) 폐제(廢帝)
[4] 모(髦)
고귀향공(高貴鄕公)
방(芳)

오(吳) 계보도

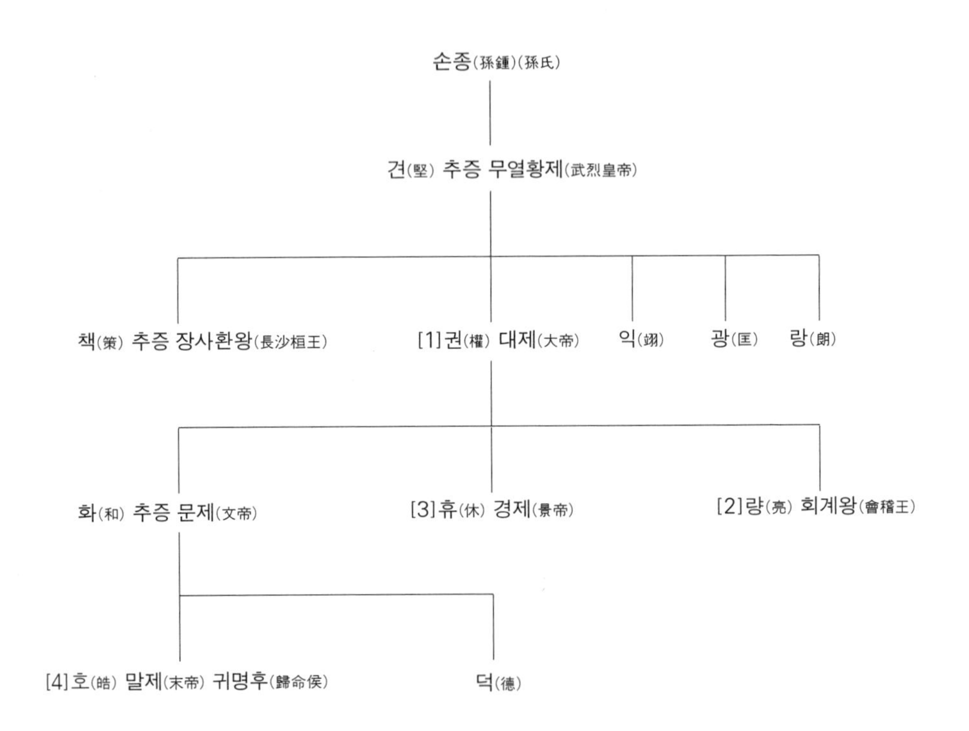

손종(孫鍾)(孫氏)
견(堅) 추증 무열황제(武烈皇帝)
책(策) 추증 장사환왕(長沙桓王)
[1]권(權) 대제(大帝)
익(翊)
광(匡)
랑(朗)
화(和) 추증 문제(文帝)
[3]휴(休) 경제(景帝)
[2]량(亮) 회계왕(會稽王)
[4]호(皓) 말제(末帝) 귀명후(歸命侯)
덕(德)

진(晉) 계보도

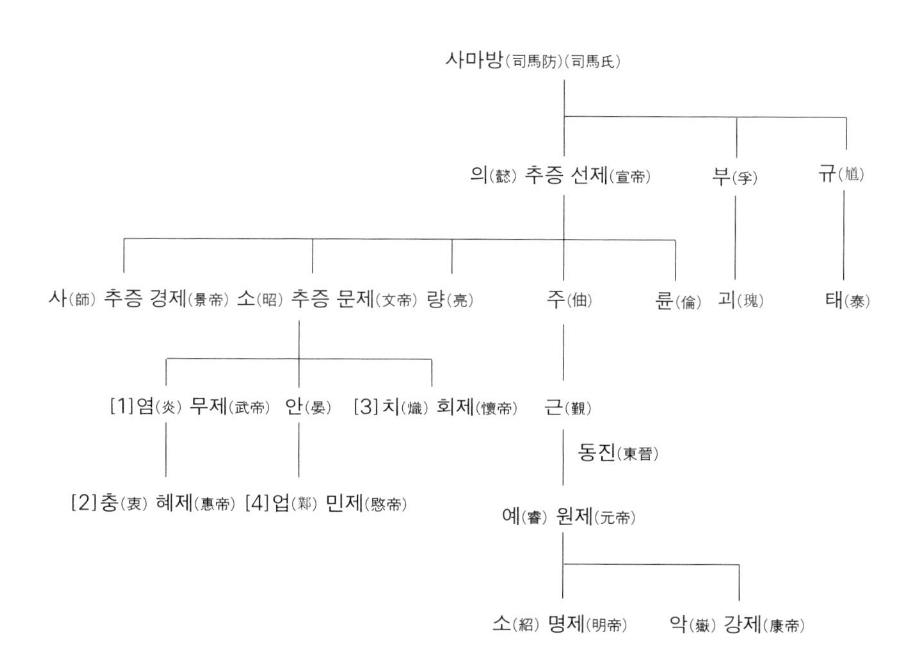

사마방(司馬防)(司馬氏)
의(懿) 추증 선제(宣帝)
부(孚)
규(馗)
사(師) 추증 경제(景帝)
소(昭) 추증 문제(文帝)
량(亮)
주(伷)
륜(倫)
괴(瑰)
태(泰)
[1]염(炎) 무제(武帝)
안(晏)
[3]치(熾) 회제(懷帝)
근(覲)
동진(東晉)
[2]충(衷) 혜제(惠帝)
[4]업(鄴) 민제(愍帝)
예(睿) 원제(元帝)
소(紹) 명제(明帝)
악(嶽) 강제(康帝)

일러두기

1. 이 책은 원(元)나라 지치(至治, 1321~1323) 연간에 중국 남부 복건(福建) 건안(建安)에서 간행된 지은이 미상의 『삼국지평화』를 우리말로 옮긴 완역본이다. 이 책의 번역 저본은 일본 내각문고(內閣文庫) 소장 『신전상삼국지평화(新全相三國志平話)』(일본국립공문서관 National Archives of Japan 영인본)다. 또 원본의 오류를 세심하게 교정한 상하이고전문학출판사(上海古典文學出版社)의 『삼국지평화』(1955, 배인본排印本)도 참고했다.
2. 『삼국지평화』는 제목에서 알 수 있듯이 당시 이야기꾼의 공연 대본을 바탕으로 이루어진 판본이기 때문에 인명이나 지명에 부정확한 부분이 많다. 이 번역본에서는 가능한 한 그런 오류를 교정하여 번역했다. 인명과 지명은 모두 우리말 한자음으로 표기했다.
3. 중국 고대 지명을 표기할 때는 해당 지명을 쓰고 괄호 안에 현대 지명도 병기했다. 설명이 필요한 경우에는 각주로 처리했다. 더러 상고할 수 없는 지명은 본래 지명만 썼다.
4. 『삼국지평화』는 정사(正史) 『삼국지(三國志)』나 소설 『삼국지연의(三國志演義)』와 다른 부분이 많지만 독자들의 독서 흐름을 방해하지 않기 위해 주요 대목에만 각주를 달아 그 차이점을 밝혔다.
5. 그 밖의 사항은 『원본 초한지』(교유서가, 2019)의 번역 원칙에 따랐다.
6. 이 책의 본문 삽화는 『신전상삼국지평화』 원본의 삽화를 복사해서 넣었다. 책 앞에 실은 인물 초상은 1914년 상하이 국광서국(國光書局)에서 출간한 『정교회도 삼국지연의(精校繪圖三國志演義)』의 이미지를 사용했다.

옮긴이의 머리말

현재 국내 온라인 주요 서점에서 '삼국지'라는 어휘를 입력하면 2500에서 2700여 종에 달하는 국내 도서가 검색된다. 실로 엄청난 규모다. 정사 『삼국지(三國志)』를 비롯하여 각종 『삼국지연의(三國志演義)』 번역본과 평역본이 독자의 눈을 현란하게 하고, 여기에 더해 『삼국지』 관련 온갖 해설서와 처세서도 도서 목록을 가득 채우고 있다. 또한 촉한(蜀漢) 유비(劉備) 중심의 기존 『삼국지』에 반발하여 조조(曹操)를 '삼국 이야기'의 중심에 놓는가 하면, 관우(關羽)·제갈량(諸葛亮)·사마의(司馬懿)의 처세술이나 경영 철학을 배우자는 책도 출간되어 있다. 심지어 근래에는 아예 소설 『삼국지연의』와 정사 『삼국지』를 비교한 『삼국지 : 정사 비교 고증 완역판』(글항아리, 2019)도 나왔다.

이런 각양각색의 『삼국지』 관련 서적을 접할 때마다 나는 늘 '삼국 이야기'가 지금부터 거의 1800여 년 전에 발생하여 각 시대를 거치는 동안 과연 어떤 양상으로 변화해왔는지 궁금증이 일곤 했다. 말하자면 이와 같은 『삼국지』 관련 서적의 홍수가 본래 고전 원전을 중시하는 나의 개인적 성향을 강하게 자극하여 '삼국 이야기'의 원류와 그 형성과정 탐색에 발을 들여놓게 한 것이다. 나는 한동안 '삼국 이야기' 첫번째 텍스트인 진수(陳壽)의 정사 『삼국지』와 두번째 텍스트인 배송지주(裴松之注)를 꼼꼼히 훑었다. 그 과정에서 자연스럽게 학부 시절 '중국문학사' 시간에 들은 적 있는 원나라 간행본 『삼국지평화(三國志平話)』(1321~1323)가 떠올랐다. 이후 나는 또 틈틈이 『삼국지평화』 원전을 읽으며 『삼국지연의』와는 다른 초기 '삼국 이야기' 텍스트의 매력에 흠뻑 빠져 지냈다. 마침 『원본 초한지(西漢演義)』(교유서가, 2019)를 번역하는 과정에서도 '초한 이야기'와 '삼국 이야기'의 밀접한 연관성을 확인할 수 있어서 다음에는 반드시 『삼국지평화』를 번역해야겠다고 마음먹었다. 이제 그 결심이 이 번역본으로 결실을 맺게 되었다.

서진(西晉) 진수가 『삼국지』를 쓴 것이 280년에서 290년 무렵이고 남조 송(宋)나라 배송지(裴松之)가 방대한 양의 『삼국지』 주(注)를 완성한 것이 429년 무렵이므로 두 텍스트 사이에는 140년 정도의 간극이 있다. 이후 '삼국 이야기'는 대대로 민간에 널리 유포되었으며 당(唐)·송(宋) 시대에도 강창(講唱)이나 각종 전통 연극 양식으로 공연되었다는 기록이 있다. 하지만 이와 관련된 공연 대본이나 문자 텍스트는 남아 있지 않다. 그러다가 원나라 지치(至治, 1321~1323) 연간에 당시 이야기 공연 대본을 저본으로 한 『삼국지평화』가 간행되었고 다시 이를 바탕으로 명나라 나관중이 1494년에 『삼국지연의』를 완성했다. 그러므로 지금까지 남아 있는 '소설 『삼국지』' 텍스트 중에서는 『삼국지평화』가 최초이고 이보다 170여 년 이후에야 나관중의 『삼국지연의』가 간행되었다. 배송지주에서 『삼국지평화』에 이르기까지 900여 년에 가까운 기간에 '삼국 이야기'가 어떻게 변화했는지는 알 수 없지만 다행히 『삼국지평화』가 『삼국지연의』 완성에 교량 역할을 했다는 사실이 밝혀짐으로써 '삼국 이야기'의 초기 형태가 어떠했는지 짐작할 수 있게 되었다.

먼저 『삼국지평화』는 유비 중심의 촉한을 높이고 조조 중심의 위(魏)나라를 폄하한다는 점에서 전통적인 '소설 『삼국지』'의 특성을 그대로 보여준다. 또 포용력 있는 유비, 장중한 관우, 용맹한 장비, 현명한 제갈량, 간악한 조조 등과 같은 인물 성격도 거의 유사하다. 그리고 황건적 봉기에서 시작하여 진(晉)나라 사마염(司馬炎)이 삼국을 통일한다는 소설 흐름도 거의 동일하다. 다만 『삼국지평화』의 마지막 부분에서는 촉한의 외손인 흉노족 유연(劉淵)과 유총(劉聰)이 다시 한(漢)나라를 세우고 사마씨(司馬氏)의 진나라를 멸망시켜 촉한의 복수를 한다고 설정되어 있다. 그리고 도원결의(桃園結義), 삼고초려(三顧草廬), 당양벌 장판교 전투, 적벽대전, 관우·장비·유비의 죽음, 제갈량의 활약 등 주요 사건도 거의 『삼국지연의』와 같은 양상으로 전개된다. 그러나 소설 도입부와 세부 디테일은 상당한 차이를 보인다. 이 짧은 서문에서는 그 모든 차이를 다 소개할 수 없으므로 흥미로운 부분 몇 가지만 예로 들어보겠다.

가장 먼저 독자의 눈길을 끄는 대목은 『삼국지평화』의 도입부다. 『삼국지연의』에서는 후한 말기의 혼란과 십상시(十常侍)의 전횡을 묘사하며 바로 소설로 진입하지만 『삼국지평화』에서는 '초한 쟁패 역사'에서 한(漢) 고조(高祖) 유방(劉邦)에게 원한을 품고 죽은 한신·팽월·영포가 저승의 재판을 통해 다시 이승의 조조·유비·손권으로 환생하여 한나라 마지막 임금 헌제(獻帝)로 환생한 유방에게 복수한다는 설정이 소설의 시작이다. 또 『삼국지평화』 전반부는 '장비 『삼국지』'라 불러도 좋을 만큼 장비의 활약이 눈부시다. 유비나 관우가 오히려 엑스트라로 보일 정도다.

그리고 '소설 『삼국지』'의 가장 관건적인 대목이라고 할 수 있는 적벽대전의 디테일도 『삼국지평화』와 『삼국지연의』가 상당히 다르다. 먼저 『삼국지연의』에서는 적벽대전의 작전을 제갈량이 주도하고 오나라 도독 주유(周瑜)와 그의 군사들은 제갈량의 병법을 수행하는 역할로 나오지만, 『삼국지평화』에서는 이와 반대로 주유와 황개(黃蓋) 등 오나라 장수들이 모든 전투과정을 주도하고 제갈량은 동남풍만 불게 하는 보조 역할에 그치고 있다. 『삼국지연의』에서는 그 과정에서 주유와 제갈량이 각각 손바닥에 글자를 쓰고 앞으로의 작전을 확인하는데, 두 사람의 손바닥에는 모두 '화(火)'자가 쓰여 있었다. 그러나 『삼국지평화』에서는 주유의 손바닥에는 '화(火)'자가 쓰여 있었지만 제갈량의 손바닥에는 '풍(風)'자가 쓰여 있었다. 또 『삼국지연의』에서는 제갈량이 풀더미를 가득 실은 배를 타고 가서 북을 울려 조조의 군사들로 하여금 화살을 쏘게 하고 그 결과 화살 10만 대를 얻는 것으로 묘사했지만, 『삼국지평화』에서는 주유가 장막을 둘러친 배를 타고 가서 화살을 얻는 것으로 나온다. 정사 『삼국지』 「배송지주」에서는 손권이 그 일을 했다고 했으므로 『삼국지평화』의 기록이 오히려 역사 사실에 가까운 셈이다. 따라서 적벽대전의 모든 작전을 제갈량이 주도했다고 과장한 것은 명나라 이후 민간 공연의 분식(粉飾)이거나 나관중의 직접적인 미화라고 할 수밖에 없다.

그 밖에도 서로 다른 디테일이 적지 않지만 이 작은 지면에 다 소개하기는 어려우므로 뒷부분의 해제와 본문을 읽으며 확인하시기 바란다.

우리나라에서 『삼국지평화』를 최초로 번역한 사람은 『삼국지』 연구가 정원기다. 그는 20년 전인 2000년에 원문과 번역문을 함께 싣고 꼼꼼한 주석을 단 역주본 『삼국지평화』(청양, 2000)를 출간했다. 이 번역본도 그의 선구적 노력에 많은 도움을 받았다. 하지만 그의 역주본은 절판된 지 오래인데다 학술적 성격이 매우 짙어 일반 독자들이 접근하기가 쉽지 않다. 이에 이 번역본에서는 일반 독자들이 쉽게 읽을 수 있는 독서물이 되도록 힘을 기울였고 정원기 역주본에서 보이는 일부 오류도 바로잡으면서 보다 나은 번역이 되도록 최선을 다했다. 독자 여러분의 질정을 바란다. 또한 일러두기에서 밝혔듯 본문의 삽화는 『신전상삼국지평화』에서 가져온 것이다. 삽화의 내용이 본문의 내용과 일치하도록 노력했으나 지면의 제약으로 일부는 다르게 배치할 수밖에 없었다. 아울러 이 책의 출간을 허락해준 교유당 신정민 대표와 모든 출판과정에 애써준 교유당 식구들에게도 감사의 마음을 전한다.

2020년 10월

수목루(水木樓) 청청재(青青齋)에서

옮긴이 김영문

소설 『삼국지』 최초의 텍스트 『삼국지평화』

김영문

1. 나관중의 『삼국지연의』보다 170여 년 앞선 텍스트

지금 우리가 읽고 있는 '소설 『삼국지』' 판본의 주류는 명나라 나관중이 완성하고 청나라 모종강(毛宗崗)이 다시 정리한 『삼국지연의』다. '소설 『삼국지』'의 평역본이나 번안본도 거의 모두 이 판본의 스토리라인에 의지하고 있다.

그렇다면 나관중의 『삼국지연의』 이전에는 '소설 『삼국지』' 텍스트가 없었을까? 당나라 두보(杜甫)의 「촉상(蜀相)」[1]이나 이상은(李商隱)의 「교아시(驕兒詩)」[2]를 읽어보면 '삼국 이야기'가 당나라 때 벌써 민간에 널리

1_「촉상」에 다음 구절이 있다. "삼고초려하며 빈번하게 천하 계책 물어보자, 2대 동안 건국과 치국에 노신의 마음 바쳤다네. 출전하여 승리 못 하고 몸이 먼저 죽으니, 길이길이 영웅들은 눈물로 옷깃 적시네(三顧頻煩天下計 兩朝開濟老臣心 出師未捷身先死 長使英雄淚滿襟)."

유포되었음을 알 수 있다. 송나라 때도 강사(講史)라는 역사 이야기 공연물 속에 '설삼분(說三分)'이라는 분야가 있었다고 알려져 있다.[3] 하지만 당시 공연 대본이나 소설 텍스트는 전혀 남아 있지 않다. 따라서 지금 우리가 볼 수 있는 『삼국지연의』 이전의 '소설 『삼국지』' 텍스트는 바로 이 『삼국지평화』가 유일하다.

물론 『삼국지평화』의 원제 『신전상삼국지평화(新全相三國志平話)』의 맨 앞에 붙어 있는 '신(新)'이라는 글자에서도 짐작할 수 있듯이 이 판본 이전에도 『삼국지평화』의 구(舊) 텍스트가 있었음이 분명하다. 또 『삼국지평화』 내용에 나오는 "조운(趙雲)이 사용하는 창은 이름이 애각창(涯角槍)으로 바다 끝 하늘 끝(海角天涯)까지 대적할 자가 없다는 뜻이었다. 『삼국지』에서 장비를 제외하면 첫째가는 창술을 구사했다"라는 대목에서도 『삼국지평화』 이전에 '삼국 이야기' 텍스트가 존재했음을 확인할 수 있다. 다만 『삼국지평화』 이전의 '삼국 이야기' 텍스트는 전하는 것이 없기 때문에 그 내용과 체제가 어떤지는 알 수 없다. 그러나 다행히 『삼국지평화』 판본이 전함으로써 정사 『삼국지』에서 출발하여 각종 민간 공연 장르를 거쳐 나관중의 『삼국지연의』에 이르는 '삼국 이야기'의 변화과정을 대략 그려볼 수 있게 되었다.

『삼국지평화』는 현재 일본 내각문고(內閣文庫)에 소장되어 있는 세계 유일본으로 『전상평화(全相平話)』 5종의 하나다. 『전상평화』 5종에는 모

2_ 「교아시」에 다음 구절이 있다. "어떤 이는 장비 같은 수염이라 놀리고, 어떤 이는 등애처럼 말 더듬는다고 비웃네(或謔張飛胡 或笑鄧艾吃)."

3_ 『동경몽화록(東京夢華錄)』 권4. '설삼분(說三分)'은 송나라 이야기꾼[說話人]들이 청중들에게 '삼국 이야기'만을 전문적으로 들려주는 공연 아이템이다.

두 다섯 가지 텍스트가 실려 있는데, 『무왕벌주(武王伐紂)』, 『악의도제칠국춘추후집(樂毅圖齊七國春秋後集)』, 『진병육국 : 진시황전(秦倂六國 : 秦始皇傳)』, 『여후참한신 : 속전한서(呂后斬韓信 : 續前漢書)』, 『삼국지(三國志)』가 그것이다. 여기에 포함된 『삼국지평화』는 원나라 지치 연간에 간행되었으므로 명나라 홍치(弘治) 갑인년(甲寅年, 1494)에 초간본이 나온 나관중의 『삼국지연의』보다 적어도 170여 년 앞선 텍스트에 해당한다.[4]

2. 『삼국지평화』의 체제

『삼국지평화』는 상·중·하 3권이 1책으로 편집된 선장본이다. 책 표지에 『신전상삼국지평화』라는 제목이 크게 판각되어 있지만 각 권두에는 이와 조금 다르게 『지치신간 전상평화삼국지(至治新刊全相平話三國志)』라고 판각되어 있다. 이 번역본에서는 표지 제목에 따라 『삼국지평화』라 부르기로 한다.

제목에 붙어 있는 '전상(全相)'이라는 말은 흔히 '전상(全像)'으로도 쓰는데, 모든 쪽마다 삽화가 들어 있다는 의미다. 실제로 『삼국지평화』 원본에는 맨 위 3분의 1 부분이 삽화, 아래 3분의 2 부분이 문자 텍스트로 되어 있다. 그리고 제목 끝에 붙어 있는 '평화(平話)'라는 말은 당시 이야기 공연 장르의 대본이라는 뜻이다. 송나라 이래 중국 민간 연예에서는 특히 장편 역사 이야기 공연을 '강사(講史)'라 불렀다. 이 '강사'는 점차 창 없이 이야기로만 공연하는 방향으로 발전했고 이들 이야기 공

4_ 지금까지 알려진 나관중의 『삼국지연의』 최고본(最古本)은 명나라 홍치(弘治) 갑인본(甲寅本, 1494)이다.

연 장르의 대본은 점차 독서물로 문자화했는데, 그것이 바로 '평화'다. 여기에서 더욱 발전한 장르가 바로 『삼국지연의』, 『수호전(水滸傳)』, 『서유기(西遊記)』, 『동주열국지(東周列國志)』, 『서한연의(西漢演義)』 등과 같은 장회소설이다. 이는 우리나라 판소리가 장편소설 텍스트로 발전해가는 양상과 비슷하다.

『삼국지평화』는 명나라 이후의 장회소설에 비해 매우 단순하고 소박한 모습이지만 후대 장회소설의 형식적 특징이 거의 담겨 있다. 예를 들어 이야기꾼의 상투어라 할 수 있는 '화설(話說)', '각설(却說)', '차설(且說)', '이야기가 두 갈래로 나뉜다(話分兩說)' 등의 용어가 그대로 쓰이고 있으며 중요한 대목마다 앞의 내용을 축약하고 논평하는 '삽입시'도 적절하게 배치되어 있다. 또 아직 명확하게 장회를 나누지는 않았지만 매 엽(頁) 상단 삽화에 그 대목의 내용을 요약한 표제어가 붙어 있어 후대 장회소설의 각 장 제목에 해당하는 역할을 하고 있다. 게다가 본문 속에도 간간이 굵게 음각한 제목이 들어 있는데, 이는 이야기꾼들이 공연할 때 내건 제목일 것으로 추정된다. 다만 본문의 음각 제목은 한두 줄의 짧은 내용만 축약한 것도 있고 비교적 긴 내용을 축약한 것도 있어 거의 동일한 분량으로 한 장을 이루는 후대의 장회소설 형식과는 서로 다르다. 하지만 이는 아마도 이야기꾼의 융통성과 즉흥성이 발휘되는 대목이 아닌가 한다. 즉 대본에는 불과 한두 줄로 내용을 요약했다 하더라도 공연 현장에서는 이야기꾼이 길게 부연 설명하며 장편의 서사를 이끌 수도 있기 때문이다.

『삼국지평화』의 어휘에도 공연 현장의 분위기가 짙게 배어 있다. 당시 민간 구어를 혼용하고 있을 뿐 아니라 인명이나 지명을 표기할 때도 문자의 정확성보다는 발음의 동일성과 유사성에 주안점을 두고 있다. 즉 제갈량의 성 '제갈(諸葛)'을 '주갈(朱葛)'로, '미축(麋竺)'을 '매죽(梅竹)'으로, '황보숭(皇甫嵩)'을 '황보송(皇甫松)'으로, '사마의(司馬懿)'를 '사마익(司馬益)'으로, 간옹(簡雍)의 자(字) '헌화(憲和)'를 '헌화(獻和)'로, '손건(孫乾)'을 '손건(孫虔)'으로, '신야(新野)'를 '신야(辛冶)'로, '가정(街亭)'을 '개정(皆亭)'으로, '화용(華容)'을 '활영(滑榮)'으로 쓰고 있는데, 이 사례들은 우리 한자 발음으로는 서로 다르게 읽히기도 하지만 중국어로 읽으면 완전히 동일하거나 거의 유사하다.

그리고 사람을 부르는 호칭도 청중의 호기심을 불러일으키고 공연의 흥미를 끌어올리기 위해 역사적 사실과 부합하지 않는 극존칭을 쓰고 있다. 예컨대 유주목(幽州牧) 공손찬(公孫瓚)을 '연주(燕主)'로, 기주목(冀州牧) 원소(袁紹)를 '기왕(冀王)'으로, 회남(淮南)의 군벌 원술(袁術)을 '회왕(淮王)'으로, 형주목(荊州牧) 유표(劉表)를 '형왕(荊王)'으로 표기했다. 심지어는 익주목(益州牧) 유장(劉璋)을 '제(帝)'로 칭하기도 했다.

3. 『삼국지평화』의 내용—장비 『삼국지』

『삼국지평화』의 분량을 『삼국지연의』와 비교해보면 대략 10분의 1에 불과하다. 따라서 스토리 전개가 매우 간략하고 빠른 감이 있다. 특히 하권은 플롯이 약한 대목도 있어서 앞뒤 이야기가 매끄럽게 연결되지 않는 경우도 있다. 하지만 이 텍스트가 이야기꾼의 대본을 바탕으로 구성된 판본임을 감안하면 그렇게 이해하지 못할 요소도 아니다. 옛날 이야기꾼의 대본은 요즘의 연극 희곡이나 영화 시나리오처럼 모든 장면과 대화를 상세히 기록하는 것이 아니라 이야기의 줄거리만 요약하여 기록했을 것이기 때문이다. 특히 『삼국지평화』는 공연 대본에서 독서 텍스트로 바뀌어가는 특징을 매우 짙게 드러내고 있는 만큼 후대 장회소설보다 짜임새가 다소 떨어질 수밖에 없다. 하지만 이야기를 청중에게 들려주는 공연장에서는 요약된 줄거리에 살을 붙이고 피를 섞어 넣어 더욱 강화된 플롯과 생생한 현장음으로 대본 텍스트보다 훨씬 긴 내용을 구연했을 터다. 『삼국지평화』는 이런 특징을 염두에 두고 읽어야 한다.

그럼에도 불구하고 『삼국지평화』에는 독자의 흥미를 끌 만한 특징과 내용이 많이 포함되어 있다. 먼저 눈에 띄는 특징은 장비의 활약이 두드러진다는 점이다. 근래 '삼국 이야기'가 다양하게 변주되면서 '조조 『삼국지』', '관우 『삼국지』', '손권 『삼국지』' 등이 출간되었거나 거론되는 가운데, 심지어 홍콩에서는 영화 〈삼국지-용의부활(三國志見龍卸甲)〉(2008)을 통해 '조자룡 『삼국지』'까지 선보였다. 하지만 장비는 사고가 단순하고 행동이 거친 까닭에 아직 '장비 중심의 『삼국지』'를 구상한다는 말은 듣지 못했다. 그런데 지금부터 700년 전의 『삼국지평화』 공연에서는 장비가 스토리의 중심에 있었다고 해도 과언이 아니다. 특히 제갈량이 등장하기 전까지 전반부는 더욱 그렇다. '도원결의'도 장비가 주도하는 것은 물론 독우(督郵) 최렴(崔廉)을 죽이고 삼형제가 관군에 쫓겨 태항산(太行山)으로 들어가 산적이 될 때도 장비가 앞장선다. 이는 『수호전』에 나오는 양산박 108호걸의 행적과 유사하다. 또 장비는 호뢰관(虎牢關)에서 여포와 싸울 때 혼자서 여포를 물리치는가 하면 소패성(小沛城)에서는 여포의 물샐틈없는 포위망을 뚫고 무인지경을 가듯 세 번이나 조조에게 원군을 청하러 간다. 이후 서주(徐州)를 잃고 삼형제가 뿔뿔이 흩어질 때 장비는 고성(古城)으로 들어가 근거지를 마련하는데, 『삼국지평화』에서는 장비가 그곳에 황종궁(黃鍾宮)이라는 궁궐을 짓고 '무성대왕(無姓大王)'이라 일컬으며 쾌활(快活)이라는 연호까지 쓴 것으로 묘사되어 있다. 말하자면 삼형제 중 가장 먼저 임금이 된 사람은 유비가 아니라 장비였던 셈이다. 이후 사심 없는 장비는 고성으로 찾아온 유비에게 자신의 자리를 양보하며 어서 보위에 오르라고 간곡히 요청한다. 진실로 장비다운 행동이라 할 만하다. 당시 청중들은 단순하고 거칠기는 해도 가장 인간적이고 호쾌한 장비를 좋아했고 이야기꾼들은 그런 청중들의 기호를 공연에 반영하여 장비를 두드러지게 묘사했음에 틀림없다.

이에 비해 『삼국지연의』에서 불세출의 영웅으로 묘사된 관우의 경우는 기존에 알려진 세부 내용은 대개 동일하지만 그 묘사는 그리 선명하지 않다. 장비에 대한 묘사가 너무 특별한 까닭이다. 그렇다고 해도 관우를 존경하는 분위기가 약화되어 있는 것은 아니다. 관우를 관공(關公), 미염공(美髥公), 수정후(壽亭侯), 관장(關將) 등으로 존칭하고 있을 뿐 아니라 관우가 죽는 장면에서는 그의 죽음을 직접 언급하지 않고 "큰비가 내렸다. 그후 오와 위 양국 장수들은 형주에 이르러 성인이 하늘로 돌아갔다고 말했다"라고만 묘사하여 관우의 죽음에 대한 슬픔과 안타까움을 드러냈다. 관우 이야기를 공연할 때 청중의 분위기는 장비의 경우와 달리 매우 장중하고 숙연했음이 분명하다.

조조는 『삼국지연의』에서와 마찬가지로 간웅으로 묘사되지만 간악한 정도가 더욱 강화되어 있다. 예컨대 『삼국지평화』에서 조조는 한 헌제의 태자가 자신을 험담한다고 하여 매질해서 죽이고 헌제를 강제로 보위에서 물러나게 한 뒤 직접 자신의 아들 조비(曹丕)를 황제로 세운다. 이는 정사 『삼국지』에도 없고 『삼국지연의』에도 없는 황당무계한 내용이다. 그러나 당시 민간에서는 유비를 동정하고 조조를 폄하하는 분위기가 강했으므로 조조의 악행을 두드러지게 하는 이런 디테일을 삽입하여 청중의 요구에 부응했던 것으로 보인다.

그 밖에도 유비, 제갈량, 조자룡, 방통, 하후돈, 손권, 주유 등을 묘사하는 대목에도 후대의 『삼국지연의』와 다른 장면이 다수 포함되어 있다.

4. 『삼국지평화』와 『초한지』의 관계

『삼국지』는 『초한지』의 복수극

『삼국지평화』와 『삼국지연의』를 비교해보면 디테일에서 같은 점도 있고 다른 점도 있지만 그중에서도 가장 흥미로운 대목은 『삼국지연의』에는 없는 『삼국지평화』의 도입부다. 간단히 요약하면 『삼국지』가 『초한지』[5]의 복수극이라는 것이다. 즉 한 고조 유방의 건국과정에 큰 공을 세우고도 토사구팽(兎死狗烹)을 당한 한신·팽월·영포가 저승의 판결을 통해 각각 이승의 조조·유비·손권으로 환생하여 한 헌제로 환생한 고조 유방에게 복수를 한다는 설정이다.[6] 아울러 한신에게 천하삼분지계(天下三分之計)를 아뢰고 유방에게서 독립하라고 유세한 괴철(蒯徹)은 제갈량으로 환생하여 역시 유비에게 천하삼분지계를 아뢰고 군사(軍師)로

5_ 중국 역사에서 『초한지』 또는 『초한연의(楚漢演義)』가 출간된 적은 없다. 중국에서 '초한 이야기'를 다룬 대표적인 소설은 명나라 견위(甄偉)의 『서한연의(西漢演義)』다. 이 책은 2019년 2월 교유서가에서 『원본 초한지』(김영문 옮김)라는 제목으로 번역 출간되었다. 이 책 해제에 『서한연의』와 『초한지』가 우리나라에서 유통된 역사가 자세히 정리되어 있다. 여기에서는 '초한 이야기' 관련 소설을 편의상 『초한지』로 칭한다.

활약한다. 또 이 판결을 내린 저승의 제왕 사마중상(司馬仲相)은 사마중달(司馬仲達), 즉 사마의(司馬懿)로 환생하여 진(晉)나라 건국의 기초를 놓고 진나라는 이후 삼국을 통일한다.

기실 '초한 이야기'는 진(秦)나라 멸망과 한(漢)나라 건국과정을 다룬 스토리이므로 '삼국 이야기'보다 거의 400여 년 앞서 발생했다.[7] 따라서 '초한 이야기'가 민간에 널리 알려진 역사도 '삼국 이야기'보다 400여 년 앞섰고 각 시기마다 각종 민간 연예로도 공연되었다. 따라서 이보다 400여 년 뒤에 생겨난 '삼국 이야기'는 자연스럽게 '초한 이야기'의 영향을 받을 수밖에 없었을 터다. 기존의 '초한 이야기'를 잘 아는 청중을 '삼국 이야기' 공연으로 유도하고, 또 그들의 관람 집중도를 높이기 위해서도 두 이야기를 연관시키고 '초한 이야기'의 인물 특성을 '삼국 이야기' 인물에 덧입히는 노력이 필요했다. 『삼국지평화』 도입부에서 '삼국 이야기'가 '초한 이야기'의 복수극이라고 설정한 대목을 통해 이런 사실을 확인할 수 있다.[8]

홍문연과 황학루 연회

『삼국지평화』가 기존 '초한 이야기'의 영향을 받은 사실은 그 자체 내

6_ 『삼국지』가 『초한지』의 복수극이라는 설정은 『삼국지평화』에만 그치지 않는다. 『삼국지평화』보다 앞선 사례로는 송나라 때 간행된 『오대사평화(五代史平話)』가 있고, 후대의 사례로는 명나라 풍몽룡(馮夢龍)이 『유세명언(喻世明言)』에 실은 「요음사사마모단옥(鬧陰司司馬貌斷獄)」이 있다.

7_ '초한 이야기'는 기원전 260년 전국시대 말기의 대상(大商) 여불위(呂不韋)가 진나라 왕손 이인(異人)을 만나는 무렵부터 스토리가 시작되고, '삼국 이야기'는 후한 말기 황건적 봉기(184) 무렵부터 스토리가 시작되므로 거의 440여 년의 간극이 있다.

8_ 앞의 두 단락과 관련된 내용은 『원본 초한지 1』(교유서가, 2019) 34~37쪽 참조.

용을 통해서도 증명된다. 가장 뚜렷한 대목은 '황학루(黃鶴樓) 연회'에서 유비가 주유의 살해 위협을 뚫고 탈출하는 장면이다. 적벽대전 이후 유비가 제갈량의 도움으로 영웅의 기세를 드러내자 손권의 대장 주유는 위협을 느끼고 유비를 황학루로 초청하여 연회를 열고 죽이려 한다. 유비는 주유가 술에 취한 틈을 타 제갈량, 미축, 조자룡 등의 도움으로 연회에서 탈출한다. 『초한지』를 읽은 이라면 이 장면이 '홍문연(鴻門宴)'[9]의 패러디임을 누구나 쉽게 짐작할 수 있다. 초한 쟁패 시기에 초나라 항우(項羽)가 '홍문'에서 잔치를 열고 한나라 유방을 죽이려 한 사실은 정사에 기록된 매우 유명한 일화다.

하지만 황학루는 손권이 오나라 황제가 된 이후인 황무(黃武) 2년(223)에 군사 보루의 하나로 건축되었으므로 적벽대전 직후에는 황학루가 존재하지 않았다. 따라서 주유가 유비를 죽이기 위해 마련했다는 '황학루 연회'는 근본적으로 허구일 수밖에 없다. 그러나 『삼국지평화』에서는 '초한 이야기'의 유명한 장면의 하나인 '홍문연'을 가져와 '황학루 연회'를 설정함으로써 '초한 이야기'로 '삼국 이야기'를 분식하고 유비를 한고조 유방에 비견하여 촉한 정통성을 강화했다. 물론 후대 나관중의 『삼국지연의』에는 이 '황학루 연회' 장면이 나오지 않는다. 사실과 너무 동떨어진 이야기여서 삭제한 것으로 보인다.

서서 어머니의 자결과 왕릉 어머니의 자결

서서(徐庶) 어머니의 자결과 관련된 『삼국지연의』의 대목도 『삼국지평

9_『원본 초한지 1』 제23회.

화』와 비교해보면 '초한 이야기'를 패러디했음에 틀림없다. 『삼국지연의』의 해당 대목은 이렇다. 유비에게 제갈량을 추천한 모사(謀士) 서서는 조조에게 붙잡힌 자신의 모친이 상해를 입을까봐 유비를 떠나 조조에게 간다. 하지만 서서의 어머니는 아들의 행적이 잘못되었다고 꾸짖으며 자결한다. 그런데 『삼국지평화』에는 서서의 어머니가 자결하는 장면이 없다. 기실 이 이야기의 원본은 정사 『삼국지』 「제갈량전(諸葛亮傳)」인데, 여기에도 『삼국지평화』와 마찬가지로 서서가 유비 진영에서 조조 진영으로 넘어가는 장면만 있을 뿐 서서의 모친이 자결했다는 기록은 없다. 그렇다면 서서 어머니의 자결은 나관중의 창작일까?

'초한 이야기'에 해답이 있다. '초한 이야기'를 대표하는 소설 『원본 초한지(서한연의)』에 유방의 맹장 왕릉(王陵)과 그의 어머니 이야기가 실려 있다. 항우는 왕릉이 유방을 도와 초나라에 위협을 가하자 자신의 영역 안에 거주하던 왕릉의 모친을 사로잡고 왕릉을 회유하려 한다. 그러나 왕릉의 어머니는 자신의 아들에게 항우의 위협에 굴복하지 말라고 유언을 남긴 후 자결한다.[10] 이 이야기는 본래 『사기(史記)』 「진승상세가(陳丞相世家)」에 실린 유명한 일화인데, 지금 남아 있는 당나라 변문(變文)[11] 「한장왕릉변(漢將王陵變)」에도 이에 관한 매우 완전한 내용이 전하고 명나라 소정괴(邵正魁)의 『속열녀전(續列女傳)』에도 「왕릉모(王陵母)」라는 제목의 기록이 존재한다.

그러므로 종합해보면 이 이야기는 서서 어머니의 이야기보다 400여

10_ 『원본 초한지 2』 제60회.

11_ 변문은 당나라 때 발생한 민간 연희의 하나다. 본래 불경을 이야기와 노래를 곁들여 청중에게 들려주는 방식이었다. 이후 이런 방식을 본떠 역사 이야기도 공연하기 시작했다.

년 전에 발생하여 대대로 민간에 널리 유포되었고 『삼국지연의』의 저자 나관중도 이 왕릉 어머니 이야기를 모방하여 서서 모친 이야기를 분식했음을 알 수 있다.[12]

관우와 영포의 잘린 머리

'삼국 이야기'와 '초한 이야기'의 관계를 잘 보여주는 또하나의 사례도 『삼국지평화』를 통해 확인할 수 있다. 바로 조조의 죽음과 관련된 일화다. 『삼국지평화』에는 조조의 죽음이 기록되어 있지 않다. 조조가 어떻게 죽었는지에 관한 언급이 전혀 없다. 그런데 이보다 170여 년 이후에 간행된 나관중의 『삼국지연의』에는 조조의 죽음이 매우 자세하면서도 황당하게 처리되어 있다. 즉 오나라에서 관우를 사로잡아 참수한 후 그의 수급을 상자에 넣어 조조에게 보낸다. 조조가 그 상자를 열자 관우의 얼굴이 마치 살아 있는 듯 생생했고 관우의 수염과 머리카락도 마치 분노한 듯 거꾸로 치솟았다. 그 모습을 보고 깜짝 놀란 조조는 병이 들고 결국 회복하지 못한 채 세상을 떠난다. 지금 남아 있는 소설 『삼국지』 최초의 텍스트인 『삼국지평화』에는 이 대목이 없다. 따라서 이른 시기의 '삼국 이야기' 대본이나 공연에는 이 내용이 없었을 가능성이 크다.

하지만 이 역시 '초한 이야기' 텍스트인 『초한지』에 비슷한 대목이 있다. 한 고조 유방과 여후(呂后)가 한나라 건국 공신 한신과 팽월을 죽이자 회남왕(淮南王) 영포는 위협을 느끼고 반란을 일으킨다. 그러나 결국 패배하여 오성(吳成)에게 목이 잘리는데, 오성은 영포의 수급을 유방에

12_ 앞의 내용은 『원본 초한지 1』 37~38쪽 참조.

게 바친다. 유방이 영포의 수급을 보자 죽은 영포의 두 눈에서 기괴한 빛이 쏟아져나왔고 수염과 머리카락도 곤두세우며 사악한 기운을 내뿜었다. 그 기운을 맞은 유방은 땅바닥에 쓰러진다.

결국 『삼국지연의』에서 조조가 관우의 수급을 보고 경악하는 장면은 원나라 때 판각된 『삼국지평화』에는 없으므로 명나라 나관중이 '초한 이야기' 공연이나 텍스트에서 영포와 유방의 이야기를 패러디하여 관우의 죽음을 신비화하고 조조에게 인과응보의 결말을 맞게 한 것으로 보인다. 나관중의 『삼국지연의』가 견위의 『서한연의』보다 먼저 간행되었기 때문에 자칫하면 이와 반대로 『서한연의』가 『삼국지연의』를 패러디했다고도 볼 수 있지만 다행히 『삼국지평화』가 남아 있음으로써 그 전후 관계를 올바르게 추정할 수 있게 되었다.

5. 맺음말

『삼국지평화』는 지금 남아 있는 '소설 『삼국지』'의 최초 텍스트다. 나관중의 『삼국지연의』보다 170여 년이나 앞선다. 이 텍스트에는 중국 장회소설이 민간 이야기꾼들의 공연 대본에서 어떻게 장편소설 장르로 완성되어갔는지 그 특징과 양상이 잘 드러나 있다. 또 체제가 비교적 단순하고 묘사가 거친 감이 있지만 『삼국지연의』와는 서로 다른 내용이 많이 포함되어 있어 재미있는 독서물로서도 독자들의 관심을 끌기에 충분하다. 특히 『삼국지연의』를 이미 여러 번 읽은 독자들은 『삼국지연의』와 『삼국지평화』를 비교하며 '삼국 이야기'의 변화과정을 추적해볼 수도 있고 장비 중심으로 묘사되는 『삼국지평화』에서 또다른 재미를 느낄 수도 있을 것이다. 앞의 해제에서 소개한 내용은 『삼국지연의』와 다른 『삼국지평화』의 두드러진 특징이지만 그 밖에도 서로 다른 디테일이 매우 많다.

또 『삼국지평화』에는 『초한지』와 『삼국지연의』의 영향관계를 밝혀줄 수 있는 중요 단서들과 증거들도 포함되어 있으므로 『초한지』 독자들에게도 독서의 즐거움을 풍성하게 안겨줄 수 있을 것으로 믿는다. 아울러 『초한지』와 『삼국지』를 비교·연구하는 전문 학자들도 『삼국지평화』를 통해 새로운 사유의 단서를 다양하게 얻을 수 있을 것이다.

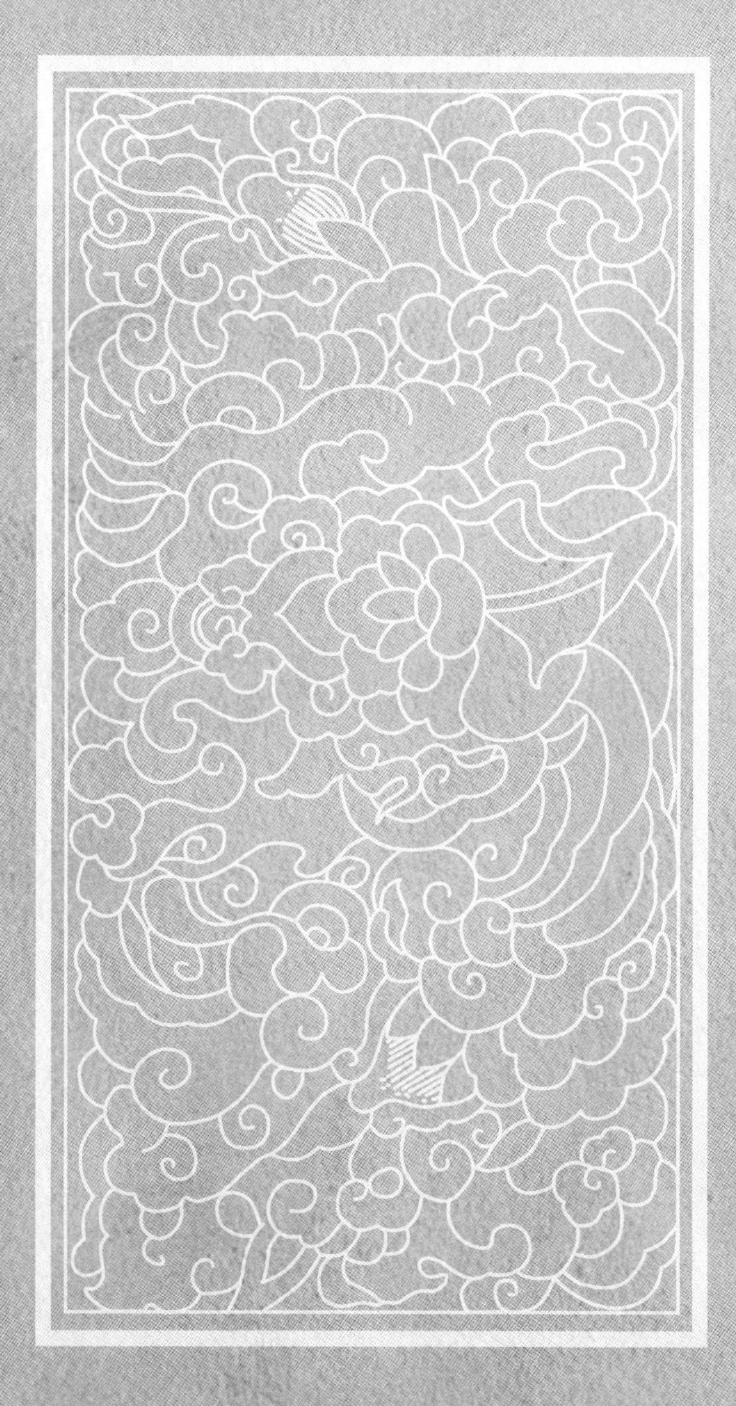

상
上

강동은 오 땅이요 서천은 촉 땅인데, 江東吳土蜀地川,
조조는 영용하게 중원을 점령했네. 曹操英勇占中原.
세 사람은 천하를 삼분하려는 게 아니라, 不是三人分天下,
한 고조에 참수된 원한 갚으러 다시 왔네. 來報高祖斬首冤.

옛날 남양(南陽) 등주(鄧州) 백수촌(白水村)[1]의 유수(劉秀)는 자(字)가 문숙(文叔)이요, 제호(帝號)는 한(漢) 광무(光武) 황제였다. 광(光)이란 해와 달의 빛이 되어 천하를 밝게 비춘다는 의미요, 무(武)란 무위(武威)로

1_ 등주 백수촌은 옛날 중국 남양(南陽)과 등주(鄧州) 지역이었다. 유수는 본래 부친의 임지인 개봉(開封) 난고현(蘭考縣)에서 출생하여 아홉 살 때 부친을 여의고 본래 조상들의 터전인 조양(棗陽) 용릉(舂陵) 백수촌으로 이사하여 거의 20년을 살았다. 백수촌은 현재 난양 바로 남쪽 후베이성(湖北省) 짜오양시(棗陽市) 우뎬진(吳店鎭)이다.

천하를 얻었다는 뜻이다. 이것이 광무로 불리게 된 까닭이었다. 낙양(洛陽, 허난성河南省 뤄양시洛陽市)에 도읍을 정하고 보위에 오른 지 5년이 되었다. 그러던 어느 날 광무제는 어가를 타고 한가롭게 노닐다가 황실 정원에 이르렀다. 정원으로 들어서자 화초와 수목이 기이하여 봐도 봐도 끝이 없었다. 황제가 대신들에게 물었다.

"이 꽃밭이 조성된 건 왕망(王莽)[2] 덕분이오."

근신이 아뢰었다.

"왕망의 덕이 아닙니다. 그자는 백성을 핍박하여 화초를 사서 심었습니다. 그자 때문에 동도(東都) 낙양의 백성이 많이 죽었습니다."

광무제가 서둘러 명령을 내렸다.

"과인의 뜻을 전하라. 내일은 3월 초3일 청명절(淸明節)[3]이니 이제

2_ 전한(前漢) 원제(元帝)의 황후인 효원황후(孝元皇后) 왕정군(王政君)의 조카다. 막강한 외척으로 권세를 누리다가 전한을 멸망시키고 신(新)나라를 세웠다. 이후 왕망에 반대하는 반군이 공격에 나선 가운데 재위 15년 만에 그의 부하들에게 살해당했다.

3_ 보통 춘분(春分) 뒤 15일째 되는 날이다. 중국 전통에서는 이날 답청(踏靑)을 즐기고 성묘를 한다.

한나라 황제가 봄을 즐기다.

방(榜)으로 포고할 내용대로 과인이 백성과 한곳에서 꽃을 감상하겠노라."

다음날 백성들은 모두 황실 정원으로 들어와 꽃을 감상하며 각각 정자를 하나씩 차지하고 앉았다. 그때 한 서생이 나타났다. 사모관대 차림에 검은 신발을 신고 왼손에는 술 한 병을, 오른손에는 사발 하나를 들고 있었다. 등에 금(琴)과 칼, 책상자를 짊어지고 정원으로 들어와 경치를 즐겼다. 그러나 조금 늦게 도착한 탓에 다른 사람들이 이미 정자를 모두 차지하여 앉을 곳이 없었다. 서생은 앞으로 수십 보 걸어가다가 병풍처럼 크게 자란 잣나무를 보았다. 그 잣나무는 푸른 잔디밭을 향해 우뚝 서 있었다. 그는 그곳에 술병과 사발을 내려놓고 금과 칼, 책상자도 벗어놓았다. 서생은 자리를 잡고 앉아 가져온 사발에 술을 따라 단숨에 쭉 들이켰다. 그렇게 술을 연거푸 석 잔을 마시자 순식간에 취기가 반쯤 올랐다.

댓잎 술 한 잔이 가슴 뚫고 지나가자, 一杯竹葉穿心過,

복사꽃 두 송이가 얼굴 위로 피어오르네. 兩朵桃花上臉來.

이 서생의 이름은 무엇인가? 성은 복성으로 사마(司馬)씨이고 자는 중상(仲相)[4]이다. 그는 답답함을 풀기 위해 앉은 채 금을 한 곡 연주한 뒤 책상자를 열고 책을 한 권 꺼냈다. 그는 책을 펼쳐 멸망한 진(秦)나라가 남쪽에서 오령(五嶺)[5] 길을 수리하고, 북쪽에서 만리장성을 쌓고, 동쪽에서 바다를 메우고, 서쪽에서 아방궁을 짓고, 유학자를 죽이고 책을 불태운 대목을 읽다가 분노를 터뜨리며 꾸짖었다.

"무도한 임금이로다! 만약 나 중상이 임금이었다면 어찌 천하의 백성에게 즐거움을 선사하지 않았겠는가?"

또 그는 이렇게 말했다.

"진시황이 백성을 핍박하여 열에 여덟아홉을 죽이자 매장할 곳이 없어서 시체 썩는 냄새가 천지에 가득찼다. 천제(天帝)는 안목이 없어 진시황을 임금으로 삼았단 말인가! 바야흐로 남쪽 낭야(琅耶)[6]에서 항적(項籍)[7]이 반란을 일으키고, 북쪽 서주(徐州) 풍패(豊沛)[8]에서 유삼(劉

4_ 『삼국지연의』 후반부에 나오는 위나라 사마의의 자가 중달(仲達)이다. 중상(仲相)은 중달을 암시한다.

5_ 지금의 후난성(湖南省)과 광시성(廣西省), 광둥성(廣東省)을 가르는 산맥이다. 우리 한자 발음으로 월성령(越城嶺), 도방령(都龐嶺), 맹저령(萌渚嶺), 기전령(騎田嶺), 대유령(大庾嶺)이라는 큰 고개가 있어서 오령이라고 불린다. 오령 남쪽을 흔히 영남지방이라고 한다.

6_ 낭야(瑯琊)라고도 쓴다. 옛날에는 회계(會稽)라고도 했다. 지금의 저장성(浙江省) 사오싱(紹興)이다. 월(越)나라가 한때 산동 낭야(지금의 산둥성 린이臨沂 동쪽 해안)로 도읍을 옮긴 적이 있어서 그곳도 낭야라고 부른다.

7_ 본명은 적(籍), 자는 우(羽)다. 보통 항우(項羽)로 불린다. 진(秦)나라가 멸망한 후 유방과 천하를 놓고 싸우다가 해하(垓下)에서 패배하고 자결했다.

8_ 지금의 장쑤성(江蘇省) 쉬저우시(徐州市) 펑현(豊縣)과 페이현(沛縣)이다. 서주는 유방과 항우가 천하의 패권을 다투던 시기에는 팽성(彭城)으로 불렸다.

三)[9]이 봉기하자 천하의 무장 군사가 갑자기 일어났다. 군대는 갑옷을 입는 수고를 해야 했고, 백성은 도탄에 빠져 고통을 당해야 했다."

그는 말을 마치고 도미꽃이 피어 있는 꽃시렁 근처로 걸어갔다. 그곳에서 비단옷을 입고 꽃무늬 모자를 쓴 사람 50여 명이 문득 몸을 돌렸는데, 맨 앞에 서 있던 장정 여덟 명이 두 줄로 대열을 갖추고 다가왔다. 그들은 자줏빛 도포에 황금 장식 띠를 착용하고 상아홀을 들고 검은 비단 신발을 신고 있었다. 그중 관직 품계는 알 수 없지만 자주색 인수를 찬 사람이 중상에게 아뢰었다.

"신은 옥황상제의 칙지를 받들고 폐하에게 큰 의례에 필요한 여섯 가지 예물을 드리고자 합니다."

한 사람이 봉황무늬로 장식한 황금상을 가져다놓고 그 위에 여섯 가지 예물을 올려놓았다. 평천관(平天冠),[10] 곤룡포, 무우리(無憂履),[11] 백옥규(白玉圭),[12] 옥속대(玉束帶),[13] 서검(誓劍)[14]이 그것이었다. 그가 말을 마치자 중상은 그것을 모두 받았다. 중상은 즉시 그 모든 것을 갖추어 입고 좌정한 뒤 백옥규를 들었다.

여덟 명이 아뢰었다.

"여기는 어가가 머물 곳이 아닙니다."

여덟 명이 말을 마치고 꽃무늬 모자를 쓴 50명을 바라보자 그들은

9_ 한 고조 유방으로 자는 계(季)다. 유방의 맏형은 유백(劉伯), 둘째 형은 유중(劉仲)이었고, 유방은 셋째였다. 이 때문에 형제 순서에 따라 유삼이라고 불렀다. 유방의 동생은 유교(劉交)다.

10_ 황제, 제후, 경대부들이 쓰던 면류관이다.

11_ 옛날 임금이 신던 고급 신발이다.

12_ 흰 옥으로 만든 홀이다.

13_ 옥으로 장식한 띠다.

14_ 상방보검(尙方寶劍)이라고도 한다. 옛날 임금이 쓰던 보검이다.

금방 용봉(龍鳳) 가마를 들고 앞으로 나와 내려놓았다.

"폐하! 가마에 오르시옵소서!"

중상은 황금빛 곤룡포 자락을 잡고 가마에 올라 단정히 앉았다. 장정 여덟 명은 양쪽으로 나뉘어 앞에서 가마를 들었고 뒤편에서는 꽃무늬 모자를 쓴 50명이 빙 둘러서서 호위했다. 행차가 유리전(琉璃殿)에 이르렀다.

"폐하! 가마에서 내리시옵소서."

유리전에 오르자 아홉 마리 용으로 장식한 황금 의자가 보였다. 중상은 의자에 단정히 앉아 태산처럼 만세를 누리라는 외침을 들었다. 만세 외침이 끝나자 여덟 명이 아뢰었다.

"폐하! 왕망의 죄를 아셔야 합니다. 그자는 술에 약을 타서 평제(平帝)를 독살했고, 어린 황제 영(嬰)을 죽였으며, 황후까지 해쳤습니다. 궁궐을 깨끗하게 한다는 명목으로 궁녀를 부지기수로 죽였습니다. 이와 같은 죄를 짓고 나중에 신(新)나라 조정을 세워 황제가 되었습니다. 그의 자는 거군(巨君)입니다. 18년이 지나 남양 등주 백수촌에서 유수가

하늘이 중상을 파견하여 저승 임금으로 삼다.

봉기하여 왕망을 격파한 뒤 천하를 탈취했습니다. 그는 왕망을 죽이고 그 수급을 각 제후들의 저택으로 보내 돌려보게 했습니다. 이제 광무 황제가 즉위하여 재상으로 28수(宿)의 정령[15]을 모두 포용하고 4두후(斗侯)[16]를 장수로 삼아 보좌하게 했습니다. 광무제는 자미원(紫微垣)[17]의 대제(大帝)입니다. 하늘에는 두 태양이 있을 수 없고, 백성에게는 두 임금이 있을 수 없습니다. 폐하께서는 이승에서 관직을 수여하려 해

15_ 광무제 유수가 후한을 건국할 때 큰 공을 세운 28명의 장수를 가리킨다. 하늘의 별자리인 이십팔수가 현현했다고 알려져 있다. 후한 명제(明帝)가 낙양 남궁에 운대각(雲臺閣)이라는 공신각을 지어 그들의 화상(畫像)을 봉안했으므로 흔히 운대이십팔장(雲臺二十八將)이라고 부른다. 등우(鄧禹), 오한(吳漢), 가복(賈復), 경엄(耿弇), 구순(寇恂), 잠팽(岑彭), 풍이(馮異), 주우(朱祐), 채준(祭遵), 경단(景丹), 개연(蓋延), 견심(堅鐔), 경순(耿純), 장궁(臧宮), 마무(馬武), 유륭(劉隆), 마성(馬成), 왕량(王梁), 진준(陳俊), 부준(傅俊), 두무(杜茂), 요기(銚期), 왕패(王霸), 임광(任光), 이충(李忠), 만수(萬脩), 비동(邳肜), 유식(劉植)이 그들이다.

16_ 운대이십팔장과 함께 운대각에 화상이 봉안된 후한 건국 공신 네 명이다. 운대이십팔장과 함께 흔히 운대삼십이장으로 불린다. 왕상(王常), 이통(李通), 두융(竇融), 탁무(卓茂)를 가리킨다.

17_ 북두성의 동북 방향에 있는 별자리다. 15개의 별이 좌우 두 열로 나뉘어 북극성을 호위하는 모양이다. 흔히 천제(天帝)의 거처를 상징하고 속세의 임금이나 임금의 거처를 비유한다.

도 병졸도 없고, 장수도 없고, 모사도 없고, 작은 힘조차 발휘할 신하도 없습니다. 또 만약 광무 황제가 폐하의 존재를 안다면 장졸을 거느리고 원수를 임명하여 폐하를 토벌하는 일을 어찌 그치겠습니까?"

중상이 물었다.

"그럼 과인더러 어떻게 하라는 것이오?"

여덟 명이 아뢰었다.

"폐하! 의자에서 내려오셔서 고개를 들어 처마를 바라보십시오. 이곳은 세상의 장조전(長朝殿) 몇 칸이 아닙니다."

중상은 고개를 들어 붉은 칠을 한 편액을 바라보았다. 키[箕]처럼 획을 늘인 예서(隸書) 네 글자가 황금색으로 쓰여 있었다. '보원지전(報冤之殿, 원통함을 갚는 궁전).' 중상은 고개를 숙이고 한참 동안 생각했지만 끝내 그 의미를 알 수 없었다. 중상이 물었다.

"경들! 짐은 의미를 모르겠소."

여덟 명이 아뢰었다.

"폐하! 이곳은 이승이 아니라 저승입니다. 폐하께서 마침 황실 정원으로 오시어 진나라 멸망에 관한 책을 읽으시며 시황제를 매도하고 천지를 원망하는 마음을 드러내셨습니다. 폐하께서는 어찌 부처를 따라 천상에서 살다가, 또 부처를 따라 인간 세상에 태어난다는 말을 듣지 못하셨습니까?[18] 폐하께서는 요(堯)·순(舜)·우(禹)·탕(湯)의 백성을 보면 상을 주는 것이 합당하고, 걸왕(桀王)과 주왕(紂王)[19]의 무도한 백성

18_ 불교가 정식으로 중국에 전래된 시기는 후한 명제(明帝) 때다. 따라서 이 진술은 후대의 불교 사상이 끼어든 것으로 보아야 한다.

19_ 걸왕은 하(夏)나라 마지막 임금, 주왕은 은(殷)나라 마지막 임금으로 모두 폭군의 대명사다.

을 보면 주살하는 것이 마땅하다고 여기실 것입니다. 폐하께서는 저 현판의 뜻을 알지 못하십니까? 무도한 임금에게는 악랄한 백성이 있기 마련인데, 이는 모두 천제의 뜻입니다. 진시황을 매도한 행동에는 천제를 원망하는 마음이 드러나 있습니다. 이에 천제께서 저를 시켜 폐하를 보원지전에서 저승을 관장하는 임금이 되게 하셨습니다. 저승에서 사사로움 없이 송사를 판결하시면 폐하를 이승의 천자가 되게 하실 것입니다. 판결이 잘못되면 음산(陰山) 뒤로 폄적하여 영원히 인간이 되지 못하게 하실 것입니다."

중상이 물었다.

"짐이 무슨 송사를 판결해야 하오?"

여덟 명이 아뢰었다.

"폐하께서 칙지를 내리시면 자연히 글을 바치고 사정을 호소하는 사람이 있을 것입니다."

"경들이 아뢴 대로 하시오."

칙지를 전하자 과연 어떤 사람이 소리쳤다.

"소신은 억울합니다!"

그의 손에는 억울한 사정을 적은 고소장이 들려 있었다.

중상이 바라보니 황금색 투구를 쓰고, 황금색 갑옷을 입고, 붉은 전포(戰袍)를 두르고, 녹색 신발을 신은 사람이 보였다. 목에서 피가 흘러 전포를 적시고 있었는데, 끊임없이 억울하다는 말만 내뱉었다. 중상이 고소장을 받아 탁자 위에 펼쳐놓고 읽어보니 205년 전 일이었다.

"짐이 어떻게 판결하란 말인가?"

그는 고소장을 탁자 아래로 밀쳐놓았다. 고소인이 말했다.

"소인은 한신입니다. 한 고조의 손에 억울한 일을 당한 회음(淮陰) 사람입니다. 벼슬은 삼제(三齊)[20]의 왕이었고 열 가지 큰 공을 세웠습니다. 겉으로는 잔도(棧道)를 수리하는 척하면서 몰래 진창도(陳倉道)[21]로 진격하여[22] 항우를 몰아내고 오강(烏江)[23]에서 자결하게 했습니다. 이 한신은 한나라의 천하를 창업하는 데 이처럼 큰 공을 세웠습니다. 그런데도 고조는 제 공을 전혀 생각하지 않았습니다. 이전에는 저를 후하게 대접하며 원수로 삼았지만 운몽(雲夢)[24]으로 순행을 간다고 속임수를 썼고, 결국 여후(呂后)[25]를 시켜 저를 잡아들여 미앙궁(未央宮)[26]에서 무딘 검으로 참수했습니다. 신은 억울하게 죽었으니 이제 신을 임금이 되게 해주십시오!"

중상은 깜짝 놀라 물었다.

20_ 전국시대 제(齊)나라 전체 영역이다. 보통 이 지역을 진말(秦末) 이후 교동(膠東), 제(齊), 제북(濟北)으로 나누어 삼제라고 불렀다.

21_ 중국 관중(關中)에서 진령(秦嶺)산맥을 넘어 한중(漢中)으로 가는 가장 서쪽 길이다. 북쪽 진창(陳倉) 보계(寶鷄)로부터 진령을 넘고 봉현(鳳縣)을 거쳐 최남단 약양(略陽)에 닿는다.

22_ 원문 "명수잔도, 암도진창(明修棧道, 暗度陳倉)"은 고사성어로도 쓰인다. 초패왕 항우에 의해 한중으로 좌천된 유방이 한신의 계책에 따라 겉으로는 잔도를 수리하는 체하면서 몰래 진창도로 우회하여 관중으로 쳐들어가서 삼진(三秦)을 함락한 일을 가리킨다. 표면적으로는 사람들의 눈에 띄는 행동을 하여 시선을 빼앗고 뒤로는 진실한 의도를 숨기며 상대의 잘못된 대응을 유도하는 일을 비유한다. 『원본 초한지 2』 제42회와 제43회에 나온다.

23_ 장강(長江)의 지류이기도 하고 그곳 하구에 있는 지명(안후이성安徽省 마안산시馬鞍山市 허현和縣 우장진烏江鎭)이기도 하다. 항우의 자결처로 유명하다.

24_ 몽택(夢澤)이라고도 한다. 고대에 드넓은 소택지가 있어서 유명한 유람지로 기능했다. 지금의 후베이성 샤오간시(孝感市) 윈멍현(雲夢縣)과 그 남쪽 장강 유역 일대다.

25_ 한 고조 유방의 정실 황후다. 한신을 사로잡아 주살했고 한 고조 사후 권력을 전횡하며 여씨 일족을 요직에 등용했다.

26_ 『사기(史記)』「회음후열전(淮陰侯列傳)」 기록에 의하면 한신이 참수된 곳은 장락궁(長樂宮)이다.

"어찌하면 좋소?"

여덟 명이 아뢰었다.

"폐하, 이 송사는 오래전부터 지금까지 판결을 내리지 못했는데, 어떻게 이승에서 임금이 되게 할 수 있겠습니까?"

여덟 명이 아직 말을 다 마치지도 않았는데, 또 한 사람의 고함소리가 들려왔다.

"소신도 억울합니다."

얼핏 바라보니 어떤 사람이 풀어헤친 머리에 붉은 두건을 매고 버들잎 문양을 빽빽하게 새겨넣은 청색 전포를 걸치고 있었다. 녹색 신발을 신고 손에 고소장을 들고서 억울하다고 절규했다. 저승의 황제가 된 중상이 그의 이름을 물었다.

"저의 성은 팽이고, 이름은 월입니다. 관직은 대량왕(大梁王)에 이르렀습니다. 한 고조의 손에 제후로 봉해져 한신과 함께 한나라를 세웠습니다. 그렇게 천하를 태평하게 만들었는데도 신을 등용하지 않고 신의 몸을 찢어서 육장을 담가 천하 제후에게 보내 먹게 했습니다. 이 때문에 소신은 너무나 원통합니다."

황제는 그의 고소장을 접수했다.

그때 또 한 사람이 고소장을 들고 와서 억울하다고 소리쳤다. 머리에는 사자 모양의 투구를 쓰고 몸에는 용비늘 모양을 새겨넣은 푸른 전포를 걸치고 있었으며 발에는 녹색 신발을 신고 있었다.

황제가 이름을 묻자 그가 대답했다.

"신은 한 고조의 신하로 성은 영이고, 이름은 포이며, 관직은 구강왕(九江王)에 봉해졌습니다. 신도 한신·팽월과 함께 힘을 써서 한나라 천하를 세웠습니다. 그 이후 12황제가 200여 년을 이었습니다. 이처럼 큰 공을 세웠지만 태평시대가 되어도 신을 임용하지 않았습니다. 고조는 계략을 써서 우리 세 사람을 배반했습니다. 속임수로 우리를 궁중으로 유인하여 목숨을 앗아갔습니다.[27] 우리는 이처럼 억울한 일을 당했습니다. 폐하! 우리 세 신하에게 임금의 지위를 내려주십시오!"

황제가 대로하여 여덟 명에게 물었다.

"한 고조는 어디에 있는가?"

"폐하께서 칙지를 전하시기만 하면 됩니다."

"경들이 아뢴 대로 시행하라."

여덟 명이 칙지를 한 고조에게 전했다. 얼마 지나지 않아 그가 계단 아래에 이르러 땅바닥에 엎드렸다. 황제가 된 중상이 고조에게 물었다.

"세 사람이 제출한 고소장의 내용이 모두 같다. 한신과 팽월, 영포는 한나라 천하를 세웠다. 그런데도 너는 세 사람이 반란을 일으켰다고 모략을 꾸며 그들의 목숨을 앗아갔다. 이게 대체 무슨 이치인가?"

한 고조가 아뢰었다.

"운몽의 강산에 온갖 아름다운 경치가 있어서 유람하러 갔습니다. 여후에게 임시로 나라를 맡겼을 때 세 사람이 반란을 일으켰는지, 아닌지는 전혀 알지 못합니다. 바라옵건대 여후를 부르시면 일의 단서를 아실 수 있을 것입니다."

칙지를 받고 여후가 왔다. 폐하 만세의 외침이 끝나자 황제가 여후에게 물었다.

27_『사기』「여태후본기(呂太后本紀)」에 의하면 영포는 한신과 팽월이 억울하게 죽은 후 반란을 일으켰다가 피신 도중 오예(吳芮)의 아들 오신(吳臣)에게 피살되었다.

"너는 임시로 나라를 맡았을 때 모략을 꾸며 세 사람이 반란을 일으켰다고 했다. 이 때문에 공신을 죽였으니 너는 무슨 죄에 해당하느냐?"

여후가 고조를 주시하며 말했다.

"폐하께서는 군주이시라 이 강산과 사직을 장악하신 분입니다. 신첩이 폐하께 이렇게 아뢰었습니다. '지금은 태평성대인데 어찌 즐거워하지 않으십니까?' 그러자 폐하께서 이런 성지를 내리셨습니다. '그대는 내막을 잘 모르시는구려. 초패왕은 사납고 포악하게 소리만 지르다가 세 사람의 핍박을 받아 오강에서 자결했소. 세 사람은 잠자는 호랑이와 같소. 만약 깨어나면 과인이 어떻게 감당할 수 있겠소? 과인이 운몽으로 순행을 떠나면서 황후에게 임시로 황제의 자리를 맡길 테니 세 사람을 궁으로 유인하여 목숨을 빼앗으시오.' 그런데 이제 폐하께서는 어찌하여 자신의 책임을 인정하지 않고 신첩에게 죄를 미루십니까?"

중상이 고조에게 물었다.

"세 사람이 모반하지 않았는데도 생명을 해쳐놓고 어찌 자복하지 않느냐?"

여후가 아뢰었다.

"폐하! 신첩의 말이 아니더라도 일을 밝게 증명할 사람이 있습니다."

중상이 물었다.

"밝게 증명해줄 사람이 누구인가?"

"성은 괴(蒯)이고, 이름은 철(徹)이며, 자는 문통(文通)입니다.[28] 폐하께

28_ 본명은 괴철(蒯徹)이나 한 무제 유철(劉徹)의 이름을 피휘하여 흔히 괴통(蒯通)으로 쓴다. 문통은 그의 자다. 한신의 모사로 한신에게 유방, 항우에 맞서 독립하라고 천하삼분지계를 올렸다. 한신은 여후에게 참수될 때 괴철의 말을 듣지 않은 것을 후회했다.

서 불러보시면 바로 단서를 잡으실 수 있을 것입니다."

중상은 문통 괴철을 대전 아래로 불러오게 했다. 신하로서 임금을 뵙는 예를 마치자 황제가 분부했다.

"세 사람이 모반을 했는지, 하지 않았는지 경이 증명해보라."

문통이 아뢰었다.

"이를 증명할 만한 시가 있습니다."

애석하다 회음후 한신공이여,	可惜淮陰侯,
한 고조의 근심을 나눌 수 있었네.	能分高祖憂.
삼진을 질풍같이 석권했고,	三秦如席卷,
연과 조도 한꺼번에 평정했다네.	燕趙一齊休.
밤에는 모래주머니로 강물 막았고,	夜偃沙囊水,
낮에는 도적을 참수했다네.	晝斬盜臣頭.
한 고조는 올바르게 판정 못 하여,	高祖無正定,
여후가 제후들을 참수했다네.	呂后斬諸侯.[29]

중상이 저승의 송사를 판결하다.

각자가 진술을 마치자 중상은 상소문을 써서 천제에게 올렸다. 천제는 황금색 갑옷을 입은 신인(神人)에게 하늘의 첩지를 갖고 가게 했다. 천제가 분부했다.

“중상에게 단단히 기억하게 하라. 한 고조는 세 공신을 배반했으니 세 공신이 한나라 천하를 나누어 갖게 하라. 한신에게는 중원을 나누어주어 조조(曹操)가 되게 하고, 팽월에게는 촉(蜀) 땅 서천(西川, 쓰촨성四川省)30을 나누어주어 유비(劉備)가 되게 하고, 영포에게는 강동(江東)31과 장사(長沙, 후난성 창사시長沙市)를 나누어주어 오왕(吳王) 손권(孫權)이 되게 하라. 한 고조는 헌제(獻帝)가 되게 하여 허창(許昌, 허난성 쉬창시許昌市)에 살게 하고, 여후는 헌제의 아내인 복황후(伏皇后)가 되게 하라. 조조는 천시(天時)를 얻게 하여 헌제를 가두고 복황후를 죽여 복수하게 하라.

29_ 『원본 초한지 3』 345쪽(제93회)에도 비슷한 시가 실려 있다.

30_ 삼국시대에는 서천이라는 지명이 없었고 흔히 서촉(西蜀)으로 불렀다.

31_ 장강은 하류 지역에서 동북 방향으로 흐르다가 다시 동쪽으로 방향을 바꾸어 바다로 유입된다. 그 장강 하류 중 동쪽 지역을 가리킨다. 대체로 장쑤성 남부와 저장성 일대다.

강동의 손권은 지리(地利)를 얻게 하여 많은 산과 강물로 보호받게 하라. 촉 땅의 유비는 인화(人和)를 얻게 하라. 유비는 관우와 장비의 용맹을 취하지만 전략을 세우는 사람이 없으니 괴통을 제주(濟州, 산둥성 동남 지역)에 태어나게 하여 낭야군(琅琊郡, 산둥성 린이臨沂) 사람이 되게 하라. 그의 성은 복성인 제갈(諸葛),[32] 이름은 량(亮), 자는 공명(孔明), 호(號)는 와룡 선생(臥龍先生)으로 불릴 것이다. 그는 남양 땅 등주 와룡강(臥龍岡)에 암자를 짓고 살 것이며, 그곳이 저들 군신이 모이는 자리가 되리라. 함께 천하를 도모하며 서천인 익주(益州, 쓰촨성)로 가서 도읍을 정하고 황제가 되어 50여 년을 이어갈 것이다. 중상도 이승에 태어나서 복성 사마씨(司馬氏)에 자는 중달(仲達)[33]을 쓰며 삼국을 병합하여 천하를 제패할 것이다."

천제가 판결을 마쳤다. 이야기가 두 갈래로 나뉜다.

지금은 한 영제(靈帝)가 즉위한 해인데, 나라 안의 동(銅)과 철(鐵)이 모두 울었다. 황제가 대신에게 물었다.

"옛날에도 이런 일이 있었소?"

재상 황보숭(皇甫嵩)[34]이 앞으로 나서며 아뢰었다.

"반고(盤古)시대에서 지금까지 이런 일이 두 번 있었습니다. 옛날 춘추시대에 제(齊)나라 왕이 등극하자 동과 철이 사흘 밤낮을 울었습니다. 제나라 왕이 대신들에게 동과 철이 울면 임금에게 어떤 길흉이 생기느

32_ 이 부분에서는 제갈(諸葛)이라고 표기되었으나 뒷부분에서는 주갈(朱葛)로 표기된 곳도 있다. '諸'와 '朱'의 중국어 발음이 같아서 혼용한 것으로 보인다.

33_ 사마의(司馬懿)의 자가 중달이다.

냐고 물었습니다. 세 번이나 물었지만 대신들은 아무 말도 하지 못했습니다. 제나라 왕이 크게 화를 내며 상대부 염경(冉卿)에게 물었습니다. '경은 상대부가 되어서도 어찌하여 이 일을 풀지 못하는가? 경에게 사흘의 말미를 줄 테니 길흉을 알아내도록 하라!' 제나라 왕은 사흘 동안 조회도 열지 않았습니다. 염경은 집에 돌아가서도 답답한 마음을 풀 수 없었습니다. 그때 한 문객이 수심이 가득한 염경의 얼굴을 보고 '대부께서는 무슨 일로 우울해하십니까?'라고 물었습니다. 염 대부가 대답했습니다. '선생은 모르는 일이오. 지금 천하의 동과 철이 모두 울어 군왕께서 어떤 길흉이 생기느냐고 물으셨소. 나는 진실로 그 길흉을 알지 못하겠소. 지금 군왕께서 내게 사흘의 말미를 주셨는데, 이 기간 내에 일을 처리하지 못하면 죄를 묻겠다고 하시오.' 문객이 말했습니다. '이 일은 작은 일입니다.' 염 대부가 말했습니다. '선생이 길흉을 알아내면 벼슬에 후한 상까지 받을 것이오.' '임금의 길흉과는 관계없고 산이 무너질 뿐입니다.' '그걸 어떻게 아오?' '동과 철은 산의 자손이고, 산은 동과 철의 조상입니다.' 염 대부는 그 의미를 알아채고 왕에게 아뢰기 위해 즉시 입조했습니다. 제나라 왕이 조정 회의를 열자 염 대부가 앞으로 나서서 아뢰었습니다. '동과 철이 모두 울었지만 길흉과는 관계없습니다.' 제나라 왕이 그럼 어떻게 되느냐고 물었습니다. '산이 무너질 것입니다.' '경이 그걸 어찌 아오?' '동과 철은 산의 자손이고, 산은 동과 철의 조상이므로 길

34_ 원문에는 황보송(皇甫松)으로 되어 있다. '松'과 '嵩'의 중국어 발음이 같아서 생긴 오류다. 황보숭은 동한(東漢) 말기의 명장으로 영제 때 시랑(侍郎), 북지태수(北地太守), 중랑장(中郎將) 등 직책을 역임하며 황건적 진압에 공을 세웠다. 이후 기주목(冀州牧), 도향후(都鄕侯)로 승진했다. 동탁(董卓)이 전횡할 때 참소를 당했다가 그가 주살된 후 태위(太尉), 광록대부(光祿大夫), 태상(太常) 등 직에 올랐다.

흉과는 관계없습니다.' 제나라 왕은 크게 기뻐하며 염경에게 벼슬을 더해주고 대대손손 세습하도록 했습니다. 그렇게 아뢰고 나서 불과 며칠 만에 화산(華山)의 봉우리 하나가 무너졌습니다. 폐하! 지금 이 일도 길흉과는 관계가 없습니다."

말을 마치자 운주(鄆州, 산둥성 둥핑현東平縣)에서 올린 상소문이 도착했다. 태산 기슭이 무너져 땅 아래로 동굴이 하나 생겼는데, 둘레가 수레바퀴만하고 깊이를 알 수 없다는 내용이었다. 이에 사자 한 사람을 보내 길흉을 알아보게 했다.

동굴에서 조금 떨어진 곳에 산골 장원(莊園)이 하나 있었는데, 그곳은 손태공(孫太公)의 장원이었다. 손태공은 아들 둘을 낳았다. 맏이는 농사를 지었고, 둘째는 독서를 하며 장차 손씨 집안을 위해 학문을 닦았다. 그러다가 갑자기 둘째가 나병에 걸려 머리카락이 모두 빠지고 온몸에서 피고름이 흘러나와 악취가 코를 찔렀다. 그리하여 장원 뒤 100보 안팎 되는 곳에 초가집을 짓고 홀로 지내게 했다. 그의 아내가 매일 밥을 가져다주었다.

그날 새벽에도 아내가 밥을 가져갔다. 때는 춘삼월이었는데 아내가 초가집 문 앞으로 다가가자 선비[學究] 남편의 병든 모습이 보였다. 아내는 남편의 비참한 모습을 차마 볼 수 없어서 손으로 코를 막고 몸을 옆으로 돌려 피하며 남편에게 밥을 주어 먹게 했다. 선비가 탄식했다.

"아내는 생전에 같은 방에서 함께 지내고 사후에도 같은 무덤에 묻힌다. 아내가 살아서 나를 싫어하는데, 하물며 다른 사람이랴? 내가 하루 더 살아서 무엇 하겠는가?"

선비가 말을 마치자 아내는 그곳을 떠났다.

선비는 생각에 잠겼다.

'죽을 곳을 찾아보는 게 좋겠다.'

그는 늘 짚고 다니던 지팡이를 찾아서 피고름이 가득한 신발을 신고 초가집에서 북쪽으로 수십 보 걸어가다가 땅이 아래로 꺼진 동굴을 발견했다. 그는 지팡이를 내려놓고 신발을 벗은 뒤 동굴 속으로 뛰어들었다. 동굴 속에 의지할 사람이 있는 듯이 말이다. 그러나 그는 땅에 거꾸로 처박혀 정신을 잃었다. 한참 뒤 깨어나서 눈을 떠보니 얼굴 바로 위로 푸른 하늘이 조각처럼 보였다.

선비가 말했다.

"죽을 곳을 찾아왔는데, 이렇게 살아날 줄 누가 알았겠나?"

시간이 조금 지나자 암흑 속 정북 방향에 밝은 곳이 보였다. 그는 그곳을 향해 십여 보 걷다가 백옥같이 하얀 지팡이 하나를 발견했다. 손을 뻗어 그 지팡이를 잡으려 하자 그것은 지팡이가 아니라 살짝 벌어진 문틈이었다. 어깨로 동굴 문을 밀어 열자 대낮처럼 환한 곳이 나타났다. 돌로 만든 좌석이 보여 그곳에 앉아 한참 동안 숨을 고르자 몸이 노곤해져왔다. 그는 돌좌석에 누워 잠이 들었다. 몸이 편안해지면서 발바닥에 무엇인가 물컹거리는 느낌이 들었다. 선비는 깜짝 놀라 일어났다. 무엇을 보았는가? 어찌 된 일인지 모르겠지만 선비가 온 이곳은 한나라 400년 천하의 멸망이 예비된 곳이었다.

선비는 거대한 뱀 한 마리를 보았다. 한 곳에 똬리를 틀고 있었는데, 크기가 3척(尺)[35]은 되었다. 뱀은 바로 동굴 안으로 들어갔다. 선비가 뱀을 따라 동굴로 들어가자 뱀은 간데없었고 돌상자만이 보였다. 선비가 손으로 돌상자 뚜껑을 열자 두루마리 문서 하나가 들어 있었다. 꺼내서

손 선비가 천서를 얻다.

읽어보니 440가지 병을 치료하는 책이었다. 그런데 신농씨(神農氏)의 온갖 약초도 쓰지 않고, 뜸도 뜨지 않고, 환약도 쓰지 않고, 보조약도 쓰지 않고 모든 병을 치료하는 방법이 적혀 있었다. 모든 증상에 주문을 외우고 물 한 잔을 마시면 바로 치료가 가능했다. 고질병을 고치는 대목에 이르자 거기에는 선비의 병을 치료할 수 있는 처방이 쓰여 있었다. 선비는 그 대목을 읽고 크게 기뻐하며 그 천서(天書)를 잘 수습해서 동굴을 나와 돌좌석 위에 앉았다.

한편, 선비의 아내는 밥을 갖고 왔다가 선비가 보이지 않자 돌아와서 시아버지에게 알렸다. 시아버지는 즉시 맏아들을 데리고 선비를 찾아 나섰다. 동굴 근처에 이르자 선비의 지팡이와 피고름으로 범벅이 된 신발이 보였다. 선비의 부모와 형, 아내는 동굴 주변을 빙빙 돌며 오랫동안 슬프게 곡을 했다. 그때 땅속에서 어떤 사람이 부르는 소리가 들려왔다. 그들은 밧줄을 가져와서 나뭇가지에 맨 다음 동굴 속으로 들어가 선비

35_ 길이의 단위다. 각 시대마다 길이가 조금씩 달랐다. 한나라 때는 1척이 약 23센티미터였고, 지금은 약 33센티미터에 해당한다.

를 구출했다. 선비가 땅 위로 올라와 부자가 다시 만나자 두 사람은 대성통곡했다. 이윽고 울음을 그치고 선비가 말했다.

"아버지! 걱정하지 마십시오. 제가 천서 한 권을 얻었는데, 이제 제 병을 치료할 수 있습니다."

그들은 즉시 함께 장원으로 가서 맑은 물 한 잔을 떠놓고 주문을 외운 뒤 뱃속으로 물을 삼켰다. 선비의 병이 바로 나아 머리카락과 피부가 옛날처럼 회복되었다. 이후 원근을 불문하고 사람들이 몰려와 병을 고쳐달라 청했고 그의 처방으로 병이 낫지 않는 사람이 없었다. 그에게 보내준 돈이 2만여 관(貫)이나 되었고 제자도 500여 명이 되었다.

제자 중에 성은 장(張), 이름은 각(角)이라는 사람이 있었다. 그는 그날 사부님에게 작별인사를 하며 말했다.

"집안에 연로하신 어머니가 계시는데, 제가 보살펴드려야 합니다."

선비가 말했다.

"이곳을 떠날 때 너에게 좋은 처방이 적힌 책 한 권을 줄 테니 이제 이곳에 오지 않아도 상관없다."

선비는 장각에게 책을 건네주며 천하의 환자를 치료하되 절대 돈이나 재물을 받아서는 안 된다고 분부했다.

"꼭 내 말에 따라야 한다!"

장각은 사부님에게 작별인사를 하고 집으로 돌아갔다. 그는 거쳐가는 곳마다 병을 치료했다. 모든 병을 고쳐주면서도 돈이나 재물은 전혀 받지 않았다. 장각이 말했다.

"만약 의술을 배우고 싶은 사람이 있다면 젊은 남자는 나를 따르며 제자가 될 수 있다. 그러나 늙은 사람은 받지 않겠다."

장각이 사방을 두루 돌아다니자 제자가 10만여 명이나 생겼다. 그는 그들의 이름과 본적, 생년월일을 적었다.

"내가 너를 쓰기 위해 글을 띄우면 쏜살같이 달려오너라. 다만 제자들은 모두 나의 훈시에 따라야 한다. 글을 받고도 오지 않는 자는 절명할 것이다. 또 나를 따르지 않는 자도 참화를 당할 것이다!"

그러던 어느 날 황건적이 반란을 일으켰다. 그 무렵 장각의 글이 천하에 떠돌았다. 며칠 지나지 않아 제자들이 모두 양주(揚州) 광녕군(廣寧

황건적이 반란을 일으키다.

郡)[36] 동쪽 30리 장가장(張家莊, 장씨 마을)에 모였다. 장각과 고종사촌 세 사람도 그 마을에 모였다. 그들은 일제히 소리를 질렀다.

"둘째 아우, 들어오게!"

둘째가 큰 보자기 네 개를 가져와서 그들 앞에 풀어놓았다. 모두가 황건(黃巾, 누런 머리띠)이었다. 그들은 그것을 모인 사람들에게 나누어준 뒤 머리에 묶게 했다. 장각은 사람들을 효유했다.

"이제 한나라 천하는 멸망하고 우리가 흥성할 것이다. 내가 어느 날 임금이 되면 공이 큰 사람은 왕으로 봉할 것이고, 그다음은 제후로 봉할 것이며, 공이 적은 사람도 자사(刺史)에 봉할 것이다."

효유가 끝났지만 그들에게는 갑옷과 무기가 없었다. 그들 모두 투구도 없이 부드러운 전포만 입고 있었고 손에는 나무 곤봉만 들고 있었다. 선두에 선 장각 등 세 사람은 마침내 10만 장졸을 이끌고 먼저 양주를 탈취한 뒤 갑옷을 입고 활, 칼, 군마, 무기 등으로 무장했다.

36_ 광릉(廣陵)의 오류로 보인다. 광릉은 지금의 장쑤성 양저우시(揚州市) 광링구(廣陵區)다.

당일에 거병하여 양주 광녕군을 필두로 마을을 만나면 마을을 점령하고 현(縣)을 만나면 현을 차지했다. 주(州)와 부(府)도 부지기수로 접수했다. 도처에서 가산을 모두 기울여 봉기하는 가문이 많았다. 장각을 따르지 않는 자는 죽이거나 포로로 잡았다. 한나라 천하가 셋 중 둘은 장각에게 점령되었다. 황건적은 군사 36만을 모았다.

그 무렵 한 영제는 조회를 열고 대신들을 불러모아 국사를 논의했다.

"지금 황건적이 군사 36만을 모았다고 하오. 어찌하면 좋소?"

황보숭이 앞으로 나서서 아뢰었다.

"폐하께 아뢰옵니다. 신이 말씀드리는 세 가지 일에 의지하면 황건적은 저절로 멸망할 것입니다."

황제는 그 세 가지가 무엇인지 물었다.

황보숭이 아뢰었다.

"첫째, 천하에 두루 사면 조칙을 내리십시오. 사면 대상은 흉악한 무리가 되어 반역을 꾀하며 산림에 모여 성곽을 공격한 자들입니다. 둘째, 조정의 명령을 받은 관리를 죽이고 창고를 약탈하면서 백성에게 해를 끼친 자들입니다. 셋째, 스스로 황건을 버리면 사면하여 국가의 양민으로 삼으시고, 황건을 버리려 하지 않으면 온 집안을 주살하십시오."

"경이 아뢴 대로 시행하시오. 사면 조서가 도착하는 날 바로 죄수들을 모두 사면하시오."

황보숭이 또다시 아뢰었다.

"지금 우리 조정은 군사가 미약하고 장수도 부족합니다. 하여 세력이 방대한 황건적을 격파할 수 없습니다. 폐하께서 천하의 의병에게 조서를 내려 관직을 높여주시고 후한 상도 내리십시오. 원수 한 명을 임명하시어 백지조서[空頭宣誥][37]로 삼군을 넉넉히 포상하십시오. 후한 상 아래에서 반드시 용감한 군사가 탄생합니다."

황제가 물었다.

"누구를 원수로 삼으면 좋겠소?"

"원수로 삼을 만한 사람이 있으면 그에게 원수 인수를 수여하시고, 그런 사람이 없으면 소신이 직접 가겠습니다."

"경에게 인수를 수여하겠소."

그 밖에도 황제는 황보숭에게 진귀한 보배를 하사하고 어림군(御林軍) 10만을 인솔하라고 분부했다. 또 다음과 같은 칙지도 내렸다.

"어가는 없더라도 짐이 직접 행차한 것처럼 마음대로 일을 처리해도 좋소."

황보숭은 황금 인수를 차고 원수가 되어 황제에게 작별인사를 한 뒤 군사를 이끌고 조정을 떠났다. 황보숭을 읊은 시가 있다.

한나라가 기울어 감당할 수 없는데,	漢室傾危不可當,
황건적은 모반하여 온 동방을 횡행하네.	黃巾反亂遍東方.
도적의 만행에 말미암지 않았더라도,	不因賊子胡行事,
하늘을 지탱할 동량임이 분명하네.	合顯擎天眞棟梁.

그 무렵 성은 관이요, 이름은 우, 자는 운장(雲長)인 사람이 있었다.

37_ 공두칙(空頭敕) 또는 공두고신(空頭告身)이라고도 한다. 이름을 명기하지 않은 일종의 임명장이다. 난리를 평정하는 장수나 백성을 효유하는 관리가 조정에서 발행한 백지조서를 갖고 다니면서 반란군 장수나 인재의 이름을 써넣어 그들에게 바로 수여하고 투항하게 했다.

그는 평양(平陽) 포주(蒲州) 해량(解良)[38] 사람이었다. 신령스러운 눈썹에 봉안을 갖고 있었으며 수염을 길게 길렀다. 또 얼굴빛은 자주색 옥과 같았고 키는 9척 2촌이었다. 그는 『춘추좌전(春秋左傳)』을 즐겨 읽으면서 난신적자의 기록을 접하면 바로 화를 내며 미움의 감정을 드러냈다. 그곳 현의 관리가 탐욕에 빠져 뇌물을 좋아하자 현령을 죽이고 탁군(涿郡)으로 도주했다.

환난 피하여 떠도는 일 일어나지 않았다면,	不因躲難身漂泊,
재산 나누며 의리 중시한 일 어떻게 만났으랴?	怎遇分金重義知.

또 한 사람이 있었다. 성은 장이요, 이름은 비, 자는 익덕(翼德)[39]으로 연(燕) 땅 탁군 범양(范陽, 허베이성河北省 줘저우시涿州市) 사람이었다. 표범 머리에 왕방울눈, 제비턱에 호랑이 수염을 하고, 키는 9척이 넘었으며 목소리는 큰 종이 울리는 것 같았다. 집안이 매우 부유했다. 그는 문 앞에 한가로이 서 있다가 거리를 지나는 관우를 보았다. 생긴 모습은 비범했지만 의복은 남루했는데 그곳 사람이 아닌 듯했다. 장비는 성큼성큼 앞으로 다가가 관우에게 예를 갖추어 인사했다. 관우도 답례했다. 장비가 물었다.

"군자께선 어디로 가시오? 또 어디 분이시오?"

38_ 해량(解梁)으로도 쓴다. 춘추시대 진(晉)나라 육경(六卿)의 한 사람인 지백(智伯)의 봉토였다. 지금의 산시성(山西省) 융지시(永濟市) 구청촌(古城村) 일대다. 행정 명칭의 변화에 따라 해현(解縣), 해주(解州), 해우(解虞)라고도 했다.

39_ 정사에는 익덕(益德)으로 나온다.

관우도 장비가 묻는 모습을 보니 그 풍채가 매우 비범해 보였다. 관우가 대답했다.

"아무개는 하동(河東) 해주(解州) 사람이오. 그 고을 관리가 불공정하게 백성을 학대하여 내가 그를 죽였소. 그래서 고향에서 살지 못하고 이곳으로 도피해왔소."

장비는 관우의 말을 듣고 그가 대장부의 뜻을 품고 있음을 알았다. 그는 관우를 주막으로 데려가 대접했다. 장비는 술을 주문하며 200전(錢)어치 술을 가져오라고 했다. 주인은 대답하고 술을 가져왔다.

관우는 장비가 경솔한 사람이 아님을 알고 함께 이야기를 나누며 의기투합하여 술을 모두 마셨다. 관우는 답주를 사고 싶었으나 돈이 없어서 괴롭다는 뜻을 표했다. 그러자 장비가 말했다.

"무슨 그런 생각을 하시오?"

장비는 주인에게 술을 더 가져오라고 했다. 두 사람은 서로 잔을 권하며 의기투합하여 대화를 나누었다. 그 모습이 마치 오랜 친구 같았다.

용과 범이 서로 만나는 날은,	龍虎相逢日,
군신이 기쁘게 모이는 때일세.	君臣慶會時.

그리고 성은 유이고, 이름은 비이며, 자는 현덕(玄德)이라는 사람이 있었다. 그도 탁군 범양 사람이었다. 한 경제(景帝) 17대손[40]으로 중산정왕(中山靖王) 유승(劉勝)의 후손이었다. 용의 얼굴에 콧날이 우뚝했고 봉

40_ 실제로 유비는 중산정왕의 13대손으로 알려져 있다. 뒷부분에는 유비를 한 고조의 17대손, 중산정왕의 17대손으로 쓴 곳도 있다. 원본 그대로 번역하고 고치지 않았다.

의눈을 하고 있었다. 등은 우임금 같았고 어깨는 탕임금 같았다. 키는 7척 5촌이었고 팔을 늘어뜨리면 손이 무릎 아래까지 닿았다. 말을 할 때 얼굴에 기쁨과 노여움의 감정이 드러나지 않았고 영웅호걸과 사귀기를 좋아했다. 어려서 부친을 여의고 모친과 자리를 짜고 짚신을 삼아 생계를 이었다. 집 동남쪽 울타리 구석에 뽕나무 한 그루가 있었는데, 높이가 다섯 길이나 되었다. 집으로 들어설 때 바라보면 겹겹이 덮인 뽕나무 가지 모습이 마치 작은 수레의 덮개 같았다. 그곳을 왕래하는 사람들은 모두 그 뽕나무의 비범한 모양을 기이하게 여기며 반드시 귀인이 탄생할 것이라고 한마디씩 했다. 현덕은 어렸을 때 같은 가문의 아이들과 나무 아래에서 놀다가 이렇게 말했다.

"나는 천자가 되었다. 이곳이 장조전이다."

그의 숙부 유덕연(劉德然)[41]은 그런 말을 하는 현덕을 꾸짖었다.

"너는 우리 가문을 멸망시킬 말을 하지 마라."

41_『삼국지연의』에는 유덕연이 아니라 유원기가 유비의 숙부로 나온다.

도원결의 1

유덕연의 부친은 유원기(劉元起)였다. 유원기의 아내가 말했다.

“그 아이 일가를 우리 가문에서 쫓아내시지요.”

유원기가 말했다.

“우리 가문에 이 아이가 있소. 비범한 아이요. 당신은 그런 말을 하지 마시오!”

그의 나이 열다섯이 되자 현덕의 모친은 그를 공부시키기 위해 외지로 보냈다. 현덕은 구강 태수(九江太守) 노식(盧植)를 섬기며 학업을 계속했다. 그러나 덕공(德公)[42]은 독서를 그다지 좋아하지 않았고 명견과 명마를 좋아했다. 또 좋은 옷 입기를 즐겼으며 음악을 사랑했다.

그는 그날 시장에서 짚신을 다 팔고 주점으로 들어가 술을 마셨다. 관우와 장비는 덕공의 모습이 매우 비범하다고 생각했다. 그는 말로 표현할 수 없는 복의 기운을 지니고 있었다. 관우는 덕공에게 술을 건넸다. 덕공 역시 두 사람의 비범한 모습을 보고 매우 기뻐했다. 그는 사양

42_ 이 소설에서는 유비 현덕을 덕공으로도 부른다.

하지 않고 술잔을 받아서 단숨에 마셨다. 술잔을 비우자 장비가 또다시 잔을 채웠다. 덕공은 장비의 술잔을 또다시 받아 한입에 털어넣었다. 장비는 덕공에게 합석을 청했다. 술이 세 순배 돌자 세 사람은 함께 앉아 옛날부터 사귄 사람들처럼 의기투합했다.

장비가 말했다.

"이곳은 우리가 계속 앉아 있을 자리가 아니오. 두 분께서 물리치지 않는다면 우리 집으로 가서 한 잔 더 마시고 싶소."

두 사람은 장비를 따라 그의 집으로 갔다. 후원에 복숭아밭[桃園]이 있었고 그 가운데 작은 정자가 있었다. 장비는 두 사람을 초청하여 정자 위에 술자리를 마련하고 함께 즐겁게 술을 마셨다. 그러면서 세 사람은 각자 나이를 밝혔다. 덕공이 가장 나이가 많았고, 그다음이 관우였으며, 장비가 가장 적었다. 이로써 나이가 많은 사람은 형이 되었고 나이가 적은 사람은 아우가 되었다. 백마를 잡아 하늘에 제사지내고 오우(烏牛, 검은 소)를 잡아 땅에 제사지냈다. 세 사람은 같은 날 태어나지는 못했지만 같은 날 죽기로 약속했다. 함께 다니고, 함께 앉고, 함께 잠을 자

도원결의 2

며 형제가 되기로 맹세했다.

덕공은 한나라가 누란의 위기에 처하여 도적이 들끓고 백성이 황망하게 떠도는 상황을 보며 탄식했다.

"대장부가 세상에 태어나 이렇게만 살아야 할까?"

그들은 수시로 함께 대책을 논의하며 도탄에 빠진 백성을 구제하고 천자가 겪고 있는 목전의 위기를 해결하려고 했다. 어명을 훔치는 간신이나 권력을 농단하는 역적을 보면 늘 불평불만을 털어놓았다.

용과 범이 다투지 않고 인의를 일으키니, 不爭龍虎興仁義,
역적들과 간신들이 꿈속에서도 놀라겠네. 賊子讒臣睡裏驚.

어느 날 장비는 두 형에게 말했다.

"지금 황건적이 전국 고을을 횡행하며 백성의 재산을 강도질하고 사람들의 아내와 딸들을 겁탈하고 있소. 이제 저 도적떼가 이곳으로 오면 이 장비에게 재산이 많다 해도 주인 노릇을 할 수 없소."

현덕이 말했다.

"그와 같다면 어떻게 하면 좋겠는가?"

장비가 대답했다.

"우리가 연주(燕主)[43]에게 고하고 의병을 모집하면 도적떼가 온다 해도 무엇이 두렵겠소?"

현덕과 관우가 말했다.

"그것 참 일리 있는 말이다."

그러고는 바로 말을 타고 집을 떠나 그 일을 논하기 위해 연주를 찾아갔다.

순식간에 연주의 관아 계단 앞에 이르러 말에서 내리자 문지기가 가로막았다.

장비가 말했다.

"아무개가 특별히 주공(主公)을 뵈러 왔소. 상의할 일이 있소이다."

문지기가 대답했다.

"조금만 기다리십시오. 제가 주공께 보고하겠습니다."

문지기가 대청 앞으로 가서 아뢰었다.

"어떤 사람이 관아 앞에 왔는데, 주공과 상의할 일이 있다고 합니다."

연주가 말했다.

"뫼셔라!"

장비는 문지기를 따라 대청으로 갔다. 연주는 자리를 내주며 앉으라고 했다. 연주가 물었다.

43_ 연(燕) 땅의 군주란 뜻이다. 연 땅은 당시에 유주(幽州)였고 유주자사(幽州刺史)는 공손찬(公孫瓚)이었다.

"공은 무엇 하러 왔소?"

장비가 대답했다.

"지금 황건적이 온 천하를 휩쓸고 있습니다. 만약 이곳으로 온다면 방비도 없는 상황에서 연경(燕京, 베이징시北京市)이 짓밟히지 않겠습니까?"

"그렇기는 하나 금고에 돈이 없고 창고에도 곡식이 없소. 군인들을 먹일 군량이 없단 말이오. 그런데 누가 대장이 되려 하겠소?"

"저는 비록 상부에 소속된 천한 백성이지만 군인을 먹일 재산을 조금 갖고 있습니다."

"의병을 불러모은다 해도 누가 군사를 이끄는 대장이 되려 하겠소?"

"우리집에 성은 유씨요, 이름은 비, 자는 현덕이란 사람이 있습니다. 그 사람은 중산정왕 유승공(公)의 후예입니다. 용의 얼굴에 콧대가 우뚝하고 봉의눈을 가졌습니다. 귀가 커서 어깨까지 늘어졌고 팔이 길어 손이 무릎 아래에까지 닿습니다. 그 사람을 대장으로 삼을 만합니다."

연주는 즉시 명령을 내려 의병의 깃발을 높이 세우게 했다. 대장은 유현덕이었고, 그 아래에 관운장(關雲長), 장익덕(張翼德), 미방(糜芳), 간헌화(簡獻和),[44] 손건(孫乾)[45] 등이 있었다. 한 달도 되지 않아 의병 3500명을 모았다.

연주는 그날 연병장에서 유비와 함께 군사훈련을 했다. 연주가 살펴보니 모집한 장수들은 각각 용력이 있었고 모두 위엄이 있었다. 연주는

44_ 간옹(簡雍)이다. 간옹의 자가 헌화(憲和)인데 헌화(獻和)로 썼다. '獻'과 '憲'의 중국어 발음이 같다. 간옹은 유비와 동향으로 유비 진영의 주요 모사 중 한 사람이다.

45_ 원본에는 '乾'을 '虔'으로 썼다. 발음이 같아서 혼용한 것으로 보인다.

매우 기뻐했다. 그때 정문 중간에서 한 사람이 보고했다.

"난리가 일어났습니다!"

유주에 용장들 모여 군사를 일으키니,	幽郡聚勇興戈甲,
모반한 황건적이 죽을 곳을 찾아오네.	反亂黃巾覓死來.

연주가 물었다.

"무슨 난리냐?"

"지금 황건적이 성밖 100리까지 와서 유주를 빼앗으려 합니다."

"의병 대장께선 어떻게 하시려오?"

현덕이 대답했다.

"주공께선 염려하지 마십시오. 이 유비가 군사를 이끌고 황건적을 격파하겠습니다."

현덕은 말을 마치고 연주에게 작별인사를 한 뒤 모집한 장수들을 거느리고 성을 나가 성밖 30리 지점에 진채를 세웠다.

현덕은 군막 안 대장단에 앉아 물었다.

"적병 숫자가 얼마인지 누가 염탐해오겠느냐?"

말이 끝나지도 않았는데 장비가 군막 앞에서 대답했다.

"이 장비가 가겠습니다."

"아우가 가겠다니, 조심하게!"

장비는 말을 타고 진채를 나섰다. 얼마 지나지 않아 장비가 돌아왔다. 그가 말에서 내려 군막 앞으로 다가와 보고했다.

"지금 한나라 천자께서 조칙을 지닌 원수 황보숭을 파견했소. 죄를 지었다 하더라도 군사를 모집하고 군마를 사서 황건적을 무찌를 사람이 있으면 바로 선봉장 인수를 준다 하오. 또 황건적을 멸망시킬 수 있으면 벼슬과 상을 내린다 하오. 형님께 아뢰오. 우리가 이곳에만 있으면 한 군(郡)의 주인 노릇만 할 수 있을 뿐이오. 차라리 한나라 원수에게 투신하여 국가를 위해 힘쓰는 게 더 좋지 않겠소. 동쪽을 소탕하고, 서쪽을 휩쓸고, 남쪽을 정벌하고, 북쪽을 토벌하면 오늘날 혁혁한 공을 세울 수 있고 후세에까지 이름을 날릴 수 있을 것이오."

현덕은 장비의 말을 듣고 크게 기뻐했다. 그는 즉시 휘하 장수들을 이끌고 진채 밖으로 나가 원수를 영접했다.

원수는 군막 단상으로 올라가 말했다.

"지금 천자께서 여러분이 함부로 의병을 모집한 죄를 사면하셨소. 이제 또 황건적을 무너뜨리면 높은 관직과 후한 상을 내리실 것이오."

원수는 말을 마치고 현덕에게 자리를 내주고 앉게 했다. 관우와 장비, 다른 장수들은 현덕 곁에 시립했다. 원수는 현덕과 관우, 장비의 위엄 있는 모습을 보고 매우 기뻐했다.

"이런 영웅들에게 의지하니 황건적이 지푸라기처럼 보이는구려!"

원수는 즉시 현덕에게 선봉장 인수를 채워주고 날랜 기병을 보내 황건적 수를 탐문하도록 했다.

정탐병이 돌아와 보고했다.

"적병의 세력이 아주 큰데, 연주(兗州) 습경부(襲慶府)[46]에 군사가 가장 많습니다. 적병 50만은 두 곳에 나뉘어 있습니다. 연주에는 적병

46_ 원문에는 습(襲)이 석(昔)으로 되어 있다. 당시 민간 구어의 발음([Xi])이 비슷하여 혼용한 것으로 보인다. 지금의 산둥성 지닝시(濟寧市) 옌저우구(兗州區)다.

30만이 있고, 연주에서 30리 떨어진 행림장(杏林莊)에는 우두머리 두 명이 있습니다. 그중 한 명은 장보(張寶)이고, 다른 한 명은 장표(張表)입니다.[47] 그들은 20만 군사를 거느리고 있습니다."

원수는 선봉장에게 군사 5만을 이끌고 습경부로 가서 적의 허실을 정탐하도록 했다.

선봉장 유비가 말했다.

"5만 군사는 필요 없습니다. 제가 거느린 본부 군사 3500명으로도 충분합니다."

그는 먼저 임성현(任城縣, 산둥성 지닝시濟寧市 런청구任城區)으로 가서 진채를 세웠다. 원수의 대군도 그 뒤를 따라가서 임성현에 진채를 세웠다. 그러고는 장수들에게 누가 적의 허실을 살펴보고 안무(按撫)하겠느냐고 물었다.

유비가 말했다.

"선봉장인 제가 가겠습니다."

원수는 즉시 황제의 조칙을 갖고 가도록 분부했다. 유비는 조칙을 받아들고 원수와 헤어져 본부 군사를 이끌고 임성현 동문으로 가기 위해 강을 건넜다. 전방에 있는 반촌(班村)으로 가서 현덕이 물었다.

"여기서 행림장까지는 거리가 얼마나 되오?"

"대략 15리입니다."

현덕이 군사들에게 물었다.

"누가 황제의 조칙을 갖고 행림장으로 가서 장표를 안무하겠는가?"

47_ 정사와 『삼국지연의』에는 장각(張角), 장보(張寶), 장량(張梁) 삼형제가 황건적의 난을 일으켰다고 기록되어 있다.

현덕의 말이 끝나자 장비가 대답했다.

"이 장비가 가겠소."

"군사가 얼마나 필요한가?"

"군사는 필요 없소. 이 장비가 혼자 조칙을 갖고 행림장으로 가서 장표를 안무하겠소."

장비는 혼자 말을 타고 행림장으로 갔다. 문지기 병졸도 장비를 막지 못했다. 그는 곧바로 군막 아래로 가서 말을 세우고 창을 비껴들었다. 군막 단상 위에는 50여 장수가 앉아 있었고 장표는 그 가운데 좌정해 있었다. 군막 아래에는 500여 군사가 창을 들고 도열해 있었다. 장표를 비롯하여 장수들이 모두 깜짝 놀랐다.

장표가 물었다.

"너는 누구냐? 정탐병이냐?"

장비가 대답했다.

"나는 정탐병이 아니라 한나라 원수 휘하 선봉대의 병졸이오. 나는 사사로운 일을 위해 온 것이 아니라 황제 폐하의 성지(聖旨)와 조칙을 갖고 왔소. 모반하여 대역죄를 범했거나 천자의 사자를 죽였더라도 모두 사면할 것이오. 한나라에 투항하고 황건적을 떠나 국가의 깃발 아래로 오면 대대손손 벼슬을 주고, 아내에게도 봉토를 주고, 본인에게도 고위 관직과 후한 상을 내릴 것이오. 만약 투항하지 않으면 모두 주살을 면치 못할 것이오."

장표는 장비의 말에 크게 화를 내며 좌우 장수들을 시켜 장비에게 손을 쓰게 했다. 군사들은 일제히 앞으로 달려나가 장비를 찔렀다. 장비가 어쩔 수 없다는 듯이 장팔장창(丈八長槍)를 빙빙 돌리자 적군은 앞

으로 다가서지 못했다. 그가 적의 창을 꺾은 것이 얼마인지 모를 정도였다. 적진 속 장졸들은 모두 소리를 지르며 놀라 흩어졌다. 필마단기로 적진 속을 종횡무진 누비는 장비를 아무도 막을 수 없었다. 그때 적군은 점점 가까이 들려오는 징소리와 북소리를 들었다.

장표는 군막 아래에서 어떤 사람이 보고하는 소리를 들었다.

"대왕마마! 큰일났습니다!"

장표가 물었다.

"무슨 큰일이냐?"

"지금 한나라 선봉대가 여섯 부대로 나뉘어 각각 군사 500을 이끌고 징과 북을 마구 두드리며 깃발을 흔들면서 고함을 지르고 있습니다. 저들이 우리 군문으로 쳐들어와 진채로 몰려들고 있습니다."

장표는 군사를 거느리고 연주로 황급히 달아났다. 한나라 군사는 그 뒤를 쫓으며 50여 리를 달려갔다. 현덕은 군사를 거두어 행림장으로 가서 진채를 세웠다. 현덕은 군사들에게 진채의 문을 지키게 하고 장수들을 점호했다. 그러고 나서 적을 추격하여 어디까지 갔느냐고 물었다. 그

장비가 황건적을 만나다.

러자 장수들이 대답했다.

“적이 모두 연주성으로 가서 늙은이와 어린아이까지 내던지며 모든 이를 죽였습니다.”

현덕은 바로 원수에게 알리고 행림장으로 오라고 했다. 원수는 장계(狀啓)를 읽고 매우 기뻐했다. 그는 즉시 군사를 이끌고 행림장으로 갔다. 유비는 원수와 함께 군막 단상에 좌정한 뒤 원수를 영접하기 위한 주연을 베풀었다. 원수는 선봉대 장졸과 막하의 여러 장수에게 상을 베풀고 명령을 내렸다. 막 주연이 벌어졌을 때 한 탐마(探馬)가 군막 앞으로 달려와 보고했다.

“지금 장표가 연주로 들어가서 장보와 군사를 합쳤는데, 그 기세가 대단합니다.”

탐마가 보고를 마치자 원수가 물었다.

“누가 연주를 빼앗을 수 있겠소?”

현덕이 말했다.

“이 유비가 가겠습니다.”

원수가 몹시 기뻐하며 말했다.

"적병의 세력이 엄청나니 적은 군사로는 많은 적군에 맞설 수 없소. 군사가 얼마나 필요하시오?"

유비가 말했다.

"많은 군사는 필요 없고 본부 휘하 잡호군(雜虎軍)[48]만 이끌고 가면 충분합니다."

"그렇더라도 조심하시오!"

현덕은 즉시 원수에게 작별을 고했다. 그는 조칙을 지닌 채 군사를 거느리고 연주로 달려가 성에서 10여 리 떨어진 곳에 진채를 세웠다.

현덕이 물었다.

"누가 조칙을 갖고 가서 장표와 장보를 안무하겠소?"

장비가 답했다.

"제가 가겠습니다."

"군사는 얼마나 필요한가?"

"병졸 한 명도 필요 없습니다. 혼자 가겠습니다."

"방비에 소홀할 수도 있으니 500명을 데리고 가라."

장비가 연이어 소리쳤다.

"필요 없습니다. 필요 없어요!"

"조금이라도 군사를 이끌고 가라."

"자원하는 군사를 불러서 함께 가겠소. 공을 세운 자에게는 자손들까지 영원히 국록을 받게 해주시오!"

48_ 여러 구성원이 뒤섞인 민간 의병이다.

장비의 첫번째 부름에 기병 일곱이 자원했고, 두번째 부름에 기병 셋이 자원했으며, 세번째 부름에 기병 둘이 자원하여 모두 13명[49]이 되었다.

장비가 말했다.

"충분하다!"

장비는 13명을 이끌고 조칙을 받든 채 연주로 전진하여 성 아래에 이르렀다. 장비는 성과 해자, 보루와 전붕(戰棚)을 두루 살폈다. 그들은 성 앞에 녹각(鹿角)[50]을 깊이 묻어두었고 참호도 파두었다. 성 위에는 아래로 던지기 위한 통나무와 돌멩이가 가득 쌓여 있었으며 해자 위에는 조교(弔橋)를 매달아 그것을 내려서 다리로 삼으려 했다.

장비는 해자 밖에서 소리를 질렀다.

"누구라도 성 위로 올라오라. 나와 대화를 나누자!"

그러자 한 무리의 군사가 성 위에서 대꾸했다.

"거기 군사를 이끌고 온 자가 누구냐?"

장비가 답했다.

"나는 한나라 원수의 선봉대 휘하에 있는 장비다!"

그러고는 성 위를 쳐다보고 물었다.

"너는 누구냐?"

"내가 바로 연주를 장악한 두령 장보다."

49_ 지원병은 12명이나 장비까지 포함하면 13명이다. 하지만 다음 묘사를 보면 12명이 되어야 옳다.

50_ 녹채(鹿砦)라고도 한다. 성문 앞이나 군영 앞에 세우는 방어 시설이다. 나무를 깎아 사슴뿔 모양으로 엮어 촘촘하게 세운다.

"나는 지금 한나라 조정의 조칙을 받들고 왔다. 네가 투항하면 모든 죄를 사면하여 높은 관작과 후한 상을 내리겠지만 투항하지 않으면 모두 주살할 것이다."

장보는 장비의 말에 분노를 터뜨리며 즉시 성문을 열고 그를 맞아 싸우려 했다. 그러자 장표가 말했다.

"불가하오. 이 장표가 행림장에 있을 때 저놈이 필마단기로 진채로 쳐들어왔는데, 우리 군사들이 막을 수 없었소. 그 때문에 행림장을 잃었소."

장보가 말했다.

"그렇다면 어떻게 해야 하는가?"

"성문을 굳게 닫고 출전하지 마시오. 장비의 계략을 방비해야 하오. 그리고 양주에 상황을 알리고 구원을 요청하시오."

장비가 성 아래에서 고함을 질러도 성 위에서는 대답하는 사람이 없었다. 장비는 대로하여 성을 돌며 마구 욕설을 퍼부었다. 그래도 아무런 반응이 없었다. 그는 다시 남문 성 아래로 돌아와 소리를 질렀다.

"거기 성문을 지키는 자가 누구냐?"

역시 아무도 응답하지 않았다. 그러자 장비는 군사들에게 말했다.

"우리는 한나라 군사가 되어 안장을 말 등에서 내리지도 못했고 갑옷을 벗어놓지도 못했다. 활을 베고 자느라 모래밭에 반달 모양 자국이 생겼고 갑옷을 입고 누워 자느라 땅바닥에 고기비늘 자국이 생겼다. 악전고투하며 서로 학살을 일삼는데 살아봐야 얼마나 더 살겠느냐? 참호 앞에 버드나무가 우거져 있다. 버드나무 그늘 아래 갑옷을 벗어놓고 해자로 뛰어들어 목욕이나 하자. 말도 나무 아래에 풀어놓고 쉬게 해주자."

장비는 군사들 틈에서 성 위로 손가락질을 하며 다시 욕설을 퍼부었다. 장표는 분노를 터뜨리며 장비가 해자에서 목욕하는 모습을 바라보았다. 수비하는 군사도 없었다.

장표는 형 장보에게 말했다.

"내가 지금 저 꼴을 보고 저놈을 죽이지 않을 수 있겠소? 죽으면 죽었지 이런 치욕은 당하지 않겠소!"

형 장보가 말했다.

"우리 군사는 50여만 명에 달하고 장수도 1000명이나 된다. 애초에 10만 군사를 필두로 천하를 종횡했는데, 우리의 적수는 아무도 없었다. 우리는 한나라 천하 셋 중에서 둘을 차지했다. 보아라, 그 땅이 모두 우리에게 귀속되었다. 그런데 오늘 장비란 놈이 나타나는 바람에 행림장이라는 작은 마을을 잃었고 너도 벌써 두려워하고 있다. 위로는 장수에서 아래로는 병졸까지 지위 고하를 막론하고 장비와 맞서 용감히 싸우는 이가 있다면 나이와 상관없이 후한 상을 내리겠다."

장표가 말했다.

"그때는 날이 어두웠고, 우리 군사가 갑옷에 익숙하지 않았으며, 말안장도 얹지 못한 상황이었소. 또 장비 뒤로 대군이 몰려와 행림장을 잃었던 것이오. 하지만 지금은 장비와 기병 열세 놈만 있으니 틀림없이 장비를 사로잡을 수 있을 것이오!"

"아우의 말이 지극히 옳다."

장표는 즉시 군사 5000명을 거느리고 해자 위로 조교를 내린 뒤 성 밖으로 나왔다. 장비는 적병이 성을 나서자 바로 말 위로 뛰어올라 갑옷을 입고 무기를 들었다. 그러고는 남쪽을 향해 달아났다. 연주에서

40여 리 떨어진 요가장(姚家莊)에 이르자 장표가 추격해왔다. 장표는 행림장에 이르러 1000여 명의 군사와 맞닥뜨렸다. 선두에 선 장수는 한나라 선봉대 대장 유비였다. 그는 쌍고검(雙股劍)을 들고 비단 전포를 입고 있었다. 유비는 군문 깃발 아래에 말을 멈추고 소리를 질렀다.

"적군의 두목이 누구냐?"

"내가 바로 장표다."

현덕은 말을 탄 채 그의 주위를 돌았다. 두 사람은 바로 전투를 벌이며 20여 합을 겨루었다. 장표는 뒤에서 한나라 군사 500명이 기습해오는 것도 알아차리지 못했다. 후군의 우두머리는 간헌화였다. 그들이 혼전을 벌이며 쇄도하자 장표는 대패했다.

장표는 군사를 되돌려 연주를 향해 달아났다. 그 뒤를 현덕이 추격했다. 장표 앞에 큰 숲이 나타났고 숲속에서는 군사 한 부대가 달려나왔다. 1000여 명의 군사가 말을 멈춘 채 칼을 비껴들고 있었다.

장표가 황급히 물었다.

"거기 온 자는 누구냐?"

"나는 한나라 선봉대 휘하의 병졸이다. 이 관(關) 아무개의 자는 운장이다."

그리고 이어서 소리를 질렀다.

"패장은 어찌하여 말에서 내려 항복하지 않느냐?"

장표는 깜짝 놀랐다. 운장이 칼을 비껴들고 앞으로 달려오자 장표는 감히 맞서 싸우지 못하고 비스듬히 몸을 돌려 달아났다.

현덕의 군사도 그를 뒤쫓으며 관우와 함께 장표의 군사를 열에 아홉은 죽였다. 장표의 군사는 100여 명도 남지 않았고 그들은 저녁 무렵까지 전투를 벌이며 연주성 아래에 이르렀다. 장표가 황급히 소리쳤다.

"성문을 열어라! 뒤에 복병이 빠르게 쫓아오고 있다!"

성 위에서 장보가 서둘러 성문을 열자 50명에서 70명도 안 되는 장표의 군사가 성안으로 몰려들어왔다. 참호 밖 버드나무 숲속에서는 장비가 군사와 함께 매복하고 있다가 그 틈을 타서 성안으로 들이닥쳐 장표 군사의 낙오자들을 죽였다. 살해당하여 해자에 떨어진 수가 얼마인지 알 수 없었다.

장비는 군사 100여 명을 이끌고 고함을 질렀다.

"조교를 들어올리지 못하게 밧줄을 끊어라!"

후군도 모두 성안으로 들어왔다. 인시(寅時, 새벽 3시)가 되어서도 장보와 장표는 한나라 군사의 수가 얼마인지 파악하지도 못한 채 서둘러 북문으로 달아났다. 이로써 현덕은 연주를 다시 탈환했다.

다음날 원수는 연회를 열고 앞으로의 일을 논의했다. 그사이 정탐병이 돌아와 보고했다. 패배한 적군이 모두 광녕군으로 들어갔다는 소식이었다.

원수가 말했다.

"내일 아침 선봉대가 먼저 가고 그 뒤를 따라 우리 대군이 진채를 뽑아 양주로 갈 것이다."

다음날 승주(勝州)[51] 길로 들어서서 해주(海州, 장쑤성 롄윈강連雲港 남부)를 지나 연수(連水, 장쑤성 롄수이현漣水縣)를 진무했고, 다시 회하(淮

51_ 등주(滕州)로 보아야 한다. 글자가 비슷하여 판각할 때 오류가 생긴 것으로 보인다. 연주(산둥성 지닝시)에서 남동쪽으로 등주(산둥성 텅저우시滕州市)를 거쳐 다시 남쪽 양주로 향한다.

河)를 건너 태주(泰州, 장쑤성 타이저우시泰州市)를 거쳐 서쪽으로 양주에 이르렀다. 선봉대 유비는 군사가 모두 도착하자 성에서 화살이 닿을 만한 곳(一射之地)[52]에 진채를 세웠다.

한편, 장표는 군사를 점호했는데 장보가 보이지 않았다. 사실 장보는 혼전 속에서 죽었다. 두령 장각은 머리끝까지 화가 치밀었다. 그때 정탐 기마병이 달려와 보고했다.

"정탐 결과 한나라 군사가 가까이 다가왔고 선봉장 유비가 성에서 화살이 닿을 거리에 진채를 세웠습니다."

장각은 장수들을 소집하여 회의를 열고 내일 아침 성안의 대군을 모두 일으켜 유비를 맞아 싸우겠다고 했다.

다음날 날이 밝자 장각은 군사를 거느리고 출전했다. 유비는 군사를 세 부대로 나눈 뒤 관우와 장비에게 각각 한 부대씩 이끌게 했다. 앞에서 양군이 교전을 벌이자 관우는 적의 후방을 기습했고 장비는 적의 옆

52_ 대략 120보에서 150보의 거리다.

황건적을 격파하다.

구리를 들이쳤다. 유비는 하급 장수에게 소리를 지르게 했다.

"너희가 황건을 벗고 무기를 버리면 바로 사면해줄 것이다. 장각을 사로잡는 자에게는 춘추오패와 같은 제후에 봉할 것이다!"

그 말이 끝나자마자 원수의 대군이 도착했다. 그 광경을 지켜본 적들은 무기와 갑옷은 물론 황건까지 벗어던지며 투항했다. 그 수가 얼마나 많은지 셀 수 없을 정도였다. 장각과 장표는 혼전 속에서 죽었다.

유비가 양주를 얻자 한나라 원수도 군사를 거느리고 양주에 입성했다. 원수는 백성을 위무하며 군사들에게 조금도 침범하지 말라는 군령을 내렸다. 만약 어기는 자가 있다면 모두 군법에 따라 처결하겠다고 했다. 백성은 모두 기뻐했다. 원수는 선봉장을 위시하여 이하 장졸들도 내일 연회에 참석하라고 명령을 내렸다.

다음날 모든 장졸이 연회에 참석하자 원수가 말했다.

"대소 장수 여러분! 황건적을 격파하느라 수고가 많았소!"

각 장수들은 논공행상이 끝나자 표문을 써서 조정에 올리고 날짜를 받아 회군했다. 장안에 당도하자 원수는 장수들에게 동문 밖에 진채를

세우게 했다. 그러고 나서 유비에게 말했다.

"황건적을 무너뜨린 공로는 모두 현덕공이 세웠소. 내가 지금 황제 폐하를 뵙고 황건적을 격파한 일을 아뢰겠소. 폐하께서 틀림없이 잘 처리하실 것이오."

그리고 다시 유비에게 말했다.

"동문 밖에 진채를 세우고 2, 3일 기다리시오."

그날 유비는 제후들과 앉아 있었는데, 부하 장수가 보고를 올렸다. 조정 사자가 선봉장을 만나러 온다는 소식이었다. 유비는 그 말을 듣고 황급히 궁궐 문까지 달려가 사자를 영접하여 중군 군막 안에 좌정하게 했다. 유비는 예를 올린 뒤 무슨 일로 내관이 왔는지 물었다.

"공은 나를 모르시오? 나는 십상시(十常侍) 가운데 한 사람이오."

단규(段珪)는 언성을 높이며 계속 말을 이었다.

"우리가 상의한 결과 현덕공은 황건적을 무찌르는 과정에서 금은보화를 아주 널리 거두어들인 것으로 파악되었소. 공이 금은보화 30만 관을 나에게 바치면 부절을 나누어 제후에 봉하고 자주색 관복에 황금 인수

승리하여 군사를 거두다.

를 허리에 차게 해주겠소."

유비가 말했다.

"성을 격파하고 진채를 세울 때 얻은 금은보화와 비단은 원수께서 모두 거두셨습니다. 이 유비는 털끝만큼도 나누어 갖지 않았습니다."

단규는 그 말을 듣고 벌떡 일어나 몇 걸음 옮기다가 고개를 돌려 유비를 노려보며 욕설을 퍼부었다.

"뽕나무 마을에 가서 밥이나 빌어 처먹어라! 금은보화가 있으면 다른 사람에게도 나누어줘야지!"

그러자 장비가 화를 내며 단규를 향해 주먹을 날렸다. 유비와 관우가 제지할 겨를도 없이 장비의 주먹이 단규에게 명중했다. 단규의 이가 두 개나 부러졌고 입안에는 붉은 피가 가득 고였다. 단규는 입을 가리고 돌아갔다.

유비가 말했다.

"너는 또 병졸들에게까지 피해를 주게 생겼다!"

다음날 날이 밝자 원수가 유비를 초청했다.

"표문을 이미 폐하에게 올렸소. 이번 공로는 모두 공의 것이오! 내일 녹색 관복을 입고 홰나무 홀을 들고[53] 정전 문밖에서 칙지를 받으시오."

이튿날부터 유비는 정전 문밖에서 반달이나 기다렸지만 아무런 어명도 듣지 못했다. 그사이에 조서를 받은 사람들이 보였다. 즉 원수 휘하 장수들만 모두 관직과 상을 받고 부임했다. 유비만 정전 문밖에서 한 달 넘게 기다렸지만 아무도 그를 부르러 오지 않았다. 의형제 세 사람은 본영으로 돌아갔다. 유비는 마음이 우울하여 눈을 부릅뜨고 장비를 노려보았다. 그가 주먹으로 단규를 두들겨패서 군사들까지 고통을 당하게 되었기 때문이다. 대책을 생각하는 사이에 잡호군이 모두 달려와 유비에게 고하고 장비와 헤어지겠다고 했다.

"장수들 중에서 공을 세운 사람은 부르지도 않고 공이 없는 자들만 상을 받았으니, 더이상은 여기에서 기다릴 수 없습니다. 이제 우리는 집으로 돌아가겠습니다."

유비가 말했다.

"공을 세운 사람은 우리 군사들인데, 공이 없는 자들이 상을 받았소. 그러니 우리 군사들의 심정이 어떻겠소? 황제께서 틀림없다고 하시니 반드시 공로의 크기를 잘 헤아리실 것이오. 다시 3일에서 5일 정도 더 기다려보시오."

다음날에도 유비는 정전 문밖으로 가서 어명을 기다렸다. 그때 일찍 퇴궐하는 문무 관리들이 안쪽 문에서 나오고 있었다. 그중 네 마리의

53_ 원문은 '녹포괴간(綠袍槐簡)'이다. 녹색 관복과 홰나무 홀이란 뜻이다. 왕조시대에 하급 관리의 복장이다. 당시 유비는 아직 정식 관리가 아니었기 때문에 이런 복장을 하라고 명령한 것이다.

말이 끄는 은방울 수레가 눈에 띄었다. 황금색 그림으로 장식한 수레에는 갈색 일산이 받쳐 있었다. 유비는 억울하다고 세 번 외쳤다. 수레 안에서 관리가 물었다.

"억울하다고 외치는 자가 누구냐?"

유비가 수레 앞에 서서 말했다.

"아무개는 황건적을 격파한 선봉장 유비입니다."

"무엇이 억울하다는 것이오?"

"원수 휘하 장수들은 모두 상을 받고 관직이 승급되어 부임했습니다. 그런데 오직 이 유비의 군사들만 한 달 넘게 기다렸지만 아무 조칙도 받지 못했습니다. 이제 군사들이 모두 굶주려 흩어지기 직전입니다."

수레 안에 좌정한 사람은 바로 황실 국구(國舅) 동승(董承)[54]이었다.

"또 십상시가 혼란을 일으킨 듯하오. 선봉장은 내문(內門)으로 들어가서 기다리시오. 내가 다시 황제 폐하께 아뢰겠소."[55]

대략 두 시진(時辰)이 다 되어서야 국구가 안에서 나왔다.

"선봉장은 나를 따라오시오."

국구는 집에 이르자 유비에게 차와 음식을 대접했다. 유비는 몸을 굽히고 손을 모아 예를 올렸다.

"국구께 다시 아룁니다. 원수께서 무슨 표문을 올렸는지 모르겠습

54_ 원본에는 동성(董成)으로 되어 있다. '承'과 '成'의 중국어 발음이 같다. 동승은 한 헌제의 비빈인 동귀인(董貴人)의 부친이다. 나중에 헌제의 비밀 칙서를 받고 유비, 충집(种輯), 오자란(吳子蘭), 왕자복(王子服) 등과 조조를 주살하려고 모의하다가 발각되어 조조에게 죽임을 당했다.

55_『삼국지연의』에는 유비가 낭중(郎中) 장균(張均)을 만나 자신의 공적을 말하자 장균이 황제에게 보고한 것으로 되어 있다.

니다."

"오늘은 이미 시간이 늦었소. 내일 아침 조회 때 대신들과 상의하여 그대에게 관직과 상을 내리도록 하겠소. 내일 어명에 따르시오."

유비는 작별인사를 하고 본영으로 돌아왔다. 군사들에게 그 사실을 알리자 모두 크게 기뻐했다.

다음날 다시 정전 문밖으로 가서 어명을 기다렸다. 십상시가 어명을 알렸다.

"선봉장 유비는 성지를 받들라!"

유비는 절을 하고 땅에 엎드렸다.

"장안에 와서 얼마 동안 군량을 받지 못했는가?"

"37일입니다."

"장안에서 정주(定州, 허베이성 딩저우시定州市)까지 거리가 얼마나 되고 정주에 당도하려면 며칠이 걸리는지 계산하여 제시하라. 양초(糧草, 군량과 사료)를 보충해주겠노라. 유비는 정주 외곽 안희현(安喜縣, 허베이성 딩저우시 동쪽) 현위(縣尉)로 부임하라. 태산(太山, 타이항산太行山)에 산적이 매우 많으니 그대는 휘하 군사를 거느리고 진압하라."

유비는 군사를 거느리고 전진하여 정주에 이르렀다. 그는 안희현의 현위로 부임인사를 하기 위해 그곳 아전들에게 자신의 명첩(參榜)[56]을 전해달라고 했다. 정주의 아전들이 말했다.

"안희현 현위는 태수 나리를 배알하시오."

대청 앞에 이르러 유비가 부임인사를 하려 하자 정주 태수가 크게

56_ 사람을 방문할 때 먼저 전하던 일종의 명함이다.

화를 내며 소리쳤다.

"유비는 절을 하지 마라!"

그러고는 좌우 사람들을 불러 유비를 포박하라고 말했다.

"지금 황건적을 모두 격파하지 못해 그놈들이 산과 들에 숨어 백성의 재산을 노략질하고 있다."

그러면서 태수가 또 물었다.

"네놈은 이곳에서 장안까지 얼마나 멀다고 어찌하여 반달이나 넘게 시간을 어겼느냐? 술이나 처먹고 공적을 뻐기며 관직이 낮다고 일부러 늦게 온 것이 분명하다!"

유비가 대답했다.

"태수께 아룁니다. 제 휘하의 3500병졸은 어린아이까지 포함하면 1만 2000여 명에 달합니다. 그들 모두 수레를 힘들게 밀면서도 아들딸을 안고 왔습니다. 또 노약자들이 많아 빠르게 전진할 수 없었습니다. 대인께 용서를 청합니다. 관(官)의 군량도 절대로 많이 신청하지 않았습니다."

태수가 화를 내며 다시 물었다.

"네놈은 어찌하여 군사들을 먼저 보내고 늙은이와 어린아이는 뒤로 보내지 않았느냐? 시끄럽게 떠들지 마라!"

태수는 좌우에 명하여 유비를 감옥에 가두고 늦게 온 죄를 자복하라고 했다. 붓을 들어 죄상을 적으려는데 좌우 근신들이 태수 원교(元嶠)에게 권하기를 현위가 황건적을 격파한 공로를 보아서 곤장은 면하게 해주라고 했다. 그러자 태수는 좌우에 명하여 유비를 끌고 관청 세 바퀴를 돌게 했다. 그때 또 좌우 두 관리가 만류하자 태수가 소리쳤다.

"현위는 담당 관아로 돌아가서 마음을 다해 일해야 할 것이다!"

유비는 안희현 관아로 가서 관우와 장비, 여러 장수를 만났다. 그들을 현청(縣廳) 좌석으로 초대하자 장비가 현덕에게 물었다.

"형님! 무엇 때문에 그렇게 우울해하시오?"

유비가 대답했다.

"지금 나는 현위가 되었는데, 9품 말단 관직이다. 관우와 장비, 여러 장수도 군대에서 황건적 500여만[57]을 격파했다. 하지만 나는 벼슬을 받았고 두 아우는 받지 못했다. 이 때문에 우울한 것이다."

장비가 말했다.

"형님! 그게 아니지요? 장안에서 정주까지 열흘 동안 행군하면서도 우울해하지 않았소. 그런데 어찌하여 정주에 부임인사를 하고 돌아와서 우울해하시오? 정주 태수와 무슨 좋지 못한 일이 있었던 것이 틀림없소. 형님! 이 아우에게 말씀해보시오!"

그러나 현덕은 말을 하지 않았다.

57_ 원본에 오백여만(五百餘萬)으로 되어 있다. 심한 과장이다.

장비가 태수를 죽이다.

장비는 현덕의 곁에서 물러나오며 말했다.

"내막을 알려면 끝까지 조사해봐야 한다!"

장비는 마부들을 찾아가 현덕을 직접 수행한 두 사람에게 물었다. 그러나 그들은 사실을 말하려 하지 않았다. 하지만 이내 진상을 다시 캐묻고 난 뒤 불같이 화를 냈다. 그는 이경(二更, 밤 9시)이 넘은 늦은 시각에 예리한 칼을 들고 안희현 관아를 나와 정주 관아로 가서 담장을 넘었다. 관아 뒤 화원으로 가자 한 여인이 있었다. 장비는 여인에게 물었다.

"태수는 어디서 자느냐? 말하지 않으면 죽여버리겠다!"

여인은 공포에 질려 벌벌 떨며 대답했다.

"태수께서는 후당에서 주무십니다."

"너는 태수와 무슨 관계냐?"

"저는 태수의 침상을 청소하는 사람입니다."

"나를 후당으로 인도하라."

여인은 장비를 후당으로 안내했다. 장비는 여인을 죽이고 태수 원교도 죽였다. 등불 아래에서 태수의 아내가 황급히 소리를 질렀다.

"도적이 사람을 죽였다!"

장비는 태수의 아내도 죽였다. 관아에서 숙직하던 병졸 30여 명이 깜짝 놀라 일어나 장비를 향해 달려왔다. 장비는 혼자서 궁수 20여 명을 죽이고 뒷담을 넘어 밖으로 나와 안희현 관아로 돌아왔다.

날이 밝자 대소 관리들이 현위를 청하여 어떻게 살인범을 잡을지 상의했다. 유비는 범인을 추격하여 잡아야 한다고 하면서 바로 조정에 사실을 알렸다.

십상시가 말했다.

"태수를 죽인 도적은 다른 사람이 아니라 현위의 수하들이 개입되어 있을 것이다."

조정에서는 독우(督郵)를 보내 명령을 수행하도록 했다. 독우의 성은 최(崔), 이름은 렴(廉)으로 어사대(御史臺)의 관리였다. 그는 먼저 정주 역관으로 가서 자리를 잡았다. 대소 관리들이 조정에서 파견한 사자를 보러 와서 무슨 공무로 왔는지 물었다.

독우가 말했다.

"이곳 태수가 살해된 일 때문에 조정에서 나를 보내 여러 관리에게 진상을 탐문하게 했소. 여기에 현위도 왔소?"

"현위는 문밖에 있습니다. 감히 대인을 뵈려 하지 않는군요."

독우가 바로 현위 유비를 불렀다.

현위는 군사 300여 명을 거느리고 있었는데, 그중에는 관우와 장비 그리고 현위를 좌우에서 수행하는 인원 2, 30명도 있었다. 현위가 조정의 사자를 배알했다.

사자가 말했다.

"그대가 현위인가?"

유비가 그렇다고 대답했다.

사자가 말했다.

"태수를 죽인 사람이 그대인가?"

유비가 대답했다.

"태수께선 후당에 있었고 촛불이 환하게 켜져 있었습니다. 숙직하는 사람이 30명에서 50명이 있었는데, 범인은 태수와 20여 명을 죽였습니다. 등불 아래에서 탈출한 자들은 틀림없이 유비의 얼굴을 알아볼 것입니다. 저 유비가 한 짓이 아닙니다."

독우가 화를 내며 말했다.

"지난번에 단규가 네 아우 장비에게 맞아 이가 두 개나 부러졌다. 그것도 네가 시킨 짓이다. 오늘 폐하께서 나를 보내 태수를 죽인 네 죄를 묻고자 하신다. 앞서 부임인사를 할 때도 너는 기한을 어겼다. 그때 단죄했어야 마땅했으나 여러 관리의 얼굴을 봐서 너를 처리하지 않았다. 이 때문에 너는 원한을 품고 태수를 죽인 것이다. 시끄럽게 여러 말 하지 마라!"

그러고는 좌우 군사들에게 유비를 잡아들이라고 소리쳤다.

관우와 장비는 곁에 있다가 대로하여 각각 칼을 들고 대청 위로 달려갔다. 놀란 관리들이 모두 달아났다. 두 사람은 독우를 잡아서 옷을 벗겼다. 장비는 유비를 부축하여 의자에 앉히고 대청 앞 말을 매는 말뚝에 사자를 비끄러맸다. 장비는 채찍으로 독우의 가슴을 100대나 내리쳤다. 독우가 죽자 시신을 여섯 토막으로 나누어 머리는 북문에 매달았고

사지는 사방 구석에 걸어놓았다. 유비와 관우, 장비 그리고 휘하 장수들은 군사를 거느리고 태항산으로 들어가 산적이 되었다.

이 사실이 조정에 알려지자 황제는 그날 바로 조회를 열었다. 황제가 문무백관에게 물었다.

"지금 황건적도 다 격파하지 못해 아직 그 패거리가 매우 많소. 그런데 또 유비가 배반했소. 저들이 한곳에서 연합하면 어떻게 하오?"

국구 동승이 앞으로 나와 황제에게 아뢰었다.

"폐하 만세! 지금 유비는 배반하지 않았습니다. 이는 모두 십상시가 매관매직을 일삼으며 재산을 바친 자에게는 벼슬을 주고 공을 세운 자에게는 상을 주지 않아 벌어진 일입니다. 폐하께서 소신의 의견에 따르신다면 유비는 조정을 배반하지 않을 것입니다."

황제가 말했다.

"어떻게 유비를 안무한단 말이오?"

"지금 십상시 등의 목을 베어 일곱 사람의 수급을 태항산으로 가져가서 저들 형제 세 사람을 안무하면 됩니다."

장비가 독우를 매질하다.

"경이 아뢴 대로 시행하시오."

황제가 다시 물었다.

"누가 그곳으로 가겠소?"

동승이 대답했다.

"소신이 가겠습니다."

동승은 일곱 사람의 수급을 갖고 태항산으로 갔다. 그는 한 무리의 군사를 만나 그들과 이야기를 나누었다.

"나는 성지를 받들고 그대들을 안무하러 왔소. 십상시 등은 조야에서 뇌물을 탐하며 매관매직을 일삼아 주살되었소. 이제 그자들의 수급을 그대 형제들에게 주어 사실을 알리오. 또 태수를 죽인 죄와 독우에게 매질한 죄도 모두 사면하오."

유비는 땅에 엎드려 사면 조서의 내용을 들었다. 유비는 사은숙배를 올리고 국구를 따라 장안으로 들어가 황제를 뵈었다. 황제는 기뻐하며 상을 내리고 벼슬을 높여주었다. 유비를 덕주(德州) 평원현(平原縣) 현승(縣丞)으로 옮기게 하고 좌우 두 관리에게도 상을 내렸다.

이때 황제가 세상을 떠나자 한 헌제가 즉시 즉위하여 천자가 되었다. 그는 장안을 떠나 동도(東都) 낙양으로 도읍을 옮겼다. 재상은 왕윤(王允), 채옹(蔡邕), 정건양(丁建陽) 등이었다. 황제가 그날 조회를 열자 왕윤이 앞으로 나와 황제에게 아뢰었다.

"서량부(西凉府)에서 보고가 올라왔습니다. 황건적과 장제(張濟), 이각(李傕) 등 4대 도적[58]이 군사 30여 만을 이끌고 서량부를 점령했다고 합니다."

황제가 물었다.

"어찌하면 좋소? 또 누가 가려 하겠소?"

왕윤이 아뢰었다.

"동탁(董卓)에게 조서를 내려 원수로 삼으십시오. 동탁은 보통 사람 1만 명을 대적할 만한 용기를 지니고 있습니다. 신장은 8척 5촌이며 근육은 다부지고 살집은 비대하며 배가 나왔습니다. 그는 흉노를 토벌하

58_ 4대 도적은 뒷부분에 장제(張濟), 이각(李傕), 곽사(郭汜), 번조(樊稠)로 나온다.

현덕이 평원현 현승이 되다.

면서[59] 싸울 때 무거운 갑옷을 입고도 기마병같이 달렸고 앉아서도 나는 제비를 낚아챘습니다. 원수 직위를 감당할 만합니다. 휘하에 전투에 능한 장수 1000여 명이 있고 씩씩한 병졸도 50여만을 거느리고 있습니다."

황제는 왕윤이 아뢴 대로 시행하게 했다. 동탁이 입조하자 관직을 높여 태사(太師) 겸 천하도원수(天下都元帥)로 삼았다.

황제가 동탁에게 물었다.

"지금 서량부에서 보고하기를 황건적 30여만이 반란을 일으켰다고 하오. 누가 격파할 수 있겠소?"

동탁이 아뢰었다.

"소신이 가겠습니다."

바야흐로 군사를 일으키려는데 갑자기 성안에서 고함소리가 들려왔다. 동탁은 성문을 닫고 서둘러 군사 수천 명을 점호하여 앞거리와 뒷골

59_ 원문은 "擧討王之作"이다. 무엇을 가리키는지 불분명하기 때문에 여기서는 동탁의 행적에 따라 흉노 토벌로 번역했다.

목에 빈틈없이 배치했다. 군사들은 모두 자신의 위치를 지켰다. 그때 말을 탄 장수 하나가 나타나 맹호처럼 날쌔게 군사들 사이를 헤집었다. 사상자가 얼마인지 알 수 없을 정도였다. 점차 군사와 장수를 증원하여 엄청난 숫자를 보탠 후에야 그 사람을 포박할 수 있었다.

태사 동탁이 고함을 질렀다.

"너는 뭐 하는 놈이냐?"

그 사람은 아무 대답도 하지 않았다. 그러자 백성들이 소리를 지르며 신분을 알려주었다.

"이자는 정건양 댁 노복인데, 정 승상을 죽인 뒤 승상의 말을 타고 달아나려 했습니다!"

군사들은 그를 단단히 틀어잡았다. 태사군에는 병사와 장수가 매우 많았으므로 그를 잡아 포박하여 태사부(太師府)로 압송했다.

동탁은 좌정하여 잡혀온 자가 누구인지 심문했다. 이름을 묻자 그가 대답했다.

"저의 성은 여(呂), 이름은 포(布)이며, 자는 봉선(奉先)입니다."

"너는 왜 거리에서 창을 휘둘러 사람을 죽였느냐?"

심문을 하려는데 정 승상댁 가노(家奴)가 말했다.

"이자는 다른 일 때문이 아니라 정 승상의 말 한 필 때문에 정 승상을 죽였습니다."

동탁이 물었다.

"그 말이 얼마나 좋은 말이냐?"

정 승상댁 가노가 다시 대답했다.

"그 말은 보통 말이 아닙니다. 온몸에 피 얼룩과 같은 선홍빛 반점이 있고, 갈기는 불꽃과 같아서 적토마(赤兎馬)라고 부릅니다. 그러나 승상께서 말씀하시기를 색깔이 붉어서 적토마라고 하는 것이 아니라 본래 토끼를 따라잡아 활로 명중시킬 수 있을 정도로 날래기 때문에 석토마(射兎馬)[60]라고 하며, 또 땅 위를 내달리는 모습이 토끼와 같고 다른 곳으로 달아나지 않기 때문에 말고삐로 매어둘 필요가 없다고 합니다. 이런 연유로 적토마라고 불리게 되었다고 합니다. 또 말씀하시기를 이 말이 강을 만나면 평지를 가듯이 물을 건너고, 물속에서는 풀을 먹지 않고 물고기와 자라를 잡아먹는다고 합니다. 또 하루에 천 리를 가고 등에 짐을 800여 근이나 실을 수 있다고 하는데, 정말 보통 말이 아닙니다."

가노가 말을 마치자 여포가 말했다.

"저는 말 때문에 주인을 죽인 것이 아닙니다."

여포가 말했다.

"주인이 늘 저를 모욕했습니다. 이 때문에 주인인 정 승상을 죽였습니다. 이것이 진실입니다."

동탁이 여포를 보니 키는 10척(尺, 一丈)이었고, 허리둘레는 일곱 뼘[61]이나 되었으며, 혼자서 100여 명을 죽일 수 있을 듯했다. 이와 같은 영웅은 천하에 드물다고 할 만했다.

동탁이 말했다.

60_ '射'자는 여러 가지 발음이 있는데, '석(食亦切)'으로 읽을 때는 화살을 쏘아 목표에 명중시킨다는 뜻을 가진다.

61_ 원문은 칠위(七圍)다. '위(圍)'는 도량형의 단위로 쓰일 때 뼘의 뜻을 가진다. 엄지를 기준점으로 손바닥을 쫙 폈을 때 중지까지의 길이다.

"지금은 인재를 등용해야 할 때이니 내가 네 죄를 용서하겠다. 어떠냐?"

여포가 대답했다.

"태사를 위해 마부가 되고, 태사를 아버지로 모시겠습니다."

태사는 매우 기뻐하며 마침내 여포를 풀어주었다.

당시 태사는 군사 50만과 장수 1000명을 거느렸는데, 왼쪽에는 양아들 여포를 대동했다. 여포는 적토마를 타고 황금빛 갑옷을 입었으며 머리에는 해치관(獬豸冠)을 썼다. 또 1장 2척 길이의 방천극(方天戟)을 사용했고, 방천극 위에 황번(黃幡)[62]과 표범 꼬리를 달았다. 발로 내달려가는 속도도 기병을 추월할 정도였다. 그런 여포가 좌장군이었다. 오른쪽에는 한나라 이광(李廣)의 후예 이숙(李肅)이 자리잡았다. 그는 은빛 투구를 썼고, 은빛 갑옷과 하얀 전포를 입었으며, 1장 5척 길이의 도수오구창(倒鬚悟鉤槍)[63]을 썼고, 활과 화살을 등에 멨다. 문관으로는 대부 이유(李儒)가 있었고, 무관으로는 여포와 이숙이 있었다. 이 세 사람이 동탁을 보좌했다.

동탁은 군사를 거느리고 서량부로 가서 북소리 한 번에 반란을 진압했다. 그는 4대 도적 장제, 이각 등의 대군 30여만을 진무하고 동도 낙양으로 돌아왔다. 또 동탁은 낙양 서북 20여 리 되는 곳에 한 성을 수리하여 미오성(郿塢城)[64]이라고 이름을 붙였다. 그리고 장제와 이각에게 군사를 주둔하게 하고 군량을 요청했다. 동탁은 반란을 일으켜 늘 한나라

62_ '번(幡)'은 짐승의 털이나 직물을 아래로 길게 늘어뜨린 깃발이다. 황번은 황금색 번이므로 신분이 고귀한 사람들이 사용한다.

63_ 낚싯바늘의 미늘 같은 갈고리가 거꾸로 뾰족하게 달려 있는 창이다.

천하를 도모할 마음을 품고 있었다.

동탁이 이유에게 물었다.

"지금 4대 도적이 서량부를 떠났으니 누구에게 그곳을 맡길 수 있겠는가?"

이유가 대답했다.

"태사 나리의 사위 우신(牛信)[65]을 보내십시오."

태사 동탁은 우신을 불러 10만 군사를 주고 서량부로 가서 그곳을 위무하도록 했다.

한편, 한 헌제는 후궁에서 몰래 국구 동승을 불렀다. 동승이 오자 헌제는 성지를 내렸다.

"지금 동탁이 권력을 농단하고 있는데, 어찌하면 좋소?"

동승이 아뢰었다.

"폐하! 조서를 내려 천하의 제후를 부르시고 장안으로 가서 그곳을 도읍으로 정하십시오. 이제 천하의 제후가 힘을 합쳐 동탁을 죽이면 이로써 천하가 태평할 것입니다."

황제가 물었다.

"누구에게 일을 맡기면 되겠소?"

"신의 수하에 전군교위(典軍校尉)[66] 한 사람이 있는데, 그에게 맡길 만합니다. 담략이 있으므로 이번 국가 대사를 잘 처리하면 원수에 임명하

64_ 동탁이 장안으로 천도한 후 자신을 방어하기 위해 장안 서쪽 250리 지점에 쌓은 성이다. 지금의 산시성(陝西省) 메이현(眉縣) 동북쪽이다.

65_ 『후한서(後漢書)』「동탁전(董卓傳)」에는 동탁의 사위가 우보(牛輔)로 기록되어 있다.

66_ 원문에는 전고교위(典庫校尉)로 되어 있다. 글자가 비슷하여 판각이 잘못된 것으로 보인다. 동한 영제(靈帝) 때 설치된 서원팔교위(西園八校尉)의 하나다.

십시오."

황제는 기왕(冀王)[67] 원소(袁紹)에게 조칙을 내리고 회왕(淮王) 원술(袁術)을 진무하여 군사를 감독하게 하고, 또 장사군왕(長沙郡王) 태수 손견(孫堅)을 동원하게 했다.

어떤 사람이 대전 계단 아래에 이르러 황제 만세를 외쳤다.

황제가 물었다.

"경은 이름이 어떻게 되시오?"

"아무개의 성은 조(曹)이고, 이름은 조(操)이며, 자는 맹덕(孟德)입니다."

헌제가 그를 살펴보니 동탁 20명을 대적할 만했다. 지금 한나라 천하를 위해 어떤 계책도 내지 못하는 상황이라 그를 등용해야 했다. 헌제는 조조에게 상을 내리고 눈길을 주며 말했다.

"이번 큰일을 잘 마치면 벼슬을 높여 천하도원수로 삼을 테니 마음을

67_ 정식 관직 명칭이 아니다. 한 지역을 다스리는 최고 책임자이기에 지역 명칭에 왕을 붙인 것으로 보인다. 제후왕의 의미에 가까운 듯하다. 앞에 나온 연주(燕主), 뒤에 나오는 회왕(淮王)이나 형왕(荊王)도 모두 같은 용법이다. 『삼국지평화』에서는 매우 다양한 호칭을 혼용하고 있다.

현덕이 평원에서 백성에게 덕치를 펼치다.

다해 일하시오. 또 경이 공을 세우면 좌승상으로 높여주겠소."

조조는 황제에게 작별인사를 하고 성을 나와 천하의 제후를 모으러 떠났다. 그는 정주로 전진하여 태수 공손찬(公孫瓚)을 만나려 했다. 행진 도중 한 곳을 지나는데 마을의 성벽이 잘 정비되어 있었고, 다리와 도로가 잘 닦여 있었으며, 인구가 조밀했고, 소와 말이 번성했으며, 황무지가 전혀 없었고, 경작지에 벼가 가득 자라 넘실거리는 광경을 보았다. 조조는 한 농부를 불러 물었다.

"여기가 어디요?"

농부가 대답했다.

"나리께 아뢥니다. 이곳은 덕주 평원현 지역입니다."

조조는 깜짝 놀라 다시 농부에게 물었다.

"이곳 원님이 누구요?"

"현령은 고을 일에 상관하지 않고 현승만 이곳 일에 관여합니다."

"현승이 누구요?"

"지난번에 황건적을 무찌른 유비입니다."

조조는 깜짝 놀랐다.

"나는 천하의 제후를 모아야 하는데, 이곳에 동탁을 참수할 칼잡이가 있었구려!"

조조는 기마병 30명을 현의 관아 대문밖으로 보냈다. 좌우 아전들이 현덕에게 보고했다. 문지기가 아뢰었다.

"지금 한나라 황제의 사자가 관아 대문밖에 와 있습니다. 현의 관리는 서둘러 나와서 명령을 받으라고 합니다."

관리들이 조조를 맞아 관아 안으로 이끌어 대청 위에 좌정하게 했다. 참배의 예를 마치고 각각 연회 자리에 나누어 앉았다. 술이 몇 순배 돌자 조조가 말했다.

"나는 황제 폐하의 성지를 받들고 천하 28진 제후에게 폐하의 뜻을 알리고자 하오. 지금 동탁이 권력을 농단하면서 늘 한나라 천하를 도모할 마음을 품고 있소. 제후들은 황제를 보호하면서 천하를 안정시키고 동탁을 격파하시오. 여포와 이숙도 각각 1만 명을 상대할 만한 용력을 갖고 있으나 우리에게는 둘을 대적할 장수가 없소. 나는 창주(滄州, 허베이성 창저우시滄州市) 홍해군(洪海郡) 한보(韓甫)에게 성지를 전하고 평원군에 들렀다가 현덕공이 이곳에 있다는 소문을 듣고 특별히 배알하러 왔소. 현덕공께서는 성지를 거절하지 마시오. 지금 한나라 천하의 형편을 살펴보건대 현덕공이 호뢰관(虎牢關, 허난성 싱양시滎陽市 서북쪽)으로 가서 동탁과 여포를 격파하면 이 조조가 현덕공을 추천하여 만호후(萬戶侯)에 봉하게 하고 승상부에 들어갈 수 있도록 하겠소."

조조는 술잔을 들고 유비에게 권했다. 유비가 말했다.

"소관은 무예도 서툴고 활쏘기와 말타기도 익숙하지 못하여 국가 대사를 그르칠까 두렵소."

곁에 있던 장비가 거들었다.

"형님! 우리는 도원결의를 한 이래 함께 황건적을 무너뜨리고 후세에 이름을 남기려 했소. 이제 국가에서 인재를 쓰려고 하는 때에 제후들을 따라 호뢰관으로 가서 동탁·여포와 전투를 벌이고 황제 폐하의 홍복에 힘입어 두 역적을 죽이면 능연각(凌烟閣)68에 이름이 걸릴 것이니 평원현에서 고을살이하는 것보다 훨씬 낫소. 자주색 관복에 황금 인수를 허리에 차고 자식들도 벼슬을 받고 아내도 봉토를 받을 것이오. 형님께서 가지 않는다면 이 아우 장비가 가겠소."

조조는 장비의 말에 맞장구를 치며 감사인사를 했다. 연회가 파하고 나서도 조조는 재삼 당부했다.

"장 장군께서 가겠다고 했으니 만약 늦으면 사자를 보내 세 분을 초청하겠소."

조조는 작별인사를 하고 길을 나섰다.

현덕은 집으로 돌아가 두 아우와 논의했다.

"우리가 갔다가 어쩌지도 못하는 사이에 그곳에서 우리를 쓰지 않으면 어디로 귀의할 수 있겠느냐?"

장비가 대답했다.

"형님! 안심하시오. 제가 혼자서 동탁을 무너뜨리고 여포를 주살하겠소."

"사자가 오기를 기다렸다가 가도록 하자."

68_ 한나라 공신각 이름은 기린각(麒麟閣)이다. 능연각은 당나라 공신각 이름인데 혼동한 듯하다.

한편, 낙양에 있는 헌제는 나약한 임금인지라 태사 동탁이 권력을 농단했다. 몸무게가 300근이나 나가는 그가 나라를 찬탈할 마음을 먹고 칼을 찬 채 대전으로 오르자 문무백관은 모두 두려움에 떨었다. 그는 휘하의 양아들 여포, 흰 전포를 입은 이숙, 4대 도적, 8건장(健將)[69]에 의지하여 항상 천하의 제후를 능멸했다.

그 무렵 초군(譙郡, 안후이성安徽省 보저우시亳州市 차오청구譙城區) 태수 조조는 다시 조정으로 돌아와 황제를 알현했다. 그는 동탁이 기세등등하게 사람들을 능멸하는 모습을 보고 더욱 불평불만을 품었다. 조회가 끝나고 나서 조조는 다시 황제에게 아뢰고 대책을 상의한 후, 몰래 중신 몇 명에게 밀조를 전하고 호뢰관 앞에서 천하 제후를 모아 함께 동탁을 격파하자고 했다.

이에 밀조를 통해 중평(中平) 5년 3월 3일 모든 제후가 호뢰관 앞에서 모이기로 약속했다. 이 밀조를 즉시 천하 제후에게 전하고 서둘러 호뢰

69_ 여포를 호위하는 여덟 맹장으로 『삼국지연의』에서는 장료(張遼), 장패(臧霸), 조성(曹性), 학맹(郝萌), 성렴(成廉), 위속(魏續), 송헌(宋憲), 후성(侯成)을 들고 있다.

동탁이 권력을 농단하다.

관 앞으로 오라고 했다. 장사(長沙)의 젊은이들이 가장 먼저 도착했다. 장사 태수 손견이 관문 앞에 우뚝 섰다. 청주(青州, 산둥성 칭저우시青州市)의 원담(袁譚)은 아직 오지 않았다. 천하의 군사와 병마가 모두 관문 앞에 이르자 군량과 마초(馬草)가 부족했다. 조조는 군량을 재촉하기 위해 청주의 원담을 다그치러 갔다. 며칠 후 조조는 평원현에 이르렀다. 조조는 현덕과 만나 인사를 나눈 뒤 말했다.

"제후들이 모두 호뢰관에 모였는데, 세 장군은 어떻게 하실 거요?"

현덕은 아무 말도 하지 않았다. 그러자 장비가 나섰다.

"한나라 천하를 살펴보면 주인이 없습니다. 이제 태사와 역적들을 죽이고 다시 한나라 황실을 바로 세워야 합니다."

그제야 유비가 허락했다.

조조가 다시 말했다.

"기왕 원소가 대장이 되었으니 세 장군께서는 내가 써준 소개 서찰을 원소에게 보내도 좋소."

조조[70]는 바로 서찰을 써서 유비[71]에게 주었다. 조조는 유비와 작별하고 청주로 갔다.

관우와 장비, 유비 세 사람은 휘하의 잡호군 기병을 점검하고 날짜를 받아 출정했다. 그들은 서남쪽을 향해 행진했다. 길 위에서 며칠을 보낸 뒤 호뢰관에 이르러 본영에서 5리에서 7리 떨어진 곳에 군막을 설치했다. 다음날 세 사람은 의관을 갖추어 입고 원수를 만나기 위해 본영의 군문으로 향했다.

기왕 원소는 제후들을 자신의 군막에 모아놓고 물었다.

"지금 한나라 황실은 주인이 없어서 역적이 권력을 농단하고 있소. 황제는 낙양에 있지만 임금으로서는 나약하기만 하오. 동탁은 호뢰관에서 명장 100명을 거느리고 있소. 그 우두머리가 여포요. 키는 9척 2촌[72]으로 방천극을 쓰는데, 그를 당해낼 자가 없소. 제후들께선 어떤 계책으로 역적을 주살하고 조정에 보답한 뒤 후세에 이름을 남길 생각이오?"

관리들은 아무 말도 하지 못했다. 그때 갑자기 진채 문밖이 시끌시끌하더니 문지기가 상황을 보고했다.

"군문 밖에 세 장수가 와서 뵙기를 청합니다."

기왕은 서둘러 명령을 내려 앞으로 모시라고 했다. 여러 제후는 맨 앞에서 걸어들어오는 한 장수를 보았다. 얼굴은 보름달 같았고, 귀는 어깨까지 늘어졌으며, 두 손은 무릎 아래에까지 닿았다. 용의 얼굴에 콧날이 우뚝하여 제왕의 모습을 하고 있었다. 왼쪽의 한 장수는 키가 9척

70_ 원문은 승상으로 되어 있으나 아직 승상이 되기 전이므로 조조로 번역한다. 다음의 경우도 마찬가지다.

71_ 원문은 선주(先主)로 되어 있으나 아직 보위에 오르기 전이므로 유비로 번역한다. 다음의 경우도 마찬가지다.

72_ 앞에서는 10척, 즉 1장(丈)이라 했다.

2촌으로 포주 해량 사람이었다. 그의 성은 관이고, 이름은 우, 자는 운장이었다. 오른쪽의 한 장수는 유주 탁군 사람으로 성은 장, 이름은 비, 자는 익덕이었다. 표범 머리에 왕방울눈, 제비턱에 호랑이 수염을 하고 있었다.

원소가 물었다.

"세 장군은 뉘시오?"

유비가 답했다.

"이 무능한 사람은 유주 탁군 범양 대상촌(大桑村) 사람으로 성은 유, 이름은 비입니다. 지금 평원 현승으로 재직하고 있습니다."

원소가 말했다.

"말단 관리로구먼!"

"그렇습니다. 초군 태수께서 지나시는 길에 이 유비에게 소개 서찰을 써주셨습니다. 삼가 관문 앞까지 받들고 왔으니 함께 동탁을 무너뜨리고 싶습니다."

기왕은 매우 기뻐했다.

유비는 서찰을 꺼내 원소에게 주었다. 원소는 서찰을 다 읽고 나서 제후들에게 물었다.

"앞으로 일을 어떻게 처리하면 좋겠소?"

군막에서 한 장수가 위엄을 떨치며 소리쳤다.

"제후들이 호뢰관 아래에 모두 모였으니 즉시 역적 동탁과 여포를 참수해야 하오!"

제후들이 바라보니 바로 장사 태수 손견이었다.

송문거(宋文擧)가 말했다.

"동탁을 주살하는데 어찌 녹색 관복을 입은 말단 관리를 쓸 필요가 있겠소?"

제후들은 그 말을 듣고 모두 기뻐했다.

원소가 어떻게 하겠냐고 다시 묻자 제후들은 아무 말도 하지 못했다.

세 장수는 기왕에게 작별인사를 하고 그곳 군영을 나와 동북으로 5리에서 7리 떨어진 자신들의 진채로 돌아갔다.

장비가 말했다.

"평원에 있었다면 어찌 다른 사람에게 수모를 당했겠소?"

이튿날 날이 밝자 세 사람은 다시 원소를 만나러 갔으나 제후들은 반기지 않았다. 세 장수는 다시 돌아왔다. 다음날 곧바로 평원으로 떠났다. 그들은 대략 몇 리를 행진하다가 조조를 만나 그들이 겪은 일을 사실대로 말했다.

조조가 웃으며 말했다.

"나를 따라 다시 돌아갑시다! 만약 역적을 무너뜨리고 큰 공을 세우면 무슨 관직인들 받지 못하겠소!"

다음날 회군하여 다시 원소의 본영으로 돌아왔다.

이틀 후 조조는 원소의 진채 안에서 말했다.

"소하(蕭何)는 한신을 세 번 추천하여 한나라 400년 대업을 일으켰소."

원소는 잔치를 열고 조조와 제후들을 초청했다. 잔치가 무르익을 무렵 호뢰관에서 여포가 싸움을 걸어오고 있다는 보고가 올라왔다.

원소가 물었다.

"누가 여포와 결전을 벌이겠소?"

말을 다 마치지도 않았는데 한 장수가 나섰다. 그는 서주 태수 도겸(陶謙)에 소속된 보병 부대 장수 조표(曹豹)였다. 그가 말했다.

"제가 여포와 결전을 벌여 그를 잡아오겠습니다."

모두 기뻐했다. 조표는 말을 타고 여포와 싸웠지만 여포에게 사로잡히고 말았다. 한 시진도 되지 않아 패배한 군사들이 돌아와 여포가 1합 만에 조표를 사로잡았다고 말했다. 원소는 대경실색했다. 그때 또 어떤 사람이 알렸다.

"여포가 조표를 풀어주었습니다."

제후들은 진채로 돌아온 조표에게서 여포의 예봉을 감당할 수 없다는 말과 함께 여포가 오직 18진 제후를 사로잡으려 한다는 말을 들었다. 그 말을 듣고 근심하지 않는 제후가 없었다.

날이 밝자 정탐병이 보고했다.

"여포가 군사 3만을 이끌고 호뢰관 아래로 와서 싸움을 걸어오고 있습니다."

기왕 원소가 제후들에게 물었다.

"누가 여포와 결전을 벌이겠소?"

원소가 아직 말을 다 마치지도 않았는데, 장사 태수 손견이 군사를 이끌고 출전하여 여포와 대치했다. 교전을 벌인 지 3합도 되지 않아 손견이 대패했다. 여포는 손견을 추격하여 큰 숲으로 들어섰다. 여포가 화살을 메겨 손견에게 쏘자 손견은 금선태각계(金蟬蛻殼計)[73]를 써서 전포와 갑옷을 나무 위에 걸어놓고 도망쳤다. 여포는 손견의 투구와 전포를 용장 양봉(楊奉)을 시켜 호뢰관으로 갖고 가서 태사 동탁에게 바치려고

73_ 매미가 허물을 벗듯 상대가 눈치채지 않게 도주하는 계책이다. 흔히 금선탈각계(金蟬脫殼計)라고도 한다.

했다. 하지만 여포는 행진 도중 장비를 만나 투구와 전포를 빼앗겼다.

날이 밝자 장비는 원소의 본영 군문 앞으로 가서 말에서 내렸다. 그는 먼저 유비와 관우를 만났다. 유비가 말했다.

"손견은 우리를 고양이떼나 개떼라 했고, 식충이나 허수아비 같다고 욕했다."

또 유비가 덧붙였다.

"그는 장사 태수이고 우리는 말단 관리다. 어찌 그와 다툴 수 있겠느냐?"

장비가 웃으면서 말했다.

"대장부는 생사를 돌보지 않아야 후세에 이름을 남깁니다!"

유비와 관우는 장비를 말릴 수 없었다. 장비는 곧바로 원소의 군막 앞으로 가서 손견의 투구와 전포, 갑옷을 원소에게 바쳤다. 태수 손견과 제후들은 아무 말도 하지 못했다. 장비의 목소리는 마치 커다란 종이 울리는 것 같았다.

"앞서 손 태수는 우리를 고양이떼나 개떼라 했소. 그런데 여포가 관문에서 내려오자 손 태수는 전포를 벗어던지고 달아났소!"

그 말을 듣고 분노한 손견은 장비를 밀어붙이며 참수하려 했다. 제후들이 모두 일어섰다. 기왕 원소, 형왕(荊王) 유표(劉表), 초군 태수 조조가 말했다.

"여포의 기세를 감당할 수 없는데, 장비를 죽이면 누가 동탁을 무너뜨릴 수 있겠소?"

손견은 아무 말도 하지 못했다.

장비가 호언장담했다.

"여포가 관문에서 내려오면 우리 형제 세 사람이 그 노예를 참수하겠소!"

제후들은 모두 기뻐했고 장비는 위기에서 벗어났다.

사흘째 되는 날 여포가 또 싸움을 걸어왔다. 제후들은 진채에서 나가 여포와 맞서 싸웠다. 그때 장비가 창을 들고 출전했다.[74] 장비는 여포와 20합을 겨루었지만 승부를 낼 수 없었다. 분노한 관우는 말을 내달리며 칼을 휘둘렀다. 두 장수가 여포와 교전을 벌이자 유비도 참지 못하고 쌍고검을 휘두르며 달려나갔다. 세 사람이 여포와 싸우자 여포는 대패하여 달아나 서북쪽 호뢰관으로 올라갔다.

이튿날 여포는 다시 관문 아래로 내려와 소리를 질렀다.

"왕방울 눈깔은 어서 출전하라!"

장비는 분노하여 말을 타고 달려나갔다. 손에 장팔신모를 들고 두 눈을 부릅뜬 채 여포를 향해 곧추 찔렀다. 두 필의 말이 서로 엇갈리며 30합을 겨루었지만 승부가 나지 않았다.[75] 평소 장비는 적을 죽이기 좋아했는데 이제 맞수를 만난 셈이었다. 또다시 30합을 겨루다가 장비는 창으로 여포의 창끝 명주 깃발을 베어 그의 얼굴에 덮어씌웠다. 장비의 무예가 귀신같자 여포는 겁을 먹고 말고삐를 잡아당겨 관문 위로 올라가 문을 굳게 닫아걸고 나오지 않았다. 여포는 4대 도적으로 하여금 관문을 튼튼히 수비하도록 했다. 4대 도적은 바로 이각, 곽사, 장제, 번조

74_ 원본에는 "三戰呂布(여포와 세 번 싸우다)"라는 글자가 이 자리에 음각으로 굵게 판각되어 있다. 이는 나중에 장회소설 각 장 제목으로 발전하는 양식으로 나타난다.

75_ 원본에는 "張飛獨戰呂布(장비 혼자 여포와 싸우다)"라는 글자가 이 자리에 음각으로 굵게 판각되어 있다.

였다.

한편, 동탁은 낙양으로 돌아와 어가를 맞아 서쪽 장안으로 들어갔다. 헌제는 만안전(萬安殿)에 앉아 태사에게 잔치를 열게 했다. 밤이 되자 헌제는 술을 갖고 후궁으로 돌아갔다. 동탁은 황제의 네 비빈을 보고 시시덕거리며 희롱했다. 재상 왕윤은 화를 참지 못하고 몰래 혼잣말을 했다.

"천하에 주인이 없도다!"

왕윤은 집으로 돌아온 뒤 말에서 내려 발길 닿는 대로 뒤쪽 화원으로 들어가 작은 마당에 우울하게 앉아 있었다. 그는 헌제는 나약하고 동탁은 권력을 농단하여 천하가 위태롭다고 혼잣말을 했다. 그때 문득 한 여인이 향을 사르는 모습이 보였다. 그녀는 고향으로 돌아가지 못하여 가장을 만날 수 없다고 중얼거렸다. 왕윤이 "나는 국가 대사를 근심하는데 저 여인은 무엇을 빌고 있을까"라고 되뇌었다. 왕윤은 참지 못하고 마당에서 나가 물었다.

"너는 왜 향을 사르고 있느냐? 내게 사실대로 말해다오."

여포와 세 번 싸우다.

초선(貂蟬)은 깜짝 놀라 얼른 무릎을 꿇었다. 그녀는 감히 숨기지 못하고 사실대로 사연을 털어놓았다.

"천첩은 본래 성이 임씨(任氏)고 어릴 적 이름은 초선으로 제 지아비는 여포입니다. 임조부(臨洮府, 간쑤성甘肅省 린타오현臨洮縣)에서 헤어진 뒤 지금까지 만나지 못했습니다. 이 때문에 향을 피우고 있었습니다."

왕 승상은 몹시 기뻐하며 말했다.

"한나라 천하를 편안하게 할 사람은 바로 이 여인이로다!"

왕 승상은 본채로 돌아와 초선을 불렀다.

"내가 너를 친딸처럼 보살펴주겠다."

그러고 나서 금은보화와 비단을 초선에게 주었다. 초선은 감사인사를 하고 물러났다.

며칠 후 왕 승상은 태사 동탁을 초청하여 연회를 열었다. 저녁 무렵이 되자 태사는 술에 취했고 주위는 촛불이 환하게 빛을 밝히고 있었다. 왕윤은 용모가 뛰어난 여인 수십 명에게 초선을 에워싸게 했다. 초선은 머리에 벽옥으로 장식한 짧은 금비녀를 꽂고 금실로 바느질한 붉은 비단옷을 입었다. 진정 경국지색이라 할 만했다. 동탁은 깜짝 놀라 한참 동안 바라보다가 중얼거렸다.

"우리집에도 이런 여인은 없다!"

왕윤이 초선에게 노래를 부르게 하자 태사는 기쁨을 이기지 못했다.

왕윤이 말했다.

"이 여인은 관서(關西) 임조 사람으로 성은 임, 이름은 초선입니다."

태사가 몹시 연연해하자 승상이 그녀를 허락했다. 태사는 연회가 끝난 뒤 자리에서 일어났다.

다음날 날이 밝자 왕 승상은 생각에 잠겼다.

'나는 임금의 녹봉을 먹는 재상이다. 지금 계책을 마련하여 다시 한나라 황실을 편안하게 해야겠다. 일을 이루지 못하면 목숨을 잃겠지만 이름을 남길 수는 있을 것이다.'

왕 승상은 바로 여포를 초청하여 연회를 열었다. 연회가 밤중까지 이어지자 그는 다시 초선을 연회 자리에 불러 노래를 부르게 했다.

여포는 그녀를 보며 생각했다.

'지난날 정건양이 임조에서 난을 일으켰을 때 나의 아내 초선의 소재를 알지 못했다. 그런데 오늘 보니 이곳에 있었구나!'

왕윤이 술잔을 잡고 물었다.

"장군[76]의 얼굴에 수심이 가득한데, 무슨 생각을 하는지 모르겠소."

여포는 피곤한 듯 기지개를 켜며 모든 사실을 말했다.

76_ 원본에는 '온후(溫侯)'로 되어 있다. 그러나 '온후'라는 봉작은 여포가 동탁을 죽인 뒤 그 공으로 받은 것이므로 여기서 온후라 부르는 것은 온당하지 않다. 따라서 장군으로 호칭을 바꾼다.

승상은 크게 기뻐하며 말했다.

"한나라 천하에 주인이 생겼소이다!"

그러면서 승상이 다시 말을 이었다.

"그분이 장군의 부인인지 몰랐소. 천하의 기쁜 일 중에 부부가 다시 만나는 것보다 더 좋은 일은 없소."

그가 또 덧붙였다.

"이 늙은이도 친딸처럼 대해주고 있었소. 길일에 좋은 시를 받아 초선을 태사부로 보내겠소. 장군께서는 부인과 다시 만나 단란하게 살도록 하시오."

여포는 매우 기뻐했고 늦은 시간이 되어서야 집으로 돌아갔다.

왕윤은 대엿새도 되지 않아 시녀로 하여금 말 네 필이 끄는 수레에 초선을 태워 태사부로 데려가게 했다. 중평 7년 3월 3일 태사 동탁이 말없이 앉아 있을 때 보고가 올라왔다.

"승상 왕윤이 말 네 필이 끄는 수레를 보냈는데, 누구를 데려왔는지 모르겠습니다."

동탁은 서둘러 밖으로 나가 왕윤을 환영하며 본채 대청으로 안내했다. 그는 혼잣말을 중얼거렸다.

"초선이 틀림없겠지?"

왕윤이 듣고 말했다.

"그렇습니다."

동탁은 사람을 시켜 술을 가져오게 했다. 그러자 왕윤이 사양했다.

"지금 몸이 좀 불편하여 오래 머물 수 없습니다."

그는 동탁에게 작별인사를 하고 나갔다.

그날 밤 동탁은 초선과 술을 마셨다. 동탁은 본래 술을 좋아하고 색을 밝히는 자였다. 여포는 이틀을 전후하여 곡강(曲江)에서 돌아와 집 앞에서 말을 내렸고 그를 수행하는 8건장도 모두 흩어졌다. 그날 밤 늦은 시각에 여포는 부중(府中)에서 낭랑하게 흘러나오는 음악소리를 듣고 좌우 시종들에게 무슨 일인지 물었다. 시종들이 자세한 내막을 말했다.

"왕 승상이 어떤 여인을 데려왔는데, 이름이 초선이라 합니다."

여포는 깜짝 놀라 회랑 아래까지 가보았으나 만날 방법이 없었다. 그때 초선이 옷깃을 풀어헤친 채 나오는 모습이 보였다. 여포가 불같이 화를 내며 물었다.

"역적 놈은 지금 어디 있나?"

초선이 대답했다.

"벌써 취했어요."

여포는 칼을 들고 방안으로 들어갔다. 동탁이 코를 고는 소리는 우레 같았고 누워 있는 몸집은 산더미 같았다. 여포는 욕설을 퍼부었다.

"간악무도한 늙다리 역적 놈아!"

왕윤이 동탁에게 초선을 바치다.

단칼에 그의 목을 베자 선혈이 샘처럼 솟구쳤다. 여포는 다시 동탁을 찔러 숨을 끊었다.

여포는 다급하게 그 집에서 나와 왕 승상의 집으로 달려갔다. 왕윤은 어찌 된 일인지를 물었다. 여포는 일의 내막을 자세히 말했다. 승상 왕윤은 몹시 기뻐하며 말했다.

"장군은 세상의 명인이오. 동탁을 죽이지 않았다면 한나라 천하가 누란의 위기에 빠질 뻔했소."

이렇게 서로 말을 주고받는 사이에 문지기가 보고를 올렸다.

"밖에서 이숙이란 사람이 칼을 들고 여포를 찾습니다."

승상이 서둘러 집밖으로 나가보니 이숙이 다가오며 소리치는 모습이 보였다.

"여포가 태사를 죽였습니다. 내가 여포를 만나면 그놈의 몸을 만 갈래로 찢어버릴 겁니다!"

왕윤이 말했다.

"장군의 생각이 틀렸소. 지금까지 한나라 천하가 400여 년 동안 이어

졌는데, 이는 그대의 선조 이광 장군께서 한나라 황실을 지탱해주셨기 때문이오. 지금 동탁이 권력을 농단하자 여포가 그를 죽였소. 그대는 여포를 죽여야 한다고 공언하는데, 그럼 천하 사람들이 그대가 조상을 닮지 않았다고 매도할 것이오. 어둠을 제거하고 밝음을 세우는 사람이 바로 대장부요."

이숙은 칼을 땅에 던지고 손을 모으며 말했다.

"승상의 말씀이 옳습니다. 여포를 오게 하여 말을 들어봅시다."

두 사람을 만나자 여포는 동탁의 무도한 행위를 모두 말했다.

이숙이 대로하여 말했다.

"나는 그런 사실을 몰랐소."

여포는 마침내 왕윤에게 작별인사를 하고 집으로 돌아갔다. 그때 문지기가 보고했다.

"전전태위(殿前太尉) 오자란(吳子蘭)이 군사 1만을 이끌고 집을 포위했습니다."

여포는 생각했다.

여포가 동탁을 살해하다.

'장안에 오래 머물 수 없겠구나!'

그는 8건장과 3만 군사를 점검한 뒤 동문을 빼앗아 성을 탈출했다. 뒤에서는 태위 오자란이 추격했고 앞에서는 1만 군사가 그를 가로막았다. 또 죽은 동탁의 네 대장인 이각, 곽사, 번조, 장제 등도 그를 종놈이라고 꾸짖었다. 여포는 대꾸할 말이 없었다. 그는 적진을 돌파하여 동쪽으로 달렸다.

동관(潼關)[77]에 이르자 초군 태수 조조가 가로막았다. 쌍방이 서로 공격을 주고받았으나 여포는 동관을 빼앗아 탈출했다. 여포가 동쪽으로 몇 리 달아나자 그 앞에 수양(睢陽, 허난성 상추시商丘市 쑤이양구睢陽區) 태수 곽잠(郭潛)이 나타나 말했다.

"장군께서는 성으로 들어오지 마십시오. 제가 금은보화를 드리겠습니다!"

여포는 동북쪽으로 내달렸다. 며칠을 달리자 뽕밭과 삼밭이 특별히

77_ 하남(河南)에서 서쪽으로 함곡관(函谷關)과 효산(崤山)을 거쳐 관중으로 들어가는 관문이다. 지금의 산시성(陝西省) 퉁관현(潼關縣) 남동쪽이다.

잘 가꾸어진 곳이 나타났다. 여포가 물었다.

"여기가 어딘가?"

어떤 사람이 알려주었다.

"이곳은 서주(徐州) 땅입니다."

"서주 태수가 누구요?"

"노장 도겸이 죽을 때 세 번이나 사양하는 현덕에게 서주를 주었습니다."

여포는 호뢰관에서 현덕과 깊은 원한을 맺은 일이 생각났다. 또 자신은 송곳 하나 꽂을 땅도 없다는 사실이 뇌리를 스쳤다. 그때 곁에서 진궁(陳宮)이 말했다.

"관우와 장비, 유비는 모두 범 같은 장수입니다."

여포는 아무 말도 하지 못했다.

진궁이 다시 말했다.

"유비는 어질고 덕이 있는 사람입니다. 장군께서 서찰을 써서 그에게 보내보십시오."

여포는 즉시 서찰을 써서 진궁에게 준 뒤 서주로 갖고 가서 현덕을 만나게 했다. 현덕은 진궁을 맞아들여 자리에 앉게 했다. 진궁은 서찰을 현덕에게 주었다. 서찰의 내용은 다음과 같았다.

외람되게도 이 여포가 서주목(徐州牧) 현덕 장군 휘하에 머리를 조아리며 아룁니다. 지금 계절이 초여름이라 날씨는 맑고 화창하며 장마도 막 걷혔습니다. 엎드려 생각하건대 장군께서는 뛰어난 행적으로 관직이 높아졌고 군사 일도 여유 있게 다스리고 계십니다. 이는 천지신명을 우러르며 보호를 받기 때문일 것입니다. 호뢰관에서 일전을 벌인 것은 이 여포의 죄가 아니라 모두 동탁의 잘못 때문이었습니다. 그때 지은 죄를 스스로 알고 있으므로 늘 그것이 마음에 걸립니다. 본래 처소를 찾아 배알하며 지난날의 허물을 조금이라도 씻어야 마땅하지만 장안에서 오느라 사람과 말이 모두 피곤하여 더 나아갈 수가 없습니다. 만약 저의 죄를 용서해주시면 다행한 마음 이길 수 없을 것입니다. 만나뵐 때까지 존안을 잘 보존하시길 기원합니다. 모든 예를 다 갖추지 못합니다.

[78]현덕은 서찰을 읽고 매우 기뻐하며 술과 음식을 갖추어 진궁을 잘 대접했다. 진궁은 작별인사를 하고 떠났다. 그때 한 장수가 현덕에게 아뢰었다. 바로 간헌화였다.

"주군께선 임조 태수 정건양이 당한 일을 듣지 못하셨습니까? 여포는 그를 아버지로 불렀지만 적토마 때문에 그를 죽였습니다. 또 앞서 일을 살펴보면 장안에서는 초선 때문에 동탁을 살해했습니다. 먼저 관우와 장비 두 장군이 성안에 없을 때 여포가 변심하여 서주를 빼앗으면 어떻게 하시겠습니까?"

유비가 말했다.

"여포는 불인(不仁)하지만 지금은 이와 발톱이 없소. 또 서찰을 보내 애원하는 것을 보면 성안에서 권력을 빼앗는 일은 아마 하지 않을 것이오."

78_ 원본에는 "呂布投玄德(여포가 현덕에게 투신하다)"이라는 글자가 이 자리에 음각으로 굵게 판각되어 있다.

많은 관리가 말려도 막을 수 없었다.

이튿날 날이 밝자 유비는 풍악을 울리며 여포를 성안으로 맞아들였고 그를 관아로 데려가서 며칠 동안 잔치를 열었다. 현덕이 여포에게 절을 하며 형님이라고 하자 관리들은 혼백이 달아날 정도로 깜짝 놀랐다. 간헌화는 황급히 심복을 보내 관우와 장비를 성안으로 불렀다.

다음날 날이 밝은 뒤 현덕의 두 아우가 여포와 만났다. 며칠 후 여포가 관리들에게 물었다.

"서쪽에서 출발하여 동관을 나왔지만 송곳 하나 세울 땅이 없소."

진궁이 말했다.

"장군께선 천하가 구주(九州)[79]로 나뉘어 있는데 서주가 바로 상군(上郡)으로 왕업을 일으킬 땅이란 말을 듣지 못하셨습니까? 서주를 얻으면 이제 천하도 쉽게 도모할 수 있을 것입니다."

여포가 웃으면서 대답했다.

"서주를 도모할 마음은 갖고 있지만 현덕이 나를 융숭히 대접하고 있소. 또 관우와 장비는 범이나 이리 같은 장수요. 만약 성공하지 못하면 어찌하오?"

며칠 후 여포와 현덕이 함께 앉은 자리에서 현덕이 말했다.

"봉선 형님께서 머물 곳이 없는 건 이 아우의 생각이 짧기 때문이 아니겠습니까? 이곳에서 서북으로 80리 되는 곳에 소패(小沛, 장쑤성 페

79_『상서(尙書)』「우공(禹貢)」에 의하면 우임금이 중국 전역을 다음과 같이 아홉 주(州)로 나누었다고 한다. 기주(冀州), 연주(兗州), 청주(靑州), 서주(徐州), 양주(揚州), 형주(荊州), 예주(豫州), 양주(梁州), 옹주(雍州). 『주례(周禮)』에는 이중 서주, 양주 대신 병주(幷州), 유주(幽州)가 포함되어 있다.

이현)성이 있습니다. 그곳에 군사를 주둔하고 예기를 기르시면 어떻겠습니까?"

여포는 매우 기뻐했다. 그는 그날 바로 유비에게 작별인사를 한 뒤 본부 군사를 이끌고 소패로 달려갔다.

그 일을 전후하여 반년이 지났다. 어떤 사람이 유비에게 알렸다.

"남쪽으로 400리 수춘(壽春, 안후이성 화이난시淮南市 서우춘진壽春鎭) 땅에 있는 원술이 아들 원양(袁襄)을 시켜 군사를 거느리고 서주를 탈취하려고 합니다."

유비는 즉시 장비를 접반사로 삼아 남쪽에서 원양을 맞이하게 했다. 약 30리를 가자 석정역(石亭驛)이라는 곳이 나왔다. 그곳에서 원양을 만나 두 사람은 상견례를 마쳤다. 장비는 술을 마련하여 함께 몇 잔을 마셨다. 술자리가 파하자 원양이 서주의 일을 이야기했다. 하지만 장비가 말을 듣지 않자 원양이 함부로 욕을 했다.

"현덕은 돗자리나 짜고 신을 삼던 촌놈이다!"

장비도 불같이 화를 내며 욕설을 퍼부었다.

"우리 형님의 선조는 제왕의 아들이고, 형님은 한 경제의 17대손으로 바로 중산정왕의 후예시다. 네놈이 돗자리나 짜고 신을 삼던 촌놈이라 욕하며 우리 형님을 깎아내렸는데, 진실로 네놈의 할아비야말로 농사나 짓던 무지렁이가 아니냐?"

장비가 즉시 반격하자 원양이 그를 때리려 했다.[80] 장비는 원양을 잡아채서 들어올리고 돌 정자 위에다 내팽개쳤다. 좌우 관리들도 말리지

80_ 원본에는 "張飛捽袁襄(장비가 원양을 죽이다)"이라는 글자가 이 자리에 음각으로 굵게 판각되어 있다.

않아 장비는 결국 원양을 패대기쳐 죽였다.

수행원들은 모두 돌아가서 며칠 지나지 않아 원술을 만났다. 원술은 곡을 하며 말했다.

"장비 이놈! 도저히 참을 수 없다."

그는 즉시 대장 기령(紀靈)에게 군사 3만을 주어 서주를 빼앗으려 했다. 유비는 장비를 서주에 남겨놓고 임시로 그곳을 지키게 했다. 유비와 관우, 여러 관리는 기령을 맞아 싸우기 위해 남쪽으로 갔다. 이를 전후하여 한 달이 지나도록 돌아오지 않았다.

한편, 장비는 매일 깨어나지 못할 정도로 술에 취해 정사를 돌보지 않았다. 좌우에서 보좌하는 관리 조표가 죽은 도겸을 마구 꾸짖었다.

"어찌하여 서주를 내게 주라 분부하지 않고 유비에게 양보했단 말인가? 유비는 남쪽에서 기령을 맞아 싸우느라 아직 전투를 끝내지도 못했다. 그런데 전투도 끝내지 못하는 어린 놈에게 서주를 맡기다니. 그러니 백성이 모두 원망하지."

조표가 장비의 과한 음주를 말렸지만 장비는 듣지 않았다. 그러자

장비가 원양을 죽이다.

조표가 또 장비를 욕했다. 장비는 대로하여 소리쳤다.

"우리 형제는 한결같이 나라를 위해 온 힘을 바치고 있다. 형님께서는 이미 서주를 얻어 권력을 올바르게 행사하고 있다."

장비는 채찍으로 조표를 때렸다. 조표는 동쪽 집으로 달아나 스스로 계책을 세워 원한을 갚으려 했다. 그는 사위 장본(張本)에게 몰래 서찰을 써준 뒤 소패로 가서 여포를 만나게 했다. 여포도 술과 음식을 마련하여 그를 대접한 뒤 금은보화를 주었다. 장본이 돌아가자 여포가 휘하 관리들에게 물었다.

"이 일을 어찌하면 좋소?"

진궁이 말했다.

"현덕은 남쪽에서 기령을 맞아 싸우는데, 장비는 매일 술에 취해 있습니다."[81]

여포는 군사를 이끌고 서주로 갔다. 얼마 지나지 않아 조표가 여포에

81_ 원본에는 "曹豹獻徐州(조표가 서주를 바치다)"라는 글자가 이 자리에 음각으로 굵게 판각되어 있다.

게 서문을 열어주었다. 여포가 성안으로 들어갔는데도 장비는 만취해 있었다. 어떤 사람이 알렸다.

"부인께서 오셨습니다."

부인은 바로 현덕의 아내였다. 현덕의 아내가 말했다.

"작은 서방님! 형님께서 지금 남쪽에서 기령과 싸우는데 승패를 아직 모릅니다. 그런데 매일 술에 취해 있다가 서주를 잃으면 어떻게 하시렵니까?"

장비가 대답했다.

"누가 감히 서주를 엿봐요!"

말을 아직 다 마치지도 않았는데 갑자기 땅을 뒤흔드는 함성이 들려왔다. 어떤 사람이 장비에게 보고를 올렸다.

"조표가 여포를 꾀어 성안으로 들어오게 했습니다."

장비는 대경실색했다. 현덕의 아내는 그의 얼굴을 보며 울었다.

장비는 즉시 말을 타고 나가 여포와 전투를 벌였다. 혼전중에 날이 저물자 장비는 성문을 습격하여 밖으로 나왔다. 남쪽으로 200리를 달려 유비를 만나 모든 일을 자세히 이야기했다. 관우는 장비에게 불같이 화를 냈다.

유비는 다음날 군사를 거두어 서주에서 약 20리 떨어진 곳에 진채를 세웠다. 유비가 말했다.

"나의 처와 아이는 틀림없이 여포에게 살해될 것이다. 여포에게 서찰을 보내 가족을 보호해달라고 해야겠다."

유비는 바로 간헌화에게 서찰을 써주고 성안으로 들어가 여포에게 전하게 했다. 여포가 서찰의 내용을 읽어보니 유비는 서주를 버리고 소패성으로 들어가 조용히 살고 싶다고 했다. 여포는 크게 기뻐하며 마침내 미부인(糜夫人)[82]과 유비의 맏아들 아두(阿斗)[83]를 성밖으로 보내 유비를 만나게 했다 유비는 즉시 군사를 이끌고 소패성으로 가서 조용히 지냈다.

어떤 사람이 보고했다.

"기령이 군사 3만을 이끌고 와서 서주를 달라고 합니다."

기령은 원술의 명장이었다. 유비는 즉시 군사를 이끌고 서주 서쪽에 진채를 세웠다. 그러자 기령은 서주 남쪽에 진채를 세우고 서주가 곤경에 빠지기를 기다렸다. 여포도 군사를 거느리고 성을 나와 서주 동쪽에 진채를 세웠다. 여포는 서찰을 기령과 유비에게 보냈다. 그는 날을 받아 연회를 열고 두 사람을 초청했다.

여포는 언덕 높은 곳에 장막을 설치하고 앉았다. 연회가 끝나자 여포가 말했다.

"한나라 황제가 유약하여 천하가 안정을 찾지 못하고 있소. 수춘 땅 원술은 동쪽을 진무하면 되오. 서주는 도겸이 살아 있을 때 본래 현덕공에게 양보했소. 그런데 원술은 거리가 가깝다고 서주 땅을 요구하고 있소. 내가 지금 양측의 위기를 풀어주겠소."

여포는 남쪽으로 150보 되는 곳에 방천극을 세우라고 명했다. 여포가 말했다.

82_ 원본에는 매부인(梅夫人)으로 되어 있다. 발음이 비슷하여 혼용한 것으로 보인다.

83_ 원본에는 아계(阿計)로 되어 있다. 글자가 비슷하여 오류가 난 것으로 보인다. 아두의 본명은 유선(劉禪)으로 생모는 감부인(甘夫人)이다. 유비 사후 촉한 황제에 오른다. 사실 유선은 유비가 형주에 있을 때인 건안 12년(207)에 태어났으므로 이때는 세상에 존재하지 않았다.

"내가 화살 한 발을 쏴서 방천극 위의 동전 구멍을 맞히겠소. 명중하면 양측은 각각 전투를 그만두시오. 명중하지 못하면 기령 장군이 군사를 거두시오. 군사를 거두지 않으면 내가 현덕공을 도와 기령 장군을 죽이겠소. 또 현덕공이 군사를 돌이키지 않으면 내가 기령 장군을 도와 현덕공을 죽이겠소."

두 장군 모두 여포의 말에 따랐다. 여포가 화살을 쏘았다. 이를 읊은 시가 있다.

화살 한 발로 공을 이루어 태평 세상 만드니,	一箭功成定太平,
씩씩한 군사 3만 명이 전투를 그쳤다네.	雄兵三萬罷戈庭.
당시의 용맹함에 미칠 사람 없나니,	當時驍勇無人及,
분명한 명성 남아 후세에까지 일컬어지네.	至使淸名後世稱.

여포는 화살 한 발로 동전 구멍을 명중시켰다. 그러자 기령은 군사를 되돌렸다. 유비는 잔치를 열고 여포를 접대한 뒤 사흘 후에 소패로 돌아갔고 여포도 서주로 돌아갔다.

이 일을 전후하여 반년이 지났다. 어느 날 유비가 관아에 앉아 있을 때 문지기가 보고했다.

"어떤 노인이 고소하기를 도적이 들끓는다고 합니다."

유비는 관우와 장비 두 장수에게 도적을 잡으라고 했다. 장비는 잡호군 기병 1000명을 이끌고 소패성 정동 방향 20리 되는 곳으로 갔다. 그는 한 수풀 앞에 이르러 말에서 내려 기다렸다. 좌우 인사들이 장비에게 술을 주고 잔을 들게 하자 장비는 웃으면서 말했다.

"내가 좋아하는 건 맛있는 술이다."

그는 단숨에 술을 들이켜고 나무에 기대어 잠이 들었다. 대략 이경을 전후하여 정동 방향에서 방울소리가 울렸다. 그 사실을 장비에게 알리자 장비는 말을 타고 동쪽으로 바로 달려갔다. 3리도 못 가서 군사 1000명을 만났다. 그들 가운데 두목 하나가 각종 대나무 상자와 온갖 자루를 압류해놓고 있었는데, 그 수량을 알 수 없을 정도였다.

장비가 말했다.

"도적놈들이다."

장비는 호통을 쳐서 군사들을 흩어버리고는 돈과 재물을 빼앗았다.

후성(侯成)이 말했다.

"여포 장군께서 연경에 가서 말을 사오라고 했습니다."

장비는 그의 말을 믿지 않고 군사를 시켜 그를 소패성으로 압송하여 유비를 만나게 했다. 후성이 아뢰었다.

"이것은 여포가 제게 말을 사라고 준 돈과 재물입니다."

유비는 그것을 보고 깜짝 놀라 장비를 꾸짖었다.

"이것은 모두 여포의 재물이다."

유비와 관우는 장비를 서주로 압송하여 여포에게 인계하려 하다가 도원결의를 생각했다.

며칠 후 여포는 군사 3만을 거느리고 8건장과 함께 소패에서 20리 떨어진 곳에 진채를 세웠다. 다음날 여포는 군사를 이끌고 소패성에 이르러 유비와 대화를 나누며 장비만 내놓으라고 했다. 유비는 그의 말에 따르지 않았다.

관우가 말했다.

"장비! 안희에서 채찍으로 독우를 때렸을 때 군사 절반이 떠나서 3년 동안 도적질을 했다. 앞서 서주를 잃은 것도 모두 네 잘못이다. 지금 또 여포의 돈과 재물을 빼앗은 것도 네 잘못이다!"

장비는 대로하여 말 위로 뛰어오르며 소리쳤다.

"용감하게 죽을 자는 나를 따르라!"

기마병 18명[84]이 진채를 나섰다.[85]약 20리를 달려가다 큰 수풀에 이르러 장비가 말에서 내리며 말했다.

"서주를 잃고 지금 또 소패를 위기에 빠뜨린 건 모두 내 잘못이다. 만약 공을 세우지 못하면 두 형님을 뵐 면목이 없다!"

장비가 이어 말했다.

"여포는 장안에서 죄를 지은 뒤 동쪽으로 동관(潼關)[86]을 나와 서주로 도주했다. 근래에 알려진 바로는 조조가 황제 폐하의 성지를 받든 채 군사 10만과 명장 100명을 이끌고 수수(睢水)에 주둔하여 여포를 잡으려 한다고 한다. 나는 기병 18명과 수수로 가서 조공을 만나 뵙고 군사를 빌려 여포를 격파하고자 한다."

장비는 출발한 지 며칠 만에 수수에 이르러 조조를 만나 저간의 사정을 자세히 이야기하고 군사를 빌려 두 형을 구원하겠다고 했다.

조조가 말했다.

"현덕공과는 호뢰관에서 작별한 뒤 아직까지 만나지 못했소. 하여 그

84_ 원본에는 38명이라고 되어 있으나 앞뒤 묘사로 미루어볼 때 18명이 되어야 한다.

85_ 원본에는 "張飛三出小沛(장비가 세 번 소패성에서 나오다)"라는 글자가 이 자리에 음각으로 굵게 판각되어 있다.

86_ 원본에는 검관(劍關)이라고 되어 있으나 앞 대목을 참고하면 동관이 되어야 옳다.

대가 군사를 빌려달라고 하는데, 그 말의 진위를 알지 못하겠소."

장비가 대답했다.

"승상의 말씀이 옳소. 두 형님께 돌아가 서찰을 받아오겠소."

그는 조조에게 작별인사도 하지 않고 말 위로 뛰어올라 기병 18명을 이끌고 소패성으로 달려갔다. 여포가 철통같이 에워싼 것을 보고 장비는 있는 힘을 다해 혈로를 뚫고 성안으로 들어갔다. 두 형이 물었다.

"앞서 며칠 동안 아우는 어디 갔다 왔는가?"

장비는 앞서 진채를 나가 수양(睢陽)[87]에 있는 조조에게 구원병을 요청한 사실을 자세히 이야기했다. 유비가 깜짝 놀라며 물었다.

"그럼 군사를 빌리지 못했단 말인가?"

장비가 대답했다.

"승상께서 믿을 만한 증거가 없다기에 이 아우가 감히 서찰을 얻으러 왔소."

유비는 즉시 서찰을 써서 장비에게 주었다.

다음날 장비는 또 기병 18명을 이끌고 성을 나가 여포와 전투를 벌였다.

여포가 말했다.

"적장이 여러 번 반복해서 왕래하는 건 틀림없이 구원병을 요청하기 위해서다."

여포가 감당하지 못하자 장비는 기병 18명을 이끌고 적진을 돌파했다. 며칠 후 그는 조조의 본영에 당도했다. 조조는 장비의 말을 듣고 기

87_ 수수(睢水) 북쪽에 있는 고을로 앞에 나온다.

뻐을 감추지 못했다. 장비는 서찰을 조조에게 주었다. 서찰의 내용은 다음과 같았다.

> 외람되게도 유비는 승상의 휘하에 머리를 조아리며 글을 올립니다. 이 중추의 계절에, 엎드려 생각하건대 승상께서는 뛰어난 행적으로 높은 관직에 이르렀습니다. 저는 감히 승상의 위엄도 피하지 않고 참람되게 저의 미욱한 마음을 알려드리려고 합니다. 지금 역적 여포는 동탁을 주살하고 장안에서 도망쳐 서주를 습격했고, 이제 또 소패를 포위하고 있습니다. 이 유비는 군사가 미약하고 장수가 부족하며 해자는 얕고 성벽은 낮아 급박한 위기에 처했으니 어찌할 수 있겠습니까? 이제 특별히 장비에게 서찰을 보내고 저는 멀리서 우러러 뵈옵니다. 큰 은덕을 베푸시어 특별히 소패성의 포위를 풀어주시기 바랍니다. 그렇게 되면 이 유비가 은혜를 받는 데 그치지 않고 백성도 혜택을 누릴 수 있을 것입니다. 여포를 생포하면 황상께서도 태평시대를 맞이하실 수 있을 것입니다. 엎드려 바라옵건대 널리 보살펴주십시오. 모든 예를 다

장비가 세 번 소패성에서 나오다.

갖추지 못합니다.

조조는 서찰을 읽고 나서 뛸 듯이 기뻐했다. 그리고 이렇게 말했다.

“장비의 용력은 천하에 으뜸이다. 내 휘하 관원들도 모두 장비에 비견할 수 없다.”

조조는 또 이렇게 말했다.

“장비는 벼슬이 없지만 거기대장군(車騎大將軍)이라 할 만하다. 내가 동쪽에서 여포를 정벌한 뒤 조정으로 돌아가면 그대에게 바로 벼슬을 내릴 것이다.”

조조는 장비와 기병 18명에게 술과 고기를 하사하고 사람을 시켜 진채 밖으로 데려다주었다. 그때 동남쪽 군막에서 두 장수가 나왔다. 그중 한 명이 장비를 부르며 말에서 내렸다. 함께 만난 두 사람은 매우 기뻐했다. 조조가 말했다.

“이 사람이 바로 하후돈(夏侯惇)이오.”

조조가 북쪽으로 가서 소패를 구원할 때 누구를 선봉장으로 삼겠는

가? 바로 하후돈을 선봉장으로 삼았다.

이틀도 지나지 않아 조조는 진채를 모두 걷고 며칠 후 소패에 도착했다. 여포의 군사가 싸우러 나왔다. 하후돈은 여포와 전투를 벌였다. 몇 합 겨루지 않고 여포는 거짓으로 패한 척 달아났고 하후돈은 그를 황급히 추격했다. 여포가 쏜 화살이 하후돈의 왼쪽 눈에 명중했다.[88] 말에서 떨어진 하후돈은 화살을 뽑으며 소리쳤다.

"이것은 아버지의 정기와 어머니의 피다. 버릴 수 없다."

그는 눈알을 한입에 삼키고 다시 말 위로 뛰어올라 전투를 벌였다.

여포가 말했다.

"보통 사람이 아니다!"

여포는 대패했다. 하후돈은 회군하다가 진채에서 7리 떨어진 곳에서 장비가 군사를 이끌고 싸우는 것을 보았다. 하후돈은 서둘러 돌아와 조조를 뵈었다. 조조는 금촉약(金鏃藥)으로 그를 치료해주었다.

88_『삼국지연의』에는 여포의 부장 조성(曹性)이 쏜 화살을 맞은 것으로 나와 있다.

장비가 조조를 만나다.

사흘이 지나자 여포가 또다시 싸움을 걸어왔다. 장비는 여포와 300여 합을 겨루었지만 승패를 내지 못했다. 소패성의 유비는 관우와 여러 장수, 잡호군 기병 1000명과 함께 여포를 습격하여 크게 격파했다. 여포는 동쪽 서주로 달아났다. 성에서 10리 떨어진 곳에 이르자 시끌벅적한 소리가 들려왔다. 여포 앞에 패잔병이 있는 듯했다. 그 안에서 초선이 나와 온후 여포를 만났다. 그녀는 눈물을 쏟으며 조조가 허저(許褚)를 시켜 서주를 점령했다고 말했다.

여포는 생각했다.

'서주는 이미 잃었고, 조조에 유비까지 상대해야 한다. 관우와 장비의 군사도 매우 많다.'

여포는 동쪽 하비(下邳)로 달아나서 성안으로 들어간 뒤 며칠 동안 나오지 않았다. 사람들이 여포에게 적군이 또 공격해온다고 알렸다. 여포가 사람들에게 대책을 묻자 진궁이 대답했다.

"온후께선 군사를 두 부대로 나누시지요. 서북쪽 80리 되는 곳에 양두산(羊頭山)이 있습니다. 기대어 싸울 만한 험지입니다. 온후께선 하비

에 주둔하시고, 저 진궁은 양두산에 진을 치겠습니다. 조조가 하비를 공격하면 진궁이 보위할 수 있고, 조조가 양두산을 치면 온후께서 보위하시면 됩니다. 이것은 손무자(孫武子)께서 일찍이 언급하신 병법입니다. 장비의 세력은 저도 대적할 수 없습니다."

여포가 말했다.

"진궁의 말이 옳다."

여포는 후당에서 초선과 만났다. 여포가 말을 건네자 초선은 울면서 사정을 이야기했다.

"당신은 정건양이 임조에서 반란을 일으켰을 때를 기억하지 못하십니까? 마등(馬騰)의 군사가 공격해왔을 때 우리 두 사람이 헤어진 뒤 전후 3년 동안 만나지 못했습니다. 동탁을 죽인 뒤에도 돌아갈 곳이 없어 관동으로 달아났고 이제 서주까지 잃었습니다. 지금 조조의 군사는 하비를 곤경에 몰아넣고 있습니다. 군사를 둘로 나눴다가 적병이 계속 공격해올 때 또다시 헤어지면 언제 다시 만날 수 있겠습니까?"

초선이 이어 말했다.

하비성으로 물을 끌어들여 여포를 사로잡다.

"살아서 한집에 살고 죽어서 같은 무덤에 묻히겠습니다. 죽어도 헤어질 수 없습니다."[89]

여포는 매우 기뻐했다.

"당신 말이 옳소."

온후 여포는 매일 초선과 즐겼다.

어떤 사람이 보고했다.

"조조의 군사가 당도하여 급하게 성을 공격하고 있습니다."

여포가 아랑곳하지 않자 휘하 장수들도 설득할 수 없었다. 며칠 후 사경(四更, 새벽 1시)을 전후하여 어떤 사람이 창문을 두드리며 외쳤다.

"하비가 함락되려 합니다!"

온후 여포는 옷을 걸치고 나오며 건장 진궁이 하는 말을 들었다.

"조조가 기수(沂水, 산둥성 이허강沂河)와 사수(泗水, 산둥성 쓰허강泗河) 두 강의 물길을 돌려 하비성을 곤경에 빠뜨렸습니다."

89_ 『삼국지연의』에서는 이 상황을 먼저 여포와 그의 아내 엄씨(嚴氏)의 대화로 기록하고 그 후에 초선에게 알린 것으로 나와 있다.

날이 밝자 관리들은 여포를 따라 성 위로 올라갔다.

진궁이 말했다.

"앞서 제가 계책을 올려 군사를 두 부대로 나누어 하비를 보위하자고 했지만 온후께선 따르지 않으셨습니다. 지금 조조가 수공으로 하비를 곤경에 빠뜨려 생각해볼 계책이 없습니다."

여포는 아무 말도 하지 못하고 성을 내려가 관아로 들어갔다. 그는 매일 초선과 쾌락을 즐겼다. 관리들은 모두 분노했다.

반달이 지난 어느 날 갑자기 몇 사람이 주렴을 걷어올리고 들어왔다. 여포는 그들이 진궁, 후성, 장료(張遼)임을 알아보았다. 그중 후성이 여포에게 말했다.

"임조에서부터 공과 지금까지 여러 해를 함께 보냈는데, 여전히 송곳 하나 꽂을 땅이 없습니다. 밖에는 조조와 유비의 세력이 막강하고, 아울러 기수와 사수 두 강물로 하비를 침몰시키고 있습니다. 군량도 부족하여 조만간 하비는 함락될 것입니다. 그럼 사람들이 모두 죽습니다. 그런데도 온후께선 매일 초선과 쾌락을 즐기십니까?"

여포가 웃으며 말했다.

"나를 공격하는 자는 조조와 유비인데, 저들이 어찌 나를 몰라보겠는가? 성이 기수와 사수에 침몰된다 해도 내겐 명마 적토마가 있다. 나와 초선이 이 말을 타면 해자도 건너뛸 수 있다. 초선과 물 위에 떠서 탈출하면 무엇이 두렵겠는가?"

그중 한 사람이 소리 높여 꾸짖었다.

"여포! 이 천한 종놈아! 초선과 물에 떠서 탈출할 수 있다고 떠벌린다마는 우리 군사는 아직 3만에 이르고 성안의 백성은 대략 3만 호에 이르는데, 그들을 어찌하란 말이냐?"

그 사람은 말을 다 마치지도 않고 또다시 욕설을 퍼부었다. 여포가 눈을 들어 쳐다보니 바로 후성이었다. 여포는 후성을 끌고 나가 참수하라고 명령했다. 관리들이 목숨만 살려달라고 하자 곤장 30대를 쳤다. 여포가 내실로 들어가자 관리들도 모두 흩어졌다.

다시 사흘이 지났지만 관리들은 아직 떠나지 못했고 후성만 술에 취해 여포를 욕했다. 그날 밤 후성은 곧바로 후원으로 들어갔다.[90] 말을 먹이는 자가 만취해 있었다. 후성은 말을 훔쳐 하비성 서문으로 갔다. 그 모습을 본 건장 양봉이 후성이 말을 훔쳤다고 소리치자 후성은 양봉을 죽이고 서문으로 탈출하여 물을 건넜다. 사경 무렵에 관우가 순찰을 돌다 후성을 사로잡고 적토마를 얻었다.[91] 날이 밝자 관우는 조조를 만나 그 일을 자세히 설명했다. 조조는 매우 기뻐했다.

한편, 여포는 초선과 마주앉아 있었다. 그때 후성이 적토마를 훔쳐갔다고 어떤 사람이 보고했다. 깜짝 놀란 여포가 말했다.

"그자가 양봉을 죽이고 조조에게 투항했다니 어찌하면 좋은가?"

관리들은 아무 말도 할 수 없었다.

며칠 지나지 않아 조조는 상류 쪽에 판자로 물을 막은 뒤 아래쪽으로 물길을 열어 물을 모두 빼버렸다. 그러고는 모래, 돌멩이, 풀, 나무 등으로 해자를 메우고 돌멩이를 쏠 수 있는 포를 설치하여 성을 공격했

90_ 원본에는 "侯成盜馬(후성이 말을 훔치다)"라는 글자가 이 자리에 음각으로 굵게 판각되어 있다.

91_ 『삼국지연의』에는 적토마를 조조가 노획했다가 관우가 잠시 조조에게 몸을 의탁했을 때 조조가 관우의 마음을 얻기 위해 하사한 것으로 나와 있다.

다. 조조가 군사를 이끌고 싸움을 걸어오자 여포는 다른 말을 타고 성을 나와 대적했다. 여포는 하후돈과 싸우다가 패배한 척 달아났다. 조조는 군사를 이끌고 기습했고 복병들도 모두 일어났다. 여포는 황급히 서쪽으로 달아나다 관우를 만났다. 여포는 동쪽 하비로 달려가다 장비와 딱 마주쳤다.

[92]장비는 장수들을 사로잡고 여포도 잡아가두었다.[93] 조조는 사람을 시켜 8건장과 관리들에게 모두 항복하라고 호령했다. 조조는 군사를 거두고 진채 군막으로 올라가 앉아 관리들을 문초하고 여포와 진궁을 앞으로 불러왔다. 진궁에게 물었다.

"네놈은 먼저 나에게 귀의했다가 나중에 공손찬에게 투항했고, 또 몰래 여포에게 달아났다. 그런데 지금 일이 잘못되었으니 어찌 된 것이냐?"

진궁이 웃으며 말했다.

"내 잘못이 아니오. 먼저 승상께 의탁했지만[94] 보위를 찬탈하려는 마음을 품고 있었고, 나중에 공손찬이 일 처리를 잘못하는 것을 보고 다시 여포에게 몸을 맡겼소. 오늘 사로잡혔으니 오직 죽음만이 있을 뿐이오."

조조가 말했다.

"너를 용서해주면 어찌하겠느냐?"

92_ 원본에는 "張飛捉呂布(장비가 여포를 사로잡다)"라는 글자가 이 자리에 음각으로 굵게 판각되어 있다.

93_ 『삼국지연의』에는 여포의 수하 송헌(宋憲)과 위속(魏續)이 잠든 여포를 묶어서 사로잡은 것으로 나와 있다.

94_ 원본에는 살(殺)로 되어 있지만 문맥으로 볼 때 투(投)의 잘못으로 보인다.

조조가 진궁을 죽이다.

"아니 되오. 먼저 공손찬에게 의탁했고 또다시 여포에게 귀의했는데, 다시 승상에게 투항한다면 후세 사람들이 나를 불의한 사람으로 볼 것이오. 죽기를 원하오."

[95]승상이 명령했다.

"진궁을 참수하고 그 집안의 남녀노소는 풀어주어라."

그러자 진궁이 소리를 질렀다.

"승상! 그건 잘못된 명령이오! 만약 내 아들을 살려두면 반드시 후환이 있을 것이오. 모친과 아내만 용서하시오."

조조는 그를 참수하고 그의 모친과 아내는 살려주라고 했다. 그러고 나서 조조는 여포를 앞으로 끌고 오라고 명령했다. 조조가 말했다.

"호랑이를 구경하는 사람은 위험하다는 말을 하지 않는다."

여포가 군막 위를 바라보니 조조와 현덕이 함께 앉아 있었다. 여포가

95_ 원본에는 "曹操斬陳宮(조조가 진궁을 참수하다)"이라는 글자가 이 자리에 음각으로 굵게 판각되어 있다.

말했다.

"승상께서 이 여포의 목숨을 살려주시면 제 몸을 바쳐 보답하겠습니다. 지금 소문을 들으니 승상께서 보병을 부리는 능력이 뛰어나다 하시는데, 저는 기병을 잘 부립니다. 기병과 보병이 서로 따르고 받쳐주면 이제 천하를 도모하는 일도 손바닥을 뒤집듯이 쉬울 것입니다."

조조는 말없이 현덕을 바라보았다.

현덕이 말했다.

"승상께선 정건양과 동탁이 당한 일을 듣지 못하셨습니까?"

[96]조조가 명령했다.

"참수하라! 참수해!"

여포가 욕설을 퍼부었다.

"귀 큰 도적놈아! 네놈이 내 목숨을 겁박하는구나!"

조조는 여포를 참수했다.

가련하다 성 아래서 칼을 맞고 죽는 날,	可憐城下餐刀日,
군문에서 방천극을 쏘던 때와 다르구나.	不似轅門射戟時.

조조는 여포를 참수하고 하비를 안정시켰다. 이후 조조는 항복한 장수 장료, 유비, 관우, 장비를 매우 아꼈다. 그는 매일 현덕과 손을 잡고 술을 마시며 현덕이 자신을 보좌해주기를 바랐다. 그걸 어떻게 알 수 있을까? 이를 증명할 만한 시가 있다.

96_ 원본에는 "白門斬呂布(백문에서 여포를 참수하다)"라는 글자가 이 자리에 음각으로 굵게 판각되어 있다. '백문(白門)'은 하비성의 성문이다.

두 눈으로 양쪽의 귓바퀴를 볼 수 있고,	雙目能觀二耳輪,
팔은 길어 무릎 지나니 비범한 인물일세.	手長過膝異常人.
그의 가문 본래부터 중산정왕 후손인데,	他家本是中山後,
기꺼이 조공 신하 되고 싶어하겠는가?	肯做曹公臣下臣?

중 中

조조는 유비와 관우, 장비를 이끌고 회군했다. 며칠 동안 서쪽으로 행군하여 장안에 도착했다. 사흘도 안 되어 황제를 뵙고 하비에서 여포를 참수한 일을 아뢰었다. 황제는 기뻐하며 관직을 높여주려 했다.

조조가 아뢰었다.

"신의 공이 아닙니다."

황제가 누구의 공인지 물었다.

"탁군의 유비와 관우, 장비 세 사람의 공입니다."

황제가 칙명을 내리자 세 사람은 옷을 빌려 입고 황제를 알현했다. 유비를 바라보니 얼굴은 보름달 같았고 두 귀는 어깨까지 늘어져 있었다. 그 모습이 마치 경제를 닮은 듯하여 황제가 물었다.

"현덕공은 선조가 어느 분이시오?"

"저는 본조의 17대손으로 중산정왕의 후손입니다. 선군이신 영제 때

십상시가 권력을 농단하여 백성의 처지로 몰락했습니다."

황제는 깜짝 놀라 종정부(宗正府) 재상에게 선조의 계통을 조사하도록 했다. 국구 동승이 황제에게 아뢰었다.

"유비는 한나라 종실입니다."

황제는 매우 기뻐하며 현덕에게 예주목(豫州牧) 좌장군(左將軍) 한황숙(漢皇叔)이라는 직위를 내려주었다. 또 관우와 장비 두 장수에게도 각각 상을 하사하고 며칠 동안 직접 연회를 베풀었다. 황제는 기쁨을 이기지 못하고 생각했다.

'황숙으로는 형왕 유표와 창주(滄州)[1] 유벽(劉璧)이 있지만 오랫동안 내 곁에 있지 않았다. 이제 황숙 현덕이 있으니 한나라 천하에도 주인이 있게 되었다.'

1_ 이 대목의 창주는 하북(河北) 창주가 아니라 문맥상 강남 지명이어야 하므로 강주(江州)의 오류로 보인다. 아래에도 강오(江吳)와 창오(滄吳)를 혼용한 대목이 나오기 때문이다. '강오'는 장강 일대 오나라 또는 강주(江州) 일대 오나라의 의미로 보인다. 강주는 지금의 장시성(江西省) 일대로 그 치소는 구강(九江)에 있었다.

헌제가 유비, 관우, 장비와 환담을 나누다.

며칠 후 조조에게 말하려 했지만 조조는 병을 핑계로 입조하지 않았다. 조조가 하비에서 여포를 물리칠 때 현덕이 한나라 종실임을 어떻게 알 수 있었겠는가? 이제는 어떻게 해볼 방법이 없었다. 어느 날 황제는 취화전(翠華殿)에 앉아 국구에게 일렀다.

"그대 일가의 선조와 자손은 대대로 한나라 국록을 먹었소."

그리고 마침내 옥대(玉帶)를 하사했다. 황제가 후궁으로 돌아가자 밖으로 나오던 동승은 마침 조조를 만났다. 조조가 물었다.

"황제가 옥대를 하사하셨다는데, 그렇소이까?"

동승은 옥대를 받들고 조조에게 보여주었다. 조조가 말했다.

"그대도 한나라의 종실 인척인데, 옥대를 하사받지 못할 게 무엇이오?"

동승은 집으로 돌아와 아내와 이야기를 나누었다. 아내는 국구의 가슴과 등에서 땀이 흘러 몇 겹의 옷이 모두 젖은 것을 보고 다시 물었다.

"어찌하여 땀을 이렇게 흘리십니까?"

"한나라 천하에 조만간 위기가 닥칠 것이오."

"무엇 때문입니까?"

"조조 때문이오. 궁궐 안 태감과 환관이 모두 조조의 눈과 귀 노릇을 하고 있소. 황제께서 나에게 옥대를 하사하셨는데, 조조가 어떻게 알았겠소?"

아내가 옥대를 가져와 살펴보다가 붉은 융단 끝자락을 발견했다. 바늘로 끝자락을 끄집어내자 거기에 조서가 적혀 있었다. 국구와 그의 아내가 대경실색하며 중얼거렸다.

"내전 문 앞에서 조조에게 수색을 당했다면 우리 가문 남녀노소는 모두 죽임을 당했을 것이오."

동승이 조서를 읽어보니 거기에는 황숙 유현덕, 전전태위 오자란, 국구, 그리고 관우와 장비 두 장수 이름이 쓰여 있었다.[2] 동승은 조서를 다 읽고 나서 유현덕과 오자란을 초청했다. 세 사람은 함께 앉아 조서를 읽었다.

> 짐이 보위에 올라 세상을 다스린 이래 온 천하에서 병란이 일어났다. 떠풀과 가시나무가 자라면 마땅히 베어내야 한다. 지금 간신과 아첨꾼이 생기니 실로 모른 척 참아내기 어렵다. 옛날 연나라 태자 단(丹)이 진(秦)나라에 인질로 잡혀 있을 때 말 머리에 뿔이 돋은 것을 보고 탈출할 수 있었다. 우리 고조께서 형양에 포위되어 있을 때는 기신(紀信)

2_『후한서(後漢書)』, 『삼국지(三國志)』, 『자치통감(資治通鑑)』 등 정사에는 이 조서에 동승, 유비, 왕자복(王子服), 충집(种輯), 오자란, 오석(吳碩)의 이름이 적혀 있었다고 전한다. 『삼국지연의』에는 서량 태수 마등(馬騰)도 참여한 것으로 되어 있지만 관우와 장비의 이름은 없다.

이 충성심을 발휘했다.[3] 비록 짐은 덕이 없으나 이런 곤경과 위기에 처하니 마음에 느끼는 바가 있다. 간신을 도륙하려는 사람이 이미 동탁을 주살했지만 또다시 간웅 조조가 과인을 끼고 행세한다는 사실을 알아야 할 것이다. 지금 한나라 천하는 급박한 상황에 놓였고, 사직은 누란의 위기에 빠져 있는데도 충신을 만나지 못하고 명장을 얻지 못하고 있다. 이 비밀 조서를 받드는 사람이 있다면 마땅히 결단을 내려 간웅을 제거하고 천하에 두루 포고하여 모든 사람이 알게 해야 할 것이다. 이 비밀 조서를 국구 동승, 전전태위 오자란, 황숙 유현덕과 관우·장비 두 장수에게 내린다. 중평 9월 ○일, 황제가 비준하여 알리노라.

관리들이 황제의 친필 조서를 다 읽자 유 황숙이 말했다.

"상황을 참작하여 자세히 살펴봐야 하오. 만약 관우와 장비가 이 일을 알면 반드시 조조를 죽일 것이오. 조조는 앉고 설 때마다 항상 군사 10만과 장수 100명이 따르오. 양쪽 진영이 대치하면 장안은 시체 산과 피바다로 변할 것이오."

유 황숙이 말을 다 마치지도 않았는데 창밖에서 어떤 사람이 소리를 질렀다.

"여러분, 참으로 간도 크군요! 내가 조조에게 고발하겠소!"

유 황숙이 문을 여니 태의원(太醫院) 의관 길평(吉平)[4]이 있었다.

3_ 기신이 유방의 옷을 입고 항복하는 사이 유방은 형양성을 탈출하여 목숨을 건졌다. 『원본 초한지 2』 제64회 참조.

4_ 『삼국지』 「위서(魏書)」 "무제기(武帝紀)"에는 길본(吉本)으로 나온다.

세 사람은 길평을 집안으로 맞아들여 조조를 죽일 계책을 논의했다.

길평이 말했다.

"조조는 한 가지 질환을 앓고 있는데, 호두풍(虎頭風)이라는 병입니다. 이 길평이 치료하고 있지만 조만간 재발할 것입니다. 그때 독약을 써서 그를 죽일 수 있습니다."

동승이 말했다.

"조조가 밤에 환약 베개를 베고, 낮에 짐독 술 세 잔을 마시면 틀림없이 죽을 것이오."

길평이 말했다.

"내가 쓰는 약은 매우 독하여 목구멍으로 삼키기만 하면 창자가 모두 끊어집니다."

함께 모인 사람들이 모두 기뻐했다.

한 달 뒤 조조는 병이 재발하자 길평을 청하여 치료했다. 조조는 약을 먹지 않고 다른 냄새가 난다고 투덜거렸다. 그러자 길평은 바로 조조에게 욕설을 퍼부었다.

"나라를 찬탈하려는 도적놈이 죽지 않으려고 하느냐!"

길평은 약을 조조에게 뿌렸다. 조조는 몸을 피한 뒤 즉시 길평을 잡아들여 마구 때렸다.[5] 조조가 물었다.

"누가 시켰느냐?"

길평은 대답하지 않았다.

조조는 속으로 생각했다.

5_ 원본에는 "曹操勘吉平(조조가 길평을 심문하다)"이라는 글자가 이 자리에 음각으로 굵게 판각되어 있다.

'틀림없이 황숙 유비의 계략일 것이다.'

조조는 그날 바로 연회를 열고 유 황숙을 집으로 초청했다. 조조는 길평을 끌어내 물었다.

"어떤 자가 시켰느냐?"

길평은 또 욕설을 퍼부었다.

"조조 네 이놈! 네놈은 한나라 황실을 찬탈하려는 역적이다! 하늘이 내게 약을 주어 네놈에게 먹이라고 했다!"

다시 사람을 시켜 심문하는 과정에서 길평의 목숨이 끊어졌다. 이를 읊은 시가 있다.

조조 같은 간웅은 자고이래로 없었나니,	曹操奸雄自古無,
길평이 독약으로 역적을 죽이려 했네.	吉平用藥殺賊徒.
악형과 추궁에도 살려달라 하지 않고,	苦刑追勘無生意,
죽으면서도 입 닫았으니 진정한 대장부일세.	至死不言大丈夫.

조조는 길평을 때려죽인 뒤 유 황숙을 깊이 의심했다. 그는 혼자 중얼거렸다.

"내 잘못이로다. 유비를 조정으로 들이지 말았어야 했다. 세 형제가 범 같고 이리 같으니 어찌 해볼 방법이 없다."

며칠 지나지 않아 조조는 다시 유 황숙을 연회에 초청했다. 조조는 그 연회를 '논영회(論英會, 영웅을 논하는 자리)'라고 불렀다. 이에 유 황숙은 깜짝 놀라 젓가락을 떨어뜨렸다.

연회를 마친 뒤 어느 날 조조가 황제에게 아뢰었다.

조조가 길평을 심문하다.

"동방에 도적이 너무 많습니다."

황제가 물었다.

"어떻게 다스리면 되겠소?"

"서주 보호를 위해 황숙을 보내십시오."

황제가 조조의 주청을 윤허했다.

현덕은 길에서 한 달을 보낸 뒤 서주에서 30리 떨어진 첩구점(帖口店)에 이르렀다. 서주의 관리와 아전, 백성이 모두 나와 유비를 영접했다.

한편, 조조는 이런 연유로 다시 차주(車冑)를 서주 태수에 임명하고 유비의 직위를 빼앗으려 했다. 차주도 첩구점에 도착하여 유비에게 물었다.

"승상의 문서를 갖고 있소?"

황숙이 대답했다.

"황제의 조서만 있을 뿐, 어찌 조공의 문서가 있겠소?"

차주는 서둘러 계단 아래로 내려가 몰래 서주로 달아났다.

황숙이 말했다.

관우가 차주를 습격하다.

“차주가 먼저 서주에 도착하여 나오지 않으면 어찌하는가?”

관우가 대답했다.

“이 아우가 먼저 가보겠소.”

관우는 말에 채찍질을 하여 서주 가까이 다가가[6] 마침내 차주를 습격했다. 차주는 몸을 피했으나 관우의 칼에 목이 떨어졌다. 유비가 이르자 부로들이 그를 영접하기 위해 관아로 몰려들었다. 관리들이 잔치를 끝낸 뒤 유비가 말했다.

“관우와 장비, 그리고 관리들은 갑옷을 준비하시오. 조조의 군대가 몰려올 것이오.”

관리들은 상의하여 각각 갑옷과 무기를 마련했다.

그뒤 한 달도 채 되지 않아 과연 조조의 군대가 들이닥쳤다. 관우가 유비에게 알렸다.

“군사를 셋으로 나눠야 하오. 내가 먼저 형님 가족을 데리고 하비로

6_ 원본에는 “關公襲車胄(관공이 차주를 습격하다)”라는 글자가 이 자리에 음각으로 굵게 판각되어 있다.

가겠소."

유비가 허락했다. 관우는 황숙 가족을 데리고 동쪽 하비를 방어했다.

장비가 말했다.

"내가 조조의 군사 10만을 살펴보니 인물이 없소!"

전령이 달려와 알렸다.

"조조의 군대가 성에서 10리 떨어진 곳에 진채를 세웠습니다."

장비가 웃으며 말했다.

"내가 한 가지 계책을 써서 조조 군대의 갑옷 한 조각도 돌아가지 못하게 하겠소."

유비가 무슨 계책인지 물었다. 장비가 대답했다.

"손자의 병법서에 따르면 물을 건너 성을 공격하는 건 불가하지만 곤궁한 군사는 공격할 수 있다고 했소. 날이 저물어 한밤중이 되면 내가 군사 3000명을 이끌고 조조의 진채를 기습하여 먼저 조조를 죽이겠소."

유비가 그리하라고 허락했다. 그런데 군막 아래의 한 사람은 방비하지 못했다. 그는 바로 보병대장 장본이었다. 그는 생각했다.

'지난번에 장인 조표공이 밤중에 여포에게 서주를 기습하게 했다가 관우에게 죽임을 당했다. 나는 아들과 같은데 어찌 아버지의 원한을 갚지 않을 수 있겠는가?'[7]

장본은 몰래 서주를 떠나 조조의 본영으로 가서 먼저 조조에게 유비

7_ 이 책 상권에는 조표가 장비에게 구타당한 원한을 갚기 위해 여포를 꾀어 서주로 들어오게 한 내용만 나온다. 그러나 『삼국지연의』 제14회에는 조표의 사위가 여포로 나오고, 여포가 장인의 부추김에 따라 군사를 이끌고 서주로 들어왔을 때 장비가 조표를 죽이는 것으로 되어 있다.

진영의 상황을 알렸다. 그날 밤 장비와 유비는 군사 3만을 이끌고 한밤중을 지나 조조의 진채를 기습했다. 그러나 진채는 텅 비어 있었다. 유비와 장비는 조조의 군사들에게 포위되었다. 그들은 서로 살육전을 벌였으나 날이 밝아오는데도 한 사람도 돌아가지 못했다. 황숙 유비와 장비의 생사도 알 수 없었다.

조조는 서주를 점령하고 백성을 안무했다. 조조는 군막에 앉아 중얼거렸다.

"유비와 장비는 이미 죽었고 하비에는 지금 관우만 남아 있다. 나는 관공을 아끼는데, 어찌하면 그를 얻을 수 있겠나?"

그때 군막 아래에서 어떤 사람이 아뢰었다.

"소인이 하비로 가서 좋은 말로 관공을 달래보겠습니다."

조조는 장료를 알아보고 매우 기뻐했다. 조조가 말했다.

"관공을 만나는 사람은 모두 그에게 몸을 굽히게 되오."

장료는 마침내 조조와 작별하고 일찌감치 하비로 향했다.

감부인(甘夫人)과 미부인은 아두를 안고 서로 바라보며 대성통곡하다가 관우에게 말했다.

"황숙과 작은 서방님이 애통하게 돌아가셨다면 우리집은 이제 어찌해야 합니까?"

관우도 눈물을 흘리며 말했다.

"형수님! 살아도 같이 살고, 죽어도 같이 죽겠습니다."

그때 갑자기 보고가 올라왔다.

"지금 조조의 장수 장료가 성 아래까지 와서 문을 열어달라고 고함을 지르고 있습니다."

관우는 그를 들이라고 했다. 장료가 대청 아래에 이르자 미염공(美髥公) 관우가 물었다.

"서주가 함락되었소. 황숙과 장비가 죽었는지, 살았는지 아시오?"

"혼전 속에서 죽었습니다."

관우가 울면서 말했다.

"나는 죽음도 두려워하지 않소. 나에게 유세하러 왔소?"

장료가 말했다.

"아닙니다. 황숙과 장비가 혼전 속에서 살해당했다 하더라도 공께서는 황숙의 가족을 어디에 안주하게 해야 할지 모릅니다. 이런 상황에 조조의 군사까지 성 아래로 몰려오면 어찌 진퇴양난의 곤경에 빠지지 않겠습니까? 관공께서는 어려서부터 책을 읽었고, 또 『춘추좌씨전』까지 보았다 들었습니다. 거기에 어진 사람을 추천해야 한다고 되어 있는데, 공은 어찌 그 뜻을 이해하지 못합니까? 조조가 관공을 깊이 아끼고 있습니다."

"내가 만약 조조에게 투항하면 어떻게 하겠소?"

"장군에게 중책을 맡길 것이고, 매월 녹봉 400관과 400석(石)을 줄 것입니다."

"세 가지 조건을 들어주면 투항하겠소."

"장군! 말씀하시지요."

"나와 형수님들을 한집에 살게 하되, 거처를 둘로 나눠주시오. 황숙의 소식을 알게 되면 바로 만나러 갈 수 있게 해주시오. 나는 한나라에 투항하는 것이지, 조조에게 투항하는 것이 아니라는 점을 알아주시오. 나중에 승상을 위해 큰 공을 세우겠소. 이 세 가지 조건을 들어주면 바로 항복하겠지만 그렇지 않으면 죽을 때까지 싸우겠소."

장료가 웃으며 말했다.

"그건 별일이 아닙니다."

장료는 돌아와 조조에게 이 사실을 자세히 이야기했다.

닷새도 되지 않아 조조의 군사가 성 아래에 당도했다. 조조가 소리쳤다.

"운장! 성 아래로 내려와 이야기를 나눕시다!"

관우가 말했다.

"세 가지 조건은 어찌할 거요?"

"지금은 한나라 세상이오. 공이 내게 투항하면 수정후(壽亭侯)에 봉하고 매월 400관과 400석의 녹봉을 주겠소. 또 황숙의 부인들과 한집에 살되 거처를 둘로 나눠주겠소. 황숙이 살아 있으면 황숙 가족과 함께 그분을 만나게 해주겠소. 장군이 나를 위해 큰 공을 세우겠다고 했으니 이제 나의 심복이 되었소."

관우는 성 아래로 내려와 조조와 만났다. 며칠 지나지 않아 관우는 황숙 가족을 데리고 서쪽 장안으로 가서 황제를 알현했다. 황제가 관우를 바라보니 굽슬굽슬한 수염이 배까지 덮여 있었다. 황제는 매우 기뻐하며 관우를 수정후에 봉하고 매월 400관과 400석의 녹봉을 지급했다. 또 말을 타면 금을 주고, 말에서 내리면 은을 주었으며, 황숙의 부인들과 한집에 살게 하고 거처를 둘로 나누어주었다. 그리고 사흘에 한 번씩 작은 연회를 열어주고 닷새에 한 번씩 큰 연회를 베풀었다.

한편, 유비는 서주 북쪽 약 50리 되는 구리산(九里山)[8] 계곡 입구 숲속에서 많은 사람에게 둘러싸여 있었다. 그는 칼을 뽑아 자결하려 했으나 사람들이 말려서 그만두었다. 유비는 울면서 말했다.

"지금 서주를 빼앗겼고, 장비는 생사를 알 수 없고, 애제(愛弟) 관우는 우리 가족을 데리고 조조에게 투항했다."

말을 마치고 하늘을 우러르며 유비는 슬프게 울었다. 유비는 돌아갈 곳이 없어 다음날부터 동북으로 향했다. 대략 며칠 이동하자 무성한 숲에 햇빛이 반짝이고 과수원과 볏논이 끝없이 펼쳐져 있었다.

유비가 물었다.

"여기가 어디요?"

그곳 사람이 대답했다.

"여기는 청주 경내로 이곳을 다스리는 관리는 원담입니다."

유비는 성안 객관에 이르러 말에서 내렸다. 다음날 유비는 원담을 만났고 원담은 며칠간 잔치를 베풀었다. 유비가 말했다.

"나는 서주를 빼앗겼고, 장비는 생사를 알 수 없고, 관우는 우리 가족을 데리고 조조에게 투항했소. 태수께 여쭙겠소. 5만 군사를 빌려주어 조조를 죽이고 가족을 구하게 해줄 수 있겠소?"

원담이 허락했다. 며칠 후 유비가 다시 그 일을 거론하자 원담은 허락은 하면서도 군사는 일으키지 않았다. 반달 뒤 어느 날 밤 유비는 객관으로 돌아와 술에 취해 짧은 노래 한 곡조를 읊었다.

천하에 큰 혼란이 일어나, 天下大亂兮,

8_ 서주(徐州), 즉 팽성(彭城) 근처에 있는 산이다. 『원본 초한지 3』 제80회에 의하면 한왕 유방이 한신의 계책에 따라 구리산에서 십면매복(十面埋伏)을 펼쳐 초패왕 항우를 해하(垓下)로 내몰았다.

황건적이 땅을 휩쓸었네. 黃巾遍地.

사해 만민은 황망하게 떠돌고, 四海皇皇兮,

도적은 개미떼처럼 횡행하네. 賊若蟻.

조조는 무도한 짓을 하며, 曹操無端兮,

임금이 될 마음 품고 있네. 有意爲君.

황제는 아무 힘도 없고, 獻帝無力兮,

의지할 데도 전혀 없네. 全無靠倚.

나는 올바른 뜻을 세워, 我合有志兮,

한나라 유씨를 부흥하려 하네. 復興劉氏.

원담이 어질지 못해, 袁譚無仁兮,

탄식을 그치지 못하겠네. 歎息不已.

노래를 끝내자 서쪽 회랑 아래에 있던 한 장수가 유비의 노래를 듣고 화답했다.

나는 장검을 갖고, 我有長劍,

부질없이 휘두르며 탄식하네. 則空揮歎息.

조정이 바르지 못해, 朝內不正,

도적들이 교룡처럼 날뛰네. 賊若蛟虯.

장사들이 깊이 숨어 있으니, 壯士潛隱,

바람과 우레도 다가가지 못하네. 則風雷未遂.

군사를 일으키려면, 欲興干戈,

조정에 의지해야 하네. 則朝廷有倚.

영웅들이 서로 만나서, 英雄相遇,
유씨의 나라를 지탱하겠네. 則扶持劉邦.
역적 조조를 제거하고, 斬除曹賊,
그대와 한몸이 되려네. 與君一體.

유비는 계단을 내려와 그 길손이 상산(常山, 허베이성 정딩현正定縣) 조자룡(趙子龍)[9]임을 알았다.[10] 유비는 조운(趙雲)과 인사를 나누고 그를 계단 위로 이끌었다. 유비는 자신의 원통함을 호소했다. 조운이 말했다.

"이곳 청주의 원담은 결정은 잘하지만 실천력은 없습니다. 신도(信都, 허베이성 싱타이현邢臺縣)로 가서 원소를 만나보십시오."

유비는 말을 타고 그와 함께 서쪽 신도로 향했다. 지금의 기주(冀州)가 그곳이다. 사흘도 되지 않아 조운은 유비를 신도의 객관으로 인도했

9_ 조운(趙雲)의 자가 자룡이다.
10_ 『삼국지연의』에는 헤어졌던 유비와 관우, 장비가 고성(古城)에서 재회한 뒤 바로 이어 와우산에서 조운이 유비 진영에 가담했다고 기록되어 있다.

조운이 유비를 만나다.

다. 조운이 먼저 기왕 원소를 만나 유비의 사정을 자세히 이야기했다. 원소는 몹시 기뻐하며 서둘러 유비를 맞았다. 유비는 원소와 인사를 나누었다. 며칠 연회가 이어지는 도중 유비가 말했다.

"조조가 천하의 제후를 업신여기자 모두 군사를 빌려 조조를 죽이고 한나라 황실을 다시 세우려 합니다. 대왕께선 어떻게 생각하십니까?"

원소는 유비에게 군사를 빌려주겠다고 허락했다. 그리고 또 이렇게 말했다.

"내게는 호랑이 같은 장수 안량(顔良)이 있소. 그가 나가면 틀림없이 역적 조조를 죽일 수 있을 것이오."

그때 대부 허유(許攸)[11]가 간언을 올렸다.

"대왕전하! 잘못된 조치입니다. 군사들을 저절로 죽게 만드시면 전하께선 무엇을 도모하시겠습니까? 또 조조는 앉으나 서나 늘 군사 10만과 장수 100명을 거느린다는 소문을 듣지 못하셨습니까? 승리하면 후세에

11_ 원문에는 '許由'로 되어 있으나 '許攸'로 쓰는 것이 옳다.

이름을 남기겠지만 패배하면 신도를 보전하지 못할 것입니다. 전하! 깊이 생각해주십시오."

허유가 연이어 말했다.

"근래에 들리는 소문에는 태항산에 산적 대장 흑호(黑虎)가 아침저녁으로 전하와 맞서려 한다고 합니다. 그런 자들조차 다스리지 못하고 있습니다."

원소는 아무 말도 하지 못했다.

허유가 또 만류했다.

"황숙과 군사를 일으키는 일은 관리들과 천천히 논의하십시오. 그뒤에 거병해도 늦지 않을 것입니다."

하지만 원소는 조조를 용서할 수 없었다. 그는 호아대장군(虎牙大將軍) 안량을 대원수로 삼고, 좌장(左將) 문추(文醜)[12]를 전군교위로 삼고, 허유를 수군참모(隨軍參謀)로 삼았다. 그러고 나서 군사 10만을 거느리고 조조를 격파하기 위한 진채를 세웠다.

한편, 조조가 좌정해 있을 때 어떤 사람이 보고를 올렸다.

"지금 원소의 군대가 싸움을 걸어오고 있습니다."

조조는 깜짝 놀라 다급하게 군사를 점검했다. 그는 즉시 지낭 선생(智囊先生, 꾀주머니 선생) 장료를 군사(軍師)로, 하후돈을 선봉장으로, 조인(曹仁)을 대장으로 삼았다. 조조는 그날 바로 군사 10만을 이끌고 전진했다. 며칠 후 조조는 기왕 원소의 군사와 대치했다. 조조가 나서서 적장 안량과 말싸움을 했다. 안량은 분노하여 소리쳤다.

12_ 원문에는 문축(文丑)으로 되어 있으나 문추(文醜)로 쓰는 것이 옳다. 중국어로 발음이 같아 통용해서 쓴다. 현대에도 '醜'의 간체자를 '丑'으로 쓴다.

"역적 조조는 도망가지 마라!"

그는 말을 내달리며 창을 들고 곧장 조조를 찔렀다. 그러자 하후돈이 말을 타고 달려나와 교전을 벌였다. 30여 합을 겨루고 나서 하후돈이 대패했다. 날이 저물 무렵 각각 군사를 거두어들이고 진채를 세웠다.

다음날 안량은 또 싸움을 걸어왔다. 다시 하후돈이 출전했으나 패배했다. 이번에는 조인이 출전하여 안량과 싸웠다. 그러나 조인도 패했다. 안량이 승세를 타고 들이치자 조조의 군대는 애통하게도 절반이나 꺾였다. 정오에서 저녁까지 싸움을 벌이다가 안량은 군사를 되돌려 본영으로 돌아갔다. 그는 기왕 원소를 만나 승리를 보고했다. 원소는 매우 기뻐하며 전군에 상을 내렸다.

조조는 패배한 군사를 이끌고 장안으로 돌아왔다. 그는 관우를 초청하여 연회를 열고 안량의 위력을 이야기했다. 연회가 아직 끝나지도 않았는데 보고가 올라왔다.

"안량이 군사를 이끌고 와서 싸움을 걸어오고 있습니다."

조조가 말했다.

"군사들은 앞서가라."

이어서 관우에게 말했다.

"미염공께선 뒤에서 군량과 마초를 싣고 오시오."

조조도 말을 타고 군사들과 함께 앞으로 나가 원소의 군대를 맞았다. 쌍방이 대치하자 안량이 나와서 싸움을 걸었다. 하후돈은 다시 출전하여 30합을 겨루었으나 패배하고 본진으로 돌아왔다.

조조가 탄식했다.

"안량의 영용함에 어떻게 대적할 수 있겠는가?"

조조가 고민에 싸여 있는데 보고가 올라왔다.

"관공께서 도착하셨습니다."

조조는 서둘러 그를 본영으로 맞아들이고 안량의 위세를 자세히 이야기했다. 관우가 웃으며 말했다.

"하찮은 놈이오!"

관우는 진채를 나서 칼을 들고 말 위로 뛰어올랐다. 그는 높은 곳에서 안량의 지휘소를 찾았다. 안량의 지휘소는 금방 알아볼 수 있었다. 10만 군사가 안량의 군영을 에워싸고 있었다.[13] 운장은 필마단기로 칼을 들고 적진으로 짓쳐들어갔다. 그는 안량이 진채 가운데에 있는 것을 보고 아무 거리낌 없이 단칼에 목을 베어 땅에 떨어뜨렸다. 그러고는 칼끝에 안량의 목을 꿰어 적진을 나선 뒤 본영으로 돌아왔다. 조조는 경악을 금치 못하며 운장의 등을 쓰다듬었다.

조조가 말했다.

13_ 원본에는 "關公刺顔良(관공이 안량을 찌르다)"이라는 글자가 이 자리에 음각으로 굵게 판각되어 있다.

관우가 안량을 찌르다.

"10만 대군 속에서 안량의 목을 취하는 모습이 마치 손바닥을 뒤집는 것 같소. 장군의 영용함이야말로 천하의 으뜸이오!"

운장이 대답했다.

"이 관우는 강하다 할 수 없습니다. 내 아우는 100만 대군 속에서 적의 목을 마치 손바닥 뒤집듯이 쉽게 땁니다."

조조가 대꾸했다.

"장비가 더 강하다는 말씀이구려!"

장비의 사당에 그를 찬양하는 글이 있다.

용감한 기상은 구름에 닿아, 勇氣凌雲,
진실로 범 같은 신하라 했네. 實曰虎臣.
그 용맹이 일국의 힘과 같아서, 勇如一國,
만 명의 적도 못 당했다네. 敵號萬人.
촉과 오가 날개처럼 펼쳐 날더니, 蜀吳其翼,
오나라가 기린을 꺾어버렸네. 吳折麒麟.

애석하다 영용한 장군이여, 惜乎英勇,

고금 전후 모든 시대 으뜸이었네. 前後絶倫.

한편, 원소 진영에서는 패잔병이 돌아와 관우가 안량을 죽였다고 전했다. 원소는 화가 머리끝까지 치밀어 유비를 꾸짖었다.

"네놈이 관우와 내통하여 계략을 꾸미고 내가 사랑하는 장수 안량을 죽여 내 팔 하나를 잘랐다."

그러고는 유비를 끌고 가서 목을 베라고 명령했다. 그때 문추가 아뢰었다.

"주군! 분노를 거두십시오. 소인이 관우와 싸워 안량의 원한을 갚겠습니다."

문추는 군사를 이끌고 나가 조조의 군사와 대치했다. 그러고는 고함을 질렀다.

"수염 기른 도적놈아! 어서 출전하라!"

관우는 말싸움을 하지 않고 곧바로 문추를 공격했다. 문추는 10합도 겨루지 못하고 패배하여 말고삐를 당겨잡고 달아났다. 관우는 화를 내며 소리쳤다.

"어찌 싸우지 않고 도망치느냐?"

관우는 재빨리 30여 리를 추격하여 한 나루에 이르렀다. 그곳 지명은 관도(官渡, 허난성 중무中牟 동북)였다. 관우는 가까이 다가가 칼을 휘두르며 문추를 노렸다. 관우는 문추를 보고 칼로 어깨를 내리쳐 몸을 두 동강 냈다. 문추는 말에서 떨어져 죽었다. 조조는 군사를 이끌고 원소의 군대로 쳐들어가 그의 군사를 열에 일고여덟은 죽였다. 패배한 원소의 군사들은 돌아와 원소에게 관우가 문추를 죽인 사실을 자세히 이야기했다. 원소는 대경실색하며 말했다.

"내가 두 팔을 잃었다. 참을 수 없다. 유비가 일부러 관우의 소재를 모른다고 한 것이다. 나는 두 장수를 잃었다."

원소는 유비를 끌어내 참수하라고 명령을 내렸다. 그때 뜻밖에도 한 사람이 앞으로 나와 무릎을 꿇었다. 상산 조자룡이었다.

"기실 관우는 유비가 이곳에 있는지 모릅니다. 이곳에 있다는 사실을 안다면 곧바로 대왕전하께 투항할 것입니다. 이들 의형제 세 사람은 '같은 날 태어나지는 못했지만 같은 날 죽기를 하늘에 맹세한다'고 했습니다."

조자룡이 이어 말했다.

"소인이 유비를 보호하여 함께 조조의 군영으로 가겠습니다. 만약 관우가 유비를 본다면 분명히 전하께 투항할 것입니다."

원소는 아무 말도 하지 않았다.

조자룡이 덧붙였다.

"전하께서 믿지 못하시겠다면 소인의 일가친척 100명을 인질로 남겨두겠습니다."

원소는 그제야 허락했고 유비도 생명의 위험에서 벗어날 수 있었다. 조자룡은 유비와 함께 말을 타고 진채를 나와 앞으로 내달렸다.

유비는 생각했다.

'조운이 아니었다면 목숨을 건질 수 없었다. 내 아우 운장이 수정후에 봉해져 한나라의 덕정(德政)을 받아들였으니 지금부터 형제간의 의리는 생각하지 않을 것이다. 이제 나는 갈 데가 없다. 그런데 형주(荊州,

후베이성 징저우시荊州市)의 유표가 그곳에서 왕 노릇을 한다고 하니 그곳으로 가면 나의 안전을 보장받을 수 있을 것이다.'

유비는 조자룡을 돌아보지도 않고 말을 달리며 더 세게 채찍질을 했다. 그는 서남쪽을 바라보며 내달렸다. 이에 조운도 황급히 유비를 뒤쫓았다.

"황숙께선 어디로 가십니까?"

유비는 대답하지 않았다. 조운이 다시 말했다.

"황숙께서 말씀만 하시면 저도 따라가겠습니다."

조운은 생각했다.

'유 황숙은 속인의 모습이 아니다. 뒷날 틀림없이 고귀하게 될 것이다. 또한 고조의 17대손[14]인데 어찌 이분을 버릴 수 있겠는가?'

조운은 유비를 다급하게 따라잡아 가까이 다가가서 물었다. 유비는 황급히 따라오는 조자룡을 보고 사실대로 말했다.

"지금 운장은 한나라 황실의 녹봉을 받고 있으므로 결의형제의 의리는 생각하지 않을 것이오. 이제 형왕 유표에게 가서 형주에 기거할 생각이오."

"황숙께서 형주에 기거하신다면 이 조운도 뒤를 따르겠습니다."

유비가 말했다.

"장군의 가족이 지금 기왕 원소에게 인질로 잡혀 있는데, 어찌 버리고 떠날 수 있겠소?"

조운이 대답했다.

14_ 앞에서는 중산정왕의 17대손이라고 했다.

"황숙께선 어질고 덕이 많은 분이라 뒷날 틀림없이 고귀하게 되실 것입니다."

두 사람은 서남쪽을 향해 말을 달렸다.

한편, 조조는 기뻐서 어쩔 줄 몰라했다.

'관공이 10만 대군 속에서 필마단기로 안량의 목을 베고 관도까지 문추를 추격하여 죽인 것은 세상에 드문 일이다. 세상의 영웅을 내 보좌 장수로 삼을 수 있다면 천하까지 쉽게 엿볼 수 있을 것이다.'

조조는 융숭하게 예를 베풀며 관우를 우대했다. 사흘에 한 번씩 작은 연회를 열어주고 닷새에 한 번씩 큰 연회를 베풀었다. 말을 타면 금을 주고, 말에서 내리면 은을 주었다. 또 미녀 열 명을 보내 관공을 가까이에서 받들게 했다. 하지만 관우는 거들떠보지도 않고 감부인과 미부인 두 형수와 한집안 두 거처에서 살았다. 관우는 매일 아침저녁으로 유비의 영전에 참배했다.

그날 저녁 관우가 두 형수의 거처로 가보니 두 형수는 유비의 영전에 향을 피우고 술을 올리며 울고 있었다. 관우가 웃으며 위로했다.

"두 형수님! 울지 마십시오. 형님께서 살아 계시다고 합니다."

감부인과 미부인이 힐책했다.

"서방님! 취하셨어요?"

"형님을 원소의 처소에서 봤다는 소문을 들었습니다. 형수님! 짐을 꾸리십시오. 내일 조 승상과 작별하고 원소에게 가겠습니다."

관우는 자신의 처소로 돌아왔다. 이튿날 관우는 조조에게 작별인사를 하러 승상부로 갔다. 그런데 문 앞에 '유(酉)'자[15] 패가 걸려 있었다. 관우는 집으로 돌아갔다가 다음날 다시 승상부로 갔다. 그날도 대문 앞

에는 '유'자 패가 달려 있었다. 관우는 다시 돌아갔다가 사흘째 또 승상부로 갔다. 하지만 대문 앞에는 여전히 '유'자 패가 걸려 있었다. 관우는 화를 내며 말했다.

"승상이 고의로 사람을 들이지 않는구나!"

관우는 다시 집으로 돌아가 누차 선물받은 금은보화는 모두 봉해두고 인수와 부절, 문건은 열 명의 미녀에게 맡겨두었다. 그러고는 하인에게 군장과 안장을 수습하라고 한 뒤 두 형수에게 수레에 오르라고 청했다. 이후 장안을 나서서 서북쪽을 향해 출발했다.

조조는 화를 내며 말했다.

"운장을 그처럼 중용했건만 내 곁을 지키려 하지 않고 원소에게 간다는 말인가?"

조조가 문을 굳게 닫아걸고 사흘 동안 열지 않은 것은 관우가 원소의 처소로 유 황숙을 찾아간다는 사실을 먼저 알았기 때문이다. 관우

15_ 옛날 관청에서는 유시(酉時, 오후 5시)가 되면 공무를 마치고 '유'자 패를 내걸었다. 따라서 '유'자 패가 걸려 있으면 공무를 볼 수 없고 사람도 만날 수 없다.

조조가 관우에게 전포를 주다.

의 집에서도 조조의 심복들이 조조의 이목 노릇을 하고 있었다. 조조는 승상부를 사나흘 열지 않고 관리들과 대책을 논의했다. 모사 장료가 말했다.

"먼저 군사를 패릉교(霸陵橋) 양쪽에 매복해두십시오. 관공이 그곳에 도착하면 승상께서 술잔을 관공에게 건네면서 전송하십시오. 관공이 말에서 내리면 힘센 장사 허저를 시켜 관공을 사로잡으면 됩니다. 만약 말에서 내리지 않으면 화려한 비단 전포를 선물로 주십시오. 관공은 틀림없이 말에서 내려 감사인사를 할 것입니다. 그때 다시 장사 허저를 시켜 사로잡으십시오."

조조는 매우 기뻐하며 먼저 패릉교에 복병을 배치했다. 그뒤 조조와 허저, 장료는 패릉교로 가서 관우를 기다렸다.

[16]얼마 지나지 않아 관우가 도착했다. 조조는 관우에게 술잔을 건넸다. 관우가 말했다.

16_ 원본에는 "曹公贈袍(조공이 전포를 주다)"라는 글자가 이 자리에 음각으로 굵게 판각되어 있다.

"승상! 용서하십시오. 저는 술을 마시지 않습니다."

그러면서 관우는 말에서 내리지 않았다. 조조는 다시 허저를 시켜 관우에게 비단 전포를 주었다. 하지만 관우는 말에서 내리지 않고 칼끝으로 전포를 꿰어갔다. 관우가 말했다.

"전포는 감사히 받겠습니다. 고맙습니다!"

앞뒤에 있던 수많은 사람은 조조가 함부로 손을 쓰지 않는 모습을 보고 놀랐다.

관우는 감부인과 미부인을 수레에 태워 원소의 거처로 달려갔다. 며칠 후 관우는 원소의 진채에 다다랐다. 문지기가 보고했다.

"지금 관우가 문 앞에 와 있습니다."

원소는 깜짝 놀랐다.

"나의 대장 두 명을 해친 자가 지금 여기에 왔다고?"

원소는 생각했다.

'관우가 이곳에 왔는데, 내가 관우를 사로잡는다면 신도가 불안해질까 걱정이다.'

원소는 사람을 보내 관우를 진채 안으로 들이라고 했다. 원소는 관우를 보고 인사를 나눈 뒤 군막 위로 초청했다. 원소가 술을 권했으나 관우는 마시지 않았다.

"우리 형님께서 보이지 않습니다. 지금 어디에 계십니까?"

원소가 말했다.

"황숙은 지금 술에 취하셨소."

관우는 생각했다.

'우리 형님이 이곳에 계시지 않구나.'

관우가 말했다.

"문밖에 두 형수님이 계십니다. 진채로 모신 뒤 술을 마셔도 늦지 않을 것입니다."

원소는 매우 기뻐했다. 관우는 진채를 나서며 말에 올라 급히 문지기를 가까이 오게 했다. 그는 한 손으로 문지기의 머리카락을 낚아채고 다른 한 손으로는 칼을 빼들었다.

"유 황숙께서 여기 계시느냐? 사실대로 말하지 않으면 네놈을 죽이겠다!"

문지기는 깜짝 놀라 연거푸 소리를 질렀다.

"안 계십니다. 안 계세요."

"어디로 가셨느냐?"

"조자룡과 함께 형주로 가셨습니다."

관우는 그제야 문지기를 풀어주었다. 관우는 두 형수와 함께 남쪽 태항산으로 들어선 뒤 형주로 길을 잡았다. 관우 혼자 감부인과 미부인을 데리고 수많은 산과 강을 건넜다.

[17]한편, 유비와 조운은 휘하 군사 3000명을 이끌고 남쪽으로 행군했다. 그때 갑자기 징소리와 북소리가 울리더니 강도떼가 나타났다. 선두에 선 자는 붉은 두건을 쓰고 잘 단련한 구리 갑옷을 입었으며 개산부(開山斧, 날이 넓게 벌어진 도끼)를 들고 있었다. 그가 고함을 질렀다.

"통행세를 내놓아라!"

유비는 말을 타고 나가서 물었다.

17_ 원본에는 "關公千里獨行(관공이 천 리를 혼자 가다)"이라는 글자가 이 자리에 음각으로 굵게 판각되어 있다.

“성함이 어찌 되시오?”

도적은 유비를 보더니 얼른 말에서 내려 예를 표했다.

“현덕공께서는 그간 별고 없으셨습니까? 저는 한나라 신하 공고(鞏固)입니다. 동탁이 권력을 농단한 탓에 이곳에서 도적질을 하고 있습니다.”

그는 마침내 유비와 조운을 맞아 군사들과 산채로 들어갔다. 그리고 소를 잡고 주연을 베풀며 융숭히 대접했다. 술자리가 무르익고 있는데, 말단 군관이 보고를 올렸다.

“대왕의 사자가 당도했습니다.”

공고는 나가서 사자와 인사를 나누었다. 사자가 말했다.

“지금 대왕의 성지를 받들고 왔소. 그대가 석 달 동안 돈과 재물을 바치지 않았기에 본래 그대의 머리를 가져가야 하지만 이번만은 용서한다고 했소. 또다시 공물을 바치지 않으면 절대로 가만두지 않겠다고 했소. 지금은 잠시 용서하는 것이니 그리 아시오.”

공고가 군막으로 돌아오자 유비가 물었다.

“어느 나라에서 온 사신이오?”

관우가 천 리를 혼자 가다.

공고가 대답했다.

“이전에는 이 산속을 소인 혼자 독차지하고 있었는데, 근래에 어떤 자가 기마병 열 명을 끌고 와 소인을 죽이려 하면서 매달 공물을 바치라 하고 있습니다. 지금 산 남쪽 한 고성(古城, 옛성)에서 스스로 ‘무성대왕(無姓大王)’이라 일컫고 있습니다. 고성 안에 궁궐을 짓고 황종궁(黃鍾宮)이라는 이름을 붙였고 연호를 세워 쾌활(快活)이라 합니다. 장팔신모를 사용하는데, 1만 명이 달려들어도 대적할 수 없습니다.”

유비는 그의 말을 듣고 생각했다.

‘장비가 아닌가?’

조운이 사용하는 창은 이름이 애각창(涯角槍)으로 바다 끝 하늘 끝(海角天涯)까지 대적할 자가 없다는 뜻이었다. 『삼국지』에서 장비를 제외하면 첫째가는 창술을 펼쳤다. 조운은 무성대왕을 보기 위해 유비, 군사들과 함께 산을 내려갔다. 조운은 고성 가까운 곳에 이르러 일부러 하늘이 진동할 정도로 징과 북을 크게 울렸다.

장비가 고성 궁궐 안에 좌정해 있는데, 말단 군관이 보고를 올렸다.

"뭐 하는 놈인지 모르지만 지금 성밖에서 싸움을 걸고 있습니다."

장비는 그 말을 듣고 대뜸 고함을 질렀다.

"어떤 놈이냐? 감히 죽고 싶은 게로구나?"

장비는 서둘러 말을 준비하라 이르고 재빨리 갑옷을 입은 뒤 창을 들고 말 위로 뛰어올랐다. 그리고 휘하의 기병 몇 명을 이끌고 성 북쪽 문을 나서서 유비의 군사를 향해 나는 듯이 달려갔다.

두 진영이 대치하자 장비가 말했다.

"어떤 놈이 싸움을 걸었느냐?"

조자룡이 창을 들고 출전했다. 장비는 대로하여 장팔신모를 휘두르며 조자룡을 죽이려 했다. 두 말이 교차하는 순간 두 장수의 창이 이무기처럼 꿈틀댔다. 격전이 30합이나 지속되었다. 장비는 분노를 터뜨렸다.

"일찍이 창을 잘 쓰는 자를 본 적이 있지만 이놈은 정말 강하구나!"

다시 30합을 겨루자 조자룡은 더이상 힘을 쓰지 못하고 패배하여 본진으로 돌아갔다. 장비가 화를 내며 소리쳤다.

"목이 떨어지려니까 일찌감치 달아나느냐!"

그는 창을 들고 말을 내달려 진채 앞까지 조운을 뒤쫓았다. 유비가 장비를 알아보고 소리를 질렀다.

"아우, 장비야!"

장비가 바라보니 바로 유비 형님이었다. 그는 안장에서 뛰어내려 머리를 숙이고 절을 올렸다.

"형님, 어찌 이곳까지 오셨소?"

그리고 바로 말 위로 뛰어올라 성안으로 들어가 황제가 되라고 청했다. 사람들이 일제히 성안으로 몰려들어갔다. 장비는 유비를 정전으로 초청하여 좌정하게 한 뒤 주연을 베풀었다. 장비가 물었다.

"둘째 형님은 어디 있소?"

유비는 관우가 지금 조조를 보좌하며 수정후에 봉해졌고, 또 원소의 두 장수를 죽인 사실을 자세히 이야기했다.

"내 목숨까지 위험하게 만들었으니 도원결의는 생각하지 않는 듯하네."

장비는 유비의 말을 듣고 벌컥 화를 내며 말했다.

"수염 기른 도적놈을 용서할 수 없소! 같은 날 태어나지는 않았지만 같은 날 죽겠다고 제 입으로 말하지 않았소? 그런데 지금 조조가 베푸는 부귀영화를 누리고 있다니. 내가 그놈을 만나기만 하면 절대로 가만두지 않겠소."

그러고는 다시 유비에게 술을 권했다.

유비가 고성에서 지낸 이야기는 잠시 접어두기로 하자.

한편, 관우는 고성 가까이에 이르러 장비가 고성에 있다는 소문을 듣고 사람을 보내 장비에게 자신이 온 사실을 알렸다. 장비는 그 말을 듣고 고함을 질렀다.

"수염 기른 도적놈을 용서할 수 없다! 지금 무슨 낯짝으로 나타났단 말이냐!"

장비는 서둘러 말을 준비하라 이르고 갑옷을 걸친 뒤 유비와 휘하 군사를 이끌고 출전했다. 그는 관우를 보고 창을 든 채 말을 박차며 바로 찔러들어갔다.

관우가 말했다.

"아우, 장비야!"

장비는 듣지 않고 창으로 관우를 찔렀다. 관우는 황급히 장비의 창

을 막아냈다. 장비는 공격하지 않는 관우를 보고 싸움을 걸며 말했다.

"너는 신의를 저버린 놈이다. 도원결의까지 망각했다."

관우가 해명했다.

"아우가 뭘 모르는구먼! 나는 지금 두 형수님과 아두를 데리고 천 리 길을 달려 아우와 형님을 찾아왔네. 그런데 자네는 어찌하여 나를 죽이려 하는가?"

"네놈은 조조가 베푼 부귀영화를 누리다가 일부러 사실을 숨기며 유비 형님을 따라온 것이다."

두 사람이 말싸움을 하고 있는데 저쪽에서 먼지가 해를 가리고 비가 하늘을 뒤덮는 듯이 수많은 군사가 달려오고 있었다. 가까이 다가온 군사들의 깃발에는 '한나라 장수 채양(漢將蔡陽)'이라는 글자가 쓰여 있었다. 장비가 돌아보며 말했다.

"네놈은 조조에 복종하지 않는다면서 지금 채양(蔡陽)을 끌고 와 일부러 나를 공격하려 하고 있다."

관우는 그들을 보고 말을 돌려 채양과 대적했다.

관공이 채양을 참하다.

채양은 군사들에게 진영을 펼치라고 명령을 내린 뒤 말을 타고 나와 말했다.

"은혜를 저버린 놈아! 나는 승상의 뜻을 받들어 일부러 네놈을 잡으러 왔다!"

관우가 화를 내며 말했다.

"나는 은혜를 저버리지 않았다. 지금 가족을 데리고 형님을 만나러 왔다. 조 승상에게는 큰 공을 세워 이미 은혜에 보답했다."

관우는 군사에게 깃발을 흔들고 북을 치게 했다. 채양도 창을 들고 관우를 죽이려 했다. 관우는 말을 내달리며 칼을 빙빙 돌렸다.[18] 북소리 한 번으로 채양의 머리는 관우의 칼을 맞고 떨어졌다. 적군이 어지럽게 달아났다. 이 전투를 이름하여 '북소리 한 번에 채양의 목을 베다(一鼓斬蔡陽)'[19]라고 한다.

18_ 원본에는 "關公斬蔡陽(관공이 채양을 참하다)"이라는 글자가 이 자리에 음각으로 굵게 판각되어 있다.

19_ 원본에는 '일고(一鼓)'가 '십고(十鼓)'로 되어 있다.

장비는 관우가 채양을 죽이자 바로 안장에서 뛰어내려 앞으로 다가가 예를 올렸다.

"어쩐지…… 둘째 형님께선 죄를 짓지 않으셨구려. 이 아우는 형님께서 조조에게 귀순한 줄만 알았지, 형님의 지조는 생각하지도 못했소."

그러고는 머리를 조아리며 절을 올렸다. 인사가 끝나자 장비는 마침내 관우를 성안으로 맞아들였다.

관우는 유비를 만나 예를 올렸다. 유비가 말했다.

"아우가 원소의 두 장수를 죽이자 내 목숨도 위태로워져서 앞날을 보장받을 수 없었네. 여기 조자룡이 아니었다면 어떻게 벗어날 수 있었겠나? 오늘 이렇게 다시 만나리라고는 생각하지도 못했네."

관우가 대답했다.

"형님께서 그곳에 계신 줄 몰랐소."

관우는 두 형수와 아두를 수레에서 내리게 했다. 형제 세 사람도 재회했다. 유비는 두 손을 이마에 얹으며 말했다.

"하늘이 이 만남을 주재한 게 아니라면 오늘 대장 조운을 얻게 될 줄

고성에서 의롭게 뭉치다.

어찌 생각이나 했겠는가? 조운의 군사가 3000명이니 모두 5000군사가 되었네."

세 사람은 너무나 기뻐서 매일 잔치를 벌였다. 이 만남을 '고성에서 의롭게 뭉치다(古城聚義)'[20]라고 한다.

그날 유비가 말했다.

"이 고성에 미련을 오래 가져서는 안 되네. 조조가 군사를 몰고 오면 어찌하겠는가? 지금 형주의 유표가 형왕으로 군림하고 있네. 형왕을 만나 군(郡) 하나라도 얻으면 우리의 거처로 삼을 수 있을 것이네."

관우와 장비가 말했다.

"지당하신 말씀이오."

그러고는 바로 짐을 꾸리고 날짜를 받아 출발했다.

길에서 보낸 열흘은 이야기하지 않겠다. 유비 일행은 일찌감치 형주에 도착한 뒤 사람을 보내 소식을 알렸다. 형왕 유표는 성을 나와 유비

20_ 원본에는 "古城聚義(고성에서 의롭게 뭉치다)"라는 글자가 이 자리에 음각으로 굵게 판각되어 있다.

를 영접하여 성안으로 맞아들이고 역관에서 편히 쉬게 했다. 형왕은 잔치를 베풀며 말했다.

"황숙께서 이곳에 오실 줄 생각지도 못했소. 형주에는 친척이 없었는데, 이제 황숙과 관우, 장비가 오셨으니 실로 내 수족이 생긴 것이나 마찬가지요."

곁에 있던 괴월(蒯越)과 채모(蔡瑁)는 울분을 금치 못했다. 형왕 유표가 내실로 들어가자 관리들도 모두 흩어졌다. 괴월과 채모는 함께 대책을 논의했다.

"지금 유 황숙이 이곳의 권력을 탈취하려 할 것이오. 제거할 수 있겠소?"

채모가 말했다.

"외지로 보내는 것이 좋겠소."

두 사람은 다시 조정으로 들어가 유표를 만나 아뢰었다.

"지금 신야(新野, 허난성 신예현新野縣)[21]에 태수 자리가 비어 있습니다. 조조의 군대가 먼저 신야를 빼앗고 그뒤 번성을 취하면 대처하기 어려울 듯합니다. 황숙과 관우, 장비에게 그곳을 지키게 하고 황숙을 태수로 삼아 조조를 억누르면 감히 경계를 범하지 못할 것입니다."

유표가 주청을 윤허했다. 괴월과 채모는 유표의 뜻을 황숙과 관우, 장비 세 사람에게 전했다. 세 사람은 날짜를 받아 출발했다. 괴월과 채모가 말했다.

"관공과 장공 두 장군께서 가족을 데리고 먼저 떠나고 황숙께선 잠

21_ 원본에는 '신야(辛冶)'로 되어 있으나 '신야(新野)'로 써야 옳다. 발음이 같아서 빌려 쓴 글자다.

시 머무시지요. 내일이 3월 3일이니 하량(河梁) 행사[22]를 감상하고 떠나도 늦지 않으실 겁니다."

유비는 결국 떠나지 않고 관우와 장비만 가족을 데리고 먼저 출발했다.

괴월과 채모는 유비를 죽일 계략을 꾸몄다. 두 사람은 계략대로 유비를 행사에 초청했다. 유비가 술이 반쯤 취했을 때 장사를 동원하여 그를 죽일 작정이었다. 두 사람은 그렇게 계략을 정한 후 황숙을 역관 밖으로 불러냈다. 때는 3월 3일이라 온 성안의 백성이 모두 몰려나와 하량 행사를 구경했다. 괴월과 채모는 유비를 양양(襄陽, 후베이성 샹양시襄陽市) 성밖 행사장으로 불러냈다. 괴월은 몰래 장사들을 동원했다. 그중 한 사람이[23] 유비의 보름달 같은 얼굴과 우뚝한 콧날의 용안을 보고는 몰래 유비에게 달려가 귓속말로 모든 사실을 알렸다. 유비는 대경실색하며 사람을 시켜 버드나무 그늘 속에 말을 끌어다놓게 했다. 유비는 옷을 챙겨 몰래 그곳을 빠져나와 버드나무 그늘 아래에서 말에 올랐다.

아전이 보고했다.

"황숙께서 떠나셨습니다."

괴월과 채모는 깜짝 놀라 황급히 군사를 이끌고 추격에 나섰다.

유비는 어떤 물가에 당도했는데, 그 물 이름이 단계(檀溪)[24]였다. 유비는 하늘을 우러르며 탄식했다.

"뒤에는 적병이 있고 앞에는 큰 강이 있다. 내가 이 물가에서 죽겠

22_ 중국에서 삼월 삼짇날에 강이나 다리 위에서 벌이는 여러 가지 성대한 행사를 가리킨다.
23_ 『삼국지연의』 제34회에 이적(伊籍)으로 나온다.
24_ 단계호(檀溪湖)라고도 한다. 양양성 서쪽 진무산(眞武山) 북편에 있다.

구나!"

유비의 말 이름은 적로마(的盧馬)였다. 유비가 적로마의 귀에 대고 속삭였다.

"내 목숨은 네게 달렸고, 네 목숨은 강물에 달렸다. 너와 내가 살려면 이 강물을 뛰어넘어야 한다!"

유비가 채찍을 몇 번 휘두르자 적로마는 몸을 솟구치며 단번에 단계를 뛰어넘었다. 괴월과 채모가 추격해왔지만 그들은 강물을 뛰어넘는 유비를 구경만 해야 했다. 두 사람이 말했다.

"진정한 천자다!"

이를 증명하는 시가 있다.

3월이라 양양 땅에 푸른 풀이 가지런한데, 三月襄陽綠草齊,
왕손이 이끌려 단계에 당도했네. 王孫相引到檀溪.
적로마는 어디에 용골을 묻었는가? 的盧何處埋龍骨,
강물은 여전히 큰 제방을 감아 도네. 流水依然繞大堤.

유비가 단계를 뛰어넘다.

또 한 수의 시가 있다.

단계수 양안에는 푸른 부들 무성하고,	檀溪兩岸長靑蒲,
지나가는 행인들은 적로마만 얘기하네.	過往行人盡的盧.
명마가 강물을 뛰어넘었다 말하지 마오,	休道良駒能越躍,
성스럽고 밝은 천자를 많은 영령이 도왔으니.	聖明天子百靈扶.

한편, 유비는 신야로 가서 태수직에 취임한 뒤 날마다 서서(徐庶)와 연회를 열었다. 어느 날 서서가 말했다.

"제가 신야를 둘러보니 조만간 시체가 쌓여 산을 이루고 피가 흘러 바다가 될 것입니다."

장비는 믿지 못하겠다는 듯이 말했다.

"어찌 그런 일이 일어나겠소?"

며칠 지나지 않아 조조가 공자(公子) 조인(曹仁)을 시켜 10만 대군을 이끌고 명장 수백 명을 거느린 채 번성과 신야를 탈취하게 했다. 그가 허창대로로 달려오자 유비는 경악했지만 장비는 웃으며 말했다.

"서서 선생이 막아내는지 두고 봅시다."

서서가 말했다.

"황숙께선 마음 놓으십시오. 제가 조백충(曹伯忠)[25] 군사의 갑옷 한 조각도 돌려보내지 않겠습니다."

서서는 조자룡을 불러 귓속말로 한 가지 계책을 일러주었다. 그러고는 유비를 청하여 남문으로 가면서 말했다.

"그곳이 길지입니다."

서서는 머리를 풀어헤치고 맨발로 향, 국, 차, 밥 등을 한 상 준비하여 회오리바람을 불게 해달라고 제례를 올렸다. 조운은 군사를 이끌고 성을 포위한 채 불화살을 쏘았다. 사방에서 불길이 치솟았다. 조조의 군사는 대패했고 불에 타죽은 자도 그 수를 알 수 없을 정도였다. 조백충의 군사 중에서 살아서 도주한 자는 1000명도 되지 않았다.

유비는 잔치를 열고 서서를 접대했다. 연회가 끝난 그날 서서는 생각했다.

'지금 노모께서 허창에 계신다. 내가 이곳에서 조조의 군사를 죽인 걸 조조가 안다면 내게 원한을 품을 것이다. 그러면 어머니와 가족의 생명을 보호할 수 없다.'

그는 즉시 유비에게 작별을 고했다. 유비는 기뻐하지 않았다. 서서가 말했다.

"제가 돌아가지 않으면 가족의 목숨을 보전할 수 없습니다."

25_ 앞의 문장에 나오는 조인의 자를 가리키는 듯하지만 기실 조인의 자는 자효(子孝)다.

유비와 관우, 장비 세 사람은 서서를 배웅하기 위해 성에서 10리 밖 장정(長亭)까지 나가 작별인사를 하며 아쉬움을 금치 못했다. 유비는 여전히 미련이 남아서 물었다.

"선생께선 언제 돌아오시려오?"

서서가 말했다.

"소생은 미천한 사람입니다. 어찌 그렇게 연연해하십니까? 지금 제가 추천해드릴 두 사람이 있습니다. 그들은 강태공(姜太公)의 병법에 익숙하고, 앉아서 천 리 밖에서 벌어지는 결전의 상황을 파악하여 천하를 엿보는 일도 쉽게 이룰 수 있습니다."

유비는 두 사람이 누구인지 물었다. 서서가 대답했다.

"남쪽에는 와룡(臥龍)이 있고, 북쪽에는 봉추(鳳雛)가 있습니다. 봉추는 방통(龐統)이고 와룡은 제갈입니다. 그는 지금 남양 땅 와룡강에 초가를 짓고 삽니다. 성은 복성인 제갈이고, 이름은 량(亮)이며, 자는 공명(孔明)입니다. 귀신처럼 군사를 움직이는데, 행진하고 멈춤에 귀신도 모르는 기지를 발휘하므로 군사(軍師)로 삼을 만합니다."

유비는 그 말을 듣고 크게 기뻐하며 서서와 작별한 뒤 신야로 돌아왔다.

며칠 지나지 않아 세 형제는 남양 땅 와룡강으로 제갈량을 찾아갔다. 이를 읊은 시가 있다.

말 한 마디로 국가를 지탱할 수도 있고, 一言可以扶家國,
몇 마디 좋은 말로 큰 나라를 세울 수 있네. 幾句良言立大邦.
북쪽으로 저 멀리 봉황 꼬리를 바라보고, 直北遙觀金鳳尾,

남쪽으로는 마땅히 와룡강을 봐야 하네. 向南宜視伏龍岡.

중평 13년 춘삼월 유비는 3000군사와 두 형제를 이끌고 곧바로 남양 땅 등주 무탕산(武蕩山) 와룡강 암자 앞에 이르러 말을 내렸다. 그들은 암자에서 사람이 나오기를 기다렸다.

한편, 제갈 선생은 암자 안에서 무릎을 어루만지며 앉아 있었다. 얼굴은 분을 바른 듯 희었고 입술은 연지를 바른 듯 붉었다. 나이는 아직 서른도 되지 않았고 매일 책을 읽으며 소일했다. 심부름하는 아이가 알렸다.

"암자 앞에 3000군사가 왔는데, 우두머리가 신야 태수이자 한나라 황숙인 유비라고 합니다."

제갈량은 아무 말도 하지 않고 있다가 아이를 불러 귓속말을 했다. 아이는 암자에서 나가 유비에게 말했다.

"우리 사부님은 어제 8준걸(俊傑)[26]과 주연을 갖기 위해 강하(江夏)[27]로 떠나셨습니다."

유비는 아무 말도 하지 않았지만 이 사람을 만날 수 없겠다고 생각했다. 그는 곧 사람을 시켜 먹을 갈게 하고 서쪽 벽 위에 시 한 수를 남겼다.

혼자서 푸른 난새 타고 어디서 노시는가? 獨跨青鸞何處遊,

26_『삼국지연의』 제6회에 강하팔준(江夏八俊)이 나온다. 유표(劉表), 진상(陳翔), 범방(范滂), 공욱(孔昱), 범강(范康), 단부(檀敷), 장검(張儉), 잠질(岑晊)이 그들이다.

27_ 원본에는 강하(江下)로 되어 있으나 강하(江夏)의 오류로 보인다.

많은 신선 호응하여 영주에 모였겠네. 多應仙子會瀛洲.
그대 찾아왔다가 못 보고 돌아가니, 尋君不見空歸去,
들판 풀과 한가한 꽃도 온 땅 가득 슬퍼하네. 野草閑花滿地愁.

유비는 다시 신야로 돌아왔다. 8월이 되자 유비는 다시 제갈량을 만나기 위해 초막 암자 앞으로 가서 말을 내린 뒤 사람을 시켜 문을 두드렸다.

제갈량은 또 아이를 내보내 말을 전했다.

"우리 사부님은 산수를 유람하러 가서 돌아오지 않았습니다."

유비가 말했다.

"생각건대 자방(子房)[28]은 이교(圯橋)로 도주하여 황석공(黃石公)을 만났다. 그는 황석공이 진흙탕으로 던진 신발을 서너 번이나 주워와 바친 뒤 천서(天書)를 얻었다.[29] 또 서서가 와룡이 자방보다 1만 배나 뛰어나고 천하를 자기 팔처럼 움직일 수 있다고 한 말이 떠오른다."

유비는 술을 마시며 답답해하다가 다시 서쪽 벽에 시 한 수를 남겼다.

가을바람 처음으로 일어나는 곳, 秋風初起處,
구름 걷혀 하늘 낮게 내려앉았네. 雲散暮天低.
비와 이슬에 나뭇잎 시들어가고, 雨露凋葉樹,
백사장에 빈번히 기러기 나네. 頻頻沙雁飛.

28_ 한나라 건국 공신 장량(張良)의 자다.
29_『원본 초한지 1』 제8회 참조.

푸른 하늘 한 색깔로 드리운 곳에,	碧天惟一色,
노를 저어 갈 길을 재촉한다네.	征棹又相催.
부질없이 보낸 세월 20년인데,	徒勞二十載,
칼과 갑옷 몸에서 떠나지 않네.	劍甲不離身.
신야군을 혼자서 서성거려도,	獨步新野郡,
한심한 마음 아직도 사라지지 않네.	寒心尚未灰.
친한 사람 십여 명과 함께 달려와,	知者十餘輩,
배알하려다 헛되이 돌아가누나.	謁見又空歸.
나는 늘 관우, 장비와 더불어,	我思與關張,
도원결의할 때를 생각한다네.	桃園結義時.
고향 땅은 만 리 길 너머에 있고,	故鄉在萬里,
운몽은 많은 산에 가로막혔네.	雲夢隔千山.
나의 뜻을 세우고 기댈 데 없어,	志心無立托,
영웅 잡고 오르기를 소망한다네.	伏望英雄攀.
와룡을 여전히 못 만났지만,	臥龍不相會,
구구한 몸 또다시 돌아오려네.	區區却又還.

유비는 관리들과 말을 타고 다시 신야로 돌아왔다. 그러자 장비가 투덜거리며 소리를 질렀다.

"형님, 이건 아니오! 기억해보시오. 호뢰관에서 전투를 치르고, 소패성을 세 번 출입하고, 관우 형님이 안량을 죽인 뒤 문추를 추격하고, 채양을 베고 차주를 습격할 당시에도 계책을 세우는 선생은 따로 없었소. 나와 100근(斤) 대도(大刀)를 저 선생과 함께 논할 수 있겠소?"

유비는 아무 대답도 하지 않았다. 안에서는 제갈량이 이렇게 중얼거렸다.

"내가 대체 무엇이기에 태수를 몇 번씩이나 찾아오게 한단 말인가? 내가 보기에 황숙께선 제왕의 상을 지니고 있다. 두 귀는 어깨까지 늘어졌고, 손은 무릎 아래에까지 닿는다. 또 서쪽 벽에 써놓은 시를 보니 큰 뜻을 품은 사람이라 할 만하다."

제갈 선생은 날마다 생각을 거듭했다. 앞서 두 번이나 유비를 돌려보낸 일이 마음에 걸려 걱정하는 사이에 아이가 보고했다.

"황숙께서 또 오셨습니다."

이를 읊은 시가 있다.

난세에 영웅들은 백여 전을 치르는데,	世亂英雄百戰餘,
공명은 이곳에서 밭갈이를 즐겼다네.	孔明此處樂耕鋤.
촉한 왕이 세 번을 돌아보지 않았다면,	蜀王若不垂三顧,
선생을 어찌 초막에서 불러낼 수 있었겠나?	爭得先生出舊廬.

[30]한편, 유비는 1년 사계절 동안 세 번이나 제갈량을 만나러 초막 암자로 찾아갔지만 만날 수 없었다. 제갈량은 본래 신선인데, 어려서부터 학업을 닦았으므로 중년에 이르러서는 읽지 않은 책이 없었다. 천지의 기미에 통달하여 귀신도 헤아리기 어려운 뜻을 품고 있었다. 바람을 부르고 비를 내리게 할 수 있었으며, 콩을 뿌려 군사를 만들 수 있었고,

30_ 원본에는 "三謁諸葛(제갈량을 세 번 배알하다)"이라는 글자가 이 자리에 음각으로 굵게 판각되어 있다.

칼을 휘둘러 강을 만들 수도 있었다. 나중에 사마중달(司馬仲達)은 이렇게 토로한 적이 있다.

"다가오면 막을 수 없고, 공격하면 지킬 수 없고, 곤경에 빠뜨려도 포위할 수 없으니 사람인지 알 수 없다. 과연 귀신인가? 신선인가?"

지금 서서가 그를 추천했으므로 유비는 두 마음을 먹지 않고 다시 제갈량의 초막 암자로 갔다. 유비는 관우와 장비 두 아우와 함께 암자 앞으로 군사를 이끌고 가서 말에서 내렸지만 감히 제갈량이 있는지는 묻지 못했다. 잠시 후 아이가 밖으로 나왔다. 유비가 물었다.

"사부님 안에 계시냐?"

"지금 문서를 보고 계십니다."

유비와 관우, 장비는 도원(道院)으로 들어가 초막 앞에 이르러 예를 표했다. 하지만 제갈량은 문서에만 정신을 쏟고 있었다. 장비가 분노를 터뜨렸다.

"우리 형님은 한나라 황실의 17대손으로 중산정왕의 후예인데도 지금 암자 앞에 와서 허리를 굽히셨다. 그런데도 고의로 우리 형님을 업신

삼고초려

여긴단 말이냐?"

관우도 위엄 있게 고함을 질렀다. 그제야 제갈량은 눈을 들어 그들을 바라보고 암자에서 나와 맞이했다.

서로 예를 마치자 제갈량이 물었다.

"귀인께선 뉘신지요?"

유비가 대답했다.

"이 유비는 한나라 황실 17대손으로 중산정왕 유승의 후예인 현임 신야 태수입니다."

제갈량은 그 말을 듣고 나서 유비를 암자 안으로 맞아들이고 곁에 앉았다.

제갈량이 말했다.

"제 잘못이 아닙니다. 아이가 알려주지 않았군요."

"서서가 사부께서 군사를 잘 부려 그 지모가 강태공을 속일 만하다고 천거했습니다. 금년 계절이 네 번 바뀌는 동안 세 번이나 찾아왔습니다. 저는 사부를 맞아 이 초막을 나가서 스승으로 삼고 싶습니다."

"황숙께선 역적 조조를 멸하고 한나라 황실을 부흥하고 싶으십니까?"

"그렇습니다."

유비가 다시 말을 이었다.

"제가 듣건대 진나라 때는 조고가 권력을 농단했고, 얼마 전에는 동탁이 황제의 권세를 끼고 마음대로 행동했으며, 지금은 또 조조가 간웅으로 군림하고 있는데, 황제께선 나약하다고 합니다. 이 때문에 이 유비는 선생께서 암자를 나서 조조를 정벌하도록 요청하는 것입니다. 안주할 만한 군(郡) 하나만 얻으면 가능한 일입니다."

제갈량이 대답했다.

"환제와 영제께서 정사를 그르친 이래 백성은 생업을 영위할 수 없게 되었고, 역적은 직위를 도둑질하여 대궐 문안에 자리잡은 뒤 어진 사람들을 산야로 내쫓고 있습니다. 아! 조조는 100만 군사와 1000명의 맹장을 거느린 채 천자의 권세까지 끼고 있으니 그를 두려워하지 않는 제후가 없습니다. 손권은 장사의 산하를 근거지로 삼고 있어 나라는 부유하

제갈량이 하산하다.

고 백성은 씩씩합니다. 아버지와 형 3세가 물려준 대업을 이어받았고, 그곳의 드넓은 장강만으로도 100만 대군에 맞설 만합니다. 오직 황숙께서만 군사는 1만도 채우지 못하셨고, 장수는 100명도 채우지 못하셨으며, 인의에 기대고 호걸에만 의지하고 계십니다. 황숙께서 천하를 중흥하시려면 먼저 형주를 빌려 근본으로 삼으시고, 그뒤 서천을 도모하여 그 이익을 취하셔야 합니다. 형초(荊楚, 장강 유역 및 그 이남의 옛 초나라 지역) 땅은 북으로 장강이 있고, 남으로 남만(南蠻, 중국 남방 이민족 지역)이 있으며, 동으로 오회(吳會, 옛 오나라와 월나라 지역)가 있고, 서로 파촉(巴蜀, 지금의 충칭重慶과 쓰촨四川 지역)이 있으므로 백성이 굶주린다는 소문을 듣지 못했습니다. 파촉의 익주목(益州牧) 유장(劉璋)은 한 지방의 주군으로서는 나약하므로 북소리를 한 번 울리면 바로 그 땅을 얻으실 수 있을 것입니다. 그런 뒤에 관우에게 익주를 맡기고 항거하는 사람들을 다스리면서 동쪽 검관으로 나아가면 평지에서 지푸라기를 줍듯 관서 땅을 쉽게 취하실 수 있을 것입니다. 그럼 백성들이 어찌 소쿠리에 밥을 담아오고 호리병에 미숫가루를 담아와 우리 군사를 환영하지 않겠습니까?"

유비가 공명(孔明)을 얻은 것은 물고기가 물을 얻은 것과 같았다. 군사들의 용맹함이 천하의 으뜸이 된 것은 말할 것도 없고 그 강력함도 비할 데가 없었다. 천시, 지리, 인화를 세 나라가 각각 한 가지씩 힘쓰며 사직을 세웠다. 유비는 마침내 제갈량을 군사로 삼았다. 제갈량이 초막을 나올 때 나이는 스물아홉 살이었다.

[31]제갈량이 초막을 나와 신야로 가자 유비는 매일 연회를 열었다. 어느 날 유비는 군사훈련을 청했다. 제갈량이 말했다.

"군사훈련중에 명령을 어기는 자가 있으면 참수할 것입니다."

장비는 평소에 제갈량을 업신여기는 마음을 품고 있다가 계단 아래로 내려서며 소리를 질렀다.

"형님, 안 됩니다! 소 먹이던 촌놈이 어찌 군령을 내릴 수 있겠소."

관우가 한 손으로 그의 입을 틀어막으며 말했다.

"장비! 너무 심하구나! 형님께선 군사를 강태공처럼 보신다."

유비가 말했다.

"내가 공명을 얻은 것은 물고기가 물로 되돌아간 것과 같다."

유비는 제갈량을 관아로 초청하여 매일 잔치를 베풀었다. 한 달이 넘어서 어떤 사람이 보고를 올렸다.

"조조가 하후돈을 대원수에 임명하고 10만 군사를 동원하여 신야를 취하러 달려오고 있습니다."

장비가 고함을 질렀다.

31_ 원본에는 "諸葛出庵(제갈량이 암자를 나서다)"이라는 글자가 이 자리에 음각으로 굵게 판각되어 있다.

"황숙께선 공명을 얻은 것이 물고기가 물을 얻은 것과 같다고 하셨다. 나는 무예가 형편없으니 군사의 대처 방안을 좀 보고 싶다!"

제갈량은 즉시 관우를 불렀다.

"장군! 내가 계책을 한 가지 드리겠소."

그리고 조운도 불렀다.

"장군께도 내가 계책을 한 가지 드리겠소."

제갈량은 모든 관리에게 계책을 한 가지씩 일러주었다.

장비가 말했다.

"군사께선 나를 쓰지 않으려는 심사요? 나는 어찌하면 됩니까?"

군사 제갈량은 버럭 소리를 질렀다.

"장군께도 한 가지 계책을 드리겠소."

장비는 제갈량의 명령에 따랐다. 제갈량이 말했다.

"이제 장군 마음대로 하시오!"

제갈량이 명령을 내린 지 사흘도 되지 않아 모든 관리는 임무를 받고 흩어졌다.

한편, 하후돈은 신야에서 30리 떨어진 곳에 진채를 세우고 정탐병을 보내 신야를 살폈다. 한 달도 되지 않아 북소리와 풍악소리가 울렸다. 그때 대원수 하후돈에게 보고가 올라왔다.

"적의 군사 제갈량[32]이 산꼭대기로 올라가 유비를 초청하여 잔치를 베풀며 풍악을 울리고 있습니다."

하후돈이 말했다.

32_ 원본에는 "軍師使計(제갈량이 계책을 쓰다)"라는 글자가 이 자리에 음각으로 굵게 판각되어 있다.

"촌놈이 나를 업신여기는구나!"

그는 군사 5만을 이끌고 산언덕 아래로 달려갔다. 고개를 돌려 남쪽을 바라보니 관리들이 연회에서 놀던 사람들을 이끌고 유비, 제갈량과 함께 서쪽으로 달아나고 있었다. 산언덕 위에서는 돌멩이와 통나무가 하후돈을 향해 쏟아졌다. 그는 말을 멈추지도 못하고 종종걸음을 쳐야 했다. 그때 그의 등뒤에서 두 장수가 달려왔다. 그리고 3000군사를 거느린 조운도 나타났다. 하후돈은 진채로 돌아가려 했으나 마구(馬垢)와 유봉(劉封)이 벌써 진채를 쑥대밭으로 만들어놓았다. 하후돈은 북쪽으로 달아났다. 그는 저물녘에 한 고성에 당도했다. 사람을 보내 정탐해보니 성안에는 군량, 큰 수레,[33] 가축이 헤아릴 수 없이 많았다. 사람들 모두 하후돈에게 말했다.

"이곳 사람들은 신야에 군량을 보내러 갔습니다그려."

하후돈의 군사들은 유비의 군사들이 전투를 하러 갔다는 사실을 알고 그 성으로 들어가 관아에 이르러 말에서 내렸다.

하후돈은 군사들에게 밥을 짓게 했다. 밥이 익어 먹으려는 찰나에 복병이 들고일어나 사방을 포위했다. 하후돈은 도망치려 했으나 복병들이 길을 끊고 차단했다. 그들은 온갖 수단을 동원하여 하후돈의 진을 들이쳤다. 사상자가 얼마인지 알 수 없을 정도였다.

하후돈이 소리쳤다.

"틀림없이 소 먹이던 촌놈의 계략이다!"

하후돈은 3만도 되지 않는 군사를 이끌고 동쪽으로 달아났다. 고성

33_ 원본에는 대군(大軍)으로 되어 있으나 문맥으로 볼 때 대거(大車)의 오류로 보인다.

에서 30리 되는 곳에 이르자 벌써 캄캄한 밤중이었다. 그들은 단계수가에서 모두 말에서 내렸다.

하후돈이 말했다.

"사람과 말이 지쳤으니 밥을 지어라!"

군관들이 아직 밥을 먹지도 못했을 때 문득 우레와 같은 큰 소리가 들려왔다. 어떤 사람이 하후돈에게 보고했다.

"단계수가 쏟아져 내려오는데 흰 구름이 끓어오르는 것 같습니다."

하후돈은 높은 언덕으로 올라가 바라보았다. 죽은 군사와 말이 세찬 물살을 따라 떠내려가고 있었다. 하후돈은 통곡했지만 그의 군사는 이미 1만 명도 남지 않았다.

날이 밝아오는 가운데 하후돈은 북쪽을 향해 다시 행진을 시작했다. 단계의 어떤 다리에 이르렀다. 군사들은 정남방에서 와서 곧바로 북쪽으로 다리를 건넜다. 그때 복병이 들고일어나 길을 가로막았다. 뒤에는 간헌화가 있었고 앞에는 관우가 있었다. 하후돈은 적진을 뚫고 나가며 군사를 돌아보았다. 300명도 남지 않았다.[34]

하후돈이 말했다.

"저들은 언덕에 돌을 가득 쌓아놓고 우리 진채를 공격했다. 고성에서도 우리 군사를 죽였고, 또 수공으로 우리 진영을 물에 잠기게 했다."

하후돈이 계속 말을 이었다.

"만약 이곳에 적군이 매복하고 있다면 나는 허창으로 돌아갈 수 없다."

34_ 원본에는 '선삼일(先三日)'로 되어 있으나 문맥이 통하지 않는다. 바로 뒤에 '기군무삼백인(其軍无三百人)'이라는 구절이 있는 것으로 보아 '무삼백(无三百)'의 오류로 보인다.

하후돈이 말을 다 마치지도 않았는데, 앞쪽 3리도 되지 않는 곳의 버드나무 아래에 3000군사가 나타났다. 그중 한 장수가 술에 취한 채 투덜거렸다.

"제갈 군사는 황숙 형님과 함께 다른 군관들에게는 모두 계책을 일러주면서도 나는 이곳으로 내쫓았다. 군사는 내게 '하후돈이 패배한 뒤 틀림없이 내 손바닥 안으로 지나갈 것'이라고 했다."

장비가 입을 닫자 한 군사가 황급히 달려와 알렸다.

"패잔병이 동쪽에서 오고 있는데, 군사가 300명도 안 됩니다."

장비가 물었다.

"누구더냐?"

"하후돈입니다."

장비가 웃으면서 말했다.

"제갈 군사는 정말 대단한 사람이다!"

말을 마친 장비는 말을 타고 하후돈을 가로막았다. 양측[35]이 서로 살상전을 벌인 결과 하후돈이 대패했다.

한편, 조조는 대청에 좌정하여 관리들에게 물었다.

"하후돈이 군사 10만과 장수 100명을 이끌고 번성과 신야를 빼앗으러 갔는데, 석 달이 지나도록 아무 소식이 없소."

조조가 말을 다 마치지도 않았는데, 근신(近臣)이 보고했다.

"하후돈의 군사가 돌아왔습니다."

조조는 승패가 어찌 되었는지 물었다. 말단 군관이 대답했다.

35_ 원본은 '서벽(西壁)'이다. 문맥이 통하지 않는다. '서(西)'는 '양(兩)'의 오자로 보인다.

"돌아온 군사가 수십 명도 안 됩니다."

조조는 경악하며 하후돈을 불렀다. 그의 갑옷은 온통 피로 얼룩져 있었고 몸은 중상을 당한 채였다. 하후돈이 땅에 엎드려 말했다.

"부디 가족은 살려주시고 소인은 죽여주십시오."

하후돈이 이어 상황을 설명했다.

"10만 군사 중에서 장수 다섯 명이 죽었습니다. 불에 타고 물에 잠기는 등 누차 매복에 당했습니다. 그뒤 또 장비를 만나 고통스럽게 죽고 패배했습니다. 모두가 촌놈 제갈량의 계략 때문입니다."

조조는 그의 말을 듣고 진노했다.

"하후돈을 끌어내 계단 아래에서 참수하라!"

그러자 어떤 사람이 고함을 질렀다. 그가 말을 다 마치지도 않았는데, 조조는 그가 서서임을 알아보았다.

"승상께 아룁니다. 하후돈은 뛰어난 용력을 지닌 사람입니다."

조조가 물었다.

"제갈량은 어떻소?"

"그 사람은 하늘의 기미를 헤아립니다. 지금도 천하를 자신의 열 손가락처럼 환하게 살피고 있을 겁니다. 하후돈은 그런 제갈량에게서 탈출했으니 실로 명장입니다."

조조가 웃으면서 말했다.

"나는 그 촌놈을 쉽게 처치할 수 있다고 보오. 내가 서서 그대와 내기를 하겠소. 내가 군사 100만과 명장 1000명을 거느리고 번성과 신야를 산산이 부수고 형주까지 빼앗겠소."

그러고는 바로 군사를 점검했다.

유비는 군사 제갈량과 관리들을 신야 관아로 초청하여 축하 잔치를 열었다. 그때 어떤 사람이 보고를 올렸다.

"조조가 100만 대군과 명장 1000명을 이끌고 멀리서 번성과 신야를 빼앗으러 달려오고 있습니다."

유비는 깜짝 놀라 군사에게 어떻게 할지 물었다. 제갈량이 대답했다.

"쉬운 일입니다."

그는 즉시 서찰을 써서 동남쪽 형주로 가서 유표를 만나 군사 30만을 빌리려 했다. 그날 밤 글을 보냈는데, 다음날 대낮에 답장이 왔다. 형왕 유표는 이미 죽었고 지금 형주에서는 형왕의 둘째 아들 유종(劉琮)이 군주가 되었다는 내용이었다. 유비의 눈에서 눈물이 흘러내렸다. 다음날 조조의 군대가 가까이 왔다는 보고가 올라왔다. 유비는 제갈량에게 대책을 물었다. 제갈량이 대답했다.

"이곳이 조조의 땅이 되지는 않을 것입니다."

제갈량은 유비에게 함께 떠나기를 청했다. 그날 밤 이경 무렵 관리들과 군사들이 모두 형주성 아래로 가서 소리쳤다. 유종이 성 위로 올라왔다.

황숙이 울었다.

"집안의 어른이 돌아가셨는데, 어찌하여 내게 알리지 않았소?"

괴월이 말했다.

"형왕이 돌아가시고 유기(劉琦)[36]가 반란을 일으켰다가 유종에게 지위를 빼앗겼소. 그래서 유 황숙께는 알리지 못했소."

36_ 유표의 맏아들이다. 계모 채씨와 계모의 아들 유종에게 핍박을 받아 형주목 봉작을 세습하지 못했다.

유비가 다시 말했다.

"조조가 100만 대군을 이끌고 사흘도 되기 전에 성 아래에 당도할 것이오. 조카님은 문을 여시오. 조조의 수군을 맞아 그대들 네 장수에게 강가에서 대치하라 하시오. 지금 우리에겐 관우와 장비 두 장수도 있고, 글을 아는 사람으로 제갈 군사도 있소."

유종이 말했다.

"형주는 땅이 좁아 황숙께서 거주할 만한 곳이 없소."

괴월도 소리쳤다.

"성문을 열 수 없소!"

유비는 고민에 잠겼다.

다음날 유비는 형주에서 40리 되는 곳에서 큰 숲을 발견하고 물었다.

"여기가 형왕의 분묘인가?"

유비는 술, 밥, 과일 등을 상에 차려놓고 제사를 올리며 통곡했다. 그때 제갈량이 유비에게 알렸다.

"조조의 군사가 가까이 왔습니다."

이튿날 유비는 배후에서 시끄러운 소리가 들려오자 뭐 하는 사람들인지 물었다. 하급 군관이 대답했다.

"번성과 신야의 백성이 황숙을 따라 이곳까지 왔습니다."

유비가 물었다.

"백성이 어찌하여 이곳까지 왔느냐?"

그중 한 사람이 아뢰었다.

"유 황숙께선 어질고 덕이 많은 분이신데, 조조는 군사를 이끌고 와서 헤아릴 수 없을 정도로 많은 사람을 죽이고 있습니다. 우리 백성은

황숙을 따르며 죽어도 후회하지 않겠습니다."

황숙이 명령했다.

"군사들은 행군을 늦추라!"

유비의 군사는 백성과 함께 남쪽으로 행진했다. 형주를 떠난 지 사흘째, 군사 제갈량이 유비에게 아뢰었다.

"역적 조조가 가까이 왔는데도 가족이 뒤를 따르고 있고, 또 백성을 돌보다가 조조에게 추격을 당하면 어찌하시렵니까?"

유비는 아무 말도 하지 않았다. 후방 군대에서 시끄러운 소리가 들리자 유비가 무슨 일인지 물었다. 어떤 군사가 보고했다.

"조조의 군사들이 뒤에서 백성을 죽이고 있습니다."

유비는 군사를 세 부대로 나누어 대처했다. 유비는 백성을 구할 수 없게 되자 정남방으로 길을 잡았다. 어느 날 유비가 행진하고 있는데, 조조의 군사가 너무 많고 백성이 갈팡질팡한다는 보고가 올라왔다. 난군 속에서 유비는 말안장에 기댔다. 어지러운 군사들 속에서 유비의 가족도 소재를 알 수 없었다. 유비는 아무 말도 하지 않았다. 다시 수십

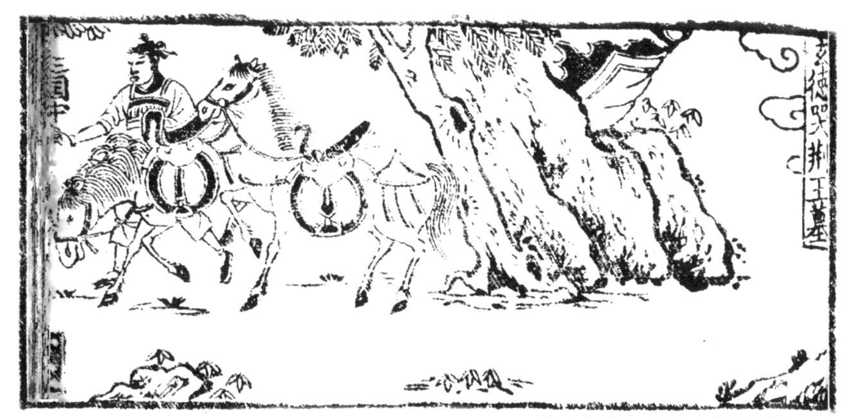

유비가 유표의 무덤에서 곡을 하다.

리를 행군하자 어떤 사람이 유비에게 알렸다.

"조운이 배반했습니다."

유비가 말했다.

"어떻게 알았느냐?"

유비는 괘념하지 않고 계속 행군했다. 어떤 사람이 다시 아뢰자 유비는 말갈기를 칼로 자르며 말했다.

"이 말갈기 꼴이 되고 싶으냐?"

사람들은 아무 말도 하지 못했다.

유비가 말했다.

"내가 원소에게 몸을 맡겼을 때 관우가 안량을 참수하고 문추를 주살했다. 기왕 원소가 조운으로 하여금 나를 추격하여 죽이려 했지만 조운은 그렇게 하지 않았다. 그는 나와 3년 동안 함께 다니며 허물없이 지냈다. 그런데 어찌 반역할 마음을 먹겠느냐?"

다시 3리를 가자 어떤 강이 나타났는데, 그 위에는 다리 하나가 놓여 있었다. 산비탈도 매우 가팔랐다. 그곳 지명은 당양(當陽) 장판(長坂)[37]이었다. 유비가 당양 장판을 지나자 제갈량은 그 고개에 바위가 험준하게 솟은 것을 돌아보며 생각했다.

'맹장 한 명에게 기병 100명만 맡겨도 이곳에서 조조의 100만 대군을 막을 수 있겠다.'

제갈량이 말했다.

"내가 잘못했구나! 어제 관공을 남쪽 장강으로 보내 배를 엮어 적을 방어하라 했는데, 지금까지 돌아오지 않고 있다."

그때 어떤 사람이 외치는 소리가 들려왔다. 장비였다.

"하지만 선생! 이 장비가 적을 막을 수 있지 않겠소?"

제갈량이 대답했다.

"익덕공께서 호뢰관에서 여포와 대전을 벌였고 소패성을 세 번 출입했다는 소문은 들었소. 그 모든 전투에서 공을 세웠다 하더이다. 오늘 용맹을 발휘하여 역적 조조를 막으면 후세에 이름을 남길 것이오. 이것이 대장부가 할일이오."

장비는 군사 20명을 선발하여 군기 20폭을 들게 하고 북쪽의 당양 장판으로 달려갔다.

한편, 조자룡은 단기필마로 조조의 대군 속으로 짓쳐들어갔다.

조자룡이 말했다.

"전장이 100여 리나 되는구나. 황숙의 가족을 찾아야 하는데……."

그는 몇 바퀴 돌다가 얼핏 감부인을 목격했다. 그녀는 오른손으로 옆구리를 감싸고 왼손으로 아두를 안고 있었다. 조자룡은 말에서 뛰어내

37_ 지금의 후베이성 당양시 동북쪽 창반포(長坂坡)다.

렸다. 감부인은 조자룡을 보고 눈물을 멈추지 못하고 울먹였다.

"가족들이 조조의 난군 속에서 죽었어요."

감부인이 계속 말을 이었다.

"조 장군! 마침 잘 오셨습니다."

감부인은 오른쪽 옆구리에 화살을 맞았는데, 손으로 흘러나오는 창자를 막고 있었다.

"황숙께선 연로하시도록 아직 송곳 하나 세울 땅도 얻지 못하셨습니다. 저는 오늘 죽습니다. 아두를 황숙에게 보내주세요."

감부인은 말을 마치고 남쪽 담장 아래로 기어갔다. 그녀는 조자룡과 아두에게 작별인사를 하고 담장 아래에서 숨을 거두었다. 조자룡은 담장을 무너뜨려 감부인의 시신을 덮었다.[38] 조자룡이 말했다.

"내가 조조의 100만 대군 속에서 주군을 위해 아두를 구출하리라!"

조자룡은 한 시대를 풍미한 용맹으로 후세에 명성을 남겼다. 그는 아두[39]를 안고 남쪽으로 달리며 적진을 돌파했다. 후세에 이 일을 읊은 시가 있다.

기이하고 기이하다 조자룡이여,	奇哉趙子龍,
늠름하게 일심으로 충성을 바쳤네.	凜凜一心忠.
선주가 형주에서 패배했을 때,	先主敗荊州,

38_ 『삼국지연의』 제41회에서는 감부인이 조운과 미축의 도움으로 탈출하고 미부인은 다리에 부상을 입은 몸으로 아두를 보호하다 조운을 만나 아두를 넘겨준 뒤 우물에 뛰어들어 목숨을 끊은 것으로 묘사되어 있다.

39_ 원본에는 태자로 되어 있지만 유비가 아직 황제가 되기 전이므로 아두로 바꾸어 표기한다.

가족도 그 뒤를 못 따랐다네. 家族又不從.

한 생애 죽음도 돌보지 않고, 一生不顧死,

호랑이떼 속으로 뛰어들었네. 再入虎狼叢.

충효심으로 어린 태자 보호하면서, 忠孝保弱子,

용감하게 백만 대군 막아내었네. 敢當百萬雄.

춘추시대엔 오자서가 그런 이였고,[40] 春秋有伍相,

한나라엔 조자룡이 존재했다네. 漢世有子龍.

천년 지나 오늘에 이르기까지, 到今千載後,

누가 높은 풍모를 우러르지 않으리? 誰不仰高風.

[41]조조는 높은 곳에서 전투를 바라보다가 말했다.

40_ 춘추시대 초(楚)나라 사람 오자서(伍子胥)는 초 평왕(平王)의 태자 건(建)이 참소를 당해 초나라를 떠날 때 그를 보호하며 수행했다. 이후 오자서는 태자 건이 정(鄭)나라에서 죽은 이후에도 건의 아들 승(勝)을 보호하여 오(吳)나라로 망명했다. 오자서는 오나라의 힘을 빌려 초나라에 복수했고, 이후 승은 귀국하여 초나라 백공(白公)에 봉해졌다.

조운이 태자를 품에 안다.

"저자는 틀림없이 유비 휘하의 장수일 것이다."

그러고는 장수들을 시켜 조자룡을 사로잡으라고 했다. 맨 먼저 관정(關靖)이 막아섰지만 조자룡은 칼을 휘두르며 말을 내달려 직선으로 적진을 돌파했다. 앞으로 달려가 다리 위에 이르렀을 때 말이 발을 헛디뎌 조자룡과 아두는 땅에 머리를 찧었다. 등뒤에서는 관정이 바짝 추격해왔다. 조자룡은 강궁에 화살을 메겨 단번에 관정을 쏘아 죽였다. 조자룡은 다시 아두를 부축하여 말 위에 올랐다. 그는 다시 아두를 품에 안고 남쪽으로 달렸다. 당양 장판에서 몇 리 떨어진 곳에 이르러 장비를 보았다. 장비가 소리쳤다.

"태위(太尉)[42]는 아두를 구해야 하오!"

조자룡이 말했다.

41_ 원본에는 "趙雲抱太子(조운이 태자를 품에 안다)"라는 글자가 이 자리에 음각으로 굵게 판각되어 있다.

42_ 조운은 태위 벼슬을 한 적이 없다. 이 장판파 전투 이후에 아문장군(牙門將軍)으로 승진했으며 유비가 세상을 떠나고 유선이 즉위한 이후에 중호군(中護軍)이 되어 영창정후(永昌亭侯)에 봉해졌다. 이 소설에서는 조운의 공적과 지위를 과장하기 위해 태위로 부른 듯하다.

"황숙의 두 부인은 모두 돌아가셨소. 그래서 내가 아두만 안고 돌아와 황숙을 뵈려는 게요."

장비가 울면서 말했다.

"나는 대장부답게 살겠소. 어서 가서 황숙께 말씀을 올리시오. 나는 당양 장판을 가로막고 주군의 수레가 탈출하도록 돕겠소."

조자룡은 남쪽으로 달려가 황숙을 뵙고 예를 마친 뒤 말했다.

"감부인과 미부인께서는 모두 조조에게 죽임을 당하셨습니다. 난군 속에서 아드님만 구하여 탈출했습니다."

조자룡은 아두를 안고 황숙을 뵈었다. 황숙은 아두를 받아 땅바닥에 내던졌다. 장수들이 모두 경악하며 황숙에게 머리를 조아렸다. 황숙이 말했다.

"이 못난 놈 때문에 나의 명장 조자룡을 잃을 뻔했다!"

황숙이 말을 마치자 모든 장졸이 황숙의 선심(善心)을 칭송했다.

황숙은 남쪽으로 행진을 계속했다.

한편, 장비는 북쪽으로 당양 장판에 이르러 군졸들에게 깃발 50폭을 갖고 북쪽 높은 언덕으로 가서 일렬로 늘어서게 했다. 기마병 20명은 남쪽 강물을 바라보게 했다. 조조가 군사 30만을 이끌고 도착했다.

"귀공은 어찌 도망치지 않았소?"

장비가 웃으며 대답했다.

"내 눈에는 군사들은 보이지 않고 조조만 보인다!"

그리고 장비와 휘하 군사들이 한꺼번에 소리쳤다.

"나는 연(燕) 땅 장익덕이다. 누가 감히 나와 결전을 벌이겠느냐?"

외치는 소리가 우레처럼 고막을 꿰뚫는 것 같았고 옆에 있던 다리까지 모두 끊어졌다. 조조의 군사들은 30여 리까지 후퇴했다. 장비의 사당에 그를 찬양하는 시가 붙어 있다.

선주[43]께서 왕업을 도모하실 때,	先生圖王,
천하가 삼분되어 들끓었다네.	三分鼎沸.
다리 막고 조조 군사 물리칠 때는,	拒橋退卒,
위엄 있는 고함으로 물길 끊었네.	威聲斷水.
제후는 두려워 겁에 질렸고,	諸侯恐懼,
병사들은 지옥으로 떨어졌다네.	兵行九地.
늠름한 모습은 신령과 같고,	凜凜如神,
패자의 기상이 넘쳐흘렀네.	霸者之氣.

[44]장비는 유비의 뒤를 따라오다 저녁이 되어서야 얼굴을 마주하게 되었다. 제갈량이 말했다.

"장 장군은 진정한 장수요! 깃발로 조조의 병졸을 막아뒀으니, 이제 주군께선 50리를 씩씩하게 행진할 수 있습니다. 조조는 틀림없이 제 계책에 빠질 것입니다."

유비가 기뻐했다.

다음날 그들의 행군 대오는 오(吳) 땅을 지나게 되었다. 그곳에는 명장 노숙(魯肅)이 있었다. 노숙의 자는 자경(子敬)이었다. 그가 물었다.

43_ 원본에는 '선생(先生)'으로 되어 있지만 문맥상 '선주(先主)'가 되어야 옳다.

44_ 원본에는 "張飛拒水斷橋(장비가 물을 막고 다리를 끊다)"라는 글자가 이 자리에 음각으로 굵게 판각되어 있다.

"저는 멀리 형주에 가서 형왕에게 문상을 하려던 참인데, 황숙께선 무슨 일로 이곳에 오셨습니까?"

제갈량이 말을 타고 앞으로 나가 노숙에게 읍을 했다. 노숙은 깜짝 놀랐다. 와룡 선생이 유비에게 몸을 의탁했을 줄 어떻게 알았겠는가? 제갈량이 말했다.

"노숙공은 조조의 100만 대군이 형주에 들이닥친 사실을 모르시는군요. 유종은 역적 조조에게 항복했소. 지금 조조는 오나라를 병탄할 마음을 먹고 있소. 노숙공께선 어떻게 생각하시오? 지금 황숙께서 강남의 오나라로 오신 것은 집안 형님인 유벽공을 만나뵙기 위한 행차요."

노숙은 아무 말도 하지 않고 남몰래 생각했다.

'유벽은 나와 친하다. 이제 황숙과 제갈량을 우리 주군께 의탁하게 해야겠다.'

조조는 그날 밤 그들에게서 10리 떨어진 곳까지 접근해와 진채를 세웠다. 노숙은 유비와 장수들을 초청하여 연회를 열었다. 등불 아래 유비, 제갈량, 관우, 장비, 조운이 앉아 있었다. 노숙이 말했다.

장비가 다리를 막고 적병을 물리치다.

"여러 관리가 모두 범 같은 장수들이십니다."

노숙이 계속 말을 이었다.

"토로장군(討虜將軍)[45] 손권공께서 황숙과 제갈 군사를 얻을 수 있다면 무엇을 근심하겠습니까?"

노숙은 다음날 유비를 초청하여 장강 가의 한 성으로 데리고 갔다. 그곳은 하구(夏口, 후베이성 우한시武漢市 한커우漢口)라는 곳이었는데, 물이 삼면을 휘감아 돌아 북문에 머물러 쉬었다. 노숙이 말했다.

"풍악을 울리게 하겠습니다."

유비는 며칠 동안 성안에서 머물렀다. 성안에는 식량과 술, 고기가 넘쳐날 정도로 풍족했다.

이튿날 노숙은 손권을 만나러 가기 위해 배에 올랐다. 유비와 장수들은 하구 성안에 있었고 유비는 제갈량에게 서찰을 써서 손권을 만나러 남쪽으로 가도록 했다. 다음날 제갈량은 하구 남문 밖에서 배를

45_ 원본에는 '탁로장군(托虜將軍)'으로 되어 있으나 『삼국지』「손권전」에 의하면 '토로장군' 또는 파로장군(破虜將軍)으로 써야 한다.

탔다. 유비가 제갈량에게 알리자 제갈량은 몰래 조운을 불러 귓속말을 했다.[46]

노숙과 제갈량은 장강을 통과했다. 그들은 배를 타고 멀리 금릉(金陵, 장쑤성 난징시南京市)으로 가서 역관에 투숙했다. 제갈량은 다음날 손권을 만나러 갔다. 제갈량은 관아로 들어가 인사하고 말했다.

"조조가 130만 대군을 거느리고 초 땅을 침탈하여 유종의 항복을 받았습니다. 이후로는 오 땅을 탈취하려 할 것입니다."

손권이 물었다.

"제갈공께선 그 사실을 어떻게 아셨소?"

"황숙께선 지금 신야와 번성을 잃은 뒤 멀리 창오(滄吳)[47]로 가서 유벽에게 의탁하시려 합니다. 황숙께선 지금 하구에 계십니다."

"황숙께서 제갈 선생께 먼저 세 번 가르침을 청하러 갔다가 만나지 못했다고 하더니, 지금은 제갈 선생께서 황숙에게 몸을 의탁하셨구려."

제갈량은 서찰을 손권에게 바쳤다. 펼쳐보니 내용은 다음과 같았다.

> 유비가 토로장군 손공 휘하에 머리를 조아리며 아룁니다. 엎드려 생각하건대 손 장군께선 훌륭한 재상감으로 신령이 보우하는 분이신데, 저는 아직 배알하지 못했습니다. 우러러 소문을 듣건대 장군께선 인덕(仁德)을 행하여 한나라 황실을 보좌하는 공신이 되셨고, 부형으로 이어

46_ 뒤의 내용을 보면 유비는 제갈량에게 손권과 연합군을 구성하라고 지시했고 제갈량은 조운에게 유비를 호위할 대책을 귀띔했다. 이 텍스트만 읽으면 앞뒤 문장이 잘 연결되지 않지만 당시 공연 현장에서는 앞뒤 내용을 연결하는 보충 설명이 있었을 것이다.

47_ 창오라는 지명은 없다. 바로 앞 대목에서 강오(江吳)라 했으므로 창오도 강오의 오류인 듯하다. 장강 일대 오나라 또는 강주(江州, 장시성 일대)의 오나라를 의미하는 것으로 보인다.

지는 3세의 대업을 이어받으셨습니다. 지금 저는 마음속에 근심을 품고 하구에서 곤경에 처해 있습니다. 오직 패배한 장수들만 남아 있으니 곤경에서 벗어날 방법이 없습니다. 조조는 천자의 권세에 의지하여 100만 군사를 거느리고 제후들을 살해하고 있습니다. 이에 한나라 천하는 조만간 패망할 것입니다. 조조는 한나라 황실을 멸하고 난 뒤 반드시 오 땅을 침략할 것입니다. 저 유비는 병사가 적고 장수가 부족한데, 무슨 일을 할 수 있겠습니까? 바람과 우레 같은 장군의 위엄에 의지하여 군국(郡國) 백성의 고통을 구하려 합니다. 그렇게 되면 백성이 생업에 종사할 수 있게 되어 비로소 태평성대가 시작될 것입니다. 조조는 간웅인데, 그의 만행은 필설로 다할 수 없습니다. 이 유비는 하구에서 곤경에 처한 채 군사 제갈량에게 서찰을 주어 문안인사를 드리고 장군의 윤허를 얻고자 합니다. 만약 거절하지 않으신다면 두 손 모아 좋은 회신을 기다리겠습니다. 조만간 찾아뵙도록 하겠습니다. 엎드려 윤허를 기다리며 더욱 건승하시길 기원합니다.

손권은 유비의 서찰을 읽고 나서 관리들에게 어떻게 대처해야 할지 물었다. 두 사람이 함께 일어났다. 바로 장소(張昭)와 오위(吳危)였다.[48] 그들이 아뢰었다.

"유비가 하구에서 곤경에 처하자 제갈량이 서찰을 갖고 장강을 건너

48_ 원본에는 오(吳) 다음의 글자가 불분명하다. 위(危)로 볼 수도 있고 범(范)으로 볼 수도 있지만 글자 형태는 위에 가깝다. 그러나 범으로 쓰였다 하더라도 '范'을 '範'으로 바꿀 수는 없다. 현대에는 '范'이 '範'의 간체자로 쓰이지만 고대에는 엄연히 다른 글자로 쓰였기 때문이다. 여기에서는 상하이고전출판사의 판독에 따라 위로 읽는다.

멀리까지 와서 주군에게 구원을 요청하고 있습니다. 주군께선 조조의 100만 대군이 이미 형주를 탈취했다는 소문을 듣지 못하셨습니까? 만약 저들이 장강까지 근접해오면 오 땅의 모든 관리는 각각 나루터를 장악하고 조조의 군대가 전진할 수 없게 만들 것입니다. 유비에게 군사를 빌려주면 물렁한 고기로 날카로운 칼날을 파괴하려는 것과 같아서 10년이 걸려도 갑옷을 벗을 수 없을 것입니다."

손권이 또 어찌하면 좋겠냐고 물었다. 장소가 다시 대답했다.

"산동과 하북의 제후들은 모두 복종했고 전투를 벌인 자들은 모두 패배했습니다."

그때 갑자기 한 사람이 고함을 질렀다. 돌아보니 제갈량이었다.

"두 분은 모두 조조의 위세만 말씀하시는군요. 그럼 조조에게 투항하시려는 게요? 조조가 형초 땅을 빼앗고 유종의 직위를 바꾼 뒤 죄목을 찾아 사람을 시켜 살해한 일은 어찌 듣지 못하셨소? 두 분은 괴월과 채모가 유종으로 하여금 조조에게 항복하도록 한 일을 따라 배우려는 게요?"

손권은 경악했다.

"제갈 군사의 말씀이 참으로 지당하오."

사흘 동안 논의했지만 아직 결론을 내릴 수 없었다. 그때 갑자기 어떤 사람이 보고를 올렸다.

"조조의 130만 대군이 하구를 포위했습니다. 그리고 서찰을 지닌 사신을 특별히 보내 토로장군을 뵙고자 합니다."

사신을 불러들이자 손권에게 보내는 서찰을 바쳤다.

자고로 황제(黃帝)가 조정에 임했을 때도 치우(蚩尤)가 반란을 일으켰고, 순임금이 재위할 때도 그 후손들이 임금을 존중하지 않았소. 황제는 무도한 임금이 아니오. 또 순임금도 어찌 불인한 군주이겠소? 난신적자들이 은혜를 배반하고 대의를 잃어 하늘과 땅의 울분을 사고 신령과 인간의 노여움을 불러일으켰소. 이 때문에 곳곳에서 군사가 봉기하고 전쟁이 온 땅에 만연하게 되었소. 나 조조는 직접 황제의 명령을 받들고 100만 군사를 휘몰아 사방의 요망한 간적들을 소탕했소. 하비에서는 여포를 주살했고, 하내에서는 공손찬을 참수했으며, 청주에서는 원담을 멸했소. 또 변량(汴梁, 허난성 카이펑시開封市)으로 달려가 장무(張茂)를 포획했고, 낙양에 이르러서는 공수(孔秀)를 사로잡았소. 이제 나는 장강에 임하여 진채를 세우고, 계곡에 기대어 군사를 배치했소. 천자의 홍복과 나의 위풍에 의지하여 100만 군사를 거느리고 수로와 육로로 모두 진격하여 오나라 도성으로 들어가면 마치 사나운 기세로 탄탄대로를 달리듯, 또 태산이 달걀을 내리누르듯 오강(吳江)[49]을 취할 수 있을 것이오. 지금 황제의 조칙을 받들어 반역자 유비를 사로잡으려 하오. 역도를 토벌하는 사람은 한나라의 충신이니 그대는 참언을 믿지 마시오. 혹시라도 참언에 미혹되어 나에게 대적하면 100만 군사를 일으켜 조만간 장강을 건널 것이오. 곤륜산에서 불길이 치솟아 옥석(玉石)이 모두 불탈 때까지 기다리지 마시오. 지혜도 없고 생각도 없는 자들은 모두 참수될 것이오. 모든 일을 다 말하지 못하오. 한(漢) 상장군(上將軍) 겸 마보도원수(馬步都元帥) 정수령성(正授領

49_ 오나라의 영향권에 있는 장강 일대다. 구체적으로는 오송강(吳淞江, 지금의 쑤저우허蘇州河) 일대를 가리키기도 한다.

省) 대위왕(大魏王) 조조가 삼가 토로장군 좌우에 부치오.

손권은 서찰을 읽고 깜짝 놀라 몇 겹으로 된 옷이 다 젖을 정도로 온몸에 식은땀을 흘리며 벌벌 떨었다. 장소와 오위가 다시 말했다.

"명장에게 군사를 이끌고 각 포구를 지키게 하십시오. 또 원수 한 사람을 임명하고 군사 10만을 강남에 주둔시켜 조조의 군대가 강을 건너오지 못하게 하셔야 합니다. 한나라 유 황숙은 저대로 내버려두고 상관하지 마십시오."

제갈량은 경악을 금치 못했다.

"오나라가 우리를 위해 군사를 일으키지 않으면 하구에 계신 우리 주군은 끝장이오!"

그는 말을 마친 뒤 옷소매를 걷어올리고 칼을 빼든 채 계단으로 달려가 사신을 죽였다. 오나라 관리들 사이에서 소동이 일었다. 장소와 오위가 말했다.

"이제야 제갈량의 교활함을 알게 되었습니다! 아는 사람은 제갈량이

제갈량이 조조의 사신을 죽이다.

조조의 사신을 죽였다고 하겠지만 모르는 사람은 오나라 군사가 죽였다고 할 것입니다."

그리고 사람을 시켜 제갈량을 포박했다. 제갈량이 소리쳤다.

"토로장군께선 틀리셨습니다! 지금 가져온 조조의 서찰을 다시 읽어 보십시오. 천하 제후 열 명 중 조조에게 살해당한 사람이 한둘이 아님을 아실 수 있습니다. 우리 주군은 고조의 17대손으로 중산정왕 유승공의 후손일 뿐인데, 무슨 죄를 지었습니까? 만약 조조가 황숙을 살해하러 왔다면 내친김에 틀림없이 강오 땅을 거두어들일 것입니다."

노숙이 말했다.

"주군께선 천하 사람들의 말을 듣지 못하셨군요. 참수된 사람은 황제의 명령에 따라 처리된 것이 아니라고 합니다. 따라서 제후들의 생사는 모두 조조에게 달려 있다고 합니다."

손권이 말했다.

"대부의 말씀이 옳소."

그러고는 제갈량을 풀어주었다.

그날 저녁 손권은 노숙을 데리고 태부인(太夫人)[50]을 만났다. 태부인이 두 사람에게 자리를 권했다. 태부인이 무슨 일로 왔냐고 손권에게 물었다.

"제갈량이 저에게 군사를 빌려 하구로 가서 황숙을 구하려고 합니다."

손권이 잠깐 뜸을 들였다가 다시 말을 이었다.

"조조가 130만 대군을 이끌고 지금 장강 북쪽 연안에 와 있습니다."

태부인이 말했다.

"자네 부친과 제후 열여덟 분이 호뢰관에서 여포와 큰 싸움을 벌인 일을 듣지 못했는가? 또 자네 부친의 영용한 모습을 뵙지 못했는가? 지금 조조는 천자의 위세를 끼고 제후들을 압박하고 있네. 서둘러 하구로 가서 황숙을 구하고 후세에 이름을 남겨야 하네. 자네 부친은 임종 때 이렇게 말씀하셨네. '급한 일이 있으면 주유(周瑜)를 원수에 임명하고, 황개(黃蓋)를 선봉장으로 삼으면 역적 조조를 무너뜨릴 수 있을 것이다.'"

손권이 대답했다.

"어머니 말씀이 지당하십니다."

노숙이 돌아와 이 일을 제갈량에게 전하자 제갈량은 매우 기뻐했다.

다음날 날이 밝자 손권이 다시 물었다.

"이 일을 어떻게 처리하면 좋겠소?"

장소가 대답했다.

50_ 본래 손권의 부친인 손견의 정실부인(武烈皇后)을 부르는 호칭으로 흔히 오태부인(吳太夫人)이라 존칭한다. 그러나 여기에서는 손견의 둘째 부인 오국태(吳國太)를 가리킨다. 적벽대전 무렵 생존한 손견의 부인은 오국태뿐이었다. 오국태는 오태부인의 여동생이다. 정사에는 없고 『삼국지연의』에만 나온다.

"거병해서는 안 됩니다."

그러자 손권은 칼을 뽑아 탁자를 쪼개며 소리쳤다.

"거병해서는 안 된다는 말을 다시 내뱉는 자는 이 탁자 꼴이 될 것이다!"

관리들은 감히 왈가왈부할 수 없었다.

손권은 예장성(豫章城, 장시성 난창시南昌市)으로 사람을 보내 태수 주유를 초청했다. 그러나 주유는 오지 않았다. 손권이 제갈량에게 물었다.

"주유가 오지 않고 있소. 어찌하면 좋소?"

제갈량이 대답했다.

"제가 소문을 들으니 교공(喬公)[51]에게 대교(大喬)와 소교(小喬)라는 두 따님이 있는데 대교는 군후의 부인이 되었고, 소교는 주유의 부인이 되었다 합니다. 소교가 나이가 어리고 용모가 매우 뛰어나 주유는 매일 소교와 즐거운 생활을 하고 있을 터인데, 어찌 원수직을 맡으러 오겠습니까?"

손권은 마침내 노숙에게 군사를 주어 예장성으로 달려가게 했다.

한편, 주유는 매일 소교와 즐겁게 노닐고 있었다. 그때 보고가 올라왔다.

"토로장군께서 지금 관리 한 사람을 보내 배 한 척에 금은보화와 비단을 가득 싣고 와서 태수 나리께 바치려 합니다."

소교는 매우 기뻐했다. 그러자 주유가 말했다.

"부인은 저들의 뜻을 모르는구려. 제갈량과 노숙이 직접 나를 청하러

51_ 손권과 주유의 장인으로 『삼국지연의』에는 교국로(喬國老)로 나온다.

온 것이오."

잠시 후 제갈량이 도착했다.

주유가 물었다.

"뉘신지요?"

제갈량이 대답했다.

"저는 남양 무탕산 와룡강에 살던 사람인데, 이름은 제갈량이오."

주유는 몹시 놀라며 물었다.

"군사께서 무슨 일이시오?"

"조조가 지금 100만 강군을 이끌고 하구에 주둔한 채 오와 우리 주군을 병탄하려 하오. 우리 주군께서 곤경에 처해 이렇게 구원을 요청하러 왔소."

주유는 아무 말도 하지 않았다. 시녀 여러 명이 소교를 병풍처럼 둘러싸고 있는 모습이 보였다. 소교가 말했다.

"제갈 선생! 그대의 주군 유 황숙이 하구에서 곤경에 처하자 구할 계책이 없어서 멀리 예장까지 달려와 우리 주랑(周郎)에게 원수가 되어달

노숙이 제갈량을 이끌어 주유에게 유세하게 하다.

라고 부탁하시는군요."

제갈량은 신장이 9척 2촌이었고 나이는 서른에 접어들었다. 수염은 까마귀처럼 검었고 손톱은 3촌이나 될 정도로 길게 길렀다. 참으로 잘생긴 미남이었다. 주유가 제갈량을 대접하며 주연을 끝내자 좌우의 근신이 금쟁반에 귤을 담아서 올렸다. 제갈량은 옷소매를 걷어올리고 왼손으로 귤 하나를 잡고 오른손으로 칼을 집어들었다.

노숙이 말했다.

"제갈공은 예법에 어긋난 행동을 하고 있소."

주유가 웃으면서 말했다.

"소문을 들으니 제갈량은 출신이 미천하다 하오. 본래 농사나 짓던 사람이니 예법에 익숙하지 않을 게요."

그러자 제갈량은 귤을 세 쪽으로 나누고, 다시 한 쪽을 세 조각으로 잘랐다. 한 조각은 컸고, 한 조각은 그다음 크기였고, 또 한 조각은 그보다 작았다. 그는 그것을 은촛대[銀臺] 위에 놓았다.

주유가 물었다.

"군사께선 무슨 뜻으로 귤을 세 조각으로 나누었소?"

제갈량이 대답했다.

"큰 것은 조조요, 다음 것은 손 토로장군이요, 그다음 것은 외롭고 곤궁한 우리 주군 유비를 나타내오. 조조 대군의 기세는 산과 같아서 감당할 사람이 없소. 그런데도 손 장군께선 그와 맞서 싸우려 하지 않소. 우리 주군은 군사도 미약하고 장수도 부족하여 어쩔 수 없이 오 땅으로 와서 구원을 요청했소. 그런데 원수께선 몸이 아프다는 핑계를 댔소."

주유가 아무 말도 하지 못하자 제갈량은 기세 좋게 고함을 질렀다.

"지금 조조가 군사를 움직인 것은 멀리까지 달려와 강오를 취하려는 행동이지, 황숙의 과오를 응징하려는 행동이 아니오. 조조의 진상을 알아야 하오. 그자는 장안에 동작궁(銅雀宮)을 건축하여 그 안에 천하절색 미녀를 가둬두고 있소. 지금 조조는 강오를 탈취하여 교공의 두 따님을 사로잡아가려 하오. 이 어찌 원수의 깨끗한 명성을 욕되게 하는 일이 아니겠소?"

주유는 옷소매를 걷어붙이며 소리를 질렀다.

"부인은 후당으로 들어가시오! 대장부가 어찌 이런 치욕을 참을 수 있겠소! 즉시 토로장군을 뵙고 원수직을 수락하고 조조를 주살하겠소."

주유는 바로 출발하여 며칠 만에 도성에 당도했다. 손권과 관리들은 주유를 원수로 천거하고 인수를 걸어주었다. 며칠간 연회를 베푼 뒤 토로장군 손권은 주유를 전송했다. 군사 30만과 명장 100명을 주어 장강 남쪽 연안에 주둔하게 했다. 시상(柴桑, 장시성 주장시九江市 차이쌍구柴桑區) 땅 포구 10리에 걸쳐 진채가 늘어섰다.

한편, 조조는 주유가 원수가 된 사실을 알고 대엿새 지난 뒤 측근들에게 말했다.

"장강 남쪽 연안에 병선(兵船) 1000척이 있고 그 위로 깃발과 일산이 가득한데, 틀림없이 주유가 온 것이다."

조조는 전함 열 척(隻)을 이끌고 괴월과 채모를 대동한 채 강 가운데로 가서 말을 걸었다. 남쪽의 주유와 북쪽의 조조가 말싸움을 벌였다. 말싸움이 끝나고 주유가 배를 돌리자 괴월과 채모가 그 뒤를 추격했다. 그러자 주유는 다시 뱃머리를 돌렸다. 주유는 큰 배 한 척과 작은 배 열 척을 내보냈다. 1000명의 군사가 타고 있는 모든 배에서 조조의 진영으로 화살을 퍼부었다. 이에 괴월과 채모도 군사로 하여금 화살 수천 발을 쏘게 하며 응전했다.

이때 주유는 장막을 친 배를 동원했다. 조조의 군사가 화살을 발사하자 주유의 병선 왼쪽 장막에 화살이 수북하게 꽂혔다. 그러자 주유는 노를 젓는 군사들에게 배의 방향을 바꾸게 하여 병선 오른쪽 장막으로 적의 화살을 받았다. 시간이 조금 지나자 주유의 병선은 화살로 빽빽했다. 주유는 화살 수백만 발을 얻어 회군하면서 기쁨을 이기지 못하고 소리쳤다.

"승상! 화살을 줘서 고맙소이다!"

조조는 그 말을 듣고 진노하여 명령을 내렸다.

"내일 다시 싸울 것이다. 주유의 배에 쏟아부은 화살을 다시 찾아오겠다!"

이튿날 서로의 진영을 마주하자 주유는 돌멩이를 쏘아 적선을 공격했고 조조는 대패하여 물러났다.

조조가 말했다.

“만약 물이 마른 개울에서 싸웠다면 주유에게 이겼을 것이다. 물 위에서 전투를 하면 우리에게 불리하다.”

조조는 속마음을 드러내며 말했다.

“손권에게는 주유가 있고 유비에게는 제갈량이 있다. 그러나 나는 내 한 몸뿐이다!”

그는 관리들과 논의하여 군사 한 명을 천거하기로 했다.

조조는 흰 수레[素車][52]와 시종 1000명을 이끌고 관리들을 대동한 채 장강으로 나갔다. 조조는 그곳에서 금을 타고 앉아 있는 신선 같은 도사[仙長]를 보았다. 조조는 생각했다.

‘서백(西伯) 희후(姬侯)[53]는 강태공을 얻어 주나라 800년 대업을 일으켰다.’

조조는 함께 몰고 온 수레의 문을 열고 그를 수레 위로 맞아들여 마주앉았다.

조조가 물었다.

“사부님은 강하팔준이시지요?”[54]

52_ 흔히 장례용 수레를 가리킨다. 그러나 여기에서는 현인을 초빙하기 위한 ‘포륜(蒲輪)’과 비슷한 의미인 듯하다. 포의(布衣)의 인재를 존중하는 의미로 흰색을 쓴 것으로 보이지만 분명하지는 않다. ‘포륜’은 바퀴를 부들로 감싸서 흔들림을 방지한 고급 수레인데, 현인을 초빙할 때 쓰는 의례용이다.

53_ 원본에는 해후(奚侯)로 되어 있다. 주나라 왕실 성이 희(姬)인데, 발음이 비슷하여 혼동한 것으로 보인다. 서백은 주 문왕(文王)을 가리킨다. 부친 계력(季歷)을 이어 서백후(西伯侯)의 지위를 계승했으며, 위수(渭水) 가에서 낚시하던 강태공을 등용하여 천하 제패의 기초를 놓았고, 그의 아들 무왕(武王)이 은 주왕(紂王)을 정벌하여 천자의 지위에 올랐다.

54_ 『삼국지연의』 제6회에 나오는 강하팔준에 장간은 없다. 이 책 중권 각주 26) 참조.

선생이 대답했다.

"그렇습니다!"

[55]조조는 몹시 기뻐하며 그를 진채 안으로 맞아 며칠 동안 연회를 베풀었다.

조조가 물었다.

"사부님! 지금 주유를 물리치려면 어떻게 해야 합니까?"

그의 이름은 장간(蔣幹)이었다. 장간이 대답했다.

"주유는 강남 부춘(富春, 저장성 항저우시杭州市 푸양구富陽區) 사람으로 저와 동향입니다. 제가 주유를 만나 좋은 말로 설득하여 군사를 움직이지 않게 하겠습니다. 그리고 강 북쪽 하구에서 먼저 유비를 참수한 뒤 군사를 휘몰아 남쪽으로 강을 건너 오 땅을 취하겠습니다. 하루면 충분한 일입니다."

조조는 매우 기뻐하며 장간을 강태공이나 장량과 비슷한 인물로 보았다.

다음날 장간은 강을 건너갔다. 주유와 노숙, 제갈량 세 사람이 함께 이야기를 나누는 사이에 보고가 올라왔다.

"어떤 선생이 원수를 뵈러 왔습니다."

사람을 시켜 장간을 진채 안으로 들어오게 한 뒤 관리들이 그를 맞아 군막 안에 좌정하게 했다. 주유가 말했다.

"친구! 몇 해 동안 만나지 못하다가 오늘 이렇게 만나게 되었네그려."

주유가 이어서 말했다.

55_ 원본에는 "曹操拜蔣幹爲師(조조가 장간을 사부로 삼다)"라는 글자가 이 자리에 음각으로 굵게 판각되어 있다.

"출가하여 도를 닦는 사람은 명예와 이익을 탐하지 않는 법이지. 나 주유는 지금 오 땅의 원수가 되어 강군 30만과 명장 100명을 거느리고 시상 포구에 주둔해 있네. 그러니 자네가 양 진영에 대해 왈가왈부하는 건 옳은 일이 아니네."

주유는 이 한마디로 장간이 대응할 말을 잃게 만들었다. 주유는 술에 취해 관리들에게 물었다.

"조조가 하구에 130만 군사를 주둔시켰소. 그러니 조만간에 하구는 틀림없이 함락될 것이오. 여러 관리 중에서 누가 조조의 군대를 물리칠 계책을 갖고 있소?"

황개가 앞으로 나서며 말했다.

"원수께서 장수 세 사람에게 군사 5만을 주어 몰래 시상 포구에서 강을 건너게 하십시오. 그리고 오솔길을 찾아 하구 북쪽 60리에 있는 험지로 가서 조조의 군량을 차단하십시오. 그러면 한 달도 못 되어 조조가 틀림없이 자살할 것입니다."

주유는 몹시 화를 내며 소리를 질렀다.

"황개의 계책은 아무 쓸모가 없다."

노숙도 아무 계책을 내지 못했고 여러 장수도 입을 굳게 다물고 있었다. 주유가 말했다.

"황개는 헛소리를 했으니 참형에 처하는 것이 마땅하다!"

그러나 장수들이 죽여서는 안 된다고 하여 곤장 60대를 때렸다.[56] 그날 밤 주유가 술에 취하자 장수들 모두 자리에서 물러났다.

56_ 이 일은 뒤에서 보듯 황개를 조조의 진영으로 침투시키기 위한 반간계의 일환이다.

한편, 장간은 군막 안에서 중얼거렸다.

“주유는 일찌감치 내가 아무 말도 못 하게 만들었다.”

그때 황개가 원한을 품고 장간의 군막으로 와서 말했다.

“선생께서 서둘러 원수께 저를 죽여서는 안 된다고 말씀드린 점, 감사하오.”

장간이 말했다.

“주유는 원수직을 감당할 만한 그릇이 아니오.”

황개도 거들었다.

“지금 그의 곁에는 명령을 정직하게 수행하며 보좌하는 사람이 없소.”

장간은 좌우에 아무도 없는 것을 확인하고 조조의 덕망을 이야기했다.

황개가 물었다.

“누가 멀리까지 서찰을 갖고 가서 내게 조공을 만나도록 해줄 수 있겠소?”

장간이 대답했다.

“조 승상께서 나를 스승으로 삼고 이곳 주유에게 유세하러 보냈소. 그런데 주유가 나를 가로막고 말을 하지 못하게 했소. 장군께선 조 승상에게 투항하고 싶소?”

장간이 말을 이었다.

“장군께서 투항하면 무슨 벼슬을 하지 못하고, 무슨 관직을 받지 못하겠소?”

황개가 말했다.

“군사께서 모르는 일이 있소. 전에 이미 괴월과 채모가 서찰을 보내 주유에게 투항했소.”

장간이 깜짝 놀라자 황개가 말을 이었다.

"주유가 그 서찰을 소관(小官)에게 주었소."

장간은 서찰을 보여달라고 하여 읽어보고는 경악했다.

"이 일을 조 승상에게 어떻게 알리면 좋겠소?"

"서찰을 품고 가서 조 승상에게 주고 두 사람[57]을 참수하여 후환을 없애야 하오."

황개는 주유를 배반하는 서찰을 썼다. 이어 황개가 말했다.

"내가 조 승상에게 투항할 때 양초(糧草) 500석을 바치겠소."

두 사람은 밤이 될 때까지 이야기를 나누었다.

이튿날 황개는 장간을 전송했다. 장간은 배를 타고 날이 저물 무렵 조조의 본영에 도착했다. 그는 다음날 조 승상을 만나 모든 사실을 자세히 이야기했다. 조조는 황개의 투항 편지를 보고 매우 기뻐했다. 장간은 괴월과 채모가 주유에게 투항한 사실도 알리고 서찰을 조조에게 바

57_ 원본에는 '한 사람(一人)'으로 되어 있으나 문맥으로 판단할 때 괴월과 채모를 가리키므로 '두 사람(二人)'이 되어야 한다.

황개가 장간에게 거짓으로 항복하다.

쳤다. 조조는 서찰을 읽고 나서 대경실색했다.

조조의 130만 대군은 (사슬로 연결한) 배 위에서 마치 평지에서처럼 움직였다. 조조는 몹시 기뻐하며 말했다.

"나는 황개가 덕이 있는 사람이라 들었는데, 아직 얼굴을 본 적이 없다. 이번에 내게 오면 반드시 중용할 것이다."

이때 우번(于番)[58]이라는 사람이 다시 장강 남쪽 연안으로 와서 원수 주유를 만나 저간의 사정을 자세히 이야기하면서 조조와 황개 사이에 오간 서찰을 바쳤다.

주유가 말했다.

"큰일이 벌써 다 이루어졌다!"

주유는 우번의 벼슬을 높여주고 후한 상을 내렸다. 그러고는 가까운 고관들과 장수들에게 그 서찰을 보여주고 이렇게 말했다.

"조조의 100만 대군을 격파하는 일은 한순간에 달려 있소. 내가 한

58_ 『삼국지연의』에 나오는 우번(虞翻)으로 보인다.

가지 계책을 내겠소. 여러분은 필묵(筆墨)이 앞에 오면 이제 마음속 생각을 손바닥에 쓰시오. 여러분의 뜻이 같으면 그 계책을 채택하겠지만, 여러분의 뜻이 다르면 그것을 참고만 하겠소."

관리들과 장수들이 말했다.

"원수의 말씀이 훌륭하십니다."

이에 관리들은 손바닥에 자신들의 생각을 쓰기 시작했다. 관리들은 글을 다 쓰고 병졸들에게 물러가라고 소리쳤다. 관리들과 원수 주유는 손바닥을 살펴보고 모두 '화(火)'자여서 기뻐하지 않는 사람이 없었다.

주유는 제갈량을 주시하며 말을 건넸다.

"이번 계책은 화공(火攻)이오. 관중(管仲)[59]이 백성을 편안하게 하고 적을 방어한 병법에서 나왔소."

다만 제갈량의 손바닥에만 '풍(風)'자가 쓰여 있었다. 제갈량이 말했다.

"이는 원수의 훌륭한 계책이오! 그런데 날짜가 되면 불을 질러야 하오. 하지만 우리 진채는 동남쪽에 있고 조조의 진채는 서북쪽에 있으므로 때가 되어도 바람의 방향이 순조롭지 않으면 조조의 군대를 어떻게 깨뜨릴 수 있겠소?"

주유가 말했다.

"제갈 군사께선 지금 '풍(風)'자를 썼는데, 이제 어찌할 생각이오?"

제갈량이 다시 말했다.

"관리들이 불을 쓰면 나는 바람으로 돕겠소."

59_ 춘추시대 제 환공(桓公)의 명신이다. 환공을 도와 춘추오패의 첫번째 패자로 만들었다. 관포지교(管鮑之交)로 유명하다.

주유가 말했다.

"풍우(風雨)는 음양의 조화인데, 군사께서 바람을 일으킬 수 있단 말이오?"

"천지간에 세 사람만이 제사를 올려 바람을 불러올 수 있소. 첫째, 헌원(軒轅)[60] 황제인데, 풍후(風侯)[61]를 군사로 삼아 치우(蚩尤)[62]를 항복하게 했소. 또 순임금도 고요(皐陶)[63]를 군사로 삼아 바람을 불러일으켜 삼묘(三苗)[64]를 곤경에 빠뜨렸다고 하오. 이제 이 제갈량이 하도낙서(河圖洛書)의 술법을 끌어들여 원수께서 화공을 펼치는 날에 일진 동남풍을 일으켜 도움을 드리고자 하오."

그러자 그곳 관리들이 모두 불쾌한 표정을 지었다. 주유도 생각에 잠겼다.

'나는 묘책을 써서 조조 군사의 갑옷 조각 하나도 돌려보내지 않을 것이다. 그런데 제갈량이 내 공을 빼앗아가겠구나!'

관리들도 웅성거렸다. 마침 문지기가 보고를 올렸다.

"밖에 어떤 선생이 찾아왔습니다. 제갈 군사를 잘 안다고 합니다."

관리들이 밖으로 나가 그를 맞았다. 제갈량은 그에게 절을 한 뒤 계단 위로 맞아들여 서열을 나누어 좌정했다. 그는 바로 제갈량의 사촌

60_ 황제(黃帝)의 이름이다. 중국 전설상의 임금인 오제(五帝)의 한 사람이다.

61_ 흔히 풍후(風后) 또는 풍백(風伯)이라고 한다. 황제 때 삼공(三公)을 지냈고 황제와 치우가 싸울 때 비바람을 불러와 황제가 승리하게 했다고 한다.

62_ 중국 신화에 나오는 구려족(九黎族)의 군왕이다. 흔히 전쟁의 신으로 일컬어지지만 황제와의 전투에서 패배한 것으로 알려져 있다.

63_ 중국 전설에 나오는 명신이다. 요순시대에 법률을 관장한 관리로 전해진다.

64_ 묘민(苗民) 또는 유묘(有苗)라고도 한다. 요순시대에 강남 지방에 거주한 민족이다. 중원민족과의 전투에서 패배한 뒤 서북 산간으로 이주한 것으로 알려져 있다.

형제 제갈근(諸葛瑾)[65]이었다. 제갈근을 맞아 연회는 저녁까지 계속되었고 연회가 끝나자 관리들은 모두 흩어졌다.

주유는 본영의 군막 안으로 제갈근을 초청하여 함께 앉았다. 주유가 말했다.

"그대는 제갈량이 불인하다는 사실을 아시오? 관리들이 화공을 펼치려 하자 그는 하늘에 제사를 올려 바람을 일으키겠다고 하오."

제갈근이 대답했다.

"우리 집안의 와룡은 변화막측한 기지를 갖고 있소."

주유가 웃으며 말했다.

"조조를 물리치고 유비를 구한 뒤 제갈량을 내 휘하에 잡아둘 것이오."

주유는 말을 마치고 밖으로 나갔다.

이때를 전후하여 며칠 동안 제갈량은 북쪽으로 강 언덕에 기대어 흙을 쌓아 높은 누대를 만들었다. 사흘 뒤 황개는 누대 밖에 배 세 척을

65_ 기실 제갈량의 친형이다. 당시 오나라의 모사로 활약했다.

적벽대전

대고 군량과 마초를 많이 실었다. 그날 주유는 관리 수십 명과 수군을 이끌고 하구 성밖으로 진격했다. 황개의 배가 하구에 이르자 정탐병이 조조에게 알렸다.

"황개가 군량과 마초를 싣고 진채로 다가오고 있습니다."

그러자 조조는 웃으면서 황개를 맞으러 나갔다.

한편, 제갈량은 주유의 군사들이 하구에 도착했을 것이라 짐작하고 누대 위로 올라갔다. 멀리 서북쪽에서 불길이 일어나는 것이 바라다보였다. 제갈량은 누런 옷을 걸치고 머리를 풀어헤친 채 신발을 벗었다. 왼손에 칼을 든 채 상아 딱따기를 두드리며 술수를 부리자 세찬 바람이 일었다. 이를 읊은 시가 있다.

적벽에서 적을 무찔러 옛날부터 영웅이라며,	赤壁鏖兵自古雄,
당시 사람 모두는 주유만 경외했네.	時人皆恁畏周公.
하늘은 알리라 천하가 삼분된 뒤,	天知鼎足三分後,
황개의 충성으로 모든 공이 이루어졌음을.	盡在區區黃蓋忠.

제갈량은 장강을 건너 하구로 갔다. 조조가 배 위에서 울부짖었다.

"내가 이제 여기서 죽겠구나!"

군사들이 말했다.

"모두가 장간 때문입니다!"

장수들은 장간을 갈기갈기 난도질했다.

조조는 배를 타고 황급히 탈출로를 찾아 강어귀로 달아났다. 사방의 병선은 모두 화염에 휩싸였다. 그때 병선 수십 척이 보였고 그 위에서 황개가 소리쳤다.

"역적 조조를 참수하여 천하를 태산처럼 안정시키자!"

조조와 그의 휘하 장수들은 수전(水戰)에 익숙하지 못하여 서로 화살만 쏘아대기에 급급했다. 조조가 손쓸 겨를도 없이 사방에서 불길이 치솟았고 화살도 빗발쳤다. 달아나려 해도 북쪽에는 주유, 남쪽에는 노숙, 서쪽에는 능통(凌統)과 감녕(甘寧), 동쪽에는 장소와 오위가 가로막았다. 그들은 사방에서 "죽여라"라고 외쳤다.

사관이 말했다.

"조조의 가문에 오제(五帝)의 덕이 미치지 않았다면 맹덕(孟德, 조조)은 탈출할 수 없었을 것이다."

조조는 목숨을 부지하고 서북쪽으로 달아났다. 강 언덕에 당도하자 군사들이 조조를 부축하여 말에 오르게 했다. 황혼 무렵에 불길이 치솟은 후 다음날 날이 밝을 무렵에야 그곳에서 벗어날 수 있었다. 조조가 돌아보았을 때 하구의 병선 위로 치솟는 연기와 화염은 여전히 하늘을 온통 뒤덮고 있었다. 조조의 본부 군사는 1만도 남지 않았다.

조조는 서북쪽을 향해 달아났다. 5리도 채 가지 못한 강 언덕에서

5000군사가 쏟아져나왔다. 상산 조자룡의 군사가 조조의 장수들을 가로막고 일제히 공격을 퍼부었다. 조조는 적진을 돌파해야 했다. 또 10리를 달려가자 2000군사가 나타났다. 맨 앞에서 장비가 길을 가로막았다. 조조의 군사들은 목숨을 걸고 탈출로를 뚫었다. 조조는 투구가 비스듬히 벗겨져 머리카락이 어지럽게 흘러내릴 정도로 곤경에 처했다. 그는 갑옷을 풀고 가슴을 두드리다가 말안장에 엎드려 피를 토했다.

저녁 무렵 큰 숲에 다다랐지만 조조의 군사들에게는 군막 하나 남아있지 않았고 이제 더이상 진격할 수도 없었다. 뒤에서는 장수들이 군사를 세 갈래로 나누어 후방 기습에 대비했다. 조조가 말했다.

"앞에 두 갈래 길이 있다. 한 갈래는 정북 방향으로 가는 형산대로(荊山大路)인데, 그곳은 초(楚) 땅이고 일명 화용도(華容道)[66]라고도 부른다."

조조는 다시 생각했다.

'지난번 우리 군사가 당양 장판으로 진격했을 때 장비가 군사 20명만으로 우리의 전진을 막았다. 다시 제갈량이 그곳으로 군사를 보내 가로막으면 지칠 대로 지친 우리 군마는 적에게 사로잡히게 된다.'

조조는 화용도로 길을 잡고 앞으로 나아갔다. 20리도 가지 못했을 때 도부수 500명이 나타났고 맨 앞에서 관우가 길을 막았다. 조조는 친절한 목소리로 관우를 설득했다.

"이 조조를 좀 봐주시오. 내가 수정후에게 은혜를 베푼 적도 있지 않소."

관우가 말했다.

66_ 원본에는 활영로(滑榮路)로 되어 있다. '華容'과 '滑榮'의 중국어 발음이 같기 때문에 혼용하여 쓴 것으로 보인다.

"우리 군사께서 엄명을 내리셨소."

조조는 관우의 진영을 돌파하려 했다. 서로 대화를 주고받는 사이 앞쪽에서 안개가 자욱이 피어올랐고 조조는 그 틈을 타서 탈출했다. 관우는 몇 리를 추격하다가 다시 돌아왔다. 관우는 동쪽으로 15리도 가지 못해서 유비를 만났다. 그때 제갈량이 말했다.

"이번에 역적 조조를 놓친 것은 관공의 과오가 아니오."

그러고는 사람을 시켜 유비에게 알렸다.[67] 사람들이 이유를 물었다. 제갈량이 대답했다.

"관우 장군은 어질고 덕망 있는 분인데, 지난날 조조의 은혜를 입었소. 이 때문에 조조가 탈출할 수 있었던 것이오."

관우는 제갈량의 말을 듣고 분노하며 말 위로 뛰어올랐다.

"주군께 아뢥니다. 제가 다시 조조를 추격하겠습니다."

유비가 말했다.

"내 아우는 성격이 바위와 같은데, 어찌 지치겠소?"

제갈량이 말했다.

"저도 함께 가겠습니다. 절대로 실수가 있어서는 안 됩니다."

이후 유비의 군대는 동쪽으로 행군하다가 30리 밖 정동쪽 지점에 이르러 주유의 군대를 만났다. 쌍방이 마주보며 진영을 펼칠 때 문득 다음과 같은 목소리가 들려왔다.

"지금 저기 온 장수는 주공(周公, 주유)이 아닌가?"

유비는 말에서 내려 주유와 인사를 나누었다. 주유는 유비를 보고

67_ 원본에는 이 문장 동사에 해당하는 글자가 불분명하다. 남아 있는 글자는 '소(小)'나 '불(不)'과 비슷하나 두 글자 모두 문맥이 통하지 않으므로 임시로 '알리다'로 번역한다.

깜짝 놀라며 말했다.

"호랑이를 뒤쫓다가 용을 구했으니 얼마 지나지 않아 태평시대를 볼 수 있겠습니다!"

말을 마친 두 사람은 마주보다가 주유는 왼쪽에, 유비는 오른쪽에 섰다. 양측은 행군하다가 날이 저물어 각각 진채를 세웠다.

주유는 생각에 잠겼다.

'조조는 나라를 찬탈할 역신이다. 그런데 내가 보기에 현덕은 콧날이 우뚝한 용안으로 제왕의 상이다.'

그는 연이어 생각했다.

'제갈량은 당세의 뛰어난 인재다. 그가 현덕을 보좌하고 있으니 천하 쟁패는 이미 끝난 것이다. 내 이제 작은 방법을 써서 현덕을 구금하고 와룡을 사로잡아야겠다. 이 두 사람만 없으면 천하를 금방 평정할 수 있으리라.'

주유가 자신의 생각을 노숙에게 귀띔하자 노숙도 고개를 끄덕였다.

"원수의 말씀이 지당하십니다."

다음날 날이 밝자 유비는 잔치를 열고 원수 주유 이하 여러 장수를 모두 초청했다. 저녁이 되자 주유가 유비에게 말했다.

"남쪽 연안에 황학루(黃鶴樓), 금산사(金山寺), 서왕모각(西王母閣), 취옹정(醉翁亭)이 있는데, 모두가 오 땅의 절경입니다."

유비가 유람하겠다고 승낙했다.

다음날 주유는 유비를 초청하여 강을 건너 황학루에 올라 연회를 베풀었다. 유비는 장강을 건너 황학루에 올랐다. 유비는 매우 기뻐하며 사방 경치를 구경했다. 주유가 말했다.

"남쪽으로 100리 못 미친 곳에 ○○관(關)이 있고, 북쪽에는 장강이 있고, 서쪽에는 여지원(荔枝園)이 있고, 동쪽에는 집현당(集賢堂)이 있습니다."

장수들이 유비와 연회를 끝내자 주유가 말했다.

"앞서 제갈량이 장강을 건너와 감언이설로 주군(손권)께 이 주유를 천거하여 황숙을 구하게 했다."

주유는 술냄새를 풍기며 말을 계속했다.

"제갈량이 바람을 불러올 수 있는 인간은 천지간에 셋뿐이라고 했지만 지금 하구에서 황숙을 구원할 때 이 주유가 아니었다면 어찌 탈출할 수 있었겠는가? 제갈량이 강한 사람이기는 하지만 어떻게 황숙을 이끌고 다시 강을 건널 수 있겠는가?"

유비는 그의 말을 듣고 대경실색하며 중얼거렸다.

"이건 취중진담이다!"

한편, 유비의 본영에서는 조운이 근심에 싸여 사람을 보내 제갈량과 관우 두 사람을 다시 돌아오게 했다. 제갈량이 진채로 들어섰을 때 유비는 보이지 않았다. 조운은 제갈량에게 장비의 잘못을 이야기했다. 제갈량은 장비를 참수하려 했지만 다른 장수들의 청을 받아들여 그를 사면했다. 제갈량은 미축(糜竺)[68]을 주유의 방문객으로 삼고 그에게 배를 주어 장강을 건너게 했다.

미축은 황학루에 올라 유 황숙을 배알했다. 그는 유 황숙에게 옷을 갈아입게 하면서 쪽지 하나를 슬쩍 흘려 줍게 했다. 거기에는 여덟 글자

68_ 원본에는 매죽(梅竹)으로 되어 있다. 발음이 비슷하여 혼용한 것으로 보인다.

가 쓰여 있었다.

得飽且飽, 得醉卽離.

배불리 드실 수 있을 때 배불리 드시고,

주유가 술에 취하면 바로 자리를 뜨십시오.

유비는 쪽지를 다 읽고 나서 몰래 찢어버렸다. 주유가 술에 취해 말을 계속했다.

"조조는 권력을 농단하고, 제후들은 저마다 패자가 되려 한다!"

유비가 거들었다.

"만약 원수께서 거병한다면 이 유비가 선봉을 맡겠소."

그 말을 듣고 주유는 매우 기뻐했다.

유비는 붓을 들어 직접 단가(短歌) 한 수를 적어 주유에게 보여주었다.

천하에 큰 혼란이 일어나,	天下大亂兮,
유씨가 장차 망하려 하네.	劉氏將亡.
영웅들이 세상에 나타나서,	英雄出世兮,
사방의 역적을 소탕하네.	掃滅四方.
오림에서 통일 위한 싸움 벌여,	烏林一兮,
적을 멸하고 강자를 꺾었네.	剉滅摧剛.
한나라 황실을 부흥하려면,	漢室興兮,
현인과 좋은 벗이 되어야 하리.	與賢爲良.

현명하다! 어질고 덕 있는 이여,	賢哉仁德兮,
아름답다! 강남의 주랑이여!	美哉周郎!

또 주유를 칭찬하는 찬사도 지어 보였다.

아름답다 오 땅의 주공근이여,	美哉公瑾,
인간 사는 세상에 태어났구나.	間世而生.
오와 함께 패자를 병탄했고,	與吳呑霸,
위와 함께 예봉을 다투었다네.	與魏爭鋒.
오림에서 역적을 격파했고,	烏林破敵,
적벽에서 적병을 무찔렀다네.	赤壁鏖兵.
씩씩한 용사들과 비교하건대,	似比雄勇,
그 누가 주공근과 같을 수 있나?	更有誰同.

주유는 유비의 뛰어난 재주를 보고 크게 기뻐했다. 주유는 좌우 근신에게 초미금(焦尾琴)[69]을 자신의 무릎 위에 갖다놓게 했다. 그는 공자의 〈행단(杏壇)〉[70]을 연주하려 했다. 초미금 곡조가 아직 다 끝나지도 않았는데, 주유는 만취하여 연주를 마칠 수 없었다.

69_ 후한 채옹(蔡邕)은 땔감으로 쓰는 오동나무가 불타는 소리를 듣고 그것이 좋은 나무임을 알았다. 채옹은 그 오동나무를 얻어 금(琴)을 만들었고 끝부분에 불탄 흔적이 남아 있어 초미금이라 불렀다. 흔히 금의 대명사로 쓰인다(『후한서後漢書』「채옹전蔡邕傳」).

70_ 공자가 제자를 가르치는 곳에 단을 쌓고 그 곁에 은행나무(혹은 살구나무)를 심었으므로 후세에는 흔히 교육 장소를 행단이라 부른다. 여기에서의 「행단」은 공자가 작곡한 금 연주곡을 가리키는데, 자세한 내용은 미상이다.

유비가 말했다.

"원수께서 취하셨다!"

사람들이 모두 뒤섞여 앉기도 하고 일어서기도 하면서 분위기가 소란스러워졌다. 그 틈을 타 유비는 몰래 몸을 숨겨 누각 아래로 내려와 장강 연안으로 달려갔다. 강나루를 지키는 장수가 물었다.

"황숙께선 어디 가십니까?"

유비가 대답했다.

"원수께서 취하셨소. 내일 연회를 준비하기 위해 이 유비는 강을 건너야 하오. 내일 소관의 진채에서 답례 잔치를 열고 여러 장군을 초청하겠소."

강나루를 지키는 장수가 아무 말도 못 하자 유비는 배에 올라 그곳을 벗어났다.

주유는 술에서 깨어 무릎 위의 초미금을 어루만지며 느긋하게 일어나 앉았다. 그러고는 좌우 근신에게 물었다.

"유 황숙은 어디 가셨느냐?"

"누각을 내려가신 지 오래되었습니다."

주유는 경악하며 황급히 강나루를 지키는 장수를 불러 유비의 소재를 물었다. 그가 대답했다.

"황숙께선 원수의 명령을 받았다 하시면서 강을 건너가 연회를 준비한다고 하셨습니다."

주유는 초미금을 부수면서 장수들을 나무랐다.

"내가 잠깐 취한 사이에 교활한 종놈 유비를 놓쳤단 말이냐!"

주유는 능통과 감녕에게 군사 3000명과 병선 여러 척을 주며 유비

를 추격하게 했다. 그리고 따라잡으면 유비를 죽여 수급을 가져오라고 했다.

유비는 앞에서 서둘러 달아났고 주유의 군사는 뒤에서 황급히 추격했다. 적군이 후방으로 가까이 다가오자 장비가 나타나 앞을 가로막으며 그들을 강 언덕으로 올라오지 못하게 했다. 그들은 어쩔 수 없이 회군하여 주유에게 사실을 보고했고 주유는 근심에 싸였다. 며칠 후 주유는 장강을 건넜다. 그는 유비와 제갈량이 강에서 100리 떨어진 적벽파(赤壁坡)에 진채를 세웠다는 소식을 들었다.

주유는 군사들에게 하구의 네 군(郡)으로 진격하라 명령을 내리고 앞으로 내달려 장사군(長沙郡)에 당도했다. 그곳 태수 조범(趙范)이 말했다.

"네 군은 형주에 소속되었는데, 어쩐 일로 오셨습니까?"

주유는 다음날부터 군사를 이끌고 조장(曹璋)[71]과 여러 번 교전을 벌였지만 쉽게 굴복시킬 수 없었다. 양측 군대가 대치했다. 노숙이 말했다.

71_ 『삼국지연의』에 나오는 조조의 아들 조창(曹彰)과 같은 인물로 보인다. 그러나 『삼국지연의』에서는 이 대목에 조인이 등장한다.

유비가 황학루에서 몰래 도망가다.

"동북쪽 적벽파에 우리의 은혜를 입은 유비가 있소. 그에게 구원을 요청할 수 있소."

잠시 후 노숙이 다시 말을 이었다.

"유비, 제갈량, 관우, 장비가 오면 무너뜨리지 못할 적이 없소."

주유는 즉시 서찰을 써서 유비와 제갈량에게 보냈다. 유비는 서찰을 읽은 뒤 출병할 뜻을 보였다. 그러자 제갈량이 말했다.

"출병해서는 안 됩니다. 황학루에서 적장 주유가 주군을 거의 해칠 뻔했습니다."

제갈량은 장비를 불렀다.

"장군께서 가시오!"

제갈량은 장비에게 계책을 일러주었다.

다음날 장비는 5000군사를 이끌고 장사군으로 갔다. 동쪽에는 주유의 진채가 있었고 서쪽에는 조장의 진채가 있었다. 장비는 장사군 북쪽에 진채를 세웠다. 주유는 장비가 5000군사를 이끌고 위기에서 벗어나게 해주러 왔다는 소식을 듣고 장수들에게 말했다.

"유비가 하구에서 곤경에 처했을 때 우리 군사 30만과 명장 100명이 적병을 무찔렀으나 황개를 잃었소. 나는 지금 조장을 죽여 유비의 도움이 소용없게 만들겠소."

장수들 모두 동의했다.

"지당하신 말씀입니다."

다음날 조장은 서쪽에 진을 쳤고, 주유는 동쪽에 진을 펼쳤으며, 장비는 북쪽에 자리잡았다. 장비는 주유를 만나 길게 읍을 하며 말했다.

"주 장군은 그간 별고 없으신지요?"

주유가 대답했다.

"너 같은 산적 장수가 감히 나를 업신여기다니!"

그는 장비의 등뒤에서 펄럭이는 '거기장군(車騎將軍)'이라는 깃발을 보며 말했다.

"지금 내 화를 돋우는 게냐? 소 치던 촌놈이 일부러 나를 기만하려는구나! 우리 손권 장군의 관직이 장비 네놈처럼 말단에 불과하단 말이냐?"

조장이 활로 주유를 쏘다.

주유는 마음속 깊이 원한을 품었다.

주유 휘하 장수들은 조장과 맞서 여러 번 전투를 벌였지만 승부를 내지 못했다. 그러자 장비가 말했다.

"오 땅 장수들은 뒤로 물러나라. 내가 조장을 베겠다!"

오 땅 군사들은 아직 장비의 위력을 알지 못했다. 장비는 하늘 밖에까지 울리도록 고함을 지르며 연이어 전투를 벌여 조장을 대파했다.

주유가 말했다.

"며칠 동안 꼬박 전투를 벌이면서도 조장을 압도하지 못했는데, 오늘 장비가 그를 이겼다. 이것은 우리의 수치다."

그러면서 주유도 조장을 추격했다. 그때 조장이 화살 한 발을 날렸다. 화살이 주유에게 명중했고 주유는 말에서 굴러떨어졌다.[72] 휘하의 군사들이 아니었다면 주유는 거의 적에게 사로잡힐 뻔했다.

날이 저물자 주유는 군사를 거두어 진채로 돌아왔다. 장비도 회군하

72_ 『삼국지연의』에서는 주유가 조인의 군사와 싸우다가 화살을 맞고 쓰러진 것으로 묘사되어 있다.

여 진채를 분주히 돌아다니며 큰 소리로 떠들었다.

"앞서 하구에서 우리가 위기에 처했을 때 주 원수께서 우리를 구해주셨다. 지금 원수께서는 스무날 동안이나 조장을 이기지 못하셨는데, 이 장비가 그놈을 격파했다. 이제 하구의 네 군을 주 장군에게 바치고 하구에서 받은 은혜에 보답하겠다!"

그렇게 소리를 지르고 장비는 그곳을 떠났다. 주유는 화살에 맞은 왼팔 상처에 약을 붙인 뒤 끈으로 묶어 목에 걸었다. 주유가 말했다.

"유비는 곤궁에 처해 내 은혜를 입고도 장비를 시켜 내 울화를 돋우고 있다. 이 모두가 제갈량의 계략이다! 지금 내게 하구의 네 군을 준다고 했는데, 제갈량은 대체 무슨 생각을 하고 있는 것인가?"

며칠 지나지 않아 정탐병이 주유에게 보고했다.

"유비와 제갈량이 3000군사를 이끌고 형주를 점령했습니다!"

주유는 그 말을 듣고 외마디 비명을 질렀다. 그때 화살에 맞은 상처가 터져 피가 흘렀다. 장수들이 말했다.

"형주는 우리 땅입니다."

주유는 즉시 군사를 이끌고 길을 나섰다.

그는 며칠 후 바로 형주에 도착했다. 유비는 주유가 군사를 이끌고 온다는 소식을 듣고 그에 맞서 장수들을 이끌고 진영을 꾸렸다. 주유가 말했다.

"황숙과 제갈 군사께선 어찌하여 내 뜻을 이해하지 못하시오? 형주는 오 땅에 속하는데, 황숙께서 어떻게 그곳을 취할 수 있소?"

유비가 웃으면서 말했다.

"내 일에 상관하지 마시오."

그때 깃발이 꽂힌 군문에 어떤 장수가 나타났다. 주유는 그를 보자마자 외마디 비명을 지르며 말 등에서 굴러떨어졌다. 장수들이 황급히 주유를 부축하여 말에 태웠다. 화살에 맞은 상처에서는 피가 줄줄 흘러내렸다. 그는 유표의 맏아들 유기였다. 유기가 큰 소리로 말했다.

"주 원수! 나의 선친이 세상을 떠난 뒤 유종이 형주를 조조에게 바쳤소. 조조가 물러간 뒤 나는 유 황숙께 감사인사를 했소. 이에 황숙께서 이 유기를 다시 보위에 올려주었소."

주유는 대꾸할 말이 없었다.

유비가 또 말했다.

"주 장군을 연회에 초대하겠소!"

주유는 겁을 먹었다. 그는 제갈량이 계략을 꾸밀까 두려워 성으로 들어가지 않았다. 주유는 군사를 수습하여 장강 남쪽으로 돌아와 주둔한 뒤 상처를 치료했다.

또 노숙은 세작을 보내 꼬박 석 달 동안 형주의 일을 정탐했다. 세작이 돌아와 주유에게 유기가 죽었다고 보고했다. 주유는 형주를 탈취하기 위해 군사 10만을 이끌고 달려갔다. 며칠간 행진하여 형주에서 수십 리 떨어진 곳에 진채를 세웠다. 전투를 약속한 날이 되자 유비가 말을 타고 진채 앞으로 나왔다.

주유가 말했다.

"앞서 형주는 우리 땅이었는데, 그대가 무단으로 점령했소!"

제갈량이 웃으며 말했다.

"장군께 물건을 하나 드리겠소!"

제갈량은 양측 진영 중간 탁자에 붉은 쟁반 하나를 올려놓고 그 위에 비단보자기로 싼 문서를 놓았다. 주유는 그 문서를 보고 펄쩍 뛰다가 다시 상처가 터져 피가 샘물처럼 흘러내렸다. 장수들이 황급히 그를 붙잡아 상처를 봉합했다. 그 문서는 각문학사(閣門學士) 조지미(趙知微)가 올린 상주문(上奏文)으로 황제가 가명전(嘉明殿)에서 그 내용을 들었다고 했다. 조조에게 유 황숙을 보호해야 한다고 알리는 내용이었다.

아뢰옵니다. 황숙 유비는 황건적을 격파한 이래 호뢰관에서 동탁을 쳐부수었습니다. 또 조 승상을 수행하여 여포를 주살했습니다. 여러 번 큰 공을 세웠으며 언행이 어질고 덕이 있습니다. 그러나 황숙은 하급 군사 일을 하면서도 업무에 태만한 적이 없습니다. 이제 삼강대도독(三江大都督) 겸 예주목(豫州牧), 수군도원수(水軍都元帥)의 벼슬을 더해주어 강하(江下) 13군을 안무하게 하시고, 식읍 1만 호에 봉하시고, 자금(紫金) 어대(魚袋)[73]를 하사하십시오. 황숙을 형왕에 봉하시면 변방이 편안할 것이니 거듭 벼슬을 높여주십시오. 마땅히 처리해주시기를 바라옵니다. 건안(建安) 4년 가을 7월 ○일, 이 글을 비준해주시기 바라옵니다.

유비가 형주에 머물며 며칠을 보낼 때 정탐병이 보고했다.

"수군원수(隨軍元帥) 가후(賈詡),[74] 조조, 하후돈이 군사 5만을 이끌고 형주에서 동북으로 20리도 안 되는 곳에 진채를 세웠습니다."

73_ 관리들이 관복에 차는 물고기 모양의 패물. 신분과 위계에 따라 재질과 색깔이 달랐다. 자색 관복을 입은 3품 이상의 관리는 금어(金魚)를 패용했다.

74_ 원본은 가허(賈許)이지만 가후(賈詡)의 오류다. '許'와 '詡'의 중국어 발음이 같다.

제갈량이 말했다.

"관우와 장비 두 장군께서 멀리까지 나가 조조의 군사에 대응해야겠소."

출발에 임박하여 제갈량은 조운을 불러 몰래 자신의 계책을 알려주었다. 사흘도 되지 않아 군사가 출발했다.

한편, 황숙 유비가 형주를 지키자 백성들은 배를 두드리며 태평성대 노래를 불렀고 황숙의 어진 덕을 이야기했다.

어느 날 저물 무렵 형주의 여섯 성문 가운데 동북쪽 수문(水門)에 물건을 가득 실은 배 몇 척이 나타나 고함을 질렀다.

"문을 열어주시오! 우리는 객상(客商)이오."

조운이 성루 위에서 대답했다.

"날이 저물었으니 내일 성으로 들어오시오."

객상은 말을 듣지 않고 말했다.

"우리는 자본과 화물이 많아 성밖에서 머물다간 잃을까 두렵소."

조운은 끝내 성문을 열어주지 않았다. 그렇게 일경(一更)이 지난 뒤 세번째 배에 있는 어떤 사람이 소리를 지르자 주유가 대답했다.

"내가 아직 형주를 얻지 못했으니 칼을 뽑아들고 물속으로 뛰어들어라!"

그러고는 좌우 군사들에게 모두 배에서 나와 강 언덕으로 올라가게 했다. 객상들의 말은 모두 오 땅 사투리였다. 저들 군사에게는 본래 원수 주유가 있었다. 주유는 불화살을 쏘아 성문을 불태우게 했다.

조운이 말했다.

"제갈 군사의 계책이 맞아떨어지는구나."

유비는 병사들로 하여금 제갈량이 만든 원궁(圓弓)[75] 1000대로 주유를 쏘게 했다. 주유의 군졸들은 모두 달아나 형주에서 20리 떨어진 곳에 이르러 배에서 내렸다. 오 땅 군사들이 말을 타자 복병이 나타났다는 말이 들렸다. 군사 1000명이 달려오고 있었다. 조운과 간헌화가 주유의 군사를 가로막고 살상했다.

주유가 말했다.

"또 촌놈의 계략에 빠졌구나!"

그는 적진을 돌파하여 도주했다. 저녁 무렵 형주에서 40리 떨어진 곳에 이르자 사람과 말 모두 지쳐 기진맥진했다. 그때 또 한 무리의 군사가 그들을 향해 달려왔다. 대략 3만은 넘어 보였다. 왼쪽에는 관우, 오른쪽에는 장비가 있었고 선두에 선 사람은 군사 제갈량이었다.

제갈량이 말했다.

"형주를 탈취하려던 오늘 일은 실패했소. 공격에 나선 사람은 주 장

75_ 활대가 둥근 활로 짐작되지만 자세한 모양과 성능은 미상이다.

제갈량이 군사를 거둬 형주로 들어가다.

군이니 누가 장군을 놓아주라 할 수 있겠소?"

주유는 경악했다. 여러 장수가 적진을 돌파하기 위해 살상전을 벌이며 많은 시간을 들이고 나서야 탈출할 수 있었다. 제갈량은 군사를 거둔 뒤 함박웃음을 짓고 형주로 들어갔다.

한편, 주유는 강 언덕에 도착하여 각각 진채를 세우라 하고 노숙과 대책을 논의하며 말했다.

"내게 한 가지 계책이 있소."

노숙이 묻자 주유가 대답했다.

"우리 토로장군에겐 누이동생이 한 명 있는데, 멀리 유비에게 시집보내 몰래 제갈량의 계책을 막으면 유비를 죽일 수 있소."

주유는 노숙에게 장강을 건너 토로장군 손권을 만나 손권의 누이동생을 유비에게 시집보내 그를 몰래 죽이자는 말을 전하라고 했다.

그날 밤 손권은 노숙을 이끌고 태부인을 배알했다. 태부인이 말했다.

"자네 조부는 본래 농사꾼이었네. 선조들께서 음덕을 쌓아 자네 부친이 장사 태수가 되셨네. 그런 집안이 오늘 유 황숙과 혼인을 맺는 데 어찌 불가하다고 하겠는가?"

노숙이 관아를 나가자 손권이 태부인에게 말했다.

"오늘 주유가 이 계책을 냈습니다. 누이를 시켜 황숙을 죽이려는 것입니다."

태부인은 몰래 딸의 의향을 물어보았다. 당시 그는 계년(笄年),[76] 즉 열다섯 살이었다.

"아버지께서는 동탁을 격파했으니 저도 이제 유비에게 시집가서 그를 암살하고 후세에 이름을 남기겠습니다."

태부인이 말했다.

"우리를 대하는 예절이 좋으면 혼례를 행하고, 예절이 마땅치 않으면 그만두도록 하자."

며칠 후 노숙은 장강을 건너 주유를 만나 이 사실을 알려주었고 주유는 몹시 기뻐했다. 노숙은 중매를 서기 위해 멀리 형주로 향했다.[77] 노숙이 형주에 도착하자 관리들은 그를 맞아 역관에 여장을 풀게 했다. 노숙은 이번 혼사를 제갈량에게 이야기했다. 날이 저물 무렵 제갈량은 그 사실을 유비에게 알렸다. 유비가 말했다.

"이건 주유의 계략이오."

제갈량이 말했다.

"주군! 마음놓으십시오. 오 땅 주인의 누이동생이 우리 주군에게 시

76_ 고대 여성의 성년을 말한다. 머리를 뒤통수에 틀어올려 비녀[笄]로 고정하여 '계년'이라고 한다.

77_ 『삼국지연의』에는 유비 진영에서는 손건이, 손권 진영에서는 여범(呂範)이 중간에서 혼사를 중매한 것으로 나온다.

집온다니 가소롭습니다."

다음날 유비는 노숙을 초청했다. 노숙이 또 혼사를 이야기했다. 양측은 혼인 날짜를 정했다.

노숙은 장강으로 돌아와 주유를 만났고 다시 장강을 건너가 손권을 만났다. 태부인은 어린 딸을 데리고 오 땅을 떠나 장강을 건너 형주에서 50리 떨어진 곳까지 갔다. 날마다 노숙이 수행했다. 그는 자신이 대동한 군사 5000명 속에 장수 20명을 몰래 숨기며 일렀다.

"만약 형주 성안에서 소동이 벌어지면 기세를 타고 성을 탈취하라."

노숙이 말을 다 마치지도 않았는데, 장비가 특별히 부인을 맞으러 달려와서 말했다.

"군사는 한 명도 쓰지 않을 테니 모두 형주성 밖으로 나가서 진채를 세우시오!"

오 땅 군사들은 모두 깜짝 놀라 감히 성안으로 들어갈 엄두를 내지 못했다. 그들이 말했다.

"노숙이 주유의 첫번째 계책을 망쳤구나!"

손부인이 형주로 들어갈 때 장비가 곁에서 수행했다. 손부인은 수레 안에서 중얼거렸다.

"이 사람이 호뢰관에서 여포에게 승리하고, 세 번이나 소패성 밖으로 나와 적과 싸우고, 당양 장판에서는 고함소리로 조조의 군사를 30리 뒤로 물리친 장사로구나!"

손부인의 수레가 다시 몇 리를 전진하자 조운이 영접을 위해 나왔다.

장비가 손부인에게 말했다.

"이 사람이 바로 100만 대군 속에서 아두를 구출한 조운입니다."

또 몇 리를 가자 제갈량이 마중나왔다.

손부인이 말했다.

"정말 훌륭한 장수들입니다!"

그 뒤로 유비가 시종 수천 명을 거느리고 다가왔다. 길에는 수놓은 꽃이 헤아릴 수 없을 정도로 많이 깔려 있었다. 손부인을 맞아 형주로 들어가 관사 대청에서 상견례를 했다. 군사 제갈량이 손부인을 청하여 대청에 걸린 초상을 알현하게 했다. 위로 한 고조에서 아래로 헌제에 이르기까지 황제 24명의 초상이 걸려 있었다. 손부인이 말했다.

"우리 집안은 본래 농사꾼 출신이라 제왕의 모습을 본 적이 없어요."

손부인은 매우 기뻐했다.

다음날 연회가 열리자 주유의 계책에 따라 손부인은 술에 취했다. 손부인은 직접 유비에게 술잔을 올렸다. 관리들은 깜짝 놀랐다. 유비가 말했다.

"부인께서 직접 제게 술잔을 주시다니요?"

손부인은 노숙이 술에 취한 것을 보고 그 틈에 유비를 살해할 마음

오 부인이 유비를 죽이려 하다.

을 먹었다. 그러나 유비의 가슴에 똬리를 튼 황금색 뱀을 보고 차마 그를 죽일 수 없었다. 그리고 이렇게 중얼거렸다.

"내가 가짜를 공경하며 분노하면 천하가 어지러워진다."

유비와 손부인은 매일 술을 마시며 100일을 보냈다. 어느 날 밤 이경 무렵 유비의 모습이 보이지 않았다. 손부인이 서북쪽으로 달려가자 유비가 큰 소리로 울부짖고 있었다. 손부인이 물었다.

"무슨 일인지요?"

유비가 말했다.

"황제께서 유약하시어 조조가 권력을 농단하고 있습니다."

손부인은 며칠간 유 황숙의 기미를 살피다가 여러 번 말했다.

"황숙께선 누대 제왕의 자손인데, 어찌하여 예를 모릅니까? 연세 높으신 우리 어머니와 오라비께서 황숙의 왕림을 학수고대하십니다."

유비가 대답했다.

"군사 제갈량과 의논해보겠습니다."

[78]유비는 몰래 제갈량과 오 땅으로 가는 일을 의논했다. 제갈량이 웃

으며 말했다.

“황숙께서 부인을 따라 멀리 강남으로 가실 때 제가 만무일실(萬無一失)의 계책을 세우겠습니다.”

유비가 다시 말했다.

“그래도 주유가 계략을 꾸밀까 두렵소.”

“주군께서 떠나시면 제가 5만 군사를 이끌고 장강 연안에 주둔하여 병선을 봉쇄하겠습니다. 또 좌우에 관우와 장비 두 장수를 세워 저곳 장수들이 감히 주군의 얼굴을 똑바로 쳐다보지도 못하게 하겠습니다.”

유비는 손부인과 함께 강남으로 길을 나서 건강부(建康府, 장쑤성 난징시)에 도착했다. 정탐병이 손권에게 알리자 손권은 생각했다.

‘앞서 적벽대전에서 조조의 100만 군사를 물리칠 때 우리는 7만 군사와 많은 장수를 잃었다. 근래에 교활한 적의 군사 제갈량은 소를 먹이

78_ 원본에는 “吳夫人回面(오 부인이 신랑과 친정으로 돌아가다)”이라는 글자가 이 자리에 음각으로 굵게 판각되어 있다.

오 부인이 신랑과 친정으로 돌아가다.

던 촌놈이고, 그가 내 은혜를 망각한 사실을 알았다.'

주유는 누차 유비가 불인하게도 형주 13군을 점령했다고 말했다. 태부인도 그 사실을 알고 토로장군 손권을 불렀다. 효성이 지극한 손권은 태부인을 뵈러 왔다. 태부인이 말했다.

"우리 아들의 말과 얼굴에 불쾌한 기색이 역력한데, 어찌 된 일이신가?"

손권이 대답했다.

"유비가 형왕의 보위를 빼앗고 군사 30만을 동원하여 하구에서 역적 조조를 물리쳤습니다. 그러나 유비는 은혜를 모르는 자입니다. 만약 이곳 강남에 당도하면 제가 죽여버릴 작정입니다."

"자네 할아버지는 본래 오이를 심어 생계를 유지한 농사꾼이었네. 나중에 대군을 통솔하게 된 것은 선조들께서 복을 쌓은 덕분이네. 자네의 누이가 황숙과 부부가 되었는데, 자네가 황숙을 죽인다면 자네 누이는 대체 누구에게 시집간 것이 되는가? 그러니 황숙이 도착하면 잘 대접해야 하네. 만약 그가 불인한 짓을 하면 그때 죽여도 늦지 않을 걸세."

손권은 태부인의 말에 따랐다.

태부인과 손권은 유비를 영접하여 며칠 후 성안으로 들어갔다. 황숙의 모습을 본 백성은 놀라지 않는 사람이 없었다. 관아에서 며칠간 연회를 베풀었다. 태부인은 몰래 손권에게 물었다.

"황숙의 풍모가 어떠한가?"

"지금 황숙을 살펴보니 한나라 황실 친척으로 행동거지가 위풍당당합니다. 나중에 틀림없이 임금이 될 듯합니다."

두 모자는 모두 기뻐했다.

그뒤 유비는 다시 20여 일 동안 융숭한 대접을 받고 태부인에게 작별인사를 했다.

손권이 말했다.

"황숙께서 이곳에 오셨지만 편안히 앉을 자리도 없었소이다."

태부인은 손권에게 두 사람을 보내 유비의 길을 안내하게 했다. 며칠 후 유비는 장강에서 20여 리 떨어진 곳에 이르렀다.

장강 남쪽 연안에는 주유의 큰 진채가 있었다. 정탐병이 주유에게 유비와 관련된 사실을 알렸다. 주유는 강남의 손부인을 큰 소리로 매도했다.

"여섯 가지 계책 가운데 한 가지도 허락하지 않았구나."

그러고는 감녕에게 군사 300명을 주어 남쪽에서 곤궁에 처한 유비를 맞이하게 했다. 감녕은 군사를 이끌고 수레 앞으로 나가 말에서 내려 손부인을 뵈었다. 손부인은 주렴을 걷어올리고 울분을 터뜨리며 큰 소리로 욕설을 퍼부었다.

"주유는 아무 쓸모 없는 놈이로구나! 나는 장사 태수의 딸이고 토로 장군의 친누이다. 내가 지금 이곳에 왔는데도 나와보지도 않느냐? 게다가 여기에 유 황숙 형왕도 와 계시다. 황숙을 업신여기는 행동이 아니라면 어떻게 나를 돌아보지 않을 수 있느냐?"

손부인이 이렇게 고함을 지르자 감녕은 "예예" 하며 물러날 수밖에 없었다. 감녕은 다시 돌아가 주유에게 상황을 보고했다. 주유는 비웃으며 말했다.

"내가 3만 군사를 이끌고 수레 앞으로 가서 유비를 수레에서 끌어내리고 그 교활한 도적을 참수할 것이다. 그리고 만약 손부인이 토로장군을 만나면 내가 무슨 죄를 지었는지 물어보라고 다시 말하겠다."

주유와 휘하 장수들은 남쪽으로 가서 손부인을 뵈었다. 그들은 수레 앞에서 말을 내려 허리를 굽히고 예를 올렸다. 손부인이 말했다.

"우리 어머니와 오라버니께서 형왕의 도강을 허락하셨으니 바로 배를 준비해야 하오."

그러자 주유가 고함을 질렀다.

"유비는 배은망덕한 도적입니다!"

손부인은 웃으며 사람을 시켜 주렴을 걷어올리게 한 뒤 주유에게 수레 안의 유 황숙 부부를 바라보게 했다. 주유는 두 부부를 보고 분노의 비명을 질렀다. 그때 화살에 맞은 상처가 터져 붉은 피가 샘물처럼 흘러내렸다. 장수들이 주유를 부축하자 손부인은 강 북쪽 연안으로 가서 유비와 함께 강을 건넜다.

주유는 며칠 동안 몸이 아파 엎드려 있다가 이렇게 말했다.

"손부인이 일부러 유비를 도주시켰다!"

군사 제갈량은 유비를 맞아 형주로 들어갔다.

그 일을 전후하여 반년의 세월이 흘렀다. 어떤 사람이 유비에게 보고했다.

"태부인께서 노숙을 보냈는데, 지금 역관에 여장을 풀었습니다."

다음날 유비는 연회를 베풀었다. 노숙이 아뢰었다.

"형주에 3년 동안 계속 큰 가뭄이 들어 곡식을 거두지 못해 굶어죽은 사람이 온 사방에 널렸다고 들었습니다. 이에 토로장군과 태부인께서 제게 식량 100만 석을 싣고 멀리 형주로 가서 황숙을 찾아뵈라고 했습니다."

제갈량이 말했다.

"형주에 흉년이 든 사실을 토로장군께서도 벌써 알고 계셨구려."

며칠 후 식량을 실은 배 1000척이 성안으로 들어왔다. 노숙이 말했다.

"사흘 전에 서천의 유장(劉璋)이 자기 군대의 원수를 임명한 뒤 군사 5만을 이끌고 백제성(白帝城, 쓰촨성 충칭시重慶市 펑제현奉節縣 동쪽)으로 통하는 길을 탈취했습니다. 이는 오 땅을 빼앗으려는 의도입니다. 이 때문에 토로장군께선 관리들과 상의하여 식량을 형왕께 바치고 길을 빌리게 한 뒤 주유에게 서천을 취하도록 했습니다."

유비가 윤허하자 제갈량이 말했다.

"이 일은 매우 쉽습니다."

때는 마침 가을 9월이라 농부들은 곡식을 모두 수확했다. 이에 강남의 원수 주유는 군사를 이끌고 형주를 지나갔다.

하
下

노숙은 다시 돌아와 장강을 건넜다. 두 달도 되지 않아 주유는 군사 5만을 이끌고 형주 남쪽 약 100리 지점을 통과하여 서천을 탈취하기 위해 서쪽으로 행군했다. 주유의 군대가 행군하는 도중 1만 군사가 나타나 앞을 가로막았다. 선두에는 유비가 있었다. 옆에 있던 제갈량이 말했다.

"아시는 바와 같이 이곳 형주에는 3년 동안 계속 흉년이 들었소. 올해도 곡식을 심어 이제 8월도 반이 지나 추수를 해보려던 참이었소. 그런데 10만 군사가 동서로 30리에 걸쳐 행진하고, 남북으로 80리에 걸쳐 늘어서 있소. 그 과정에서 군사들이 농작물을 훼손하여 백성이 멀리 형주까지 달려와 하소연하고 있소."

주유가 말했다.

"앞서 식량 100만 석을 주고 서천으로 가는 길을 빌린 것은 그 때문이오. 군대가 행진하는데 어찌 농작물이 손상되지 않겠소?"

주유는 잠시 뜸을 들이다가 다시 말했다.

"군사께선 어려서 농사를 지었던 터라 농작물이 상하는 것을 보면 매우 괴롭겠소이다."

제갈량이 소리를 질렀다.

"주 장군은 노숙의 말을 듣지 않는구려!"

주유는 아무 대꾸도 하지 않았다. 장수들이 행군을 시작하자 주유는 다시 서쪽으로 길을 잡았다. 다음날 주유는 군사를 이끌고 서쪽으로 향했다. 그때 군사 1만이 다시 나타나 길을 가로막았다. 선두에서는 장비가 고함을 질렀다.

"제갈 군사의 엄명이오. 주 원수께선 서쪽 어디로 가시오?"

대화를 마치고는 주유가 진을 쳤다. 장비도 길을 가로막고 창을 든 군사로 진채를 세웠다. 그날 밤 이경 무렵 주유는 몰래 샛길로 그곳을 통과했다. 날이 밝아올 무렵까지 주유는 계속 서쪽으로 행군했고 며칠 후에 서천 경계에 도착했다. 그들은 눈에 띄는 관리들 중에서 항복하지 않는 사람은 바로 주살했다. 장비의 군대는 그들의 배후를 습격했다. 주유가 빼앗은 주(州), 부(府), 현(縣), 진(鎭)은 모두 장비가 점령했다.

주유가 말했다.

"이 모든 것은 소 치던 촌놈의 계략이다!"

주유가 말을 마쳤을 때 앞서 화살에 맞았던 상처가 또다시 터졌다.

다시 다섯 마장을 행진하는 사이에 정탐병이 여러 번 상황을 보고했다. 주유는 상처의 통증이 심해져서 참을 수 없었다. 장수들이 주유에게 고하기를 전방에 파구성(巴丘城, 후난성 웨양루岳陽樓 일대)이 있다고 했다. 몸이 아파 일어날 수 없었고, 며칠이 지난 후에는 음식도 먹을 수 없었으며, 얼굴까지 퉁퉁 부어올랐다. 주유는 친구 노숙을 불러 울면서 말했다.

"나는 파구성에서 죽을 것이니 대부는 내 뼈를 갖고 강오로 돌아가 소교를 만나면 내 마음을 거듭 잘 전해주오."

말을 마치자 성안의 모든 사람이 울었다.

며칠 후 주유의 병이 호전되었다. 그때 가신이 보고했다.

"관아 문 앞에 어떤 서생이 와서 원수와 포의 시절 친교를 맺은 사이라고 합니다."

주유는 군막 아래로 인도하라고 했다. 장수들이 주유를 부축하여 일으키고 곁에 앉았을 때 그 서생이 계단을 올라왔다. 주유는 그를 알아보았다. 그는 사천 낙성(洛城)[1] 사람으로 성은 방(龐), 이름은 통(統), 자는 사원(仕元), 도호(道號)는 봉추 선생(鳳雛先生)이었다. 두 사람은 머리를 끌어안고 울었다.

방통이 말했다.

"아우님이 이런 일을 당하다니!"

주유는 맨 어깨를 드러내고 방통에게 자신의 상처를 보여주었다. 방통은 끔찍한 상처를 차마 볼 수 없었다.

주유가 말했다.

"내가 죽으면 형님께서 내 뼈를 보전하여 강남으로 갖고 가주시오."

주유가 죽자 방통은 술법으로 장성(將星, 장군의 운명을 관장하는 별)을 붙잡아두고 그날 밤 주유의 시신을 수습한 뒤 조만간 장강을 건너려고

1_ 낙성(雒城)으로도 쓴다. 지금의 쓰촨성 광한현(廣漢縣) 북쪽이다. 하지만 『삼국지』「방통전(龐統傳)」에는 방통이 양양(襄陽, 후베이성 양양시襄陽市) 사람이라고 했다.

했다.

제갈량이 말했다.

"나는 주유가 죽은 사실을 안다. 그런데 장성이 떨어지지 않게 잡아 둔 것은 방통의 계략이다."

방통은 그 소문을 듣고 군영을 나와 제갈량과 만났다. 제갈량은 주유의 시신을 지나가게 해주었다. 며칠 후 주유의 시신은 금릉부에 당도했다.

손권이 말했다.

"후하게 장사지내고 일을 잘 수습하라."

한 달여가 지나 장례 절차를 모두 마치자 노숙은 손권에게 방통을 추천했다. 그러자 손권은 노숙을 나무랐다.

"전에 보니 유표가 죽었을 때 노 대부께선 형주로 문상을 가서 유비를 하구로 인도해왔고, 제갈량도 이끌어 장강을 건너게 했소. 제갈량은 감언이설로 우리 군사 30만과 명장 100명을 움직이게 하여 시상(柴桑) 나루를 지키며 조조에 항거하게 했소. 또 계책을 써서 적벽에서 크게

방통이 유비를 배알하다.

전투를 벌여 조조의 100만 대군을 격파했지만 우리도 군사 수만을 잃었고 수십 명의 명장과 황개까지 전사했소. 그뒤 유비는 또 형주 13군을 탈취하여 저 제갈량이란 촌놈이 내가 사랑하는 대장 주유를 죽게 만들었소. 그 때문에 내 마음은 지금 갈가리 찢어지고 있소!"

노숙은 깜짝 놀라 "예예" 하며 물러날 수밖에 없었다. 집으로 돌아온 노숙은 사흘 뒤 방통에게 노잣돈을 주고 관리 하나를 붙여 장강까지 전송했다. 방통이 길을 걸어 형주에 도착하니 제성(帝星, 황제의 운명을 관장하는 별)이 환하게 형초 땅을 비추고 있었다. 방통이 말했다.

"내가 진정한 주군을 잃지 않았구나. 천하 사람들이 모두 황숙이 어진 덕을 지닌 사람이라 하더니."

그는 관아로 들어가 황숙을 만났다. 유비는 방통을 상좌로 청하며 물었다.

"선생께선 존함이 어떻게 되시오?"

방통은 짧게 대답했다.

"성은 방이고, 이름은 통입니다."

유비는 그의 의도를 짐작하고 또 물었다.

"선생께선 제갈 군사와 아는 사이시오?"

방통은 "예예" 하며 자리에서 일어섰다. 유비는 방통에게 임명장을 주고 바로 역양(歷陽, 안후이성 허현和縣)[2] 현령으로 부임하게 했다. 하지만 방통은 마음에 차지 않아 전후 반달 동안 공무를 보지 않았다. 그러자 백성이 멀리 형주까지 달려가 유비에게 알렸다. 유비가 말했다.

"앞서 그가 어떤 사람인지 몰랐다. 스스로 공명과 의형제라고 하기에 임명장을 주어 역양 현령으로 삼았다. 그런데 어찌하여 너희 백성에게 피해를 끼치고 있단 말이냐?"

근신이 보고했다.

"장비가 관아 앞으로 와서 말에서 내렸습니다."

유비는 장비를 앞으로 불러왔다. 그러고는 물었다.

"군사께선 어디 계신가?"

장비가 대답했다.

"형주 북쪽 형산현에 있소."

황숙이 장비에게 방통의 일을 말하자 장비가 대답했다.

"제가 역양으로 가서 그자를 형님 앞으로 끌고 오겠소."

다음날 장비는 부하 수십 명을 이끌고 역양 관아 앞에 이르러 말에서 내렸다. 백성들과 관리들 모두 방통이 불인하다고 말했다. 장비는 칼을 들고 관아로 들어갔다. 늦은 시각이라 코고는 소리만 우레처럼 들렸다. 장비가 칼로 침상을 여러 번 내려치자 피가 솟구쳐올랐다. 그런데 이

2_ 정사 『삼국지』와 『삼국지연의』에는 역양이 아니라 뇌양(耒陽, 후난성 레이양시耒陽市)으로 나온다.

불과 옷을 걷어내자 그곳에는 개가 있었다. 장비가 말했다.

"이 도적놈이 어디로 갔나?"

다음날 장비는 형주로 돌아와 유비에게 앞서의 일을 말했다. 유비가 말했다.

"방통이 정말 현인인가?"

이후 열흘 동안 장강 연안 네 군이 모두 배반했다. 유비가 그 연유를 묻자 제갈량이 대답했다.

"서서의 말을 기억하지 못하십니까? 남에는 와룡이 있고, 북에는 봉추가 있는데, 그중 한 사람만 얻어도 천하를 안정시킬 수 있다고 했습니다. 방통은 서천 낙성 사람으로 그가 바로 봉추 선생입니다. 지금 네 군이 모두 배반한 것도 방통의 유세에 넘어갔기 때문입니다."

유비가 말했다.

"군사의 말씀이 옳소."

제갈량은 조운을 불러 군사 3000명을 이끌고 장사군으로 달려가 조범을 잡아오라고 했다.

이튿날 날이 밝자 조운은 출정했다. 조범은 맨 어깨를 드러낸 채 양을 끌고 멀리까지 나와 조운을 영접하여 관아로 들어갔다. 그는 네 군의 반란이 모두 방통의 유세 때문이라고 말했다. 연회가 밤늦도록 계속되자 조범은 술에 취하여 수십 명의 여인을 남게 했다. 그중 진홍색 옷을 입은 한 여인의 자태가 몹시 교태로웠다. 조범은 그녀로 하여금 조운에게 술을 올리게 하며 말했다.

"이분은 우리 형수님이신데, 조 장군께서 처로 삼으십시오."

조운이 소리를 질렀다.

"천한 놈! 군사의 엄명을 받았는데, 어찌 주색을 염두에 두겠느냐?"

조운은 말을 마치고 관아 밖으로 나갔다. 조범이 술에 취해 말했다.

"불인한 놈은 조운이다!"

그는 군사 3000명을 이끌고 역관을 포위한 뒤 조운을 죽이려다 그의 화살에 맞아 죽었다. 다음날 날이 밝자 조운은 관리들과 백성들에게 조범의 온 가족을 죽이라 명령하고 백성을 안무했다. 조운은 형주로 돌아가 유비를 만났다. 그리고 군사 제갈량에게는 자신이 장사군의 반란을 수습했다고 보고했다.

한편, 장비는 서남쪽으로 100리 떨어진 계양군(桂陽郡, 후난성 천저우 郴州)으로 보내졌다. 그곳 태수 장웅(蔣雄)은 문무겸전한 사람이었다. 다음날 장비는 군사 3000명을 이끌고 나가 계양에서 채 10리도 떨어지지 않는 곳에 진채를 세웠다. 어떤 사람이 태수 장웅에게 보고했다. 장웅이 말했다.

"장비는 거친 사람이다. 『손자병법』에 이르기를 '기마병이 해서는 안 될 네 가지 행동이 있고, 보병이 해서는 안 될 다섯 가지 행동이 있는

장비가 장웅을 죽이다.

데, 그런 행동을 많이 하게 되면 지치게 된다'[3]고 한다. 정탐 결과 지금 장비의 군대는 100리를 행군하여 군사와 병마가 모두 지친 상태라고 한다. 관중은 '멀리서 온 적은 기습하여 무너뜨리기 쉽다'고 했다. 기세를 타고 장비를 죽이면 제갈량의 팔 하나를 자르는 것과 같다."

장웅은 군사 5000명을 점호하고 성을 나가 장비의 진채를 급습했다. 그러나 그곳은 텅 비어 있었다. 그때 사방에서 복병이 떨쳐일어났다. 장웅은 계양을 지키려 했으나 장비에게 먼저 빼앗겼고 장비는 다시 장웅을 맞아 싸우러 달려왔다. 양군이 접전을 벌이는 가운데 두 장수의 말이 교차하는 순간 장비는 장웅을 창으로 찔러 말 아래로 떨어뜨렸다. 장비는 계양군을 접수하고 형주로 돌아갔다.

제갈량은 유비의 양자 유봉(劉封)을 한국충(韓國忠)과 싸우게 했다. 한국충이 패하여 달아나자 유봉은 높은 언덕으로 올라갔다. 사방이 모두 물이었다. 한국충은 배를 타고 달아났다. 유봉이 진격하려 하자 한

3_ 현재 전해지고 있는 『손자병법』에는 나오지 않는 내용이다. 이 내용이 본래 『손자병법』에 나오는 것인지, 이 책의 저자가 자신의 견해를 『손자병법』에 빙자한 것인지는 알 수 없다.

장수가 앞에서 가로막았다. 키는 1장이나 되었고 고리눈에 긴 구레나룻을 기르고 있었다. 그는 대도(大刀)를 들고 말 위에서 고함을 질렀다.

"이번 계책은 관우와 장비를 잡으려는 것인데, 유봉 따위가 어찌 감당할 수 있겠느냐?"

군사 제갈량은 고함소리를 듣고 다시 장수들에게 누가 출전할 것인지 물었다. 장비가 또 나서서 한국충과 대적했다. 수염투성이 적장도 출전하여 장비와 교전했다.

"털북숭이는 어서 출전하라!"

장비는 그와 교전하며 대략 10합을 겨루었지만 승부를 낼 수 없었다. 사흘 뒤 사람을 시켜 제갈량에게 보고하고 군대를 이끌고 오게 했다. 장비는 군사 제갈량을 맞아 진채로 들어가 이야기를 나누었다.

"이 사람을 얻을 수만 있다면 한나라 천하를 바로 세우지 못할까 근심할 게 무엇이겠소?"

날이 밝자 제갈량은 높은 곳으로 올라가 서남쪽을 바라보았다. 장수들이 계양 서남쪽 언덕을 바라보니 그 아래는 모두 물이었고 유봉은 강 언덕에 봉쇄되어 곤경에 처해 있었다. 또 창이 빽빽하게 꽂힌 진채가 보였는데, 그곳에 틀림없이 봉추가 있는 듯했다. 그날 밤 서찰을 써서 미축에게 몰래 적진으로 가져가게 했다. 멀리 작은 진채에 이르렀을 때 미축은 적에게 사로잡혀 방통을 만나게 되었다. 미축은 서찰을 방통에게 전했다.

방통이 웃으며 말했다.

"제갈량과는 친구요."

그리고 다시 답장을 써서 미축에게 주었다. 날이 밝자 미축은 다시 진채로 돌아와 방통의 답장을 제갈량에게 전했다. 제갈량은 서찰을 다 읽고 나서 저녁 무렵 미축에게 군사 1000명을 이끌고 높은 곳으로 올라가 갈대숲에 불을 지르게 했다. 그러자 유봉이 앞으로 나서서 제갈 군사를 만났다.

방통은 그날 밤 명장 한 명을 군막으로 초청했다. 그는 관서(關西) 부풍(扶風, 산시성陝西省 바오지시寶鷄縣 푸펑현扶風縣) 사람으로 성은 위(魏), 이름은 연(延), 자는 문장(文長)이었다. 위연은 방통과 함께 앉아 한나라 황실에서 파견한 군사들이 모두 행패를 부리고 있으며 한국충도 불인하고 일 처리에 결단력이 없다는 사실을 이야기했다. 또 그는 현덕을 어진 사람이라고 하면서 높이 나는 새는 숲을 살펴서 깃들고 현명한 신하는 주군을 가려서 보좌한다는 말을 듣지 못했느냐고 말했다. 다음날 양군이 마주보고 진을 펼치자 위연은 한국충을 베어 말 아래로 떨어뜨렸다. 방통은 무릉군(武陵郡, 후난성 창더시常德市 타오위안현桃源縣 등지)을 점령한 뒤 제갈량에게 투항했다. 그는 군사를 이끌고 정서(正西)[4] 방향으로 진격하여 금릉군에 당도했다.

그러자 금릉 태수 김족(金族)이 군사를 이끌고 출전하여 제갈량과 대치했다. 김족은 한 장수를 출전시켰는데, 군사들은 그를 보고 대경실색했다.

방통이 말했다.

"저 사람은 악군(鄂郡, 후베이성 어청현鄂城縣) 출신으로 성은 황(黃), 이름은 충(忠), 자는 한승(漢昇)이네."

4_ 금릉군이나 무릉군이나 장사군 동쪽에 있으므로 정서(正西)는 방향이 맞지 않다.

제갈량은 위연에게 그를 죽이라고 했다. 그러나 이틀 동안 싸워도 승부가 나지 않았다. 그러자 다시 장비를 보내 대적하게 했다. 장비가 황충과 10합을 겨루었지만 승부를 내지 못했다. 황충이 말했다.

"나는 관운장이 있다는 사실만 안다. 어찌 장비와 위연 따위를 알겠느냐?"

전후 열흘을 싸웠지만 금릉군을 함락할 수 없었다. 제갈량이 말했다.

"황충은 대장감이다. 황숙께서 저 사람을 항복하게 할 수 없을까?"

그는 사자 한 사람을 형주로 보내 관우에게 5000군사를 이끌고 오게 했다. 장수들은 관우를 맞아 진채로 들어갔다.

사흘도 되지 않아 관우는 황충과 싸웠으나 승부를 내지 못했다. 제갈량이 방통에게 물었다.

"앞서 자네는 네 군으로 가서 유세한 적 있지?"

방통이 말했다.

"황충과 이야기를 나눈 적 있네. 그때 황충이 이렇게 말했지. '나는 강남의 도적이었는데, 김족이 내게 은혜를 베풀었다. 김족이 살아 있는 한 목숨을 바쳐 은혜를 갚을 것이고, 김족이 죽은 뒤에 주군을 가려 보좌할 것이다.'"

제갈량이 말했다.

"황충을 얻을 수 있겠네."

사흘도 되지 않아 제갈량은 황충과 대치했다. 제갈량이 패배를 가장하여 달아나자 그때 김족이 출전하여 뒤처진 군사를 추격하며 몇 리를 진격했다. 그러자 제갈량은 김족을 가로막았다. 제갈량은 네 마리의 말이 끄는 수레를 타고 있었다. 제갈량이 수레 안에 앉아 몸을 숙이자 군사들이 쇠뇌의 화살을 모두 발사하여 김족을 사살했다. 제갈량은 군사를 거두어 진채로 돌아왔다.

사흘도 되지 않아 황충이 복수하러 왔다. 방통은 황충에게 유세했지만 그는 항복하려 하지 않았다. 황충이 말했다.

"내가 잠시 몸이 아픈 틈에 네놈들이 경솔하게 우리 주군을 살해했다. 지금은 복수를 해야 할 상황이거늘 어찌 투항할 수 있겠느냐?"

그러고는 장비와 전투를 벌였다. 100합을 겨루었지만 승부가 나지 않았다. 황충의 위세는 더욱 사나워졌다. 제갈량이 말했다.

"늙은 도적이 사특하게도 상황을 파악하지 못하는구려. 황충을 죽이시오!"

관우까지 가세한 네 장수가 말을 타고 교전을 벌이자 한줄기 피가 솟아오르면서 장수 하나가 말에서 떨어져 뒹굴었다. 황충은 자신의 말을 놓치자 칼을 휘두르며 도보로 세 장수와 싸움을 벌였다. 관우가 말했다.

"이 사람은 대장부다. 세상에 짝할 만한 사람이 없다!"

제갈량이 소리쳤다.

"세 장군은 말을 멈추시오!"

제갈량은 좋은 말로 황충을 설득하여 투항하게 했다. 황충은 김족을 잘 안장했다. 제갈량은 군사를 거두어 형주로 돌아와 황숙을 뵈었다. 유비가 세 장수를 바라보니 앞에 선 사람은 방통이었다. 유비가 말했다.

"현인이로다!"

또 위연을 보고 말했다.

"어진 덕을 가진 사람이로다!"

제갈량이 여러 장수를 이끌고 유비를 뵙다.

잠시 후 다시 말했다.

“내 아우 관공보다는 못하구나!”

세번째 장수 황충은 노장이었다.

한편, 조조는 장안의 외청(外廳)에 앉아서 관리들에게 물었다.

“2년 전에 곤궁한 유비를 추격하여 하구로 들어갔던 일을 늘 기억하고 있소. 그때 유비는 5000군사뿐이었는데도 사로잡지 못했소. 지금은 형주 땅을 손에 넣고 13개 군을 다스리고 있소. 씩씩한 군사가 5만 명이고, 용맹한 장수가 30명이라 맞서 싸울 사람이 없소. 문(文)을 아는 사람으로는 제갈량이 있고, 무(武)를 아는 사람으로는 관우와 장비가 있소.”

그리고 다시 관리들에게 물었다.

“그대들은 적과 어떻게 맞설 생각이오?”

상대부 가후가 조조에게 말했다.

“선군(先君)께서 직접 파직한 서위주(西魏州) 평량부(平凉府, 간쑤성 핑량현平凉縣) 절도사가 있는데, 성은 마(馬), 이름은 등(騰)으로 동한 광무

제 휘하의 뛰어난 장수 마원(馬援)의 9세손입니다. 마등은 두 아들을 두었습니다. 맏이는 마초(馬超)로 자는 맹기(孟起)고, 둘째는 마대(馬岱)[5]입니다. 사람들이 말하기를 '세 장수는 각각 한 사람이 적병 1만 명 이상을 대적할 만한 용력을 갖고 있다'고 합니다. 마등은 제갈량에 비견할 만하고, 마초는 관우에 비견할 만하며, 마대는 장비와 대적할 만합니다."

조조가 황제에게 아뢰어 서위주 평량부로 소환 조서를 보내게 했다. 당시 절도사 변장(邊璋)과 부장 한수(韓遂)는 사자를 관아로 맞아들였다. 그리고 마등에게 조서를 받게 했다. 마등은 조서를 다 읽고 사자를 장안으로 돌려보낸 뒤 입조할 준비를 했다.

밤이 되자 마초가 부친에게 아뢰었다.

"어찌하여 불쾌해하십니까?"

마등이 대답했다.

"너는 선군 휘하의 십상시가 권력을 농단했고, 그뒤 동탁이 권력을 오

5_ 원본에는 마대(馬大)로 되어 있다. 『삼국지』「마초전(馬超傳)」에는 마대가 마초의 친동생이 아니라 사촌 동생으로 나온다.

로지한 일을 듣지 못했느냐? 또 지금은 조조가 천하를 좌우하고 있음을 모른단 말이냐? 생사여탈권도 황제가 갖지 못하고, 국가 존망도 모두 조조에게 달려 있다. 내가 입조했을 때 조조가 어진 덕을 베풀면 내 말을 모두 취소하겠지만, 불인한 짓을 하면 나는 도성에서 죽을 것이다."

그리고 다시 두 아들에게 일렀다.

"서찰을 보내 너희를 부르면 절대 장안으로 들어오지 마라. 내가 죽으면 조조를 죽여 내 복수를 해다오."

다음날 날이 밝자 마등은 길을 나섰다. 며칠 후 장안에 도착하여 영금선원(永金禪院)에 여장을 풀었다. 셋째 날 거처를 나서서 황제를 배알하고 옛날 관직을 다시 받았다. 마등은 성은에 감사인사를 했고 황제는 사흘 동안 연회를 베풀었다.

어느 날 황제는 어가를 타고 광헌전(光軒殿)을 거닐다가 근신들에게 천하를 다스리는 일에 대해 물었다. 문무백관이 아무 말도 못 하자 황제는 마등에게 물었다. 마등이 아뢰었다.

"천하를 다스림에 요·순·우·탕을 본받으면 천하가 태산처럼 안정을 찾을 것입니다. 그러나 걸·주의 무도함을 따라 배우면 천하의 주인 노릇을 할 수 없습니다. 폐하께서 신이 말씀드리는 네 가지 일을 따르시면 천하는 태평성대에 이를 것입니다."

"그게 무엇이오?"

마등이 다시 아뢰었다.

"멀리 변방의 군사들에게 상을 내리시고, 가까이 있는 간사한 신하를 제거하십시오. 조세를 가볍게 하시고, 죄인을 자주 사면하십시오."

또 아뢰었다.

"폐하께선 초 평왕(平王)이 며느리와 간통한 탓에 왕후와 태자, 손자까지 살상에 연루된 일을 듣지 못하셨습니까? 그것은 재상 비무기(費無忌)[6]의 야욕 때문이었습니다. 또 폐하께선 진왕(秦王) 호해(胡亥)에게 조고(趙高)[7]라는 역적이 있어서 천하를 잃게 된 사실을 듣지 못하셨습니까? 그것은 임금의 과오가 아니라 대개 근신의 죄악 때문이었습니다."

황제는 아무 말도 하지 못했다. 그때 어떤 사람이 고함을 질렀다.

"마등은 이제 겨우 조정에 들어와서 황제 폐하께 함부로 주둥아리를 놀리는구나! 네놈이 말하는 근신이 누구냐?"

마등도 그를 돌아보며 소리쳤다.

"조조! 너는 충신이 아니다. 지금 소문을 들으니 신하들을 포폄하는 어명 및 벼슬을 높여주고 상을 내리는 일이 모두 너에게서 나온다고 한다. 이 때문에 황제께선 거꾸로 매달린 듯한 급박한 사태와 달걀을 쌓아올린 듯한 위태로운 상황에 직면하게 되셨다."

문무백관은 깜짝 놀라 얼굴빛이 새하얗게 질렸다. 헌제가 웃으며 말했다.

"마등! 그대는 함부로 말을 하지 마시오. 조조는 충신이오."

황제는 두 신하가 화해하도록 연회를 열었다.

저녁이 되어 마등은 자신이 묵는 사찰로 돌아갔다. 그날 밤 조조는

6_ 비무극(費無極)이라고도 한다. 춘추시대 초 평왕의 간신이다. 평왕의 세자 건(建)의 비(妃)로 간택된 진(秦)나라 여인을 평왕에게 바쳐 부자 사이를 이간했다. 또 이 사실을 알고 있는 세자 건의 사부 오사(伍奢) 집안을 멸문했다. 『동주열국지』(풍몽룡 지음, 김영문 옮김, 글항아리) 제70~74회 참조.

7_ 진시황의 내시다. 지록위마(指鹿爲馬)의 주인공으로 유명하다. 진시황 사후 승상 이사(李斯)와 함께 진시황의 유서를 날조하여 태자 부소(扶蘇)를 죽이고 부소의 아우 호해를 보위에 올렸다. 온갖 권모술수로 권력을 농단하며 진나라를 망국의 수렁으로 몰아넣었다.

군사 3000명과 장수 여럿을 시켜 한 시진도 걸리지 않아 마등 일행을 모두 참수했다. 다음날 조조는 마등이 중풍에 걸려 병사했다고 아뢰었다. 황제는 깜짝 놀라며 관리를 시켜 마등을 장사지내게 했다. 그 내막을 아는 사람은 아무도 없었다.

한편, 마초와 마대는 꿈자리가 뒤숭숭했다. 마대는 장안 길로 나서서 부친의 소식을 수소문했다. 마대가 답답하게 앉아 있을 때 문득 집안의 하인 하나가 머리를 풀어헤친 채 달려와 통곡했다.

"대감과 함께 갔던 일가친척과 늙은이, 젊은이가 모두 조조에게 참살되었습니다."

마대는 황급히 돌아와 마초에게 모든 사실을 알렸다. 마초는 실성할 정도로 통곡했다.

태수 변장과 부장 한수가 군사 1만을 마초에게 빌려주었다. 며칠 후 그는 평량부 서쪽에 진채를 세웠다. 그 동쪽에는 조조가 출전하여 양군이 서로 날짜를 정하고 결전에 나섰다.

마초는 말을 타고 나가 창을 들고 싸움을 걸었다. 조조는 그의 모습

조조가 마등을 죽이다.

을 보고 대경실색했다. 마초의 얼굴은 살아 있는 게딱지 같았고 눈은 빛을 뿜는 별과 같았다. 마초는 상복을 입고 고함을 질렀다.

"역적 조조 이놈! 네놈은 무슨 원한이 있기에 우리 부친을 살해했느냐?"

하후돈이 출전하여 마초와 전투를 벌였다. 그러자 마초는 패한 척 달아났고 하후돈은 그의 뒤를 추격했다. 그때 마초가 몸을 돌려 하후돈에게 화살 한 발을 날렸다. 하후돈은 거의 목숨을 잃을 뻔했다.

양군은 서로 살상전을 벌였다. 마초는 조조의 병졸 하나를 나포하여 물었다.

"역적 조조는 어떻게 생겼느냐?"

병졸은 목숨을 잃을까 겁을 내며 대답했다.

"용모가 아름답고 구레나룻을 길게 길렀습니다."

마초는 조조를 잡는 군사에게 황금구슬 1만 관을 주겠다고 명령을 내렸다. 조조는 그 소식을 듣고 칼로 구레나룻을 자르고 옷을 갈아입었다. 날이 저물도록 살상전을 벌였다. 오제의 음덕이 아니었다면 조조는

수많은 칼날 아래 목숨을 잃었을 것이다. 조조는 혼전 속에서 탈출하여 본영에 당도했다. 그는 차를 마실 수도 없었고 밥을 먹을 수도 없었다.

그날 밤 조조는 배를 동원하여 위수를 건너 동쪽[8]에 진채를 세웠다. 위수 북쪽 연안에서는 마초의 1만 대군이 화살을 마구 퍼부었다. 그리고 그 남쪽 연안에는 변장과 한수가 3만 군사를 동원하여 화살을 어지럽게 쏘았다. 화살을 맞고 강물로 떨어지는 조조의 군사가 이루 헤아릴 수 없을 정도로 많았다.

한편, 조조는 말을 타고 협곡으로 들어섰다가 말안장으로 머리를 가린 채 강물 흐름에 배를 띄우고 아래로 내려갔다. 날이 밝을 무렵 배는 남쪽 연안에 이르렀다. 조조는 말을 얻어 도주하려다가 위수 협곡에서 마초와 맞닥뜨렸다. 마초는 조조의 팔진(八陣)을 연거푸 깨뜨렸고, 조조는 사흘 만에 포위에서 벗어나 높은 언덕에 진채를 세웠으며, 마초의 3만 군사는 동남쪽에 진채를 세웠다.

8_ 원본에는 동서(東西)로 되어 있으나 동쪽(東面)의 오류로 보인다.

마초가 조조를 격파하다.

며칠을 주둔하자 어떤 서생이 마초를 만나러 왔다. 마초가 물었다.

"귀인은 뉘시오?"

서생이 대답했다.

"나는 화산(華山) 운대관(雲臺觀)의 도사(道士) 누자백(婁子伯)[9]이오. 특별히 장군께서 선친의 원수를 갚을 수 있도록 한 가지 계책을 일러드리러 왔소."

마초가 대답했다.

"듣고 싶소."

"마대에게 군사 1만을 거느리고 먼저 장안으로 들어가 황제를 구하고 역적 조조의 가족을 죽이게 하시오. 그런 뒤에 다시 역적 조조를 죽여도 늦지 않을 것이오."

"그 말씀은 너무나 요원한 방책이오. 사내대장부가 승세를 타고 바로 역적을 죽이는 것이 더 편리한 방법이 아니겠소?"

9_ 원본에는 '백(伯)'이 '구(旧)'로 되어 있다. 글자 모양이 비슷하여 생긴 오류다. 『삼국지』 「무제기(武帝紀)」 배송지주를 보면 누자백이 옳다.

누자백은 마초가 자신의 말에 따르지 않자 진채를 나왔다. 그는 다시 사흘이 지난 뒤에 조조를 알현했다. 장수들이 말했다.

"화산의 누자백이라는 도사입니다."

조조는 그를 맞아 곁에 앉게 했다. 누자백이 말했다.

"제가 조공에게 세 가지 계책을 바치면 뱃속의 병을 없앨 수 있을 것입니다."

조조는 무슨 계책인지 물었다. 그가 대답했다.

"첫째, 마초를 무너뜨리는 방법입니다. 승상께서는 변장과 한수가 재물을 아주 좋아한다는 소문을 듣지 못하셨습니까? 재물로 마초의 1만 군사를 움직일 수 있습니다. 며칠만 지나면 마초가 호인(胡人)들에게 군사 3만을 빌린다는 소식을 듣게 될 것입니다. 호인들에게도 금은보화와 비단을 넉넉히 주면 모두 흩어질 것이고, 그러면 마초는 다시 진격할 수 없을 것입니다."

조조는 몹시 기뻐하며 말했다.

"선생 말씀이 지당합니다!"

그뒤 도사는 떠나갔다.

조조는 관청을 통해 조서를 내려 변장과 한수에게 금은보화를 풍족하게 선물했다. 그러자 그들은 1만 군사를 거두어 마초를 떠나갔다. 그 뒤 2만 군사에게도 재물을 넉넉하게 주자 그들도 북쪽 산야로 돌아갔다. 마초의 군사는 3000명에도 미치지 못했고 조조의 군사는 10만으로 늘어났다.

마초가 서쪽으로 달아나자 조조의 군대는 그 뒤를 추격했다. 검관(劍關, 쓰촨성 젠거현劍閣縣 젠먼관劍門關)에 이르렀을 때 마초는 3만 군사와 맞닥뜨렸다. 선두에 선 장수는 장로(張魯)였다. 장로는 마초를 위해 복수를 해주려 했다. 조조의 15만 군사는 동쪽에 진채를 세우고 호시탐탐 장로를 노렸다.

대략 한 달이 넘자 장로가 마초에게 말했다.

"이곳 서쪽에 검관이 있소. 나는 일찍이 아귀 같은 유장에게 검관 아래로 쫓겨났소."

장로와 마초가 서쪽 검관 아래에 이르자 잔도가 바라보였다. 산세가 말할 수 없을 정도로 험준했다. 장로는 군사를 보내 호시탐탐 검관을 노렸다. 며칠 후 그가 마초를 이끌고 동융군(東戎郡)으로 가자 유장이 검관을 차지했다.

검관을 지키는 강항(强項)과 장임(張任)[10]은 표문(表文)을 써서 유장에게 바치고 문무백관과 대책을 논의하게 했다. 상대부 장송(張松)이 말했다.

"남쪽에는 오가 있고, 강동에는 형주의 유비가 있으며, 검관 아래에는 장로와 마초가 있고, 장안에는 조조가 있습니다. 이들 제후는 모두 서천을 도모할 마음을 품고 있습니다. 어진 재상을 맞아 주군을 알현하게 하고 다른 한 곳의 제후와 연합하여 서로를 보호하게 하면 됩니다."

유장은 상대부 장송에게 물었다.

"세력이 큰 사람이 누구요?"

"조조입니다."

유장은 장송에게 서천 땅 지도를 주고 샛길로 장안으로 가서 조조를

10_ 원문에는 공임(公任)으로 되어 있으나 뒷부분에 강항과 장임이 함께 거론되고 촉 땅의 원수 장임이 반복해서 등장하는 것으로 보아 장임이 되어야 옳다.

만나게 했다.

조조는 장송을 만났다. 그러나 장송은 키가 5척 5촌밖에 되지 않았고 얼굴은 누렇게 여위었으며 말도 자세히 하지 않았다. 조조는 불쾌하게 여기고 집으로 돌아갔다. 장송은 다시 시랑 양수(楊修)가 뛰어난 인재라고 하며 그를 찾아가 모든 사실을 자세히 털어놓았다.

"조 승상께서 이 장송을 하찮게 여기시더이다."

양수는 장송에게 조조의 덕을 말하고 『맹덕서(孟德書)』 16권과 『손자병법』 13권의 내용을 예로 들었다. 장송이 그 책을 보고 싶다고 청하자 양수는 책을 가져와 장송에게 처음부터 끝까지 살펴보게 했다. 장송은 그 책을 한 번 보고 한 구절도 막힘없이 청산유수처럼 줄줄 외웠다. 양수는 깜짝 놀라 조조에게 그 사실을 이야기하고 서둘러 장송을 초청해 오게 했다. 장송에게 사람을 보냈으나 그는 이미 떠난 뒤라 만날 수 없었다.

장송은 동남쪽으로 길을 가다 왕성한 기운이 솟아오르는 것을 보고 멀리 형주로 달려갔다. 며칠 후 장송은 형산현에 도착했는데, 그곳에서 형주까지는 10리 길에 불과했다. 그는 역관에 도착하여 여장을 풀고 그곳 현령에게 상황을 이야기한 뒤 서찰을 보내 황숙을 만나뵙고 싶다고 했다.

장송은 다음날 성안으로 들어갔다. 관리와 백성이 즐비했다. 유비는 그를 관아로 맞아들여 사흘 동안 연회를 베풀었다. 관리들을 살펴보니 모두 용 같고 범 같은 인재들이었다. 왼쪽에는 와룡 제갈량이 있었고, 오른쪽에는 봉추 방통이 있었으며, 가운데 정면에는 황숙 유비가 앉아 있었다. 모두 말로 다 표현할 수 없는 고귀한 기상을 지니고 있었다. 장송은 서천 땅 지도를 유비에게 바쳤다.

"서천 땅 주인은 군주로서 됨됨이가 올바르지 못합니다. 황숙께서 그곳을 취하시면 백관들이 모두 기뻐할 것입니다."

유비는 제갈량에게 서천으로 들어가 유장을 만나고 싶다는 서찰을 쓰게 했다.

장송은 형주를 출발한 지 한 달을 전후하여 집에 도착했다. 다음날 유장을 만나 조조의 불인한 점을 이야기했다. 또 앞서 조조가 형주를 얻기 위해 유종을 죽인 사실을 생각해보라고 말했다. 유장이 물었다.

"또 누구를 만났소?"

장송은 형주 땅 유비의 덕을 전하면서 유비의 서찰을 유장에게 바쳤다. 유장이 문무백관에게 의견을 물었다. 그때 상대부 진복(秦宓)이 아뢰었다.

"주군께선 현덕의 지난 행실을 듣지 못하셨습니까? 그는 앞서 오강에서 손권에게 군사를 빌렸습니다. 그리고 주유로 하여금 조조와 대전을 벌이게 하고 하구에서 자신을 구원하게 했습니다. 또 제갈량이 세 번이나 주유의 분노를 자극한 일을 듣지 못하셨습니까?"

진복이 다시 말했다.

"유 황숙은 교활한 사람입니다. 만약 서천으로 초청하면 주군에게 큰 골칫거리가 될 것입니다."

장송은 고함을 질렀다.

"상대부의 말은 틀렸소. 앞서 검관 아래로 장로와 마초가 쳐들어왔을 때 아무도 그들에게 맞설 수 없었소. 주군! 유 황숙이 한나라 종실이란 소식은 듣지 못하셨습니까?"

그러자 관리들은 아무 말도 하지 못했다.

유장은 법정(法正)을 형주로 보내 유비와 제갈량을 만나보게 했다. 유비는 며칠 동안 연회를 베풀었다. 제갈량이 말했다.

"동남쪽으로 서찰을 보내 오 땅을 잘 무마하셔야 합니다. 황숙께선 형주 북쪽 장강 너머 연안에 조조가 군사 10만을 주둔시킨 걸 모르십니까? 서천을 얻으려 할 때 조조가 골칫거리가 될 것입니다."

유비가 물었다.

"역적 조조를 죽여야 한다는 것이오?"

"그렇게 한 뒤에 서천을 취하셔야 합니다."

유비는 바로 서찰을 써서 조조에게 보내고 그날 바로 전투를 하자고 하면서 조조가 즉시 장강을 건널 수 없게 했다. 조조는 서찰을 다 읽고 나서 마구 욕설을 퍼부었다.

유비는 한 서생을 장수로 임명했는데, 바로 방통이었다. 방통은 조조와 대적하다가 대패했다. 조조는 기세를 타고 형주를 탈취하려 했다. 그는 30리를 뒤쫓다가 장비를 만났다. 또한 조조의 군대는 정북쪽에서 달려오는 위연의 군사 1만과 맞닥뜨렸다. 위연이 조조의 군사를 살상하자 조조는 대패하여 달아났다. 박저령(撲猪嶺)이라는 고개에 이르자 산 위에서 유비가 기다리고 있다가 통나무와 바위를 쉴새없이 굴렸다. 조조는 날이 저물어서야 그곳을 빠져나왔다. 동쪽과 서쪽에서 횃불이 타올랐다. 북쪽에서는 관우가 길을 막았다. 조조는 적진을 돌파하여 황애구(黃崖口)에 이르렀지만 그곳에는 이미 1만 군사가 길을 가로막고 있었다. 선두에 선 황충은 조조의 군사들을 마구 죽였다. 목숨을 건진 조조는 장강의 하구를 건넜다. 도중에 군사 1만이 죽었다. 유비의 군사가 뒤를 쫓는 가운데 앞에서는 제갈량이 조조를 가로막았다. 돌아간 조조의 군사는 5000명도 되지 않았다.

한편, 제갈량은 형주로 돌아온 뒤 길일을 받아 방통을 원수로 삼고 유비에게 서천을 접수하자고 했다. 제갈량이 말했다.

"올해는 세성(歲星)이 서쪽에 있으므로 대장군 한 사람이 목숨을 잃겠네."

그러자 방통이 웃으며 말했다.

"내 목숨은 하늘에 달려 있네. 두렵지 않네."

유비는 방통, 황충, 위연 등 장수들을 이끌고 길일을 택하여 출병했다. 가맹관(葭萌關, 쓰촨성 광위안시廣元市 자오화고성昭化古城)에 이르자 태수가 길을 막았다. 이에 대부 법정은 황제의 칙지를 갖고 있다고 말했다.

"관청의 허락을 받지 못했으므로 법정만 서천으로 들어갈 수 있습니다."

법정은 서천 땅 도성에 도착하여 유장을 만났다. 유장은 매우 기뻐하며 다시 문무 관리들에게 말했다.

"내가 성도에서 100리 떨어진 부강회(涪江會)[11]로 가서 황숙과 만나겠소."

상대부 진복이 아뢰었다.

"주군께서 부강회로 가서 황숙과 만나시면 틀림없이 누란의 위기에 봉착할 것입니다."

모든 장수도 간언을 올렸지만 유장은 따르지 않았다.

11_ 원본에는 '涪'가 '符'로 되어 있다. 발음이 같아서 혼용한 것으로 보인다. 부강회는 장강 지류 부강(涪江, 쓰촨성 경내)이 장강과 합류하는 곳이다.

며칠 후 유장은 군사 30만과 맹장 100여 명을 이끌고 동쪽으로 간 뒤 부강회에서 20리 떨어진 곳에 진채를 세웠다. 다음날 날이 밝자 유장은 유비와 만났다. 부강회에서 두 제후는 각각 조상 이야기를 하며 머리를 끌어안고 울었다.

시간이 꽤 흘러 식사를 마치자 방통은 술잔을 들고 황충에게 눈짓했다. 황충은 칼을 뽑아들고 유장을 죽이려 했다. 유비가 화를 내며 소리쳤다.

"무례하게 굴지 마라!"

그러자 황충은 감히 손을 쓸 수 없었다. 관리들이 모두 소란을 떠는 가운데 연회가 끝났다. 관리들은 유장을 맞아 본영 밖으로 나갔다.

잠시 후 방통이 유비에게 말했다.

"오늘 서천을 얻지 못한 것은 이 방통의 잘못이 아니라 주군의 죄입니다."

유비가 말했다.

"그 사람은 나와 같은 한나라 종실인데, 어찌 손을 쓸 수 있겠소?"

유비가 부강회에서 유장을 만나다.

유장의 관리들도 모두 말했다.

"주군께서 거의 목숨을 잃을 뻔했다."

다음날 유장은 유파(劉巴)를 시켜 유비를 초청했다. 방통은 저들에게 감금될 수 있으므로 가지 말라고 했지만 유비를 붙잡을 수 없었다. 위연과 방통으로 하여금 항상 유비의 좌우에서 수행하게 한 뒤 군사 3000명을 점호하고 유장의 진채 문 앞에 머물게 하여 저들이 딴마음을 먹을 수 없게 했다. 다음날 유장은 황숙을 연회에 초청했다. 유장의 대원수 장임과 상대부 진복이 유비와 언쟁을 벌였다. 유장이 말했다.

"황숙께선 어진 분이시오. 그만들 두시오!"

유비는 진채를 나와 본영으로 돌아갔다.

진복은 유장에게 파주(巴州, 쓰촨성 바중시巴中市 바저우구巴州區)로 가겠다고 아뢰었다. 파주에서는 태수 엄안(嚴顔)과 원수 장임이 군사 5만을 이끌고 유비를 사로잡으려 했다. 그러나 유장은 허락하지 않았다. 장송과 법정 두 사람은 군막에서 대책을 논의했다. 장송이 말했다.

"황숙은 덕(德)과 의(義)를 행하는 분으로 방통을 신임하고 있소."

장송이 이어 말했다.

"부강회에서 유장을 죽였어야 했소. 그럼 서천을 단번에 얻을 수 있었을 것이오."

군막 밖에서 조문(趙文)이란 사람이 그들의 이야기를 듣고 유장에게 알렸다. 유장은 즉시 장송과 법정을 포박해오라고 했다. 관리들은 군사들이 혼란에 빠져 소란스러웠기 때문에 법정이 달아나는 것도 알아채지 못했다. 그들은 장송을 잡아 유장을 만나러 와서 말했다.

"유파와 진복이 유비가 서천을 도모할 것이라고 했지만 저희는 믿지 않았습니다. 그러므로 저 두 역적이 안팎으로 호응하여 이 서천 땅을 교활한 도적 유비에게 바치려 할 줄 어떻게 알았겠습니까?"

장송이 말했다.

"주군께선 손권이 서천 땅을 도모하려 한다는 소식을 듣지 못하셨습니까? 또 지금 조정의 권력을 농단하고 있는 조조도 서천을 도모하려 합니다. 그리고 검관 아래 동융군의 장로와 마초도 서천을 삼키려 한답니다. 주군께선 유 황숙이 어진 덕을 지닌 사람이라 백성이 모두 흠모한다는 소식을 듣지 못하셨습니까? 아울러 그는 한나라 종실입니다. 만약 그가 파주를 얻으면 어찌 이 고을에서 노후를 보내려 하지 않겠습니까?"

유장은 장송을 죽이고 황급히 사람을 파주로 보내 엄안을 태수직에 머물게 했다.

법정은 혼란한 군사들 틈에서 도주하여 유비를 만나 사정을 자세히 아뢰었다. 방통이 말했다.

"지금 황숙께서 곤궁에 처하신 것은 이 방통의 잘못이 아닙니다."

그러고는 즉시 군사를 일으켜 동쪽 가맹관으로 달려갔다. 그때 촉 땅 원수 강항과 장임이 군사 5만을 이끌고 뒤를 기습한다는 보고가 올라왔다. 유비가 동쪽 면주(綿州, 쓰촨성 몐양시綿陽市)에 이르자 태수 장방서(張邦瑞)가 길을 막아 이틀 동안 대치했다. 방통은 몰래 샛길을 찾아 그곳을 지났다. 동북쪽에서는 한주(漢州, 쓰촨성 광한시廣漢市)의 장승(張昇)이 앞을 가로막았다. 양쪽은 모두 험준한 산이었다. 방통은 위연에게는 장방서와 대적하게 하고 황충에게는 장승을 막게 했다. 유비는 면주와 한주에서 곤경에 빠져 며칠 동안 그곳에서 벗어날 수 없었다. 장임은 군사 5만을 이끌고 험준한 곳을 지켰다. 방통이 유비에게 말했다.

"이곳에서 100리 떨어진 곳에 성이 있습니다."

유비는 즉시 군사를 이끌고 샛길을 찾아 낙성(雒城, 쓰촨성 광한시 뤄청진雒城鎭)으로 갔다. 사흘 만에 성문을 두드렸다. 성 위에 있던 유장의 아들 유순(劉循)[12]은 방통을 알아보고 장수들에게 화살을 쏘게 했다.[13] 이를 읊은 시가 있다.

낙성에서 방통이 화살에 맞은 것은,	雒城龐統中金鏃,
하늘이 영웅의 목숨 앗아가려는 뜻.	天使英雄一命殂.
봉추가 늙을 때까지 오래도록 살았다면,	若是鳳雛應在老,
천하를 삼분하여 어찌 위와 오에 주었겠나?	三分怎肯與曹吳.

12_ 원본에는 유장의 아우 유진(劉珍)이라 했지만 유장의 아들 유순이라고 해야 한다. 『삼국지』 「유이목전(劉二牧傳)」 참조.

13_ 원본에는 "洛城射龐統(낙성에서 방통을 쏘다)"이라는 글자가 이 자리에 음각으로 굵게 판각되어 있다.

패배한 유비의 군사가 다시 돌아가서 황숙에게 공자 유순이 어지럽게 화살을 쏘아 방통을 죽였다고 보고했다. 유비는 눈물을 흘리고 화살을 꺾으며 맹세했다.

"뒷날 반드시 이 원수를 갚을 것이다!"

유비는 미축에게 기병 20명을 주고 가맹관[14] 앞을 지나는 샛길을 찾아 형주로 가서 이 일을 제갈량에게 알리게 했다. 제갈량과 장수들이 모두 통곡했다.

열흘도 되지 않아 제갈량은 군사를 일으켜 세 부대로 나누었다. 조운에게는 자오성(紫烏城)을, 장비에게는 파주로(巴州路)를 빼앗게 했고, 제갈량 자신은 가맹관으로 통하는 길을 점령했다. 세 부대는 10만에도 모자라는 8만 병력에 불과했다. 관우는 형주를 지켰다.

군사 제갈량의 부대는 형주에서 20리도 떨어지지 않은 곳에 진채를 세웠다. 제갈량은 서둘러 장비를 불러 귓속말로 속삭였다. 즉 장비에게

14_ 원본에는 가명관(嘉明關)으로 되어 있지만 앞에 나온 가맹관(葭萌關)과 같은 지명으로 보인다.

낙성에서 방통이 화살을 맞다.

군사 1000명을 이끌고 동쪽으로 가서 형주 동남쪽을 지키며 작은 강 언덕 위에 매복하라 일렀다. 이후 삼경이 되자 정북방의 군사가 가까이 다가왔다. 군사는 3000명이었고 손부인은 수레 안에서 아두를 안고 동오(東吳)로 투항하려 했다. 장비가 말안장 위에서 소리쳤다.

“부인은 지금 황숙께서 서천을 함락하려는 걸 알면서도 아두를 안고 강남으로 투항하려 하십니까?”

장비가 한마디 말로 손부인을 질책하자 손부인은 몹시 부끄러워하다가 장강에 몸을 던져 자결했다.

장비는 제갈량의 뒤를 따라 이틀 내내 행군했다. 장비는 제갈량의 왼쪽, 조운은 오른쪽에서 수행했고 제갈량은 서쪽으로 달려가 가맹관을 차지했다.

장비가 열흘 동안 행군하여 파구현에 도착하자 그곳 백성들은 모두 달아났다. 장비는 서남쪽으로 파주에 이른 뒤 파주성에서 40리 떨어진 곳에 진채를 세웠다. 이어 장비는 다시 3만 군사를 이끌고 파주에서 5리 떨어진 작은 강어귀에 이르렀다. 그는 사람을 보내 강물의 깊이를 탐색했다. 장비는 강폭이 5리나 되는 강을 건너며 배를 댈 건너편 연안을 살폈다. 그러자 파주 태수 엄안이 비웃으며 물었다.

"장비야! 네놈은 『손자병법』을 읽지 않았느냐? 강을 반쯤 건너온 적은 공격하기에 좋다고 했다."

장비가 대답했다.

"네놈은 내가 당양 땅 장판파에서 조조의 100만 대군을 고함소리 한 번으로 오합지졸로 만든 소식을 듣지 못했느냐? 하물며 이런 작은 물도랑이 내게 무슨 재앙이 되겠느냐?"

장비는 말을 휘몰아 강 언덕으로 치달려갔다. 엄안은 혼란에 빠진 군사들 가운데서 말에서 떨어졌고, 결국 장비에게 사로잡혔다.[15] 수풀 앞에 이르러 장비는 말에서 내려 고함을 질렀다.

"나는 엄안이 서천의 명장이라 들었다. 그런데 오늘 내게 사로잡혔다. 이제 내가 목을 벨 것이다. 참수하라!"

엄안은 장비의 말을 듣고 비웃으며 말했다.

"장비 이 개망나니 같은 놈아! 비록 내가 말에서 떨어져 네놈에게 포박되었다만 대장부는 목숨을 터럭보다 가볍게 내던진다. 어찌 참수 따위에 연연해하겠느냐?"

장비는 엄안의 목을 자르려는 망나니들을 손짓으로 제지하며 말했다.

"엄안은 대장부다!"

그리고 사람을 보내 그의 포승줄을 풀어주었다.

장비는 이어 말했다.

15_ 원본에는 "張飛議攝嚴顔(장비가 엄안을 설득하여 포섭하다)"이라는 글자가 이 자리에 음각으로 굵게 판각되어 있다.

"서천 땅 유장은 멍청하고 유약하여 장송을 멀리 형주로 보내 황숙을 꾀어낸 뒤 검관 아래로 함께 가서 장로와 마초를 사로잡자고 했소. 적의 교묘한 말을 듣다가 지금 황숙께선 면주와 한주 사이에서 곤경에 처해 있고, 낙성에서는 방통이 화살을 맞고 죽었소. 이에 제갈 군사께서 군대를 셋으로 나누어 서천을 빼앗은 뒤 그 기세를 타서 황숙께 보답하려 하오."

장비는 다시 엄안에게 말했다.

"높이 나는 새는 숲을 잘 살펴서 둥지를 틀고, 현명한 신하는 주군을 잘 가려서 보좌한다고 했소."

엄안이 대답했다.

"나도 늘 황숙께서 밖으로 맑은 덕을 펼치시는 분이라 생각해왔소. 장 장군도 거칠지만 어진 덕을 갖고 계시는구려!"

엄안은 죽음에서 벗어나 장비에게 투항했다. 장비는 아무 두려움 없이 엄안을 따라 파주로 들어가 사흘 동안 잔치를 즐겼다.

엄안은 장비에게 계책을 바쳤다.

"서북쪽으로 100리 되는 곳에 백계령(白鷄嶺)이 있소. 나는 장 장군이 대장부라고 생각하여 험한 요새를 바치려는 것이오. 그곳을 지키는 노장 왕평(王平)은 나와 잘 아는 사이오."

엄안은 기병 100명을 이끌고 북쪽 백계령으로 갔다. 노장 왕평은 엄안이 온 것을 알고 가맹관으로 달려갔다. 제갈량이 이미 그곳을 점령했다는 사실을 알고 있었기 때문이다. 장비는 가맹관 관문에 이르러 사람을 보내 제갈량에게 보고했다. 그러고 나서 장비는 엄안 등을 이끌고 제갈량을 만났다. 제갈량은 장비의 공로를 치하했다.

조운은 자오성을 빼앗지 못했다. 장비가 제갈량에게 이유를 물었다. 제갈량이 대답했다.

"성안에 자칭 철비장군(鐵臂將軍)이라는 서천의 장수가 있는데, 그 예봉을 감당할 수 없소. 조운도 그자에게 패했소."

제갈량이 군대를 자오성으로 이끌고 가자 장예(張裔)[16]가 출전했다. 제갈량은 좋은 말로 장예를 달랬으나 말을 듣지 않았다. 그는 장비와 사흘 동안 싸웠지만 승부를 내지 못했고 이후에도 1000여 합을 겨루었다. 한 달이 지나도록 장비는 자오성을 취할 수 없었고 면주와 한주 사이의 협곡에 갇힌 황숙의 생사도 알 수 없었다.

이후 철비장군 장예는 장수들과 논의하여 유비를 단단히 포위하라고 했다. 서천의 대원수 장임은 제갈량이 이미 가맹관을 탈취했고, 파주를 접수했으며, 백계령을 빼앗았고, 엄안의 투항을 받은 사실을 알지 못했다. 그는 제갈량과 한 달을 대치했지만 물러날 수가 없어서 어떻게 해야 할지 몰랐다. 그때 전령이 소식을 전해왔다.

"국구(國舅)가 군사 1000명을 이끌고 가맹관을 순시하고 있습니다."

자오성의 장예가 말했다.

"국구 조사도(趙師道)는 조정의 역적이다!"

하지만 장예는 성에서 30리 떨어진 곳까지 나가 국구를 관아로 맞아들여 접대했다. 그는 가맹관은 서천의 동문이고 왕수충(王守忠)[17]은 세력이 약한데 국구가 어떻게 보전할 수 있겠느냐고 말하려 했다. 그러나 장

16_ 원본에는 장익(張益)으로 되어 있다. 『삼국지』 「장예전(張裔傳)」에 따르면 장예가 되어야 옳다. '益'과 '裔'의 중국어 발음이 같아서 혼용한 것으로 보인다.

17_ 뒤에 나오는 마수충(馬守忠)과 같은 인물이 아닌지 의심된다.

예는 이렇게 말했다.

"관리들이 각각 자신의 고을을 지키는 가운데 지금 적군이 경계로 침입하여 아직 자오성 아래에 머물고 물러나지 않고 있습니다. 그런데 어떻게 가맹관을 구할 수 있겠습니까?"

국구는 술에 취하여 연이어 세 차례나 그곳 관리들을 마구 힐책했다.

장예는 관리들에게 유장이 멍청해서 간신들이 권력을 농단하고 있으며, 또 장송과 법정이 서천을 황숙에게 바치려고 한 것을 보면 황숙이 어진 사람으로 생각된다고 말했다. 그날 밤 관리들은 태수 장예를 따라가서 국구를 살해했다. 안에서 도망치며 흩어지는 사람들은 바깥을 지키던 한군(漢軍)이 나포하여 제갈량에게 알렸다. 제갈량은 매우 기뻐하며 병부시랑 이적(伊籍)에게 좋은 말로 장예를 설득하라고 했다. 장예는 마침내 자오성을 바치고 투항했다. 제갈량은 장예를 수군원수(隨軍元帥)에 임명했다.

제갈량이 서쪽 낙성에 이르자 유순이 출전했다. 장수들은 그를 사로잡았고 백성들은 성을 제갈량에게 바쳤다. 제갈량은 백성들에게 방통의 시신이 어디에 있는지 물었다. 시신을 찾은 제갈량은 유순을 죽인 뒤 방통을 제사지내고 안장했다.

며칠 후 제갈량은 군사를 이끌고 서쪽 한주에 도착했다. 태수 장승이 싸우러 나왔다가 장비에게 사로잡혔다.

한편, 장예는 군사 1만을 거느리고 면주로 갔다. 면주 태수 장방서는 장예와 전투를 벌이다 대패하여 달아났다. 장예는 쌍방이 교전하는 가운데 서천의 군사를 죽이고 황숙을 구출하여 제갈량과 만나게 했다. 그리고 면주와 한주의 금은보화로 관리들에게 상을 내렸다.

유비는 며칠간 연회를 베푼 뒤 서쪽 탁금강(濯錦江, 쓰촨성 청두시成都市 몐강綿江)으로 갔다. 세찬 물살 위에 승선교(昇仙橋)라는 다리가 놓여 있었다. 제갈량이 말했다.

"신선 선(仙)자 말고는 다리의 이름을 붙일 수 없겠습니다."

제갈량은 진채로 돌아와 장수들과 논의를 거듭했지만 반달이 넘도록 전진할 수 없었다.

한편, 황충은 어느 날 밤 삼경 무렵 어떤 사람이 크게 부르는 소리를 들었다.

"한승(漢昇)!"18

황충이 물었다.

"누구요?"

"밖으로 나와보시오. 나는 방통이오."

그리고 다시 말했다.

18_ 황충의 자다.

제갈량이 장예를 설득하여 투항하게 하다.

"이곳 네 군을 장군에게 드릴 테니 다시 황숙께 바치시오. 앞서 나는 서천을 빼앗으려다 낙성에서 적의 화살을 맞고 지금은 벌써 죽은 몸이 되었소. 장군께서 유순을 죽이고 내 복수를 해주어 고맙소. 이제 나는 하늘로 올라가야 하지만 따로 보답해드릴 것이 없소. 황숙께선 지금 서천을 점령할 날을 기다리고 있소. 사흘 뒤 서천을 치는 날 장군께선 황포(黃袍)를 입고 머리까지 감싸시오. 몸에 황포를 걸치고 있으면 내가 장군을 몰래 도와 공적을 이루게 하고, 황숙께는 승선교를 빼앗아드려 내가 받은 은혜에 보답하겠소."

황충은 다시 잠이 들었다가 날이 밝은 뒤 그 일을 제갈량에게 모두 말했다.

사흘 뒤 제갈량은 장수들에게 군사 10만을 이끌고 승선교 동쪽으로 다가가 진을 치게 했다.[19] 제갈량은 순풍이 불도록 제사를 올렸고 황충은 말을 타고 출전했다. 그 뒤로 명장 열 명이 황충을 따라 다리 위로

19_ 원본에는 "龐統助計(방통이 계책을 돕다)"라는 글자가 이 자리에 음각으로 굵게 판각되어 있다.

올라갔다. 천둥처럼 우르릉 소리가 울리더니 모래와 돌멩이가 사방에서 날아왔다. 순풍을 탄 편은 승기를 잡았고 역풍을 맞은 편에서는 소나무 가지가 꺾이고 망루가 부서져 강물 속으로 처박혔다. 황충은 칼로 교량 입구의 문을 쳐서 열었다. 장수들도 문을 탈취하여 밀고 들어갔다. 서천의 대원수 장임은 3합도 겨루지 못하고 황충의 칼을 맞고 말에서 떨어져 죽었다. 서천의 군사는 40리를 후퇴했다. 이를 증명할 만한 시가 있다.

꿈속에서 방통이 계책을 바치고,	夜夢龐統獻策方,
모래와 돌로 전투 도와 적군을 살상했네.	沙石助戰定遭傷.
승선교 위에서 서천의 군사 패배했고,	昇仙橋上川軍敗,
탁금강 머리 물살은 세차게 흘렀네.	濯錦江頭水勢張.
물속으로 망루 꺾이고 바람은 가지 꺾고,	跳樓墜水風吹木,
쇠망치로 성문 부수고 칼로써 대들보 잘랐네.	鐵斷門開劍斷梁.
당시에 신선의 계책 이용하지 않았다면,	當時不用神師計,
어떻게 성도에서 한왕이 되었으리?	焉能成都坐漢王?

또다른 시 한 수가 있다.

탁금강 속으로 천고의 세월 흐르고,	濯錦江中千古秋,
승선교 위에는 한나라 제후들 있었지.	昇仙橋上漢王侯.
당시 방통의 계책을 잘 알고 있어,	當時知會龐公計,
다행히 망루에서 일심을 편안히 했네.	免得一心安跳樓.

제갈량이 승선교를 취하고 장임을 참수하자 서천의 군사들은 모두 흩어졌다. 유비는 며칠간 연회를 베푼 뒤 군사를 이끌고 서쪽 금구관(金口關)으로 나아갔다. 태수 마수충(馬守忠)이 말했다.

"대군이 몰려온다."

마수충이 또다시 말했다.

"서천에서 주인 노릇을 할 수 없겠다."

전령이 보고했다.

"한군(漢軍)이 가까이 왔습니다."

장비가 싸우며 마수충을 격파하는 사이 황충은 뒤따라 달려와 금구관을 점령했다.[20] 황충은 태수를 말 아래로 떨어뜨리고 목을 베었다. 그 뒤 유비는 관문으로 올라갔다. 제갈량이 백성에게 물으니 서쪽으로 100리도 안 되는 곳에 익주(益州) 성도부(成都府)가 있다고 대답했다. 사흘도 되지 않아 성도부에 도착했다.

이후 유장은 서천에서 주인 노릇을 할 수 없다고 생각했다. 그는 백성을 거느리고 자신의 맨 어깨를 드러낸 채 양을 끌고 멀리까지 제갈량을 영접하러 나왔다. 유장이 말했다.

"황숙께 아뢰옵니다. 저도 한나라 종실이라는 체면을 살려주시어 이곳 한 고을에서 노후를 보낼 수 있게 해주십시오."

제갈량이 말했다.

"안심하시오. 황숙께서 틀림없이 목숨은 살려줄 것이오."

20_ 원본에는 "黃忠斬馬守忠(황충이 마수충을 베다)"이라는 글자가 이 자리에 음각으로 굵게 판각되어 있다.

제갈량은 몰래 유장을 구금했다. 유비가 익주 성도부를 얻자 관리들은 모두 기뻐했다. 유비는 열흘 동안 연회를 베풀었다. 그때 전령이 보고했다.

"검관 아래 동융군의 장로와 마초 등이 군사 10만을 이끌고 검관으로 올라온 뒤 다시 양평관(陽平關, 산시성陝西省 한중시漢中市 양핑관陽平關)을 탈취했습니다. 그 뒤로 또 조조의 20만 대군이 다가오고 있습니다."

사흘도 되지 않아 제갈량은 군사 5만을 이끌고 동쪽 양평관으로 진격했다. 그러자 마초가 군사 3만을 이끌고 다가온다는 보고가 올라왔다. 제갈량은 위연에게 동쪽으로 나가 마초를 맞아 싸우게 했다. 양군이 대치하자 마초는 패배한 척 달아나다 위연을 향해 화살 한 발을 날렸다. 제갈량은 대부 이적으로 하여금 멀리 마초에게 가서 투항하게 하고, 또 장로가 조조를 죽일 수 있을 것이라고 설득하게 했다.

제갈량은 마초의 항복을 받은 뒤 군사를 거두어 익주로 돌아와 유비를 배알했다. 유비는 연회를 베풀고[21] 관우를 수정후(壽亭侯), 장비를 서장후(西長侯),[22] 마초를 정원후(定遠侯),[23] 황충을 정란후(定亂侯),[24] 조운

오호대장에 봉하다.

을 입국후(立國侯)[25]에 봉했다. 또 유비는 은혜를 베풀어 이 다섯 사람을 오호장군(五虎將軍)으로 삼았다. 다만 그 자리에 사랑하는 아우 관우가 없자 심복에게 금은보화를 갖고 형주로 가서 관우를 수정후에 봉하게 했다.

사자가 형주로 가서 관우를 만나자 관우는 황숙에게 감사의 예를 올리고 사자를 후하게 대접했다. 사자가 말했다.

"마초는 영용한 장수이며 원숭이 같은 긴 팔로 활을 잘 쏩니다. 그에게 대적할 사람이 없습니다."

관우가 말했다.

"도원결의한 이후 우리 형제는 20년을 서로 함께 다녔지만, 지금까지

21_ 원본에는 "皇叔封五虎將(황숙이 오호대장을 봉하다)"이라는 글자가 이 자리에 음각으로 굵게 판각되어 있다.

22_ 『삼국지』 「장비전(張飛傳)」에는 서향후(西鄕侯)로 되어 있다.

23_ 『삼국지』 「마초전(馬超傳)」에는 태향후(斄鄕侯)로 되어 있다.

24_ 『삼국지』 「황충전(黃忠傳)」에는 관내후(關內侯)로 되어 있다.

25_ 『삼국지』 「조운전(趙雲傳)」에는 영창정후(永昌亭侯)로 되어 있다.

나와 장비의 적수가 된 사람은 아무도 없었다."

관우는 서찰을 써서 서천의 제갈량에게 보냈다. 반달도 되지 않아 답장이 도착했다. 관우는 서찰을 읽고 나서 웃으며 말했다.

"제갈 군사의 말씀이 매우 지당하다."

그러면서 관우는 관리들에게 말했다.

"마초라는 자는 장비, 황충과는 어깨를 나란히 할 수 있지만 나와 비교하기는 어렵다는구려."

관우는 날이 흐리면 팔뚝에 통증을 느꼈다. 그는 관리들에게 말했다.

"지난날 오 땅의 도적 한보에게 화살을 한 발 맞았는데, 그 화살에 독이 묻어 있었소."

그때 그는 명의 화타(華佗)를 청해오게 했다. 화타는 역적 조조의 휘하에 있었으나 조조가 불인한 것을 보고 관우를 만나러 형주로 왔다. 관우는 화타를 초청하여 자신의 팔뚝 상처에 독이 스민 것 같다고 말했다. 화타가 말했다.

"기둥 하나를 세우고 그 위에 고리를 고정한 뒤 고리에 팔뚝을 끼우면 상처를 치료할 수 있습니다.

관우는 껄껄 웃으며 말했다.

"나는 대장부요. 어찌 이런 치료를 두려워하겠소?"

관우는 좌우 근신에게 쇠로 만든 쟁반 하나를 받쳐 들게 하고 자신의 맨 팔뚝을 그곳에 올린 뒤 화타에게 뼈를 긁어 병을 치료하게 하여 독기를 모두 제거했다. 관우는 안색을 조금도 바꾸지 않고 치료를 받으며 약을 붙이게 했다. 이를 증명할 만한 시가 있다.

삼국이 천하 나누어 전쟁을 치를 때,	三分天下定干戈,
영웅한 관우 장군 장한 뜻 많았네.	關將英雄壯志多.
뼈를 깎고 상처 치료 질병을 제거했고,	刮骨療瘡除疾病,
강철 칼로 살을 저며 고질병을 막았네.	鋼刀臠肉免沉痾.
말과 안색 바꾸지 않고 손님을 맞았고,	辭容不改邀蜀客,
용모도 의연하게 술잔을 기울였네.	顔貌依然飮醁波.
이 또한 신선이 감춘 비법일 터이니,	也是神仙藏妙法,
천고의 명의를 화타라고 부른다네.	千古名醫說華陀.

수정후 관우는 뼈를 긁어 치료한 뒤 4개월 만에 상처가 다 나았다.

어느 날 정탐병이 보고했다.

"강오의 상대부 노숙이 군사 1만을 이끌고 장강을 건너와 사람에게 서찰을 주고 관공을 단도회(單刀會)[26]에 초청했습니다."

관우가 말했다.

"단도회에 틀림없이 무슨 꿍꿍이가 숨겨져 있겠지만 내 어찌 그런 음모를 두려워하랴?"

날짜가 되자 관우는 가벼운 활과 짧은 화살을 지닌, 말 잘 타는 심복에게 칼을 휴대하게 했다. 그는 50여 명도 안 되는 휘하 군사와 함께 남쪽 노숙의 진채로 갔다. 오 땅 장수들이 바라보니 관우는 갑옷도 입지 않고 허리에 칼 한 자루만 차고 있었다. 그런데 노숙을 수행한 3000군

26_ 관우가 칼 한 자루만 차고 오나라 노숙의 연회에 참석했다가 안전하게 다시 돌아온 일을 가리킨다. 이는 관우의 용맹과 지혜를 증명하는 고사로 널리 전승되었고 원나라 관한경(關漢卿)은 『단도회』라는 잡극 극본으로 창작하기도 했다.

사는 모두 갑옷을 입었고 장수들은 호심경(護心鏡)[27]까지 차고 있었다. 관우는 생각했다.

'적장은 무슨 생각을 하고 있는 것일까?'

노숙은 차와 식사, 게다가 술까지 올리고 군사들에게 풍악을 울리며 응대하게 했다. 피리소리가 세 차례도 울리지 않자 노숙은 소리를 질렀다.

"궁상각치우(宮商角徵羽)를 모두 울려라!"

또 노숙은 우(羽, 관우의 이름을 비유) 음이 울리지 않는다고 하면서 연이어 세 차례 연주하게 했다. 관우는 크게 화를 내며 노숙의 머리채를 틀어쥐었다. 관우가 말했다.

"적장은 특별한 일도 없이 연회를 열고 '단도회'라는 이름을 붙였다. 그리고 군사들에게 음악을 연주하게 했는데도 소리가 제대로 울리지 않았다. 네놈은 우가 울리지 않는다고 했지만 나는 오늘 거울(鏡, 노숙의

27_ 전투시에 가슴 부위를 보호하는 장비다.

관우가 칼 한 자루만 차고 회합에 가다.

자 자경子敬을 비유)을 먼저 깨뜨릴 것이다."

노숙은 땅에 엎드려 말했다.

"감히 그러지 않겠습니다."

관우는 노숙의 목숨을 살려준 뒤 말을 타고 형주로 돌아갔다.

이후 노숙은 사자를 시켜 장강을 건너가 원수 여몽(呂蒙)에게 군사 5만을 요청한 뒤 장사 땅 네 군을 탈환하려 했다. 관우는 그 소식을 듣고 황급히 사람을 익주로 보내 구원을 요청했다. 제갈량이 군사를 이끌고 형주로 왔다. 관우는 형주를 지켰고 제갈량은 군사 6만과 상장군 다섯 명을 이끌고 바로 여몽과 대치했다. 촉한의 군사가 패배하자 여몽은 20리를 뒤쫓아갔다. 장비는 오군을 막고 그들을 격파했다. 한군은 오군을 추격하여 장사 땅 네 군에 이르렀다. 그때 강변에 숨어 있던 복병이 쏟아져나왔다. 조운이 출전하여 오군을 대파하며 적의 진채까지 내달려가려 했지만 황충이 그를 가로막고 함께 적병을 한바탕 살육했다. 여몽이 본채로 돌아가려 하자 3000군사가 다시 앞을 가로막았다. 제갈량이 쇄도해오자 여몽은 강가로 달려갔다. 오군이 강을 따라 달아나자 마초는 그들을 가로막고 또다시 한바탕 살상전을 벌였다. 노숙과 여몽의 5만 군사는 대부분 죽어서 3000명도 채 남지 않았다. 여몽과 장수들은 강변 갈대밭에 붙어서 포위망을 벗어났다.

여몽은 장강 남쪽 연안에서 군사를 수습했고 제갈량은 장강 북쪽 연안으로 돌아가 다시 한 달 동안 대치했다. 손권은 손량에게 군사 3만을 이끌고 여몽과 다시 돌아가 장강을 건너 제갈량과 대적하게 했다. 손량은 하늘에 맹세했다.

"형주는 우리 오 땅과 순망치한의 관계이지만 대대로 돌보지 않았다. 이제 제대로 돌보리라!"

제갈량은 손량을 죽이고 군사를 거두어 돌아갔다. 형주는 그야말로 어물과 쌀이 풍부한 고장이었다. 먼저 형주를 빌려 근본으로 삼고 나중에 서천을 차지하면 이롭다는 말이 오늘에야 징험을 드러내고 있었다. 제갈량이 말했다.

"서북에는 위(魏)가 있고 동남에는 강오가 있으니 군후(관우)가 아니면 이곳을 지키기 어렵소."

제갈량이 군사를 거두어 성도로 돌아가자 유비는 연회를 베풀어 위로했다. 두 달 뒤 말단 군관이 보고를 올렸다.

"조조의 30만 대군이 이미 동융군을 병탄했고, 장로의 10만 군사도 함께 행동하고 있습니다."

제갈량은 군사 50만과 명장 30명을 일으켜 동쪽 양평관 10리 되는 곳까지 가서 진채를 세웠다. 어떤 사람이 조조의 군사에게 알렸다.

"서천의 군사가 쳐들어왔습니다."

양평관 태수 이적은 제갈량을 맞이하며 조조의 군대가 40리 가까이까지 근접해와 진채를 세웠다고 보고했다. 제갈량이 말했다.

"적장이 검관을 빼앗고 다시 양평관으로 와서 서천을 도모하려 하오. 내일 내가 결전에 나설 터인데, 누가 역적 조조를 사로잡겠소?"

그러자 어떤 사람이 하늘을 우러러보며 대성통곡했다.

"우리 부모님께서 적장의 손에 목숨을 잃었습니다."

제갈량은 그가 마초임을 알아보고 계책을 알려주었다.

다음날 새벽 양군이 대치하자 조조가 말했다.

"유비란 놈은 스스로 유장을 폐위하고서도 다른 사람을 역신(逆臣)이라고 말한다!"

그러고는 하후돈을 출전시켰다. 유봉은 그를 맞아 저녁까지 전투를 벌였고 이후 각각 군사를 거두어 진채로 돌아갔다.

조조는 혼잣말을 중얼거렸다.

"나는 30만 군사를 이끌고 유비를 죽이러 서천으로 왔다. 꼭 그 촌놈을 죽이리라!"

아침이 되자 다시 전투가 벌어져 그날 밤 삼경까지 이어졌다. 그때 어떤 정탐병이 보고했다.

"한 노장이 군량을 싣고 왔습니다."

황충이 조조의 진채를 마구 짓밟자 조조의 군사는 이리저리 도망쳤지만 복병이 들고일어나 검관으로 쇄도하여 마초를 공격했다. 날이 밝을 무렵에야 조조는 그곳에서 탈출했다. 그러나 하루 밤낮 사이에 군사 10만을 잃었다.

다시 열흘이 지나서 조조는 군사를 시켜 적정을 살폈다. 정탐병이 보고했다.

"제갈량이 다시 이적과 마초에게 양평관을 지키게 했고, 그는 서천으로 돌아갔습니다."

조조는 다시 열흘 뒤 군사를 이끌고 양평관으로 진격했다. 마초는 술에 취하여 전투에 패배한 뒤 조조의 장수 장료에게 결국 양평관을 빼앗겼다. 마초는 제갈량을 볼 낯이 없어서 몰래 숨었다. 조조는 그 사실을 알고 군사 30만과 명장 100명을 거느리고 양평관 뒤쪽을 기습했다. 태수 이적은 채 100명도 안 되는 기병을 데리고 사흘 밤낮을 달려 서천으로 돌아갔다. 이에 제갈량도 상황을 알게 되었다.

이후 조조는 군사를 보내 정탐하면서 자오성으로 진격했다. 조조가 말했다.

"자오성은 서천의 요새다."

조조는 군사를 이끌고 관문에 이르러 먼 곳을 살펴보았다. 백성은 여전히 생업에 종사하고 있었지만 적군은 저잣거리에서 장난을 치고 있었다. 조조가 말했다.

"서둘러 공격해야겠다."

그러자 장료가 아뢰었다.

"저것은 제갈량의 계략입니다. 보시는 바와 같이 자오성의 백성은 술에 취하여 군사들과 희희낙락하고 있습니다. 저것이 '깃발을 눕히고 북소리를 쉬게 한다(偃旗息鼓)'는 방책입니다. 우리가 성안으로 들어가면 밖으로 나올 수 없을 것입니다."

그러고는 동북쪽으로 달아났다. 그 뒤편으로 군사들이 뒤쫓았다. 그는 바로 명장 위연으로 조조의 군사를 크게 격파했다. 그의 왼쪽에는 유봉, 오른쪽에는 조운이 호위하며 다음날 날이 밝을 때까지 추격했다.

장비도 적을 가로막고 한바탕 살상하며 양평관으로 진격했다. 이에 제갈량은 다시 양평관을 탈환한 뒤 황충을 이끌고 살육전을 벌였다.

조조는 검관으로 달아나다가 마초와 마주쳐 서로 결사전을 벌였다. 조조는 투구를 벗어 던지고 갑옷도 입지 못한 채 검관 아래로 탈출했다. 또 한 달 넘게 지난 뒤 제갈량은 검관에 군사를 주둔시켰다. 그러자 조조는 다시 검관에서 40리 떨어진 곳에 진채를 세웠다. 정탐병이 보고하기를 조조의 군사는 30만인데 그들에게 정군산을 수비하는 임무를 맡겼다고 했다. 하후연(夏侯淵)은 30만 군사를 이끌고 창고 100칸을 지어 그곳에 양식 50만 석을 비축하고 호시탐탐 서천을 노렸는데, 그곳이 천험의 요새였다. 분주(汾州, 산시성山西省 펀양시汾陽市 일대) 절도사 우창(于昶)도 군량을 정군산으로 운반하고 그곳에 주둔했다. 제갈량이 말했다.

"만약 조조가 검관 밖 13주(州)를 탈취한다면 서천도 안정을 찾지 못할 것이다."

그리고 장수들에게 물었다.

"누가 정군산의 적과 싸워 하후연을 참하고 군량 50만 석을 빼앗겠소?"

한 장수가 앞으로 나섰다. 그는 바로 황충이었다. 황충이 말했다.

"하후연을 베고 정군산을 빼앗아 양식 50만 석을 확보하겠소."

제갈량은 기뻐했다. 황충은 군사 1만을 이끌고 농주(隴州, 산시성陝西省 바오지시 룽현隴縣)를 접수하고 배와 수레를 탈취한 뒤 우창을 죽이러 갔다.

한편, 황충이 정군산에 당도하자 하후연은 관우와 장비 두 장수만

안다고 하면서 큰소리쳤다.

"서천 군사 1만 중에 일개 노장이 감히 정군산을 빼앗으려 한단 말이냐?"

하후연은 마침내 군사를 이끌고 산을 내려가 황충과 싸웠다.

[28]하후연은 3합도 겨루지 못하고 대패하여 산 위로 도주했다. 황충이 혼잣말을 했다.

"대장부가 남보다 못할 수 있겠나? 하후연을 베지 못하고 정군산을 빼앗지 못하면 대장부가 아니다!"

황충은 다시 추격에 나서 전투를 벌이며 하후연을 베어 말에서 떨어뜨렸다. 그리고 군량을 빼앗고 요새를 점령했다. 사관이 이 일을 시로 읊었다.

정군산 아래에서 전투가 끝나고, 定軍山下罷戈鋋,

28_ 원본에는 "黃忠斬夏侯淵(황충이 하후연을 베다)"이라는 글자가 이 자리에 음각으로 굵게 판각되어 있다.

황충이 하후연을 베다.

황충이 혼자서 하후연을 잡았네.	黃忠獨擒夏侯淵.
군량 얻고 적장 베어 산마루에 올랐고,	取糧斬將登巓嶺,
북을 찢고 군기를 뺏으며 선두에서 돌진했네.	丫鼓奪旗撞陣先.
호시탐탐 검관 엿보던 조조의 진채를 끊자,	虎視劍關絕魏寨,
용의 운세 선제께 돌아가 촉 땅에 군림했네.	龍歸帝里坐蜀川.
공신되어 능연각에 초상이 걸리니,	功臣圖像凌煙閣,
청사에 명성 드높아 만고에 전해지네.	書史標名萬古傳.

황충은 사자를 시켜 서찰을 멀리 장비에게 보냈다. 장비가 말했다.

"우리 형님은 매번 노장 황충이 큰 공을 세우면 축하해주었다. 다른 사람을 그렇게 인정한 적이 있나? 그래서 황충은 정군산을 빼앗고 나서 서찰을 보내 나를 놀리고 있다."

장비는 군사를 이끌고 우창을 찾다가 한 수풀 앞에서 말을 멈추고 쉬었다. 그때 정탐병이 보고했다.

"우창의 군사가 숲으로 돌아오고 있습니다."

장비는 즉시 말을 타고 달려나가 우창을 사로잡았다.[29] 그리고 멀리 검관으로 가서 군사 제갈량에게 보고했다.

조조는 두 번이나 서천을 취하려 했으나 60만 대군은 한결같이 패배했다. 이에 이제 10만도 안 되는 군사를 이끌고 높은 곳에 주둔했다. 조조가 말했다.

"숫양의 뿔이 울타리에 걸린 것처럼 오도 가도 못 하게 되었다. 서천을 취할 수도 없고, 또 제갈량이 후방을 기습할까 두렵다."

제갈량은 사자를 보내 조조에게 서찰을 전했다. 조조는 서찰의 뜻을 살펴보았다. 그 내용은 촉에서 검관 밖 13주와 석방(石防)에서 농(隴)으로 이어지는 네 군의 땅을 내준다는 것이었다. 조조는 생각했다.

'제갈량의 의도가 무엇일까?'

조조는 열흘 뒤 군사를 이끌고 석방군의 네 고을 근처로 갔다. 공중에는 살기만 가득 넘쳤다. 조조가 말했다.

29_ 원본에는 "張飛捉于袒(장비가 우창을 사로잡다)"이라는 글자가 이 자리에 음각으로 굵게 판각되어 있다.

장비가 우창을 사로잡다.

"제갈량이란 놈의 계략이다."

조조는 높은 곳에 큰 진채를 세우고 단단히 무장한 채 한 달 동안 움직이지 않았다. 어느 날 조조는 고요한 밤에 몰래 순찰을 돌다가 군사들이 짐을 꾸리는 모습을 보았다. 연유를 묻자 병부시랑 양수가 장수들에게 병졸들 짐을 꾸리도록 명령을 내렸다고 했다. 조조가 물었다.

"군사들의 마음을 뒤흔드는 의도가 무엇이냐?"

양수가 대답했다.

"어제 저는 아침을 먹고 나서 승상께서 계륵(鷄肋, 닭갈비)을 들고 탄식하시며 '먹으려니 맛이 없고, 버리려니 아깝다'라고 하시는 말씀을 들었습니다. 이 때문에 승상께서 군사를 거두실 것으로 짐작했습니다."

조조는 고함을 지르며 꾸짖었다.

"3년 전에 네놈과 사사롭게 외출했다가 조아(曹娥)의 팔자비(八字碑)[30]를 본 적이 있다. 그때 나는 그 뜻을 금방 알아차리지 못해서 네놈에게 물었지만 네놈도 의미를 몰랐다. 다음날 날이 밝을 무렵 그 뜻을 깨달았다. 황견(黃絹)이란 실에 색깔을 물들인 것이므로 절(絶)자를 가리킨다. 유부(幼婦)는 젊은 여자이므로 묘(妙)자를 가리킨다. 외손(外孫)은 딸의 아들이므로 호(好)자를 가리킨다. 재구(齏臼, 절구에 빻을 재료를 넣다)는 매운 양념을 받아들이므로[受辛] 사(辭)자를 뜻한다. 이 여덟 글자는 절묘호사(絶妙好辭), 즉 조아비(曹娥碑)가 절묘하게 훌륭한 문장이란 뜻이다."

조조는 욕설을 퍼부었다.

"네놈은 내가 제갈량을 감히 바로 보지 못한다 생각하며 나를 지푸라기처럼 여기는구나! 네놈은 틀림없이 내 지위를 찬탈하려는 마음을 먹고 있다."

그리고 조조는 사람을 시켜 양수의 목을 베었다. 관리들이 말릴 틈도 없이 양수를 죽였다.

조조는 그날 밤 군사를 거두어 동쪽 자림도(紫林渡)로 향했다. 대략 20리를 행군하자 동쪽 길에 한 줄기 강이 남북으로 걸쳐 흐르고 있었고 그 위에는 다리가 놓여 있었다. 군사들이 다 건넜을 때 후방에서 다리가 끊어지면서 양쪽에서 화염이 치솟았다.[31] 남쪽에서는 위연이 군사 1만을 이끌고 달려왔고, 북쪽에서는 조운이 군사 1만을 거느리고 왔으며, 뒤편에서는 제갈량이 군사 3000명을 데리고 습격했다. 날이 밝을 때

30_ 『세설신어(世說新語)』「첩대(捷對)」에 관련 내용이 실려 있다. 조아는 후한(後漢)시대의 효녀다. 그가 열네 살 때 부친이 강물에 빠져죽자 그는 직접 강물 속으로 뛰어들어 부친의 시신을 찾았다. 그러다가 닷새가 지난 뒤 자신의 부친을 안고 시신으로 떠올랐다. 이 일을 기리기 위해 한단순(邯鄲淳)이 조아를 추모하는 문장[誄文]을 지어 그것을 비석에 새겼다. 이후 채옹(蔡邕)이 또 이 비문을 읽고 "황견유부, 외손재구(黃絹幼婦, 外孫齏臼)"라는 글을 새겼다.

31_ 원본에는 "諸葛使計退曹操(제갈량이 계책을 써서 조조를 물리치다)"라는 글자가 이 자리에 음각으로 굵게 판각되어 있다.

까지 대략 80리를 진격하여 황충과 장비가 또다시 한바탕 살육전을 벌였다. 조조는 겨우 포위망을 탈출했지만 사람과 말이 모두 지쳐 앞으로 나아갈 수 없었다. 또 앞에서는 마초가 달려왔고, 뒤에서는 제갈량이 명장 수십 명과 함께 습격했다. 마초의 3만 군사는 조조 군대의 앞길을 막고 살육전을 벌였다. 조조는 관문 안에서 목숨을 건졌지만 대군은 5000명도 채 남지 않았다. 조조는 심한 공격을 받아 관모도 벗어 던지고 머리카락을 풀어헤친 채 말안장에 엎드려 피를 토했다. 그는 며칠 만에 가까스로 장안에 당도했다.

사흘 뒤 조조는 황제를 알현하고 며칠 동안 연회를 열었다. 상대부 가후가 몰래 조조에게 말했다.

"황제의 아들과 관리들이 천하 벼슬아치의 봉작과 상을 모두 승상께서 내리신다고 험담을 했습니다. 태자가 승상을 해치려고 합니다."

조조는 아무 말도 하지 않았다.

며칠 후 조조는 헌제에게 거짓말을 했다.

"평왕의 아들 미건(芈建)[32]이 부왕의 춘추가 높다고 부왕을 죽이고 보위를 찬탈하려 했지만 천지가 호응하지 않았습니다."

헌제는 다시 어떻게 해야 하는지 물었다. 조조는 또 거짓말을 했다.

32_ 원문에는 미건(彌建)으로 되어 있다. 발음이 비슷하여 혼용한 것으로 보인다. 초나라 왕실은 웅성(熊姓) 미씨(芈氏)이므로 웅건(熊建) 또는 미건(芈建)으로 써야 한다. 초 평왕의 세자 건을 가리킨다. 본래 세자 건의 배필로 진녀(秦女)가 간택되었는데, 초 평왕이 진녀의 미모를 보고 그녀를 자신의 후궁으로 삼았다. 이 일을 주관한 간신 비무기는 자신의 소행이 탄로날까 두려워 세자 건을 모함하여 성보(成父) 땅으로 추방하고 세자의 스승인 오사 집안을 파멸시켰다. 이후 세자는 오사의 아들 오자서와 송(宋)나라·정(鄭)나라로 망명했다. 그러던 중 세자 건은 진(晉)나라의 유혹에 빠져 정나라에서 반란을 도모하다가 처형되었다. 따라서 조조의 입을 빌린 이 대목의 서술은 그리 정확하지 않다.

"조정의 관리들이 모두 말하기를 태자가 술에 취해 누차 폐하의 보령이 높으므로 다른 사람이 임금이 되려 한다고 했습니다. 태자가 뒷날 궁중에서 우환을 일으킬까 두렵습니다."

헌제는 아무 말도 하지 않고 생각에 잠겼다.

'왕망이 평제를 시해하고 천하를 차지했지만 내 아들은 나의 적자인데 어찌 그런 마음을 품겠는가?'

헌제가 다시 묻자 조조가 아뢰었다.

"어사대(御史臺)에서 관리 한 사람을 추천하여 태자를 심문하셔야 합니다."

조조는 심복을 시켜 태자를 매질했다. 태자는 황제의 아들로 매질을 참을 수 없어서 허위로 죄를 자복했다. 조조는 헌제에게 태자와 관련된 일을 아뢰었다. 황제가 물었다.

"어떻게 단죄해야 하오?"

[33]조조가 아뢰었다.

"저잣거리에서 참수해야 합니다."

"내 아들은 황제의 아들인데, 어찌 시장통에서 참수한단 말이오?"

조조가 다시 아뢰었다.

"자고로 임금을 시해하고 아버지를 죽이는 자에게 어찌 사면의 은전을 베풀었겠습니까?"

황제는 아무 대답도 하지 않고 궁전 태위에게 일을 맡겼고, 마침내 시장 감독관이 태자를 참수했다. 도성 사람들이 말했다.

33_ 원본에는 "曹操斬太子(조조가 태자를 베다)"라는 글자가 이 자리에 음각으로 굵게 판각되어 있다.

"유씨 황실에 주인이 없어졌다!"

헌제는 조조를 두려워하며 대위왕(大魏王)으로 봉했고 오 땅에는 손권을 세워 대오왕(大吳王)으로 삼았다. 서천에서도 이 사실을 알고 제갈량이 유비에게 스스로 한중왕(漢中王)에 오르라고 설득했다. 유비는 눈물을 흘리며 한 고조(高祖)가 망탕산(芒碭山)에서 흰 뱀을 벤 뒤 진나라를 접수하고 초나라를 멸한 역사를 생각했다. 그런데 지금은 몇 년 동안 헌제가 유약하여 조조가 권력을 농단하고 있다. 태자까지 모함해서 죽이고 한나라의 뿌리를 뽑으려는 것은 모두 역적 조조의 계책이었다. 유비는 며칠 앓아누웠다가 제갈량에게 물었다.

"내 두 아들 중 맏이는 양자 유봉이고 둘째는 유선(劉禪)이오. 누구를 서천의 주인으로 삼을 수 있겠소?"

제갈량은 관리들에게 논의하게 한 뒤 병을 핑계로 며칠간 조정에 나오지 않았다. 유비가 사람을 보내 제갈량에게 물었다. 제갈량이 대답했다.

"저는 몸이 아파 움직일 수 없으므로 멀리 형주 땅 관공에게 물어보십시오."

관우가 대답했다.

"유봉은 양자로 나후(羅侯) 구씨(寇氏)의 아들이고 유선이 적자입니다."

관우는 글을 써서 유비에게 보냈다. 유비가 말했다.

"내 아우의 말이 옳다."

며칠 후 유봉은 가맹관 절도사가 되어 좌이관(佐貳官) 맹달(孟達)을 데리고 떠났다.

다시 며칠이 지나자 한중왕 유비는 책봉 문서를 작성하여 유선을 서

천의 후사로 삼았다. 유봉은 그 일을 알고 나서 현덕이 불인하다고 말했다. 맹달이 말했다.

"이것은 황숙의 잘못이 아니라 관공의 죄입니다."

유봉은 화살을 꺾으며 맹세했다.

"뒷날 반드시 이 원한을 갚으리라!"

반년이 지난 뒤 강남에서 사신이 도착했다는 보고가 올라왔다. 사신으로 온 강오의 상대부가 말했다.

"오왕의 아들이 형주 태수 관공에게 딸이 있다는 사실을 압니다. 양가가 혼인을 맺으면 어떻겠습니까?"

관우가 술에 취해서 말했다.

"내 딸은 용호(龍虎)의 자식인데, 어찌 농사꾼 후손에게 시집보낼 수 있겠소?"

사신은 아무 말 없이 돌아갔다.

한 달 후 장안으로 가는 길에 상대부 진등(陳登)이 나타났다. 그는 집안 식솔을 데리고 멀리 형주까지 들렀다. 그는 관우와 아는 사이여서 성

관우가 방덕을 베다.

안으로 초청되었다. 관우가 물었다.

"대부께선 조조가 불인하다고 말했소. 조조는 장안의 동작궁(銅雀宮)에 천하의 미녀를 뽑아두고 매일 풍악을 울리고 있소. 또 오랑캐와 화의를 맺고 채염(蔡琰)[34]을 데려온 뒤 조조가 그녀도 궁중에 받아들인 사실을 듣지 못했소?"

진등이 말했다.

"내게도 딸이 하나 있으나 역적 조조와는 같은 조정에 나란히 설 수 없소."

관우가 말했다.

"대부의 말이 옳소."

한 달도 되지 않아 조조의 사신이 진등을 잡으러 왔지만 관우는 보내지 않았다. 조조는 원수 방덕(龐德)과 좌이관 우금(于禁)에게 군사

34_ 후한 말 유명한 문인 채옹(蔡邕)의 딸로 자는 문희(文姬)다. 박학하고 문예에 뛰어났으나 남흉노가 침입했을 때 좌현왕의 포로가 되어 아이 둘을 낳았다. 조조가 중국 북방을 평정한 뒤 막대한 사례금을 주고 귀환시켰다. 「비분시(悲憤詩)」 등 시 몇 편이 전해진다.

17만을 이끌게 하고 칠군(七軍)이라 불렀다. 한 부대는 모두 2만 5000명 이었다.

[35]관우는 전투에 나서 방덕을 베어 말 아래로 떨어뜨리고 위나라 군사를 대파했다. 며칠 후 관우는 우금의 진채가 작은 강 아래에 있는 것을 보았다. 갑자기 비가 내리자 관우는 작은 수문을 열었다. 그 물에 강변과 강 언덕이 잠겨서 보이지 않게 되었다.[36] 우금의 군사는 모두 물에 빠져 죽었다. 두 차례 벌어진 살육전에서 위나라 군사는 1만 명도 살아 돌아가지 못했다. 우금은 장안으로 돌아가 조조에게 상황을 보고했다.

조조는 네 장수를 원수에 임명했다. 첫째는 재상 가후, 둘째는 장료, 셋째는 하후돈, 넷째는 태위 이전(李典)이었다. 그러고는 명장 여러 명과 10만 대군을 일으켜 형주로 진격했다. 장료는 계책을 내서 강오와 연합

35_ 원본에는 "關公斬龐德(관공이 방덕을 베다)"이라는 글자가 이 자리에 음각으로 굵게 판각되어 있다.

36_ 원본에는 "關公水淹七軍(관공이 칠군을 수몰시키다)"이라는 글자가 이 자리에 음각으로 굵게 판각되어 있다.

관우가 우금의 군사를 물에 빠뜨리다.

한 뒤 협공하면 형주를 격파할 수 있다고 했다.

장료는 장강을 건너 오왕을 만났다. 그는 좋은 말로 오왕 손권에게 유세했다.

"오나라 명장 여몽에게 장수 100명과 군사 10만을 주어 형주로 달려가게 하십시오. 그럼 동남쪽에는 여몽이 버티고, 서북쪽에는 위나라 가후가 자리잡게 될 것입니다."

관우가 이 사태를 파악하자 관평(關平)이 아뢰었다.

"아버지께선 연세도 많으시니 서찰을 익주 성도부로 보내 한왕 전하와 제갈 군사에게 사정을 알리고 도움을 청하면 우리가 군사를 움직이지 않더라도 적군은 저절로 흩어질 것입니다."

관우가 말했다.

"형님께서 장수들을 이끌고 서천을 도모하실 때 우리는 아무 공도 세우지 못했다. 그런데도 오늘 형주에 적군이 쳐들어왔다고 바로 구원병을 요청하는 건 대장부가 할일이 아니다."

며칠 후 관우는 성을 나가 동남쪽에서 여몽, 장료와 맞서다가 다시 서북으로 치고 나가 위나라 군사를 맞았다. 그러자 여몽이 관우의 후방을 기습했다. 반달이나 지났지만 적군은 흩어지지 않았다. 관우의 상처가 터지자 관평이 아뢰었다.

"아버지! 사람을 서천으로 보내 구원을 요청하십시오."

그러나 서찰을 지닌 사람이 가맹관에서 사로잡혀 유봉과 맹달에게 서찰을 빼앗겼다. 한 달 동안 세 번이나 구원 요청 서찰을 보냈지만 사자는 모두 유봉에게 살해되었다.

관우는 상처가 조금 아물자 곧바로 다음날 출전 준비를 했다. 그날 밤 삼경에 갑자기 강풍이 불었다. 바람소리가 마치 우레와 같았는데, 온 성안 사람이 장수가 죽는다고 말하는 것 같았다.

관우가 출전하자 양 군사가 협공했다. 관우는 형주 동남쪽 산고개에서 곤경에 빠졌다. 관우가 곤경에 처한 지 며칠 뒤에 큰비가 내렸다. 그 뒤 오나라와 위나라 양국 장수들이 형주에 이르러 성인이 하늘로 돌아갔다고 말했다.[37] 그들은 교묘한 말로 형주를 분할했다. 장료는 장안으로 가서 조조에게 사실을 알렸다. 조조는 큰 기쁨을 이기지 못했다. 형주의 군사는 패배하여 서천으로 들어갔다. 제갈량은 경악하며 어떻게 해도 유비에게 아뢸 수가 없어 이 일을 덮어두었다.

이후 조조가 헌제에게 아뢰었다.

"폐하 만세!"

황제가 말했다.

"내게 후사가 없소. 누구를 세우면 좋겠소?"

37_ 관우의 죽음을 매우 은밀하게 처리했다. 『삼국지』 고사에서 가장 안타까운 장면이 관우의 죽음이므로 당시 공연에서도 그 장면을 경박하게 드러내지 않았음을 알 수 있다.

조조가 대답했다.

“폐하! 요·순·우·탕[38]이 덕 있는 사람을 세웠다는 말을 듣지 못하셨습니까?”

“누가 덕 있는 사람이오?”

“신의 아들 조비(曹丕)를 천하 만민이 모두 천자로 삼을 만하다고 칭송합니다.”[39]

반년도 지나지 않아 장안 서남쪽 50리 되는 곳의 봉황촌(鳳凰村)이라는 마을에 대(臺)를 쌓고 그 이름을 수선대(受禪臺, 황위를 선양받는다는 뜻)라 했다. 후세 사람이 이 일을 노래했다.

학·오리·제비·쥐·여우·삵이 울부짖고, 鶴梟燕鼠狐狸嗥,
귀신이 병과 죽음 퍼뜨리며 쑥 덤불을 태우네. 鬼吹病死燒蓬蒿.
이 대(臺)는 좋지만 이름은 좋지 않고, 此臺雖善名不善,
흙 보루는 높지만 덕은 높지 않네. 壘土雖高德不高.
누런 먼지 여러 길 솟아 붉은 깃발 감추고, 黃埃數丈炎旌藏,
말이 놀라 죽지만 그 꼬리는 빛나네. 馬驚須破其尾光.
과부를 기만하여 옥새를 빼앗고, 欺凌寡婦奪玉璽,
외로운 혼령 핍박하여 고향을 떠나게 하네. 逼嚇孤魂離故鄉.
남자가 담이 커서 천자 보위 도모하면서, 男兒膽大謀天子,

38_ 기실 하(夏) 우왕은 자신의 아들 계(啓)에게 보위를 물려주었고 상(商) 탕왕도 자신의 아들 외병(外丙)에게 보위를 물려주었다.

39_ 조조가 자신의 아들 조비를 황제에 추대한 일은 없다. 사실은 조조가 죽은 뒤 조비가 헌제를 핍박하여 황위를 선양받았다. 조조의 사악함을 강조하기 위해 이런 장면을 삽입한 것으로 보인다.

하필이면 아이들 놀이처럼 말을 뒤바꾸나. 何必更言兒戲爾.

칼을 잡고 분명하게 말하는 게 더 나으리라, 不如握劍分明道,

나는 임금을 위할 테니 너는 죽어 마땅하다고. 我當爲君爾當死.

황토로 누대 쌓고도 궁궐에서 부끄러워하니, 黃土一堆宮自癡,

부질없이 공중에 높다랗게 솟아 있네. 空在巍巍半空裏.

요순시대 선양 풍속 망가져 사라지고, 壞卻唐虞揖讓風,

누런 먼지 높이 솟아 수심 속에 퍼져가네. 黃埃崢嶸愁處批.

고릉에 무덤 흙이 바야흐로 덮이자마자, 高陵墓土才掩閉,

진공은 요순의 예법 그대로 답습했네. 晉公方習唐虞禮.

한 무더기 황토 누대 구름과 나란하지만, 一堆黃土接雲齊,

천하에는 영령이 다시 태어나지 않네. 天下不生靈英知.

쌓은 누대 좋지만 이름이 좋지 않은 것은, 人言臺善名不善,

한나라 기틀 찬탈할 음모 때문인 것. 盡是陰謀簒漢基.

선악 끝은 마침내 응보가 따르나니, 善惡到頭終有報,

악행은 또다시 악행으로 보답을 받네. 惡來還有惡圖之.

조씨가 대대로 천년 대업 이으려 했지만, 曹家欲襲千載業,

사마씨가 이전처럼 황제 대업 이어받았네. 司馬依前襲帝基.

또 이 일을 읊은 시가 있다.

억울하게 태자 죽여 한나라 후손 끊고, 屈斬東宮絕漢孫,

수선대 위나라 조상은 원수를 세운 것이네. 禪臺[40]魏祖立仇君.

장래에 오제가 남몰래 원한 갚을 텐데, 都來五帝陰司報,

사마씨도 임금되려고 심한 살상 저질렀네. 司馬圖王殺未輕.

조비가 수선대에서 보위를 선양받자 관리들이 새 천자 등극을 축하했다. 조비는 연호를 황초(黃初) 원년으로 바꾸고 황제 보위에 올랐다. 그가 바로 위 문제(文帝)다. 그는 즉위하자마자 한 헌제를 산양군공(山陽郡公)에 봉했다. 지금의 회주(懷州) 수무현(修武縣, 허난성 슈우현修武縣) 서북쪽에 유적이 있다.

한편, 강오의 손권도 보위에 올라 오나라 대제(大帝)가 되었다. 그도 연호를 바꾸어 황룡(黃龍) 원년이라 했다. 서천의 제갈량은 이 소식을 듣고 한중왕 유비에게 알렸다. 유비가 말했다.

"한나라 황실이 쇠약하여 조조가 천하를 탈취했고 손권도 스스로 패자(霸者)를 칭하고 있소."

제갈량은 유비의 의견에 따르지 않고 그를 촉천(蜀川) 황제로 추대하고 연호를 건무(建武) 원년으로 고쳤다. 며칠 동안 연회를 열고 새 황제에게 축하인사를 했다. 황제가 된 유비는 도원결의를 생각했다.

'내가 서천을 얻은 이후 여러 해 동안 내 사랑하는 아우 관우와 헤어져서 얼굴을 보지 못했다.'

그리하여 사람을 형주로 보내 관우를 맞아오라는 칙명을 내렸다. 군사 제갈량은 관우의 죽음을 감히 속이지 못하고 유비에게 천천히 이야기했다. 유비는 그 말을 듣고 소스라치게 놀라 땅에 쓰러졌고 몇 번이나 기절했다. 유비는 관우를 위해 상례를 모두 마치고 한 달 뒤 대책을 논

40_ '禪臺'는 원본에 '善臺'로 되어 있으나 의미로 보면 '禪臺'로 써야 옳다.

의했다. 제갈량이 아뢰었다.

"올해 오나라를 정벌하는 일은 운세가 좋지 못하므로 폐하께서 전투에 나서시면 안 됩니다."

유비가 말했다.

"나는 도원결의를 생각하고 있소. 우리 형제 세 사람은 함께 죽어 황천으로 가기로 했소. 무엇이 안 된다는 것이오?"

제갈량은 간언을 올릴 수 없었다.

유비는 서천에서 40만 대군을 일으킨 뒤 다시 남만(南蠻) 왕 맹획(孟獲)에게 10만 군사를 빌렸다. 건무 원년 장비를 대원수에 임명하여 오나라 정벌에 나섰다. 제갈량과 태자는 임시로 나라를 지키게 했다. 또 마초에게는 동쪽으로 검관을 파수하게 했고 노장 황충과 조운에게는 정군산을 수비하게 했다. 제갈량이 간언을 올렸지만 유비는 끝까지 따르지 않았다. 유비는 길일을 받아 군사 50만을 이끌고 오나라로 출정했다.

이때를 전후하여 한 달이 걸려 유비는 백제성 아래에 이르렀다. 진채 다섯 개를 죽 연결하여 세웠다. 며칠 후 정탐병이 보고했다.

"동쪽에는 오나라 군사 여몽과 명장 100명이 장강을 건너왔습니다. 그들이 10만 군사를 이끌고 백제성에서 60리 떨어진 곳에 주둔했습니다."

유비가 말했다.

"이틀 안에 군사를 이끌고 출전하여 오나라 도적을 베고 관우의 원한을 갚을 것이다."

그때 군막 아래에서 한 장수가 소리를 질렀다.

"소신이 군사 5만을 이끌고 당장 적장의 목을 베어오겠습니다."

유비는 그가 애제 장비이고 지금 술에 취해 있음을 간파했다. 유비가 말했다.

"아우도 늙었구려!"

다음날 유비는 출전하면서 장비에게 진채를 지키라고 했다. 세 번이나 칙지를 내려 장비에게 출전하지 말라고 했다. 장비가 말했다.

"폐하! 도원결의를 생각해보십시오. 함께 죽어 황천에 가자고 맹세했습니다."

그러고는 칼을 뽑아 자기 목을 찌르려 했다. 황제는 황급히 사람을 시켜 장비를 끌어안으며 말렸다. 장비는 유비에게 군신 간의 예의도 갖추지 않았다. 장수들은 그를 에워싸고 진채로 들어갔다. 장비는 하늘을 우러러보며 대성통곡했다.

"폐하께서 관우 형님의 원수를 갚지 못하게 하신다!"

말을 다 마치지도 않았는데 천둥과 같은 소리가 들리며 세찬 바람이 불어와 장비의 대장기 장대를 부러뜨렸다. 장비는 깃발 담당관 범강(范强)[41]을 불러 그 자리에서 곤장 50대를 때렸다. 범강은 그날 밤 자신의 본채로 복귀했다. 장비는 밥을 먹다가 술에 취해 고기가 맛없다고 주방 담당관 장달(張達)과 한빈(韓斌)을 앞으로 불러왔다. 장비는 두 사람에게 연거푸 욕설을 퍼붓고는 사람을 시켜 각각 곤장 30대를 쳤다. 범강, 장산(張山, 張達), 한빈 등 세 사람은 그날 밤 술을 마시며 만취해서 말했다.

"장비가 오늘 밤 술에 취하여 우리의 작은 허물을 크게 생각하고 기

41_ 원본에는 왕강(王强)으로 되어 있다.

꺼워하지 않았네."

세 사람은 함께 군막으로 가서 장비를 죽인 뒤 그의 목을 잘라 오나라에 투항했다.

다음날 유비는 그 사실을 알고 여러 번 기절했다. 유비는 여러 날 병석에 누워 있었다. 그때 여몽이 서찰을 지닌 사신을 유비에게 보냈다. 사흘도 되지 않아 유비는 군사를 이끌고 여몽과 대치했다. 여몽이 패한 척 달아나자 유비는 그 뒤를 쫓으며 작은 강을 건넜다. 그러자 여몽이 다시 군사를 되돌려 싸움에 나섰다. 그 싸움에서 유비는 대패했다. 이에 후군은 서쪽으로 강 입구까지 몰려갔다가 오나라 원수 육손(陸遜)에게 가로막혔다. 유비는 또다시 패배했고 오나라 군사가 추격해왔다. 유비는 강을 건너 40리 떨어진 곳에 작은 진채를 세웠다. 군사들이 짓는 밥이 뜸이 들 무렵 강 언덕에서 불길이 치솟았고 그 뒤로 여몽이 쇄도해왔다. 진채 서쪽 방어벽에 불이 붙었고 앞뒤에서 복병이 막아섰다. 유비는 사흘 밤낮을 도망쳐 백제성(白帝城)에 다다랐다. 남은 군사는 채 3만도 되지 않았다.

유비가 제갈량에게 태자를 부탁하다.

유비는 백제성 보녀궁(寶女宮)에서 병을 치료했다. 차나 밥을 넘길 수 없었고 코피가 흘렀다. 황급히 서천으로 사람을 보내 태자 유선, 군사 제갈량, 노장 조운에게 상황을 알렸다. 한 달이 되지 않아 태자와 제갈량이 도착하여 황제를 뵈었다. 황제 유비는 태자를 부여잡으며 제갈량을 끌어안고 눈물을 흘렸다. 황제가 제갈량에게 말했다.

"우리 군신이 이제 거의 얼굴을 볼 수 없게 되었소."

이를 전후하여 며칠이 지나자 유비의 병이 위중해졌다. 유비가 제갈량에게 일렀다.

"지금 천하는 경이 아니면 얻을 수 없소!"

유비는 태자를 불러 제갈량에게 절을 하게 했다. 제갈량이 일어나려 하자 유비는 그의 몸을 눌러 앉혔다. 제갈량이 말했다.

"노신이 죽을죄를 지었습니다."

유비가 대답했다.

"군사께선 주공(周公)이 성왕(成王)을 보위한 일을 듣지 못하셨소?"

유비가 다시 말을 이었다.

“아두는 나이가 어려 보위를 감당할 수 없소. 임금으로 세울 만하면 세우시오. 그러나 세울 만하지 않으면 군사께서 직접 임금이 되시오.”

제갈량이 아뢰었다.

“신 제갈량에게 무슨 덕이 있어 그런 일을 행하겠습니까? 지금 폐하께서 어린 태자를 부탁하시지만 제 목숨을 다 바쳐도 그 은혜에 보답하기 어렵습니다.”

태자는 무릎걸음으로 앞으로 나가 제갈량에게 절을 올렸다. 유비가 말했다.

“태자는 공무가 있으면 군사의 뜻에 맞게 가르침을 받도록 하라.”

그렇게 말을 마치고 유비는 세상을 떠났다. 향년 64세였다.

건무(建武) 2년[42] 유선이 즉위했다. 연호를 고쳐 건흥(建興) 원년이라 했다.

한편, 제갈량은 떨어지려는 제성(帝星)을 눌러두고 군민(軍民) 1만을

42_ 정사에는 장무(章武) 3년으로 되어 있다.

유선이 보위에 오르다.

뽑아 백제성에서 동쪽으로 20리 떨어진 곳에 진채를 세웠다. 또 여덟 곳에 돌무더기를 만들어 각 돌무더기마다 깃발 64개를 꽂았다. 어떤 사람이 여몽에게 아뢰자 여몽은 군사를 이끌고 와서 적의 깃발 신호를 살펴보았다. 원수 육손도 깜짝 놀랐다. 장수들이 묻자 여몽이 대답했다.

"나무를 세워 진을 만들면 불로 공격할 수 있고, 풀로 진을 만들면 물로 공격할 수 있지만 돌로 진을 만들었으니 수수께끼요. 장수들께선 모든 돌무더기마다 깃발 64개가 꽂혀 있는 게 보이지 않소? 주공의 팔괘에 근거하여 살펴보면 제갈량은 하늘의 법칙을 터득하여 800만 해(垓)의 별자리를 모두 이 돌무더기 여덟 곳에 깃들게 했소."

여몽이 말을 이었다.

"강태공, 손무자, 관중, 장량이 아니면 변화시킬 수 없소."

말을 아직 다 마치지도 않았는데, 후군에서 보고가 올라왔다.

"제갈량이 위연을 필두로 작은 돌길을 찾아 원수의 본채를 급습했다고 합니다."

여몽이 군사를 거두어 돌아가자 제갈량은 여몽을 뒤쫓았다. 양쪽 절벽 사이에서 나타난 마초와 관평이 제갈량과 함께 적을 한바탕 살육했고 여몽은 강을 건너 달아났다.

이후 제갈량은 네 필의 말로 영구 수레를 끌었다. 태자와 장수들도 서천 성도부로 들어가 제왕의 복상 절차에 따라 장례를 치렀다. 장례와 관련된 일처리에는 한 달이 걸렸다.

유선이 즉위한 뒤 반년이 지나자 남만 왕 맹획이 장수를 보내 선군 때 빌린 군사 10만을 내놓으라고 했다.

"우리도 뭔가 일을 하려 하니 살펴주십시오."

제갈량은 사람을 시켜 반달 동안 음식을 대접하고 금은보화를 잔뜩 들려서 돌려보냈다.

어린 임금이 제갈량에게 물었다.

"남만의 장수가 다시 올 것 같은데, 그럼 어떻게 대처해야 하오?"

"아주 쉽습니다."

건흥 2년 4월, 황제는 취풍루(醉風樓)에 연회 자리를 마련하고 군사 제갈량과 국사를 논의했다. 1년도 되지 않아 맹획이 군사 10만을 일으켰다. 틀림없이 서천을 도모하려는 행동이었다. 제갈량이 말했다.

"노신이 반드시 오랑캐를 정벌하겠습니다."

황제가 깜짝 놀라 물었다.

"어떻게 하시려오?"

제갈량은 황제를 초청하여 남쪽으로 앉게 하고 방망이를 휘둘렀다. 그러자 붉은 기운이 사자궁(獅子宮)으로 뻗쳐오르는 모습이 보였다. 황제는 길흉이 어떤지 물었다. 제갈량이 아뢰었다.

"지난날 선제께서 서천을 거두실 때 궁전 앞에서 태위(太尉) 옹개(雍闓)[43]가 원한을 품었습니다. 선제께서 말씀하시기를 서천을 취하면서 서천현의 백성을 베면 반드시 원한을 살 것이라고 하셨습니다. 지금은 운남군(雲南郡) 태수에 봉한 자가 환난을 일으킬 것입니다."

사흘 뒤 이적이 아뢰었다.

"강남에서 세 진(鎭)이 배반했습니다. 운남 태수 옹개가 불위성(不韋城)[44] 태수 여개(呂凱)와 운남관(雲南關) 태수 두기(杜旗)와 작당했고, 또 이 세 진이 구계(九溪)의 18동(洞) 오랑캐 왕 맹획과 작당하여 모두 배반했습니다."

황제가 대경실색하며 물었다.

"군사께선 무슨 대책을 갖고 있소?"

제갈량이 아뢰었다.

"세 진이 배반한 것은 모두 맹획이란 적장 때문입니다. 선제께서 저들로부터 10만 군사를 빌린 일을 빌미로 반란을 일으킨 것입니다. 이제 노신이 군사 5만을 이끌고 나가 세 진을 빼앗고 오랑캐를 정벌하겠습니다."

황제가 윤허했다.

제갈량은 반달도 지나지 않아 군사 5만과 명장 100명을 이끌고 한 달 넘게 걸려 운남군에 당도했다. 성곽에서 10리도 떨어지지 않은 곳에 진채를 세웠다. 사흘 뒤 옹개가 출전했지만 위연과 싸우다 말에서 떨어져 참수되었다. 제갈량은 그곳 백성을 안무했다. 며칠 지나 제갈량은 불

43_ 원문에는 웅개(雄凱)로 되어 있다. 발음이 비슷하여 한자를 혼용한 것으로 보인다.
44_ 원문에는 불위성(不危城)으로 되어 있다.

위성에 도착했다. 태수 여개가 말했다.

"군사께선 다섯 갈래로 길을 나눠 백성을 죽이고 있구려!"

그러고는 군사 3만을 이끌고 출전했다. 관색(關索)이 거짓으로 패배한 척 달아나자 여개는 성에서 약 30리 떨어진 곳까지 뒤쫓아왔다. 한 병사가 달려와 여개에게 알렸다.

"제갈량이 계책을 써서 불위성을 빼앗고 장군의 가족을 잡아갔습니다."

여개는 성으로 돌아왔다. 다음날 그는 다시 제갈량과 대치했다. 제갈량은 칼로 여개의 가족을 겨누었다. 여개가 외마디 소리를 질렀다.

"소인이 죽겠습니다. 어머니 목숨만 살려주십시오."

여개는 끔찍한 효자인지라 말에서 내려 활과 화살을 놓고 앞으로 나와 제갈량에게 사정했다.

"소인이 죽겠습니다. 어머니를 살려주십시오."

제갈량은 여개가 대단한 효자임을 알고 가족을 모두 풀어주었다.

며칠 후 다시 제갈량이 운문관에 도착하자 반군 장수 두기가 싸움을 걸어왔다. 노장 왕평은 군사 3000명을 이끌고 운문관을 점령하려 했지만 며칠이 지나도 점령하지 못했다. 그러자 제갈량은 왕평을 참수했다. 여개가 왕평의 시신을 안고 통곡했다.

"애석하오! 태수는 내 고향 사람인데, 오늘 군사께서 참수했구려."

제갈량은 여개를 꾸짖었다.

"너와 왕평은 모두 서천의 벼슬아치다. 오늘의 범죄가 너와 관계없다는 말이냐?"

관리들이 연거푸 용서해달라고 아뢰자 제갈량은 여개를 석방했다.

여개는 그날 밤 말을 타고 심복 네댓 명과 함께 남쪽 운문관으로 달아났다. 두기는 그를 성안으로 받아들이고 제갈량에게 마구 욕설을 퍼부었다.

다음날 제갈량이 도착하자 두기는 관문에서 내려와 진영을 펼치고 욕을 했다.

"제갈량, 이 무도한 놈아! 네놈은 우리 주군 유장공을 살해했다. 우리는 서천의 장수인데, 어찌 배반하지 않을 수 있겠느냐?"

제갈량은 계책을 써서 여개와 두기를 사로잡고 운문관을 취한 뒤 관문으로 올라가 군사들에게 상을 내리고 백성을 위무했다.

며칠 후 제갈량은 군사를 이끌고 남만 땅 경계로 가서 노수강(瀘水江, 쓰촨성 진사강金沙江)에 닿았다. 그곳에 배를 띄우니 강물이 뜨거워 앞으로 나아갈 수 없었다. 그때 제갈량이 금(琴)을 타자 강물이 저절로 식었다. 제갈량은 장졸들에게 서둘러 강을 건너라고 명령했다.

"남만 땅의 독기를 맡으면 안 된다. 노수에 사는 지네와 구렁이는 이곳 남만 땅 독충이다."

강을 건넌 뒤 100리도 못 가서 진채를 세웠다. 한 병사가 보고했다.

"맹획이 싸움을 걸어오고 있습니다."

다음날 마주보고 진영을 펼쳤다. 제갈량은 위연에게 출전하라고 명령했다. 남만 장수는 대패했고 맹획은 포로가 되었다. 다음날 맹획은 제갈량에게 말했다.

"선제(유비)께서 군사 10만을 빌려가서 우리에게 돌려주지 않았소이다."

[45]"금은보화 10만 량을 가져오면 네 목숨을 살려주겠다."

남만의 장수는 금은보화를 주고 맹획을 구출했다. 며칠 후 맹획은 멀리 곡낭묘(哭娘廟)로 가서 향을 살랐다. 그때 사방에서 복병이 뛰쳐나와 또다시 맹획을 사로잡았다. 맹획은 항복하려 하지 않았다. 이에 금은보화 10만 량을 받고 다시 그를 풀어주었다.

제갈량이 말했다.

"며칠 지나지 않아 군막 속에서 너를 사로잡겠다."

남만 왕 맹획은 제갈량의 말을 믿지 않았다. 제갈량은 술과 음식을 넉넉히 마련하여 맹획을 후하게 대접하고 보내주었다. 맹획은 본영에 이르러 말했다.

"제갈량은 강하다. 그런데 나를 몇 번이나 풀어준 것은 무슨 뜻인가?"

다음날 맹획은 몸이 아파 일어나지 못하고 사흘 동안 신음했다. 어느 날 제갈량은 관평을 보내 맹획에게 항복하지도 않고, 싸우지도 않는 것은 무슨 심사인지 물었다.

남만 왕 맹획은 몸이 아프기 때문이라고 대답했다. 관평이 말했다.

"그대는 우리 군사께서 의술에 뛰어나다는 사실을 알고 있지 않소?"

맹획은 관평을 따라와 제갈량을 만났다. 제갈량은 약주로 병을 치료했다. 약주를 마시고 얼마 지나지 않아 맹획은 예전처럼 건강을 회복했다. 제갈량이 말했다.

"항복하겠느냐? 오늘은 진채 안에서 너를 사로잡은 것이다."

맹획은 항복하지 않았다. 제갈량이 말했다.

"너를 묶어 서천으로 가서 오랑캐 왕을 정벌했다고 한 뒤 참수하

45_ 원본에는 "諸葛七擒孟獲(제갈량이 맹획을 일곱 번 사로잡다)"이라는 글자가 이 자리에 음각으로 굵게 판각되어 있다.

겠다."

맹획은 죽음이 두려워 이번에도 금은보화를 주고 풀려났다. 장수들이 제갈량에게 말했다.

"남만 왕은 오랑캐입니다. 그런데도 네댓 번이나 풀어주십니까?"

제갈량은 웃으며 말했다.

"나는 이 도적을 지푸라기처럼 여기오. 게다가 우리 서천국은 지금 궁핍하오."

다시 며칠이 지나지 않아 맹획이 싸움을 걸어왔다. 제갈량이 말했다.

"이번에 너를 사로잡으면 항복하겠느냐?"

쌍방이 대치하자 남만의 장수는 높은 곳에 기대어 사람을 시켜 독약을 살포했다. 제갈량은 황급히 말에서 내려 머리를 풀어헤치고 신발을 벗은 채 칼을 잡고 바람을 기원하는 제사를 올렸다. 맹획은 남쪽에 있었고 촉한의 군사는 북쪽에 있었다. 제갈량이 제사를 올려 북쪽에서 바람을 일으키자 남만의 군사 중에서 독약을 쐬고 쓰러지는 자가 부기지수였다. 제갈량은 맹획을 사로잡았다가 다시 금은보화를 받고 풀어주었다. 제갈량이 말했다.

"우리가 다시 일전을 벌일 때는 내가 고함을 질러 너를 말 위에서 떨어뜨리겠다. 그럼 항복하겠느냐?"

맹획은 제갈량의 말을 믿지 않았다.

며칠 지나지 않아 제갈량은 다시 맹획과 대치했다. 제갈량이 세 번 고함을 지르자 남쪽 진영에 있던 맹획이 말에서 떨어졌다. 제갈량이 그를 잡아 본영으로 돌아왔지만 맹획은 항복하지 않았다. 그는 또다시 금은보화로 몸값을 치렀다. 맹획은 자신의 진채로 돌아가 장수들과 논의

한 뒤 사람들에게 호랑이와 표범 떼를 몰아오게 했다. 한 달 뒤 맹획은 또다시 싸움을 걸었다. 제갈량은 그의 의도를 알아챘다. 닷새도 되지 않아 쌍방이 서로 대치한 가운데 맹획은 사람을 시켜 호랑이와 표범을 몰고 나오게 했다. 그러나 제갈량이 한 번 고함을 치자 군사 1000명이 졸도했다. 제갈량은 한 손에는 팻말을, 다른 한 손에는 칼을 들었다. 그가 만패(蠻牌)라고 이름 붙인 팻말을 뒤에 세우고 호랑이와 표범을 공격하자 짐승들은 놀라서 흩어졌다. 제갈량은 배후에서 일제히 징을 울리며 다시 맹획을 사로잡았다. 맹획은 또 금은보화 50만 관을 주고 풀려나 자신의 본영으로 돌아갔다. 맹획은 장수들과 상의하며 말했다.

"내가 다시 사로잡히면 제갈량이 풀어주겠는가? 제갈량과 만나지 말아야겠다."

그날 밤 남만 왕 맹획은 초홍강(焦紅江)[46]을 건너 남쪽 연안을 따라 15리를 가서 포관(蒲關, 윈난성雲南省 바오산시保山市 푸만관蒲蠻關)에 머물렀다.

제갈량이 맹획을 칠종칠금하다.

한편, 그뒤 제갈량은 혼자 생각했다.

'남만 오랑캐의 항복을 받지 못하면 나중에 후환이 있을 것이다.'

제갈량은 군사를 이끌고 초홍강을 건너려 했으나 강물의 열기 때문에 견딜 수 없자 모두 후퇴하여 머리에 일곱 겹으로 수건을 두르게 했다. 제갈량은 다시 며칠간 행군했지만 열기 때문에 더이상 나아갈 수 없었다. 제갈량이 다시 말했다.

"여기가 초홍강 언덕인데, 강의 너비는 3리고 깊이는 100자다. 매실을 생각하고 갈증을 푸는 방법을 써야겠다."

그는 또 금을 타며 도술을 부렸다.

건흥 2년 6월도 반이나 지난 때에 큰 눈이 내렸다. 그 중간에 군사들이 초홍강에 이르렀으나 물이 깊고 넓어 건널 방법이 없었다. 그러자 제갈량은 사람을 시켜 하늘을 운행하는 풍륜(風輪)을 만들어 바람을 타고 건너게 했다. 풍륜은 바로 맹획의 주거지 포관에 떨어졌다. 맹획이 말

46_ 어디 강인지 불분명하지만 명칭으로 볼 때 지금의 윈난성(雲南省) 홍허강(紅河)으로 추측된다.

했다.

"제갈량은 사람이 아니라 천신(天神)이다."

맹획은 제갈량을 포관으로 맞아들이고 며칠 동안 잘 접대한 뒤 금은 보화 열 수레를 바치고 화살을 꺾으며 맹세했다.

"대대로 촉한에 배신하지 않겠습니다."

제갈량이 말했다.

"네 목숨은 살려줄 테니, 오래 걸린다 해도 5년이 채 되지 않았을 때 멀리 기산(祁山)[47]으로 가서 나를 구해주겠다고 문서를 써다오."[48]

제갈량은 군사를 거두어 서천으로 들어가 익주 성도부에 당도했다. 그는 군사들에게 상을 내리고 백성을 위무했다.

이후 건흥 15년 2월 중순 검관 태수가 천자에게 상소문을 올린 뒤 위(魏) 문제(文帝)가 즉위했다.[49] 청룡(靑龍) 4년 위 명제(明帝)는 대원수직에 맹달을 임명하고 군사 5만을 이끌고 나가 검관에서 40리 떨어진 곳에 진채를 세우게 했다. 서천을 취할 심사였다.

촉한의 어린 군주가 말했다.

"군사께선 군사 5만과 명장 100명을 이끌고 동쪽으로 검관 40리 지점까지 나가 진채를 세우시오."

제갈량은 심복에게 서찰을 주며 맹달에게 전하라 했다. 맹달이 펼쳐

47_ 원본에는 기산(岐山)으로 되어 있다.

48_ 이 대목에 "軍師六出岐山(제갈 군사가 기산으로 여섯 번 출전하다)"이라는 문장이 들어 있다. 음각으로 크게 새겨야 할 제목이 본문 판각으로 잘못 들어간 것으로 보인다.

49_ 촉한 후주 건흥 15년은 서기 237년으로 위 명제 경초(景初) 원년, 오 대제(大帝) 가화(嘉禾) 6년이다. 그해에 위 문제가 즉위할 리 없다. 위 명제도 황초(黃初) 7년(226)에 즉위했다. 서술이나 판각의 오류로 보인다.

보니 내용은 다음과 같았다.

> 대부께서는 서천 사람이오. 전에 형주에서 운장을 사지로 몰아넣은 것은 대부의 잘못이 아니라 선제의 양자 유봉의 잘못이고, 이미 단죄가 끝났소. 대부의 선영과 고향 땅은 모두 서천에 있소. "월나라 새는 남쪽 가지에 둥지를 틀고 오랑캐 말은 북쪽을 바라보고 운다(越鳥巢南, 胡馬嘶北)"는 말을 어찌 듣지 못했소? 대부께서 서천으로 귀의한다면 어찌 벼슬을 맡기지 않을 수 있겠소? 아무개가 응당 보증하고 폐하께 아뢰어 상경(上卿) 자리에 임명하도록 하겠소.

맹달이 웃으며 말했다.

"군사의 말씀이 옳다."

그는 즉시 서찰을 써서 제갈량에게 보냈다. 며칠 후 맹달의 좌이관 장승이 또 표문을 올려 이 일을 황제에게 아뢰었다. 이때 위 명제는 사마의를 원수에 임명한 뒤 군사 15만을 거느리고 서남쪽 검관으로 가게 했다. 맹달은 그 사실을 알고 제갈량에게 서찰을 보냈다. 그러나 제갈량은 오지 않고 사마의[50]만 가까이 다가왔다. 맹달은 다시 제갈량에게 서찰을 보냈지만 역시 오지 않았다. 맹달은 그 의도를 깨닫고 말했다.

"제갈량의 계책에 속았다."

맹달은 스스로 목을 매고 죽었다.

사마의는 군대를 이끌고 와서 제갈량과 반달 동안 대치했다. 어느 날

50_ 원본에는 중국어 동음인 '司馬益'으로도 표기하지만 모두 '司馬懿'로 통일한다.

위나라 사자가 와서 말했다.

"명제께서 붕어하시고 그분의 아우 조방(曹芳)공이 즉위하여 연호를 정시(正始) 원년으로 고쳤습니다."

사마의는 군사를 거두어 철수했다.

한편, 제갈량은 군사를 주둔한 지 약 한 달 후 다시 군사를 이끌고 검관에서 100리 정도 떨어진 곳으로 가서 관서(關西) 땅을 취하려 했다. 그는 이때 처음 동쪽 기산으로 나갔다. 제갈량이 말했다.

"앞은 진천(秦川) 경계인데, 성을 중심으로 사방 100리를 둘러보니 초목이 전혀 없소. 우리 삼군이 아직 진격하지 못한 상황에서 양초(糧草)가 먼저 가야 하오. 군사들이 잔도를 건너와 관서를 취하려면 군대에 양초가 있어야 하오. 그런데 초목이라곤 전무하니 어떻게 진천을 취할 수 있겠소?"

길가에 위왕(魏王)[51]이 쌓은 성이 하나 보였다. 제갈량은 진천을 둘러

51_ 원본에는 왜왕(矮王)으로 되어 있다.

제갈량의 목우와 유마

보고 사람을 시켜 인근 농장에 들러 상황을 살피게 했다.

"진천을 지키는 장수의 이름이 무엇이오?"

"성은 강(姜)이고, 이름은 유(維)이며, 자는 백약(伯約)입니다. 앞서 진천의 군관이 되었다가 나중에 관리와 백성이 그를 추천하여 진천 태수가 되었습니다."

제갈량이 말했다.

"유능한 인재로다. 가르칠 만한 사람이다."

제갈량은 물러나 검관으로 올라갔다.

[52]제갈량은 여러 곳에서 목수를 불러와 목우(木牛)와 유마(流馬) 300여 마리를 만들었다. 제갈량은 검관으로 들어갔다가 기산으로 두번째 출전했고 진천 40리 지점까지 전진하여 진채를 세웠다.

며칠 지나 관평은 군사 3000명을 이끌고 진천을 염탐하면서 큰 숲 앞에 이르러 말에서 내렸다. 관평은 생각에 잠겼다.

52_ 원본에는 "諸葛造木牛流馬(제갈량이 목우와 유마를 만들다)"라는 글자가 이 자리에 음각으로 굵게 판각되어 있다.

'군사께서 적장이 유능한 사람이라고 말했다.'

관평은 군사들에게 밥을 지으라고 명령했다. 그때 강유의 군사가 달려와 관평의 군사를 한바탕 살육하고 다시 성으로 돌아갔다.

며칠 지나자 목우와 유마로 군량을 운반하는 모습이 보였다. 강유가 말했다.

"강태공과 관중이라 해도 제갈량에 미칠 수 없겠다."

저 멀리 제갈량이 목우와 유마를 이용하여 변방 성으로 다가오는 모습이 보였다. 강유는 장충(張忠)으로 하여금 목우와 유마를 탈취하게 했다. 강유가 성을 나서자 위연이 가로막았다. 제갈량은 계책을 써서 강유를 사로잡고 진천을 접수했다. 제갈량은 강유의 비범한 용모를 보고 항복한 군사들을 살폈다. 강유는 제갈량에게 절을 올리며 아버지로 받들겠다고 했다.

이때를 전후하여 며칠 동안 제갈량은 군사를 이끌고 북쪽 가정관(街亭關)[53]으로 갔다. 그곳은 관서 땅이 지척에 바라보이는 관문이었다. 석 달 동안 그곳에 주둔했지만 제갈량은 관문을 탈취할 방도를 찾을 수 없었다.

어느 날 양평관 태수 상대부 이적은 사자를 통해 멀리 있는 제갈량에게 서찰을 전했다. 사자는 상대부가 직접 써준 서찰이라고 알렸다. 제갈량은 서찰을 읽고 나서 황급히 군사들에게 군장을 꾸리게 했다. 그는 다음날 강유를 불렀다.

"나는 서천으로 돌아갈 것이다. 속히 가야 한다. 서천을 잃을까 두

53_ 원본에는 개정관(皆庭關)으로 되어 있다. 중국어 발음이 같아서 혼용했다. 농서(隴西)와 관중을 연결하는 관문이다. 지금의 간쑤성 톈수이시(天水市) 친안현(秦安縣) 동쪽에 있다.

렵다.”

그리고 제갈량은 강유의 귀를 잡고 낮은 목소리로 그에게 계책을 이야기했다. 강유가 계책을 받자 제갈량은 바로 출발했다. 강유는 군권을 행사하며 군사가 나에게 계책을 알려주었다라고 말했다. 다음날 강유는 군사 5만을 이끌고 가서 가정 서쪽 마을에 진채를 세웠다.

한편, 가정을 지키는 장수 노장 하후돈이 말했다.

“강유가 가정 서쪽 30리 지점으로 진채를 옮겼다. 그곳에는 동서 300보, 남북 100리에 이르는 계곡이 하나 있는데, 진채를 세우기에는 위험한 곳이다. 내가 두려워하는 자는 제갈량뿐이다. 강유같이 비루한 놈을 누가 알아주겠느냐?”

하후돈은 그날 밤 군사를 이끌고 강유의 진채를 습격했다. 하지만 진채 안에는 군사가 한 명도 없었다. 그때 사방에서 복병이 모두 들고일어났다. 위연과 장수들이 하후돈을 공격하자 그는 곧바로 서쪽으로 달아났다. 이후 강유는 가정을 점령했고 하후돈은 난군 속에 섞여 도주했다.

제갈량이 성도부로 귀환하자 관리들이 그를 맞았다. 그는 칼을 찬 채 입성하여 곧바로 대전으로 들어갔다. 어린 임금과 환관 황호(黃晧)가 나란히 앉아 풍악을 즐기고 있었다. 제갈량이 우레처럼 고함을 지르며 꾸짖었다.

“관노 황호 이놈! 네놈이 어찌 감히!”

황호는 황급히 자리에서 일어났다. 제갈량은 관리를 시켜 황호를 가둔 다음 어린 임금을 배알했다. 어린 임금은 대답할 말이 없어서 “군사께서 오신 줄 몰랐소”라고만 대꾸했다. 제갈량은 어린 임금에게 인사하고 집으로 돌아갔다.

다음날 문무백관이 조회할 때 제갈량은 어린 황제를 마주보고 대성통곡했다. 그는 선제가 봉기하여 황건적 타파에 매진하면서 잠시도 안장을 말에서 내려놓지 않았고 갑옷도 벗지 않은 일을 생각했다. 그렇게 30여 년을 기다려서야 서천을 얻었는데, 이제 환관 놈이 나라를 망치고 있었다. 제갈량이 말했다.

"폐하께선 한나라 영제가 십상시를 총애하다가 천하를 망친 일을 듣지 못하셨습니까? 노신이 폐하를 속이려는 것이 아닙니다. 선제께서 폐하를 신에게 부탁하셨기 때문입니다. 신이 죽고 나서 천하를 잃으면 그건 폐하의 잘못이지만, 신이 살아 있을 때 천하를 잃으면 그건 노신의 잘못입니다. 또 옛날 오나라와 월나라 때의 역사가 생각납니다. 당시에 20년 동안 갑옷을 벗지 못한 것은 모두 미녀 서시(西施) 때문이었습니다. 폐하께서 환관을 총애하시면 천추만대의 사관이 폐하를 꾸짖을 것입니다."

어린 임금은 대답할 말이 없어서 선제의 신령 앞에서 슬퍼했다. 문무백관은 배알을 마치고 황호를 저잣거리에서 갈가리 찢어 죽이고 그의 가족까지 모두 씨를 말렸다.[54] 어린 임금은 군사 제갈량에게 죄를 청했다. 제갈량이 말했다.

"노신은 폐하를 위해 천하 제패를 도모할 뿐입니다."

황제는 며칠간 연회를 베풀었다. 제갈량은 말을 타고 관문을 나서 다시 기산으로 세번째 출전했다.

54_ 정사 『삼국지』를 보면 환관 황호는 촉한 멸망 이후에도 위나라 장수 등애(鄧艾)에게 뇌물을 먹여 목숨을 건졌다.

종려여관자(鍾呂女冠子)[55]

저녁에 덥고 아침에 추울 때, 삼고초려(三顧草廬)한 것은, 이같이 큰 현인이 드물었기 때문이네.

닭이 병아리를 먹여주고, 물고기가 물을 만난 것 같았나니, 사람들이 그 높은 경지에 도달하기 어렵네.

혼자 당양(當陽)으로 가서, 오림(烏林)을 힘들게 지키다가, 적벽으로 가서 조조를 크게 꺾었네.

형초를 안정시키고, 서천을 취하여, 정군산에서 하후연을 죽였네.

천자가 후사를 부탁하고 보위를 양보하자, 다시 오나라와 강화하고, 묘책으로 맹획을 일곱 번 사로잡았네.

강유를 항복시키고 그의 스승이 된 것은, 목우와 유마로 기지를 발휘했기 때문이네.

산융국(山戎國)을 평정하고, 왕쌍(王雙)을 참수하고, 장합을 수고롭게 했네.

사마의[56]가 가을 들판에, 저녁 구름과 시든 풀만 남을 줄 어찌 알았으랴?

暮暑朝寒, 茅廬三顧, 似此大賢希少.

如雞哺食, 如魚得水, 高可衆人難到.

獨自向當陽, 困守烏林, 向赤壁大摧曹操.

安荊楚, 取西川, 使定軍山夏侯淵.

55_ '종려(鍾呂)'는 곡조의 한 종류다. '여관자(女冠子)'는 사패(詞牌)의 일종이다. 평화(平話)는 본래 민간에서 공연하는 연예 양식이었으므로 어떤 곡조의 사패에 가사를 바꾸어 넣어 공연효과를 높이려 했다. 마치 우리나라 판소리에서 악곡에 맞추어 이야기를 창으로 공연하는 것과 마찬가지다. 평화 양식은 후기로 갈수록 음악 성분이 사라지고 이야기로만 공연했다. 다만 지금까지 전해지는 사패 '여관자' 형식과 여기에 등장하는 '여관자' 형식은 서로 합치되지 않는다. 이에 대해 더 진전된 연구가 필요할 듯하다.

56_ 원본에는 사마보(司馬保)로 되어 있다.

天託孤讓位, 再和吳國, 七擒孟獲好妙.

降姜維爲師範, 因木牛流馬機略.

化定山戎國, 斬王雙, 使張合.

司馬保, 怎知秋原上, 惟有暮雲衰草.

뒷날 소동파(蘇東坡, 이름은 식軾)가 제갈량 사당의 찬(贊)을 지었다.

은밀함은 귀신과 같고,	密如神鬼,
빠르기는 눈보라 같네.	疾若風雪.
나아가면 막을 수 없고,	進不可當,
물러나면 추격할 수 없네.	退不可追.
낮에는 공격할 수 없고,	晝不可攻,
밤에는 습격할 수 없네.	夜不可襲.
많을 때는 대적할 수 없고,	多不可敵,
적을 때도 기만할 수 없네.	少不可欺.
앞뒤로 적절히 호응하고,	前後應會,
좌우로 잘 지휘하네.	左右指揮.
오행의 성질에 따라 이동하고,	移五行之性,
사시의 특성에 따라 변화하네.	變四時之令.
사람인지, 신령인지, 신선인지,	人也, 神也, 仙也,
나는 모르겠으나,	吾不知之,
진정 누워 있는 용일세.	眞臥龍也.

며칠 후 제갈량은 가정에 도착하여 장수들에게 전황을 물었다. 강유와 위연은 위나라 군대를 한바탕 살상하고 가정을 취했다고 했다. 제갈량은 매우 기뻐했다.

한편, 노장 하후돈은 장안으로 가서 황제 조방을 알현했다. 황제는 사마의를 원수에 봉했다. 사마의는 군사 20만을 이끌고 한 달 만에 가정에 당도하여 성밖 50리 지점에 진채를 세웠다. 그는 제갈량이 도착했는지도 모른 채 반달 동안 대치했다. 관평이 달려가 싸움을 걸다가 사마의에게 한바탕 살육을 당했고 여개도 싸움을 걸다가 사마의에게 여러 차례 살육을 당했다. 사마의가 말했다.

"제갈량의 명성이 천하에 뜨르르하더니만 이젠 늙었구나!"

어느 날 제갈량과 사마의가 대적하던 중에 제갈량이 크게 패배한 척 달아나자 위나라 군사는 가정에서 40여 리 떨어진 곳까지 추격하여 기산으로 들어섰다. 그러자 위연이 나타나 전방을 가로막았다. 뒤에는 제갈량, 왼쪽에는 강유, 오른쪽에는 양의(楊儀)가 있었고 복병이 모두 들고 일어났다. 제갈량은 위나라 군대를 하루 밤낮 동안 살상했다. 10만 군사 중에 3000명도 돌아가지 못했다. 사마의는 옷을 갈아입고 탈출해야 했다. 사마의는 가정에서 80리 떨어진 곳에 진채를 세우고 감히 가정을 똑바로 바라보지 못했다.

한편, 익주 성도부에 황제가 좌정하자 한 상대부가 말했다.

"가정의 제갈량이 반란을 일으켰습니다."

황제가 문무백관에게 물었다.

"군사 제갈량이 반란을 일으켰다면 이제 나는 서천에서 임금 노릇을 할 수 없겠구려."

이적이 황제에게 말했다.

"군사께선 반란을 일으키지 않습니다. 사자를 보내 부르십시오. 제갈 군사가 오면 배반하지 않은 것이고, 오지 않으면 배반한 것입니다."

황제는 사자를 제갈량에게 보내 조정으로 들어오라고 일렀다. 제갈량이 도착하자 황제는 이번 상황을 모두 이야기했다. 제갈량이 말했다.

"이것은 사마의의 계책입니다."

황제도 고개를 끄덕였다.

"경의 말씀이 옳소."

며칠간 연회를 마치고 제갈량은 다시 기산으로 네번째 출전했다. 격모관(隔茅關, 또다른 이름은 가정街亭)까지 전진하여 관문에서 50리 떨어진 곳에 다다르자 관리들이 마중을 나왔다. 다시 40리를 행군하여 진채를 세웠다. 제갈량이 물었다.

"가정은 어떻게 됐소?"

좌이관 양의와 강유가 대답했다.

"마속(馬謖)이 가정을 잃었습니다."

제갈량은 깜짝 놀랐다.

"그곳은 험지인데, 어찌하여 잃었는가?"

강유가 대답했다.

"마속이 술에 취해 있었습니다. 그때 사마의가 싸움을 걸어오자 마속이 출전했습니다. 위연이 말렸지만 연거푸 욕설을 퍼부었고, 장수들도 말릴 수 없었습니다. 또 마속은 태수에게 욕을 하며 군사께서 우리 고향 사람이므로 내가 성을 잃어도 아무 상관이 없다고 했습니다. 위나라 군사가 먼저 마속을 곤경에 빠뜨렸고, 장수들이 살육전을 감행했습니다. 그뒤 가정을 잃었습니다."

제갈량은 사람을 시켜 마속을 불렀고 얼굴을 마주보고 물었지만 마속은 대답할 말이 없었다. 이에 끌고 나가 참수했다.[57] 장수들의 간청도 받아들이지 않고 마속의 목을 베었다.

제갈량은 누차 가정을 탈환하려 했으나 성공하지 못했다. 그는 마침내 여인의 옷을 입힌 고운 인형을 가져와서 사마의를 속이려 했다.

"그대가 사내대장부라면 성을 내려오라!"

그러나 사마의는 갑옷을 입은 채 앉아서 성을 나오지 않았다. 그렇게 반년 동안 대치했다. 어느 날 정탐병이 이르기를 황장(皇丈)[58]이 위쪽에 당도했다고 했다. 사마의는 서둘러 장수들을 이끌고 성으로 맞아들였다. 황장은 위나라 장수 장합이었다. 그는 반달 동안 연회를 즐겼다.

그러던 어느 날 제갈량은 군사 3000명을 이끌고 공격에 나섰다. 모두 가벼운 활에 짧은 화살로 무장했으며 말타기를 잘하는 장졸들이었다. 제갈량은 아무 장식도 하지 않은 수레 한 대를 타고 사람을 시켜 사마의에게 욕설을 퍼붓게 했다.

장합이 말했다.

"그대는 위나라 명장인데, 제갈량이 그대에게 욕설을 퍼부어도 감히 나서는 장수가 한 명도 없구려."

사마의가 대답했다.

57_ 원본에는 "諸葛斬馬謖(제갈량이 마속을 베다)"이라는 글자가 이 자리에 음각으로 굵게 판각되어 있다.

58_ 황제의 장인이다. 당시 위나라 황제 조방의 황후가 장씨였다. 그러나 장씨는 장집(張緝)의 딸이지 장합의 딸이 아니다. 같은 장씨여서 황장이라고 부른 듯하다.

“제갈량에게 맞설 사람은 아무도 없소.”

그러자 장합은 술에 취해 군사 3만을 이끌고 성을 나섰다. 사마의가 말했다.

“태사께선 너무 연로하십니다.”

장합이 말했다.

“성지를 받들고 나가 제갈량에게 싸움을 걸겠소. 원수께서 출전하지 않아서 위나라 위세가 너무 꺾였소.”

장합은 장수들이 말려도 듣지 않고 기어이 출전하여 제갈량과 대적했다. 제갈량이 대패한 척 달아나자 장합은 몇 리를 뒤쫓았다. 그때 강을 건넌 적군이 모두 흩어지는 모습이 보였다. 장합이 선두에서 달려가자 제갈량은 말 위에서 몸을 엎드린 채 뒤를 돌아보았다. 그때 제갈량의 군사들이 일제히 화살 100발을 날려 장합을 죽였다. 장합은 선두에서 죽었다. 사마의가 제갈량을 죽이기 위해 쇄도해왔다. 후미 부대에 있던 촉한 장수 양의가 계략으로 가정을 빼앗았다. 사마의는 가정 서북쪽 60리 지점에 진채를 세우고 호시탐탐 가정을 노렸다.

제갈량이 마속을 베다.

다시 며칠 동안 대치하는 중에 제갈량은 도성으로 올라오라는 밀조를 받았다. 밀조를 읽고 나서 제갈량은 강유에게 군권을 맡겼다. 그는 말을 타고 조정으로 들어갔다. 성도부에 이르러 황제를 뵈었다. 황제가 말했다.

"강남 땅 손권이 죽고 손량(孫亮)이 오나라 주인이 되었으며, 연호를 건흥(建興) 원년으로 고쳤다 하오."

제갈량이 황제에게 아뢰었다.

"상대부 이적에게 금은보화 1만 관을 주어 문상하게 하십시오. 오나라가 근심거리가 될까 두렵습니다."

황제는 며칠간 연회를 베풀었고 이후 제갈량은 황제에게 하직인사를 하고 검관을 나섰다. 그는 다시 기산으로 다섯번째 출전하여 가정에 이르렀다.

한편, 사마의는 군막에 좌정하여 장수들과 대책을 논의했다.

"옛날부터 지금까지 제갈량 같은 장수를 본 적이 없소. 생각해볼 만한 대책이 없소."

또 며칠 후 사마의는 군사를 이끌고 진채에서 채 3리도 떨어지지 않은 곳에 나갔다가 촉한 장수 주창(周倉)이 목우와 유마를 이용하여 군량을 운반하는 것을 보았다. 그는 보병 장수 등문(鄧文)[59]에게 군사 3000명을 이끌고 나가 목우와 유마 10여 대를 빼앗아오게 했다. 사마의는 군영 안 목수로 하여금 목우와 유마를 해체하여 부속품의 길이와 높이, 그리고 각 모양의 치수를 살펴보게 했다. 아울러 그 제조법에 따라 수백여 대를 만들어 군사에게 나무 방망이로 치라고 했다. 그러자 목우와 유마가 몇 발짝 움직였다. 사마의가 말했다.

"제갈량의 목우와 유마는 한 번만 쳐도 300보를 나아가며 군량을 운반할 수 있다고 한다. 그런데 우리 진채 내에서는 땅땅 소리만 나고 움직이질 않는다. 제갈량에게 어떤 다른 방법이 있는가?"

또 며칠 후 촉한 호위군관 300명이 위나라 진채 앞에 나타났다. 촉한 장수 주창이 술에 취하여 사마의를 소리쳐 불렀다.

59_ 위나라 장수 등애(鄧艾)의 오류로 보인다.

제갈량이 화살 백 발을 쏘아 장합을 죽이다.

"우리 군사께서 나에게 선전포고문을 갖고 가서 적을 맞아 싸우라고 했다. 이제 승부를 가리자. 싸우지 않으려면 항복하라. 너는 위나라 명장인데, 어찌하여 군문을 굳게 닫고 나오지 않느냐?"

사마의가 말했다.

"주창이 취했구나!"

사마의는 좌우 군사들에게 술을 가져와 주창에게 먹이게 했다. 주창은 만취했다. 사마의가 말했다.

"금은보화를 넉넉히 주겠다. 제갈량의 목우와 유마는 몽둥이질 한 번에 300여 보를 가는데, 내가 만든 목우와 유마는 몽둥이질 한 번에 겨우 몇 걸음밖에 가지 못한다. 무슨 비법이 있는지 나에게 알려다오. 내가 그대에게 금은보화 1억만 관을 주겠다. 그러면 그대는 온 집안이 부귀를 누릴 수 있을 것이다."

주창은 웃으며 말했다.

"우리 군사의 목우와 유마는 몽둥이를 치는 사람들이 모두 『목우유마경(木牛流馬經)』을 외운다."

그리고 이어서 말했다.

"목우와 유마를 치는 사람은 모두 내가 관리한다. 오늘 밤 진채로 가서 『목우유마경』을 베껴 그대에게 주겠다."

사마의는 매우 기뻐하며 주창에게 금은보화 30만 관과 준마 두 필을 주었다.

"주창 그대가 베껴오면 이루 다 헤아릴 수 없는 부귀를 누리게 해주겠다."

주창은 그곳을 떠난 후 사흘 만에 다시 왔다. 사마의는 서둘러 그를 영접하고 좌우 군사에게 『목우유마경』을 받아오게 했다. 주창이 떠난 후 그 글을 읽어보고 사마의는 대경실색했다. 그것은 바로 제갈량이 직접 쓴 글이었다.

> 자고이래로 장수들 중 목우와 유마를 만들 수 있는 사람은 다섯 명을 넘지 않았다. 그대는 위나라 명장인데, 나에게 『목우유마경』을 배우려 하다니…… 어찌 후인들이 비웃지 않겠는가?

사마의는 제갈량의 글을 갈기갈기 찢었다.

연희(延熙)[60] 17년 촉한 황제는 제갈량에게 조서를 내렸다.

"서천에 심한 가뭄이 들고 탁금강에 물이 범람하여 감당할 수가 없소."

제갈량은 강물이 범람하는 것을 보고 불길한 조짐으로 생각했다. 제갈량은 말을 내달려 조정으로 들어가 황제를 뵈었다. 궁궐 안의 쓸모없

60_ 촉한 후주의 두번째 연호다. 238년에서 257년까지 사용했다.

는 물건은 모두 저잣거리로 갖고 나가 팔았다. 또 창고에 쟁여놓은 금은보화는 모조리 관리들에게 나누어주었다. 쓸모없는 물건들을 팔아 저잣거리에서 식량을 사왔다. 며칠이 지나자 싣고 온 식량은 이루 헤아릴 수 없을 정도로 많았다. 절반은 도성에 두었고 절반은 정군산에 가져다두었다. 그러고는 심복 중 식견이 있는 사람을 시켜 정군산을 지키게 했다.

탁금강의 한 입구를 금사구(金沙口)라 부른다. 강 양쪽 절벽의 거리는 10리가 넘었고 동서 길이는 1만 장에 달했다. 제갈량은 사람을 시켜 금사구 물길을 탐색하게 했는데, 깊이가 1장도 되지 않았다. 제갈량은 혼자 생각에 잠겼다.

'지금 내가 기산으로 출전하면 오나라 도적이 우환을 일으킬까 두렵다.'

제갈량은 50곳에 용광로를 설치하고 동(銅)이나 철(鐵)을 녹여 긴 기둥 100개를 만들었다. 동기둥과 철기둥에는 큰 구멍 열 개를 뚫었다. 그러고 나서 석공을 시켜 돌기둥 500여 개도 만들었다. 또한 대장장이에게는 굵기가 한 치나 되는 쇠사슬을 수백 가닥 만들게 했다. 동기둥과 철기둥, 돌기둥 세 가지를 만들어 배치하는 데 5만 명이 동원되었고 그것을 만드는 데는 1년 반이나 걸렸다. 다시 그것을 남북 7리의 폭, 동서 20리 길이로 배치하여 쇠사슬로 꿰어 연결하고 철쇄거당(鐵鎖渠塘)이라 불렀다. 남북 강 언덕에는 군사 2만과 명장 네 명을 배치하여 좁은 강 입구를 지키게 했다. 오나라 군마가 경계 안으로 쳐들어올까 두려웠기 때문이다.

제갈량은 익주 성도부로 돌아가 어린 임금을 알현했다. 어린 임금은

며칠 동안 연회를 베풀었다. 제갈량이 말했다.

"이제 관서 입구의 장안을 빼앗아 한나라를 다시 일으켜세우셔야 합니다."

황제는 기뻐했다. 술이 반쯤 취하자 제갈량이 갑자기 땅바닥에 쓰러져 입과 코로 피를 흘렸다. 황제는 대경실색했고 문무 관리들이 서둘러 구원에 나서 그의 몸을 일으켰다. 제갈량이 아뢰었다.

"노신은 초려에서 나온 지 40년이 지났습니다. 이제 폐하와 함께 오나라를 정벌하고 위나라를 멸하려 하니 신의 마음은 온갖 생각으로 어지럽습니다."

황제가 말했다.

"관서를 취하는 일은 그만두시오."

황제는 제갈량에게 나라의 경계를 지키는 군사를 성도부로 들여보내라고 일렀다. 제갈량이 다시 아뢰었다.

"그건 불가합니다. 뒷날 사관들의 웃음거리가 될 것입니다. 폐하께선 요·순·우·탕을 본받아야지, 걸·주 패거리를 따라 배워서는 안 됩니

제갈량이 위나라 정벌에 나서다.

다. 만약 천하를 잃게 되면 만대에 이르도록 오명을 쓰게 될 것입니다. 신은 올해 다시 관서를 취할 것이며, 취하지 못하면 돌아오지 않겠습니다."

어린 임금은 여러 번 제갈량의 출전을 간절하게 말렸지만 제갈량은 말을 듣지 않았다. 황제는 길을 떠나는 제갈량을 전송할 수밖에 없었다.

제갈량이 동쪽으로 검관을 나설 때 그의 아내는 작별인사를 하고 돌아가려 했다. 그러자 제갈량이 말했다.

"자식 놈이라고 하나 있는 게 유약하여 벼슬살이를 하면 내 맑은 이름을 더럽힐까 두렵소. 뽕나무 800주와 밭 50경(頃)이 있으니 그것으로 충분히 생계를 유지할 수 있을 게요."

제갈량은 아내와 작별한 후 동쪽 기산으로 싸우러 나갔다.

앞뒤로 병거 100대가 며칠 동안 행진했다. 사마의가 알아차리고 복병을 일으켰다. 제갈량은 병거 100대를 사방으로 나누어 대응하며 위나라 군사가 앞으로 다가오지 못하게 했다. 다시 며칠 후 강유는 장수들을 이끌고 와서 제갈량을 영접한 후 가정으로 들어갔다. 한 달을 전후하여 선전포고문을 몇 차례 보내 사마의에게 출전을 독려했다. 제갈량은 생각했다.

'사마의가 군사를 주둔하고 안착한 후 반달 넘는 기간 동안 군사들은 갑옷을 벗지 못해 대부분 욕창이 생겼을 것이다.'

이에 강유와 양의에게 위나라 진채를 습격하게 하고 사마의의 5만 군사를 살상하여 모두 흩어버렸다. 제갈량은 큰비가 내릴 것이라고 하며 서둘러 기름 먹인 가죽옷과 우산을 준비하라고 했다. 큰비는 하루 넘게 내리고서야 그쳤다.

제갈량은 군사 3000명과 명장 여럿을 이끌고 몰래 가정으로 내려갔다. 강유가 물었다.

"무슨 의도이십니까?"

제갈량은 귓속말로 강유에게 일렀다.

"세성(歲星)과 관련된 나의 좋고 나쁜 운세가 함께 뒤섞여 몰려들고 있네."

제갈량은 휘하 군사 3000명을 이끌고 가정을 떠나 대략 100리 정도 나아갔다. 그곳에는 큰 나무가 있었고 서쪽으로 한 마을이 보였다. 제갈량은 사람을 시켜 그곳 아낙네 한 사람을 면전으로 불러온 다음 물었다.

"여기가 어디요?"

아낙네가 대답했다.

"기산 아래 기주(祁州) 봉상부(鳳翔府) 소속으로 황파점(黃婆店)이란 곳입니다."

그러고는 올해 큰비가 왔는지 다시 물었다.

아낙네가 대답했다.

"와룡(臥龍)이 승천하는데 어찌 큰비가 오지 않겠습니까?"

아낙네가 다시 말했다.

"나리! 저를 탓하지 마십시오. '임금은 백제성에서 세상을 뜨고, 신하는 황파점에서 죽는다(君亡白帝, 臣死黃婆)'라는 말을 듣지 못하셨습니까?"

제갈량은 과연 그런 말이 떠돈다는 사실을 떠올렸다. 그는 서쪽 높은 산이 무슨 산인지 재차 물었다. 아낙네가 대답했다.

"추풍(秋風) 오장원(五丈原)입니다."

아낙네는 말을 마치고 바람이 되어 사라져 종적을 감추었다.

[61]제갈량은 군사를 오장원 위에 주둔시키고 생각에 잠겼다.

'전에 늙은 아낙네가 한 말이 진실로 불길하다. 마음을 놓을 수 없다.'

그리고 또 생각했다.

'사마의는 수비를 참으로 잘한다. 진실로 장수 재목이다.'

제갈량은 한 달 넘도록 병석에 누워 있었지만 침이나 약으로는 치료할 수 없었고 입과 코로 피를 쏟았다. 강유가 자신의 사부인 제갈량에게 말했다.

"사부님께서는 의술에도 능통하신데, 어찌하여 병을 직접 치료하지 못하십니까?"

제갈량이 대답했다.

"나는 스물아홉 살에 초려에서 나온 이후 주군을 위해 40여 년 동안 마음을 썼고, 이제 바야흐로 서천 땅을 얻었네. 하지만 내 마음은 온갖

61_ 원본에는 "西上秋風五丈原(서쪽으로 추풍 오장원에 오르다)"이라는 글자가 이 자리에 음각으로 굵게 판각되어 있다.

추풍 오장원

근심에 싸여 있네."

그때 갑자기 진채 문 앞에서 시끄러운 소리가 들렸다. 강유가 나가보니 위연이 와 있었다. 위연이 말했다.

"군사에게 무슨 일이 생기면 내가 군사의 인수를 관장하겠소."

제갈량은 아무 말도 하지 않고 위연을 불러들였다. 그리고 위연에게 말했다.

"30년 전 형주에서 강하(江下) 네 군을 취할 때 장군께서 우리 촉한에 항복했고, 여러 번 큰 공을 세웠소. 내가 죽으면 위연 장군이 내 군사 인수를 관장하시오."

위연은 기뻐하며 물러나왔다.

그리고 며칠 후 제갈량은 양의, 강유, 조운 등 여러 태위를 앞으로 불렀다. 그러고는 울면서 말했다.

"내가 죽으면 내 뼈를 서천으로 옮겨주시오."

사람들 모두 흐느껴 울었다.

그날 밤 제갈량은 한 군졸에게 기댄 채 오른손에 인수를 잡고 왼손

에는 칼을 들고서 머리를 풀어헤쳤다. 그리고 등잔불 하나를 밝혀두고 동이에 물을 담아 검은 닭 한 마리를 동이 바닥에 넣고 떨어지려는 장군 별[將星]을 눌러두었다. 제갈량은 결국 세상을 떠나 하늘로 돌아갔다. 강유는 선제의 신위(神位)를 걸어두고 위연을 참수했다. 뒤에 어떤 이가 이를 증명하는 시를 지었다.

승상의 사당을 어디서 찾을까?	丞相祠堂何處尋,
금관성 밖의 측백 우거진 곳이네.	錦官城外柏森森.
섬돌 비춘 푸른 풀은 저절로 봄빛이고,	映階碧草自春色,
잎새 건너 꾀꼬리는 부질없이 노래하네.	隔葉黃鸝空好音.
초가집 세 번 찾아 천하계책 물었기에,	三顧頻煩天下計,
두 임금을 섬기며 노신의 마음 바쳤네.	兩朝開濟老臣心.
출전하여 못 이기고 몸이 먼저 죽으니,	出師未捷身先死,
언제나 영웅은 눈물로 옷깃 적시네.	常使英雄淚滿襟.[62]

군중의 장졸들이 일제히 곡을 했다. 슬픈 곡소리가 땅을 뒤흔들었다. 백성들이 사마의에게 달려가 알렸다.

"제갈량이 죽었습니다."

사마의는 소식을 듣고 군사들에게 제갈량의 시신을 빼앗으라고 명령했다. 양군이 즉시 대치했다.

사마의가 말했다.

"내가 두려워했던 사람은 제갈량이다. 이제 그가 죽었으니 그 시신을 여기에 놓고 가라. 만약 남겨놓지 않으면 네놈들의 갑옷 한 조각도 돌아가지 못하리라!"

강유는 대로하여 칼을 휘두르며 말을 달려 곧바로 사마의를 잡으려 했다. 두 사람은 맞붙어 싸움을 벌였지만 몇 합도 겨루지 못하고 강유는 패배하여 달아났다. 그 뒤를 사마의가 뒤쫓았다. 징소리가 한 번 울리자 측면에서 가로로 한 무리의 군사가 쇄도해왔다. 바로 양의의 군사

62_ 당나라 두보(杜甫)의 칠언율시 「촉상(蜀相)」이다.

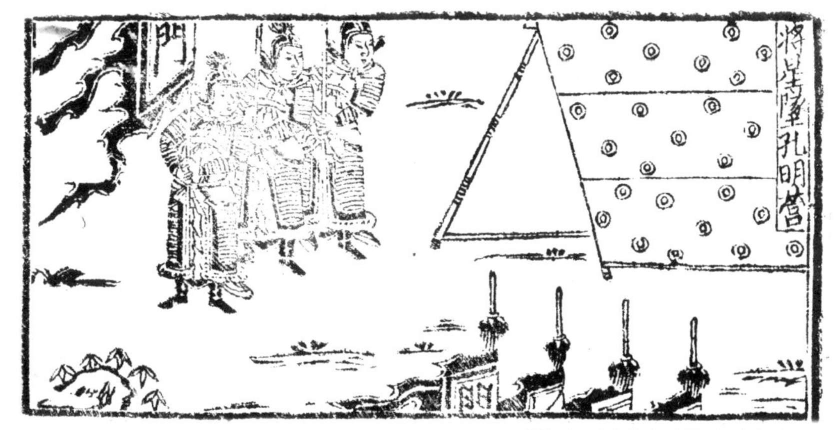

제갈량의 군영에 장군의 별이 지다.

였다. 사마의는 감당하지 못하고 돌아서서 달아났다. 그러자 사방에서 복병이 들고일어났다. 사마의는 대패하여 군사 태반을 잃고 진채로 돌아와 감히 밖으로 나가지 못했다. 장안(長安)에서는 이를 가리켜 이렇게 말했다.

"죽은 제갈이 산 중달을 내쫓았다(死諸葛能走活仲達)."

사마의는 그 말을 듣고 웃으며 말했다.

"나는 그가 살았다고 생각했지, 어찌 죽었다고 생각했겠는가?"

한편, 장수들은 제갈량의 영구를 보호하여 서천으로 갔다. 촉한 황제는 장례 행렬을 맞이하며 슬픔에 젖어 통곡을 그치지 않았다. 곧 산릉을 선택하여 장례를 치르고 사당을 세워 제사를 올린 후 충무후(忠武侯)에 봉했다. 백성들은 소식을 듣고 부모상을 당한 것처럼 애통해했다. 충무후는 백성을 다스릴 때 형벌을 가볍게 하고 세금도 줄여주었다. 군대를 부릴 때는 상벌을 엄격히 하고 명령을 분명히 했다. 이 때문에 병사와 백성 모두 그를 사랑했다.

사마의는 군사를 이끌고 제갈량의 진채를 살펴보다 감탄했다.

"천하의 기재로다!"

그리고 마침내 뇌문(誄文)을 지어 그에게 제례를 올렸다.

그날 밤 광풍이 불면서 한 신령이 나타나 말했다.

"제갈 군사가 나에게 서찰을 전하라 했다."

사마의가 받아서 읽어보니 그 내용은 대략 다음과 같았다.

내가 죽어도 촉한의 천명은 아직 30년을 더 유지할 것이다. 만약 촉한이 망하면 위나라도 사라질 것이고, 오나라도 그 뒤를 이을 것이다. 그대의 종족이 틀림없이 통일을 이룰 것이나 그대가 미망에 사로잡혀 함부로 행동하면 참화가 그대에게 미치리라.

사마의는 서찰을 다 읽고 나서 따르지 않겠다는 뜻을 드러냈다. 신령이 호통을 쳤다. 그러자 사마의는 공손하게 수락하겠다고 말했다.

"제갈 군사의 명령에 따르겠습니다."

신령은 마침내 사마의를 밀어 땅에 쓰러뜨렸다. 이에 끊임없이 소리를 지르다가 깨어보니 꿈이었다. 이 때문에 사마의는 자신의 국경에 서서 촉한과 다투지 않고 조정으로 돌아갔다.

위나라 황제의 어리석고 무도함이 나날이 심해지는데도 사마의는 바로잡지 않았다. 대승상 조상(曹爽)이 정권을 농단하자 사마의는 마침내 군사를 일으켜 조상을 죽이고 위나라 황제를 폐위한 후 고귀향공(高貴鄕公) 조모(曹髦)를 보위에 올렸다. 사마의가 정권을 마음대로 휘둘렀지만 위나라 황제는 그를 막을 수 없었다. 위나라 황제는 신료들과 모의하여 사마의를 죽이려 했다. 사마의는 그 사실을 알고 가충(賈充)을 시켜 황제를 시해하고[63] 소제(少帝)를 세웠다.[64] 천하의 권력이 모두 사마의에게 돌아갔지만 소제는 손을 모으고 있을 수밖에 없었다. 황제는 결국 사마의에게 진왕(晉王) 봉작을 내려주었다. 소제가 사마의에게 보위를 선양하자 사마의는 그를 진류왕(陳留王)에 봉했다.[65] 한 헌제는 그 소식을 듣고 껄껄 웃다가 죽었다.

진(晉)나라 황제는 등애(鄧艾)와 종회(鍾會)로 하여금 서천으로 들어가 촉한을 정벌하게 했다. 촉한 원수 강유는 서량(西凉)으로 정벌을 나가 있었기 때문에 등애의 군사는 신속하게 서천으로 들어갈 수 있었다. 촉한 황제가 항복하려 하자 재상 유심(劉諶)[66]이 간언을 올렸다.

"부자와 군신이 성을 등지고 일전을 벌여 함께 사직을 위해 목숨을 바치고 선제를 뵈어야지, 어찌하여 항복하신단 말입니까?"

촉한 황제는 듣지 않았다. 유심은 소열제(昭烈帝, 유비) 사당에 제사를 올리고 통곡했다. 그는 먼저 처자식을 죽이고 자결했다. 촉한 황제는 변방 장수들에게 모두 항복하라고 조칙을 내렸다. 강유가 조칙을 받자 장수들은 분노하며 칼로 돌을 내리쳤다. 그러나 어쩔 수 없이 항복할 수밖에 없었다. 진나라 황제는 촉한 황제를 부풍군왕(扶風郡王)에 봉하고 촉한 황제의 외손 유연(劉淵)[67]을 내쫓았다. 그는 북쪽으로 달아났다.

63_ 모두 사마의 사후에 일어난 일이다. 사마소(司馬昭)의 심복 가충이 성제(成濟)를 시켜 조모를 살해했다.

64_ 고귀향공 조모가 시해된 후 사마씨가 옹립한 황제는 위 원제(元帝) 조환(曹奐)이다. 원제는 진(晉) 무제 사마염(司馬炎)에 의해 폐위되어 진류왕(陳留王)으로 강등되었다.

65_ 기실 사마의의 손자 사마염이 위 원제 조환을 핍박하여 황제의 보위를 선양받고 진(晉)나라를 개국했다.

66_ 촉한 후주 유선의 다섯째 아들이다.

또 진나라 황제는 대장 왕담(王湛)[68]과 왕혼(王渾)을 거느리고 오나라를 쳤다. 오나라는 패했고 오나라 군주 손호(孫皓)는 진나라에 항복했다. 진 무제(武帝) 사마염(司馬炎)[69]은 손호를 불러 연회를 베풀었다. 그때 간신 가충이 손호에게 물었다.

"소문에 그대는 강남에서 사람의 눈알을 파내고 얼굴 껍질을 벗겼다는데, 그게 무슨 형벌이오?"

손호가 대답했다.

"신하가 되어 자기 임금을 시해하고 간사하게 불충을 저지르는 자에게 이 형벌을 가하오."

가충은 이 말을 듣고 부끄러운 나머지 입을 다물었다.

유연은 어려서부터 자질이 비범했고 유도(儒道)를 존중했다. 경전과 역사서를 빠짐없이 공부한데다 무예까지 익혔다. 어른이 되자 원숭이처럼 긴 팔로[70] 활을 잘 쏘았으며 기력이 출중하여 많은 호걸이 그에

67_ 유연은 촉한 황제 유비나 유선의 외손이 아니다. 본래 전한(前漢) 초기 고조 유방이 종실 여자를 공주로 삼아 흉노 묵특선우(冒頓單于)에게 시집보내고 형제의 맹약을 맺었다. 이에 묵특선우의 자손들은 한나라 황실의 외손을 자처하며 성을 유씨(劉氏)로 삼았다. 유연은 삼국 당시 흉노 좌현왕(左賢王)의 아들이었고 이후 그 지위를 세습했다. 진나라 팔왕의 난 때 병주(幷州)에서 한(漢)나라를 건국하고 왕을 칭했다. 308년에 황제 보위에 올라 영봉(永鳳)이란 연호를 쓰기 시작했다. 나중에는 국호를 조(趙)로 바꾸었기 때문에 역사에서는 유연의 조나라를 전조(前趙) 또는 한조(漢趙)라고 부른다.

68_ 원본에는 '王澹'으로 되어 있으나 '王湛'으로 써야 옳다. 왕담은 바로 뒤에 나오는 왕혼의 아우다.

69_ 사마의는 두 아들을 두었다. 맏이가 사마사(司馬師)이고 둘째가 사마소(司馬昭)다. 사마소의 아들 사마염이 진나라 황제(武帝)에 올랐다. 이후 사마염은 조부 사마의를 고조(高祖) 선황제(宣皇帝), 백부 사마사를 세종(世宗) 경황제(景皇帝), 부친 사마소를 태조(太祖) 문황제(文皇帝)로 높였다.

게 귀의했다. 그의 아들 유총(劉聰)도 용력이 남달랐고 경전과 역사서를 두루 섭렵했다. 또 문장을 잘 지었고 300근짜리 활을 자유자재로 다루었다. 도성의 명사들이 그와 친분을 맺자 영웅호걸 수십만 명이 그에게 모여들었다. 좌국성(左國城, 산시성山西省 팡산현方山縣 난촌南村)에 도읍을 정하자 천하가 대부분 그에게 의지했다. 유연이 사람들에게 말했다.

"한나라는 오랫동안 천하를 다스리며 백성들에게 은혜를 베풀었소. 한나라의 생질(甥姪)로 외삼촌이 진나라에 포로가 되었는데, 내 어찌 복수하지 않을 수 있겠소."

이에 마침내 유연은 외삼촌의 성을 따라 유씨(劉氏)를 쓰며 나라를 세워 한(漢)이라고 했다. 또 한나라 선조들의 이야기를 만들고 스스로 한왕(漢王)이라 칭하며 연호를 원희(元熙)라 했다. 아울러 유선을 추존하여 효회황제(孝懷皇帝)라 하고 촉한의 삼조오종(三祖五宗)[71]의 위패를 만들어 제사를 올렸으며 자신의 아내 연씨(延氏)를 황후로 삼았다. 유선(劉宣)을 재상으로, 최어(崔於)[72]를 어사로, 왕굉(王宏)을 태위로, 위륭(危隆)을 대홍려경(大鴻臚卿)으로, 주원(朱怨)을 태상경(太常卿)으로, 진달(陳達)을 문시(門侍)로, 조카 유요(劉曜)를 건무장군(建武將軍)으로 삼았

70_ 팔이 긴 유비를 연상하게 한다. 유비의 환생으로 유연이 촉한 부흥의 적임자임을 암시한다.

71_ 흉노 선우 유연이 자신의 정권을 합리화하기 위해 숭상한 한나라 시조 세 명과 한나라의 뛰어난 황제 다섯 명이다. 삼조는 전한을 세운 고조 유방, 후한을 세운 광무제 유수, 촉한을 세운 소열제 유비를 가리키고, 오종은 문제 유항(劉恒), 무제 유철(劉徹), 선제(宣帝) 유순(劉詢), 명제(明帝) 유장(劉莊), 장제(章帝) 유달(劉炟)을 가리킨다.

72_ 최유(崔游)의 오류로 보인다.

다. 원희 3년 정월에 평양부(平陽府, 산시성山西省 린펀시臨汾市)로 도읍을 옮겨 황제 보위에 올랐다.

한편, 진 무제가 세상을 떠나자 혜제(惠帝)가 즉위했다. 그는 세상일을 몰랐다. 황실 정원에서 두꺼비가 우는 소리를 듣고 좌우 근신에게 물었다.

"저 벌레가 우는 건 공(公)을 위한 것이냐, 사(私)를 위한 것이냐?"[73]

이처럼 어리석었기에 세상일을 몰랐다. 궁궐 안 황후는 가충의 딸로 음란하고 질투가 심한데다 아들이 없었다. 사람을 시켜 대궐 문밖 저잣거리에서 젊고 잘생긴 남자를 여자로 분장하여 궁궐로 들인 후 음란한 짓을 했다. 정욕을 채운 후에는 모두 죽였다. 이 때문에 나라 안이 매우 어지러워졌다. 혜제가 죽자 회제(懷帝)가 즉위했다.

한편, 한왕 유총은 군사 수십만을 거느리고 진나라를 정벌하러 낙양으로 갔다. 진 회제가 적을 맞아 출전했다가 패배했다. 유총의 군사는 그를 사로잡아 유선의 사당 앞에서 죽인 후 제사를 지냈다.

다시 진 민제(愍帝)가 장안에서 즉위했다. 한왕 유총은 유요를 보내 정벌하고 마침내 민제도 사로잡았다. 그리고 진 혜제의 미황후(美皇后)[74]를 아내로 삼았으며 민제는 평양군으로 보냈다. 유총은 마침내 진나라를 멸망시키고 한나라 황제에 즉위했다. 황제 유총은 한 고조의 사당, 문제의 사당, 광무제의 사당, 촉한 소열 황제 유비의 사당, 회제 유선의 사당에 배알하고 천하에 대사면령을 내렸다.

73_ 『진서(晉書)』「효혜제기(孝惠帝紀)」에 나온다.
74_ 진 혜제의 황후는 양황후(羊皇后)다. 글자가 비슷하여 오류가 생긴 것으로 보인다.

한나라 임금 나약하여 위와 오가 쟁패하고, 漢君懦弱曹吳霸,
소열 황제 영웅하게 촉 땅에 도읍했네. 昭烈英雄蜀帝都.
사마중달은 세 나라를 남김없이 평정했고, 司馬仲達平三國,
유연은 한(漢)을 일으켜 황업을 공고히 했네. 劉淵興漢鞏皇圖.

삼국지 이전의 삼국지, 민간전래본
삼국지평화

초판 1쇄 인쇄 2020년 11월 27일
초판 1쇄 발행 2020년 12월 7일

옮긴이 김영문 | 펴낸이 신정민

편집 박민영 신정민 | 디자인 윤종윤 이주영 | 저작권 한문숙 김지영 이영은
마케팅 정민호 김경환 | 홍보 김희숙 김상만 지문희 김현지 이소정 이미희
제작 강신은 김동욱 임현식 | 제작처 영신사

펴낸곳 (주)교유당
출판등록 2019년 5월 24일 제406-2019-000052호

주소 10881 경기도 파주시 회동길 210
문의전화 031) 955-8891(마케팅), 031) 955-3583(편집)
팩스 031) 955-8855
전자우편 gyoyudang@munhak.com

ISBN 979-11-90277-95-2 03820

* 이 도서의 국립중앙도서관 출판예정도서목록(CIP)은 서지정보유통지원시스템 홈페이지 (http://seoji.nl.go.kr)와 국가자료종합목록 구축시스템(http://kolis-net.nl.go.kr)에서 이용하실 수 있습니다.(CIP 제어번호: CIP2020048734)